LES MÉTA-GEEKS SAUVENT LE WISCONSIN

KATHY LYONS

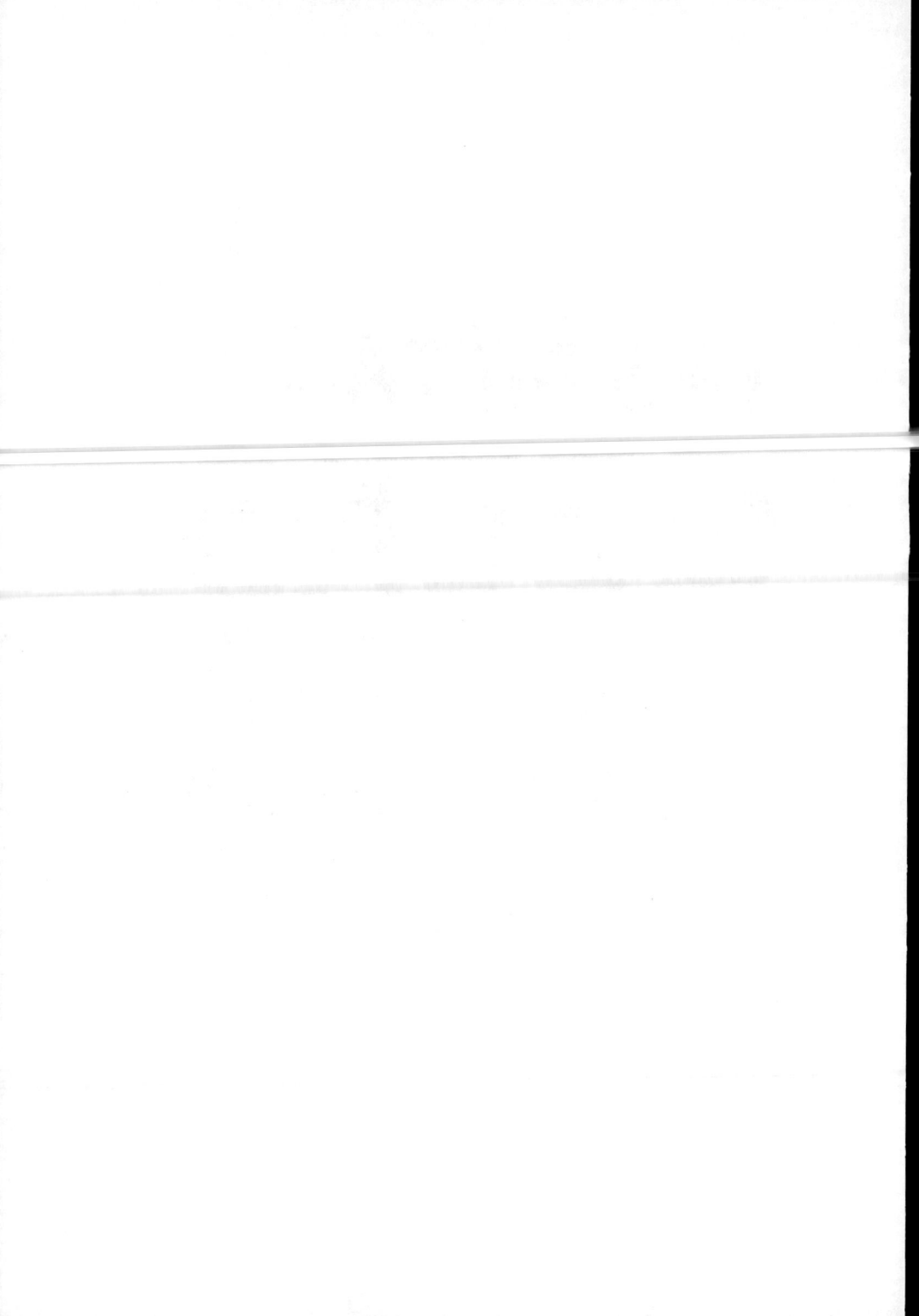

LES MÉTA-
GEEKS
SAUVENT
LE WISCONSIN

KATHY LYONS

REAMSPINNER
PRESS

Publié par
DREAMSPINNER PRESS

5032 Capital Circle SW, Suite 2, PMB# 279, Tallahassee, FL 32305-7886 USA
www.dreamspinnerpress.com

Les Méta-geeks sauvent le Wisconsin
Titre original : Were-Geeks Save Wisconsin
Première édition : Avril 2020
Traduit de l'anglais par Marie A. Ambre.

Illustration de la couverture :
http://www.paulrichmondstudio.com
Conception graphique :
http://www.lcchase.com
Les éléments de la couverture ne sont utilisés qu'à des fins d'illustration et toute personne qui y est représentée est un modèle

Édition e-book en français : 978-1-64108-484-0
Édition imprimée en français : 978-1-64108-485-7
Première édition française : octobre 2022
v 1.0

Édité aux États-Unis d'Amérique.

Le chimiste Josh reçoit le choc de sa vie lorsqu'il apprend qu'il est un loup-garou et qu'il est emmené dans un repaire secret par un centurion sexy. Nero n'a aucune envie de s'occuper d'un geek-garou novice, mais il a besoin de l'aide de Josh pour tuer un démon… et il ne peut pas résister à la passion sauvage qui s'enflamme entre eux.

Remerciements

Il y a tellement de personnes à remercier pour ce livre. J'aimerais pouvoir dire qu'il est le fruit de mon inspiration et de mon talent, mais il s'avère qu'un projet comme celui-ci prend forme grâce à de nombreuses personnes. Damon Suede m'a incité à me lancer, et Lynn West était là pour me mettre à l'aise, ce qui a finalement fait pencher la balance. En fait, c'est un rêve de travailler avec toute l'équipe de Dreamspinner (jeu de mots), Elisabeth North (brillante éditrice) m'a tenu la main, Brenda Chin (brillante éditrice) m'a gardée sur la bonne voie, et même mon mari s'est occupé de me fournir en chocolat (rien ne se passe dans ma vie sans chocolat).

Mais ce livre doit son existence à Cindy Dees qui m'a dit : Tu aimes les geeks. Écris des geeks !

C'est le cas, alors je l'ai fait.

Merci, Cindy, d'avoir été à mes côtés à chaque étape du processus.

I

— JE NE porterai pas ça pour aller tuer un démon, dit Nero Bransom.

Il se tenait nu jusqu'à la taille dans la neige du Wisconsin, entouré de son équipe de loups-garous, et ils se dirigeaient vers une affaire sérieuse. Mais, apparemment, le cerveau de Pauly était toujours fixé sur le Trivial Pursuit de la veille.

— Tu as perdu, donc tu dois porter ça, dit-il en montrant un tee-shirt rose.

On pouvait lire *Maman Chats*, et il était couvert de chatons stupidement mignons.

— Nous sommes ici pour effectuer un travail…

— Oui, oui, dit son ami en levant les yeux au ciel. Nous sommes là pour tuer un démon basique qui mange des pêcheurs sous glace depuis je ne sais pas combien de temps. Corps humain, grandes dents. Nous pouvons nous occuper d'un de ceux-là dans notre sommeil.

Il déplaça le tee-shirt dans la lumière d'avant l'aube, suffisamment pour faire ressortir les paillettes des cols des chatons.

— Tu as perdu, tu dois porter ça aujourd'hui.

Nero montra les dents, sans être surpris que cela n'ait aucun effet sur son équipe. La partenaire de Pauly, Mother, renifla alors qu'elle commençait à se déshabiller.

— Tu ne devrais pas parier sur des futilités quand tu es nul à ça.

— J'ai grandi en Floride. Qu'est-ce que j'en ai à faire du football Big Ten ?

Il avait perdu la partie et le pari sur une obscure statistique du Michigan contre l'Ohio State.

— Mais je ne porterai pas un truc stupide et ne mettrai pas la mission en danger.

Il se tourna vers les deux autres membres de son équipe pour leur demander de l'aide, mais Cream et Coffee s'étaient déjà transformés. Ils étaient des loups gris et se pavanaient dans la neige, inconscients de la tentative de Pauly d'humilier leur chef.

— Le tissu est si fin qu'il se déchirera sous une forte brise, dit Pauly. Ça ne mettra rien en danger.

Juste sa fierté. C'était déjà mal de porter du rose, mais le surnom de Maman Chats resterait. Et pour un loup-garou, c'était ajouter l'insulte à la blessure.

Mais Pauly souriait en essayant de cacher son téléphone portable, sans doute prêt à prendre des photos au moment où Nero enfilerait le vêtement. Mother riait en se débarrassant de ses derniers vêtements. Et même Cream et Coffee avaient arrêté de se rouler dans la neige pour le regarder avec des expressions d'attente.

C'était ce qu'il voulait pour son équipe. Ils s'étaient donnés à fond ces derniers mois, et ils commençaient à ressentir la pression. Ils avaient éliminé une banshee, deux démons des égouts et son préféré : un sorcier ~~zombie qui hantait le désert. Quand Pauly avait suggéré une soirée Trivial~~ et shots, Nero avait pensé que c'était le moyen parfait d'évacuer le stress. Qui aurait cru que l'homme avait une encyclopédie de faits sportifs dans son cerveau? Ou qu'ils auraient enfin localisé le démon qui dévorait les Wisconsiniens imprudents près du lac Wacka Wacka? Ce n'était pas son vrai nom, mais c'était tout ce dont il se souvenait.

Il toucha le vêtement. Il était vraiment fin comme du papier, et même si le rose ressortait contre la neige, son équipe était la meilleure. Ils n'auraient aucun mal à éliminer le démon, même s'il les repérait quelques secondes trop tôt. Il pourrait peut-être déchirer le tee-shirt contre un des conifères.

— Allez, le cajola Pauly. Un gentleman honore toujours ses dettes.

— Là, tu deviens grossier.

Il n'était pas du tout un gentleman, mais bon sang, il ferait semblant si cela voulait dire garder ces sourires sur les visages de son équipe.

— Bien, dit-il en enfilant le tee-shirt. Mais tu payes le petit déjeuner.

C'était sa partie préférée de chaque mission – le repas de célébration après la mission. Il avait la crêperie parfaite, et cela coûterait une jolie somme à Pauly puisqu'ils seraient tous affamés après avoir tué un démon et s'être éclatés dans la neige.

— Ça vaut vraiment le coup, assura Pauly en prenant des photos en rafale.

— Mets-toi en position, grogna Nero, puis il enleva son pantalon.

Merde, il faisait froid. Il attendit que tout le monde soit en version fourrure pour claquer et verrouiller la portière du van. Il mit les clés dans une boîte cachée dans le passage de roue côté conducteur, puis il laissa sa fourrure pousser avec reconnaissance, se transformant en grand méchant loup des contes de fées de son enfance. Mis à part que ce loup tuerait un démon avant le petit déjeuner.

Aujourd'hui serait un grand jour dans l'ensemble… même s'il s'apprêtait à regarder des photos de lui dans un tee-shirt rose pendant un long moment. Il était tendu sur sa poitrine de loup, et bien qu'il ait essayé de le déchirer en respirant profondément, le tissu était tendu, mais ne se déchirait pas.

Le museau gris de Pauly s'ouvrit en un sourire lupin, et même Mother laissa échapper un doux glapissement rieur. Il grogna pour les faire taire, mais il ne réussit qu'à faire grogner Cream et Coffee. Nero laissa alors échapper un grognement sévère, et ils se calmèrent tous. Il était temps de passer aux choses sérieuses.

Ils connaissaient ses mouvements aussi bien que lui après cinq ans de travail ensemble – dont trois avec lui comme alpha. Ils se mirent en formation et commencèrent à chercher le démon. Cream le sentit en premier, mais la puanteur les enveloppa bientôt tous – de la saumure mal couverte par un spray pour le corps Axe. Beurk. Même un nez humain aurait remarqué cela. Ils prirent de la vitesse, et Nero oublia rapidement l'embarras de sa tenue. Ils étaient tous pris dans la course poursuite.

Ils trouvèrent le démon accroupi derrière quelques jeunes conifères près d'un lac gelé : il ressemblait à une cerise au marasquin pour Nero : toutes ses couleurs étaient éteintes. Il avait bien sûr la forme d'un homme normal, mais sa peau était plus rose que la chair, ses cheveux avaient des nuances vertes et ses yeux étaient vides et effrayants. Des yeux de verre, parce que d'après le fae qui les avait mis sur cette chasse, le démon n'utilisait pas ses yeux pour voir. Ces yeux bleus vides n'étaient qu'une apparence, puisque son corps entier était un radar pulsant et que ses récepteurs étaient sur sa peau. Sa bouche semblait être la seule partie normale, mais elle était trop large et les dents étaient pointues.

Il s'avança en premier. C'était son droit en tant qu'Alpha. De plus, c'était tout simplement amusant d'être le premier à frapper.

La créature était concentrée sur le lac, attendant probablement des pêcheurs sous glace imprudents, puisqu'il y avait quelques cabanes d'hiver à proximité. Elle en avait dévoré, ainsi que des skieurs de fond pendant au moins une décennie avant d'attirer l'attention de l'Alliance Paranormale. Il était de plus en plus facile de trouver les mangeurs silencieux grâce à Internet et aux caméras des téléphones portables. Il était localisé à présent, et l'équipe d'intervention de Nero s'apprêtait à mettre fin à cela pour toujours.

Il vit que les autres étaient en place et il s'élança dans la neige. Bon sang, il adorait cette partie. La joie pure de son corps se déplaçant comme un éclair noir dans le paysage blanc. Quelque chose dans son corps de loup effaçait ses douleurs humaines. Un genou déformé, un orteil écrasé, une épaule douloureuse, tout cela disparaissait lorsqu'il était un loup.

Il fit un grand arc de cercle autour de la cachette de la créature, puis il s'élança pour la paralyser.

La chose était préparée. Son radar interne l'avait alertée du danger, mais elle était encerclée par les conifères et trop lente pour s'échapper. Le démon était plus rapide qu'un humain, mais pas qu'un loup-garou, et Nero esquiva le coup avec facilité. Mieux encore, il le chronométra juste comme ~~il fallait, en faisant une embardée,~~ puis en esquivant le coup, prenant une bouchée du mollet de la créature.

Touché !

Il avait arraché un gros morceau de la jambe du démon, et il sourit autour de la chair,

Puis le goût apparut. Bah. Beurk. Cela avait un goût merdique, mais il avait effectué son travail. Le sang giclait de la créature. Comme tout le reste sur cette chose, la couleur était fausse. Rose orangé comme les crevettes. Il s'enfuit avant d'être recouvert de cette merde.

Il recracha la bouchée dès qu'il le put, son élan le mettant hors de portée des mains du démon. Mother et Pauly passèrent en second.

Elle visait la gorge ou l'entrejambe, elle était vicieuse. Pauly s'occuperait de l'autre jambe. Puis tout serait fini et ils pourraient aller courir dans les bois.

Il gardait sa queue haute comme un message disant, *Tout va bien.* Il tournait sur lui-même lorsque le premier coup de feu retentit.

C'était le démon. Il était dans ce monde depuis assez longtemps pour avoir appris à se servir d'une arme à feu apparemment. Il tirait avec une main étonnamment sûre, étant donné que Mother et Pauly avaient fait leur travail. Ses deux jambes étaient déchiquetées. Une partie de son entrejambe aussi.

C'était le truc avec les démons. Ils pouvaient sectionner des parties de leur corps comme une étoile de mer. On pouvait arracher la moitié inférieure et le haut du corps fonctionnait toujours.

Ils s'étaient entraînés pour cette possibilité, heureusement.

Cream et Coffee étaient déjà sur le coup. Cream s'occuperait du bras armé. Coffee de la gorge. Certains démons devaient être démembrés.

Mother et Pauly contournaient les arbres, se rapprochant, manifestement impatients d'abattre ce bâtard. Nero se tendit, prêt à faire sa passe dès que Cream et Coffee auraient porté leurs coups.

Bingo !

Coffee l'avait eu au cou, et du sang bizarre gicla. Cream tenait le bras avec l'arme entre ses dents et l'arrachait du corps du bâtard, mais la chose était plus adroite que prévu. Le démon réussit à faire passer son arme d'une main à l'autre – tout en étant démembré – et il tira une nouvelle fois.

Cream glapit de douleur et laissa tomber le bras. Il essaya de courir, mais sa patte arrière était abîmée, et il tomba cul par-dessus tête. L'élan de Coffee l'avait déjà fait passer devant lui, mais ce n'était pas grave parce que Nero avait déjà entamé sa transformation. Il avait renoncé au démon afin de tirer le loup blessé pendant que Mother et Pauly portaient des coups mortels à leur proie. Mais il ne pouvait pas porter l'animal blessé en tant que loup. C'était plus facile de le ramasser avec des bras humains, même si le loup pesait le poids d'un âne mort. Il devait le sortir de la ligne de mire assez longtemps pour extraire la balle. Il était bien trop dangereux de tenter de redevenir humain avec une balle dans le corps. Le métal pouvait se loger dans bien trop de mauvais endroits.

Peu de métamorphes pouvaient se transformer en se déplaçant, mais les combattants n'avaient pas souvent le luxe d'un endroit tranquille pour se transformer. Ça faisait un an qu'il s'entraînait avec Wulf, Inc. lorsqu'il avait perfectionné la transformation en mouvement. C'était l'une des raisons pour lesquelles il était devenu alpha si jeune. Il le fit maintenant, se glissant dans un lieu d'énergie avant de se transformer en un humain toujours en mouvement. Il savait même comment trouver son équilibre pour pouvoir continuer à courir tout en soutenant l'arrière-train de Cream. Le loup courait ainsi sur ses pattes avant, pendant que Nero soutiendrait l'arrière.

C'était le plan, et il débuta avec une précision sans faille. Il passa de la course à quatre pattes à un flux d'énergie dissolvant.

Il prit conscience du stupide tee-shirt qu'il portait, le sol, l'air, l'impulsion du radar du démon, et quelque chose de plus. Il y avait une accumulation de pouvoir dans la tête du démon. Coffee ne l'avait pas complètement décapité, et la magie s'accumulait au niveau de la colonne vertébrale, juste derrière la mâchoire.

Ce n'était pas bon, mais dans cet état, il était incapable de diffuser un avertissement. Tout arriva trop vite. Il avait à peine senti le pouvoir, qu'il explosa.

Le bâtard de démon explosa en une boule de feu qui pouvait être visible depuis un satellite. Heureusement, Nero n'avait pas de corps à brûler. Il ne ressentit même pas de douleur, juste une poussée qui tenta de perturber son état d'énergie. Il dut livrer un combat mental pour surfer sur la vague sans se désintégrer, mais il y parvint, puis il reprit sa forme humaine. Il devait crier un avertissement à son équipe. Il devait...

L'odeur le frappa en premier. Il se fiait à son odorat même sous sa forme humaine.

La chair brûlée et la fumée.

Ses pieds nus ressentirent ensuite une chaleur intense. Il continua à courir, même si elle brûlait la plante de ses pieds.

Il retrouva sa vision ensuite, et il vit un paysage qui n'était plus un pays de merveilles hivernales. Il courait au centre d'une zone d'explosion, et il ne trouva que du charbon lorsqu'il se pencha pour ramasser Cream.

Il ne pouvait pas respirer. Tout semblait étouffé, même si ses poumons brûlaient. Et il n'entendait qu'un silence absolu.

Il trébucha, tombant à genoux, incapable de lâcher les os calcinés de son ami. Il baissa les yeux, ses mains se crispèrent, et les fragments glissèrent entre ses doigts. Il se retourna, cherchant frénétiquement ses coéquipiers, quelqu'un avec qui partager le choc, mais il ne voyait que des corps brûlés et l'eau provenant de la glace fondue.

Il vit alors le démon. Et merde, comment cette chose pouvait-elle être encore en vie? Il existait bien sûr des démons qui pouvaient tirer des boules de feu, mais il n'avait jamais entendu parler d'un démon capable de créer une explosion d'une telle ampleur. Mais les preuves étaient claires, comme l'était la boule rose du corps du démon partiellement démembré. Il se trouvait à côté du lac, roulant jusqu'au bord avant de tomber dedans. Il ne se noierait pas. Il coulerait dans les profondeurs du lac, où il se reformerait en un corps plus petit et plus simple. Nero voulait le poursuivre. Il pourrait plonger dans l'eau et le déchirer à mains nues.

Mais il ne pouvait pas laisser Cream.

Ou Pauly. Ou...

Il scruta la zone, identifiant les corps, non pas à partir de quelque chose de reconnaissable, mais à partir de leurs emplacements sur le sol noirci. Cream à ses pieds, Pauly à quelques pas de là. Mother, à côté de son partenaire. Et Coffee le plus loin, mais tourné vers lui, parce qu'il était revenu en courant pour aider.

Quatre corps. Et un rayon de huit cents mètres de terre brûlée.

Il commença à trembler, et ses genoux commencèrent à cloquer. La chaleur du sol était intense, et il était nu à part son tee-shirt. Il l'ôta, se leva et le mit sous ses pieds. Il devait retourner à pied au van, heureusement hors de la zone de combat. Son téléphone était là-bas aussi. Pour une raison quelconque, il pensa qu'il pourrait appeler à l'aide. Peut-être que quelqu'un pourrait faire… quelque chose.

Il eut besoin d'un autre moment pour réaliser qu'il n'avait pas besoin de son téléphone. Il devait appeler quelqu'un à l'aide : un prince fae, qui lui devait une faveur. Il avait sauvé la vie de ce type dans une bagarre de bar. Il était au bon endroit au bon moment, et selon les règles des faes, cela signifiait que Bitterroot lui était redevable. Le bâtard lui devait aussi une explication, sur la raison pour laquelle il les avait envoyés après ce démon, sans leur dire que cette chose pouvait souffler le feu.

Il serra ses mains en poings et appela le nom complet de Bitterroot trois fois. L'abruti condescendant apparut instantanément, presque comme s'il l'avait attendu. C'était un petit homme ou un grand elfe, mesurant environ un mètre, avec des yeux brillants et une collection de papillons attachés à son corps. Le fae était une sorte de collectionneur.

Bitterroot apparut en arborant son habituelle expression suffisante, mais ses yeux s'écarquillèrent sous le choc lorsqu'il examina les environs, y compris les restes carbonisés à leurs pieds.

Nero ne le laissa pas prendre ses marques.

— Pourquoi ne m'as-tu rien dit ? demanda-t-il. Tu n'as pas dit que ça pouvait souffler du feu.

— Tu n'as pas demandé, râla Bitterroot, son expression toujours choquée. Il y a des règles.

Foutu trou du cul de fae, toujours avec une excuse. Mais cela n'avait pas d'importance. Ils devaient s'occuper du problème maintenant.

— Peux-tu réparer ça ? Peux-tu m'aider ?

Bitterroot secoua lentement la tête, son regard se posant avec horreur sur le contour cendré du corps de Mother.

— Je ne peux pas…

— Tu peux, assura Nero en déglutissant, la solution pesant lourdement sur son esprit.

La hiérarchie de Wulf, Inc. n'avait pas beaucoup de règles. Le précepte principal était : accomplissez la mission et ne mourez pas. Mais il y en avait un autre : Ne négociez jamais avec les faes. Les loups perdent toujours. Mais Nero s'en moquait. Il allait le faire quand même.

— Donne-moi un mulligan [1].

Le regard du fae revint sur celui de Nero.

— Ce n'est pas une chose facile, répondit-il en prenant une profonde inspiration. C'est une chose *chère*.

— Tu me le dois. Je t'ai sauvé la vie.

— Ce qui te donne un souhait, admit le fae en frottant sa main sur son visage dans un geste étrangement humain. Un mulligan, c'est compliqué.

Puis il fit un signe vers le centre de la zone d'explosion.

— Que ferais-tu différemment ? Comment pourraient-ils survivre à ça ?

Nero n'avait pas de réponse. Il avait eu la chance d'être dans un état d'énergie lorsque le boom avait frappé, et il y avait survécu de justesse. Les autres n'étaient peut-être pas capables de surfer sur la vague comme lui, et Coffee était un loup-garou traditionnel. Il ne s'était jamais complètement dissous en énergie, mais il faisait pousser son museau et sa queue dans une atroce agonie qui prenait du temps. Il ne survivrait certainement pas, mais Nero avait confiance en son équipe pour trouver une solution.

— Nous n'attaquerions pas du tout, dit-il. Nous prendrions le temps de planifier…

— Impossible. Vous devez quand même attaquer aujourd'hui.

Puis Bitterroot leva la main avant que Nero puisse argumenter.

— Je ne fais pas les règles.

Nero étouffa sa frustration. Une grande partie de son cerveau hurlait encore d'horreur, mais il se concentra et trouva une solution.

— Peux-tu garder le mulligan ? Laisse-moi l'utiliser quand je serai prêt.

Bitterroot fronça les sourcils, et un unique papillon rouge brillant quitta son bras pour voltiger devant leurs visages. Il l'attrapa doucement, lui parlant doucement dans une langue que Nero ne comprenait pas. Le fae attendit un instant, puis un autre, comme s'il écoutait une réponse. Finalement, il leva les yeux vers Nero.

— Je peux le garder pendant sept fois sept jours, c'est tout. Et tu devras payer.

Quarante-neuf jours pour trouver une réponse à une explosion qui avait emporté plus d'un kilomètre et demi du Wisconsin.

— Marché conclu.

Son équipe valait ce qu'elle coûtait. Pas de doute.

---

1 Possibilité pour un joueur d'avoir une deuxième chance pour réaliser une action.

— Tu me serviras, Nero, dit le fae, son expression se durcissant. Un an de ta vie pour chaque jour où je garde le mulligan ouvert.

Le souffle de Nero s'arrêta. Le monde des faes était un endroit cauchemardesque. Aucun mortel n'y avait sa place, et personne n'en revenait sain d'esprit.

— Marché conclu, répéta-t-il, la voix forte, même s'il frissonnait intérieurement devant l'ampleur de ce qu'il avait promis.

— Les règles standards s'appliquent. Tu ne peux parler de ça à personne, et tu ne peux pas aller négocier avec un autre fae pour changer ça.

Nero acquiesça. Il connaissait déjà cette partie.

— D'accord.

Puis Bitterroot fourra ce papillon rouge vif dans sa bouche et l'avala d'un coup. Il grimaça au goût tout en fixant Nero d'un regard aiguisé.

— Ne me fais plus jamais ça.

C'était fait. Quand il serait prêt, il appellerait Bitterroot et remonterait dans le temps jusqu'à quinze minutes avant l'explosion, avant même qu'ils n'attaquent. Il serait capable de tout refaire, s'assurant que tout le monde survivait.

Mais comment ?

Il n'avait pas le temps de le découvrir maintenant. Les sirènes de police hurlaient au loin, et il devait trouver une couverture avant qu'ils n'arrivent ici. La bonne nouvelle était que quoi qu'il dise, cela n'aurait pas d'importance. Il finirait par remonter le temps et régler le problème avant qu'il ne commence.

En fait, il réalisa que tout ce qu'il ferait pendant les quarante-neuf jours suivants n'aurait pas d'importance. Tant qu'il trouverait comment vaincre cette explosion, tout se remettrait en place une fois qu'il aurait utilisé le mulligan. Son équipe survivrait, et la vie continuerait comme si cela n'était jamais arrivé. Pour eux, du moins. Pour lui, il devait rembourser Bitterroot. Ce qui signifiait qu'il serait au pays des faes, à essayer de garder la raison, mais c'était un petit prix à payer pour leurs vies.

II

— Il n'y avait rien que vous auriez pu faire. Ce n'est pas votre faute.

Captain M parlait avec compassion, et tout le monde à la table de conférence hocha avec sagacité la tête vers Nero. Il leur adressa un faible sourire, essayant d'être gentil avec tous les dirigeants de Wulf, Inc. Ils étaient trois, tous des loups-garous durs à cuire, plus une goule à la bouche ~~é~~ représentant l'Alliance Paranormale qui ne parlait jamais à personne et un Alien gélatineux en forme d'homme. Au moins Gelpack lui était familier. L'extraterrestre transparent s'était présenté un mois auparavant. Il avait parlé avec ces mêmes gradés, puis s'était installé comme s'il faisait partie de l'équipe.

— Ce n'était pas votre faute, souligna le loup version sorcier.

Il était le seul loup-garou capable de lancer des sorts magiques, ce qui lui avait valu d'être nommé vice-président et d'être traité comme un sorcier.

C'était un peu exagéré, mais c'était approprié.

— Je sais, dit Nero, essayant d'infuser de la conviction dans ses mots. C'était un échec du renseignement. Nous aurions dû savoir que le démon était capable de lancer des boules de feu.

— À l'échelle galactique, commenta Captain M, frissonnant en regardant l'imagerie satellite du désormais renommé Burnt Lake. Et vous aviez besoin d'un meilleur équipement. Des trucs qui résistent aux tirs de plasma.

— Le feu n'est pas un plasma, corrigea le sorcier. Bâtard arrogant. Il semble que ce soit du plasma magique qui brûle.

— Avez-vous quelque chose qui résiste à du *plasma magique* ? demanda Captain M en levant la tête.

Wizard, le sorcier loup, se tut. Le plasma magique était un mythe jusqu'à un jour auparavant. Mais il y a un an, personne ne croyait aux extraterrestres gélatineux, aux loups lanceurs de sorts ou au fait qu'une goule puisse atteindre les échelons supérieurs de l'Alliance Paranormale. Mais voilà, la table de conférence était entourée de mythes devenus réalité. Et apparemment, son équipe avait été décimée par un autre mythe.

— Ce dont nous avons besoin, c'est de compétences scientifiques, dit sa capitaine, ses mots chargés de la colère d'une femme qui tapait sur ce tambour depuis un moment.

Gelpack prit la parole, sa voix semblant venir de sous l'eau. Ce qui, vu la consistance de « l'homme », était probablement le cas.

— Je pensais que la magie et la science étaient différentes.

— Elles le sont… dit la capitaine, mais le sorcier l'interrompit.

— La magie est une science que nous ne comprenons pas encore.

Gelpack ne répondit pas. Nero devina que les complexités du langage humain étaient difficiles à traiter pour l'alien.

Pendant ce temps, Captain M attendait, les bras croisés.

— De toute façon, nous avons besoin de chercheurs, et pas du genre bibliothécaire. Appelez ça une assistance technique, une équipe de geeks, ou Tartempion. Je m'en moque. Nous ne pouvons plus sortir seulement avec des crocs et des griffes. Pas depuis que la moitié de nos appels sont plus qu'un vampire occasionnel ou un démon idiot. Je ne me souviens pas du dernier démon qui pouvait s'habiller tout seul, et celui-là avait une arme magique.

— Et il pouvait utiliser un pistolet, rappela Nero.

Cette partie tendait à être oubliée à cause de la partie explosion atomique à la fin.

Elle acquiesça.

— Comment un démon a-t-il pu comprendre les armes à feu ? Ils seront sur Internet avant que nous nous en rendions compte et ils prendront le contrôle d'Amazon.

C'était une blague. En quelque sorte. Mais elle avait raison.

Les méchants magiques devenaient plus capables et plus étranges chaque seconde. Personne ne pouvait les suivre, surtout pas les plus bas gradés sur l'échelle de l'élimination.

Toutes les espèces de l'Alliance Paranormale se relayaient afin de gérer les menaces paranormales. Mais c'étaient les métamorphes qui souffraient le plus. Les loups, les ours et les félins avaient tous leur propre organisation, et ils s'occupaient généralement du travail de base. Les Non-Corporels étaient moins compétents, se limitant à hanter les gens et à les rendre fous, mais ils avaient leur place, d'autant plus qu'ils comprenaient un nombre indéterminé de faes qui se concentraient sur l'arrêt des méfaits mystiques. Cela incluait, bien sûr, le Prince des Faes, qui s'était occupé de ce problème particulier. Venait ensuite le groupe des sorcières, sorciers et autres de l'Équipe Religieuse. C'était le nom officieux des démons devenus bons et des anges devenus moins bons. Ajoutez à cela quelques demi-dieux survivants pour leur conseil d'administration et vous obtenez Halloween Inc., le troisième pied du trépied du monde étrange.

Nero n'avait aucune idée de la place de Gelpack, à part qu'il était arrivé comme le Surfeur d'Argent. Il s'était simplement pointé et avait demandé à traîner avec les loups. Il était presque banal dans le monde de l'étrange. Complètement transparent, il était comme un moule de Jell-O vivant sous la forme d'un corps humain. Il avait une bouche, mais le son semblait provenir d'une vibration de toute sa forme. Ses yeux étaient là, mais personne ne pensait qu'il pouvait voir à travers. Il était comme un mannequin gélatineux parlant. La raison pour laquelle la créature assistait à cette réunion était inconnue.

— Nous devons trouver un moyen de vaincre cette boule de feu, insista Nero. Pouvons-nous faire appel à Halloween Inc. ? Ils doivent connaître un moyen.

— C'est déjà fait, révéla Wiz, tristement. S'ils connaissent la réponse, ils ne la partagent pas.

Il leva les yeux au ciel avant de continuer.

— Ils sont *religieux*, et ils pensent que nous sommes une autre forme de démon. Donc si un démon nous enflamme c'est tant mieux pour eux.

Eh bien, merde.

— Mais si…

— Nous ne passons pas de marché avec les faes, le coupa Captain M. Jamais. Cela vient du fondateur lui-même, et si ça ne vous plaît pas, voyez ça avec lui.

Wulfric était toujours en vie, même si sa mère magique et lui avaient plus de deux cents ans. Ils étaient les créateurs de l'Alliance Paranormale originelle, dans les années 1800 et, quelles que soient les conneries qui s'étaient déroulées alors, les faes en étaient responsables. D'où la règle : pas de négociation avec les faes. Nero garda sa bouche fermée.

— Nous *avons besoin* de geeks, répéta la capitaine. Nous devons recruter des geeks.

Personne ne discuta, même si tout le monde le voulait. Le problème était que les paranormaux n'étaient pas vraiment connus. Beaucoup de gens avaient de l'expérience avec l'irrationnel, mais ceux qui étaient touchés par la vraie merde avaient tendance à mourir. Le taux de survie était le plus élevé parmi ceux qui étaient nés loups-garous. Les nourrissons étaient plus forts et ils apprenaient à se défendre contre les trucs effrayants en grandissant. Nero était un loup-garou lycanthrope. Il avait été mordu lorsqu'il était adolescent, et les chances qu'il s'en sorte étaient d'une sur dix. D'autres se transformaient à cause de malédictions ou de conneries mystiques, mais là encore, le taux de survie était faible. Les esprits et les corps faibles s'effondraient sous la pression. Les valves cardiaques se brisaient, les asthmatiques cessaient de respirer, et ceux qui avaient de mauvaises allergies ? Leurs corps s'attaquaient à eux-mêmes et leurs morts étaient moches. Et ce n'était rien comparé à ceux qui devenaient fous. Les geeks et les nerds n'étaient pas connus pour leur résistance physique. Et qui savaient quels complexes mentaux se baladaient dans leurs énormes cerveaux ? Du moins, c'était perçu ainsi, et personne ne voulait tester cela. Donc les geeks étaient remarquablement absents des listes de loups-garous.

Malheureusement, le besoin de mojo scientifique devenait de plus en plus évident.

Captain M regarda autour de la pièce, son regard pesant sur chacun des hauts responsables des loups.

— Nous sommes d'accord ?

Un par un, ils acquiescèrent, leurs expressions neutres à l'exception de leurs bouches serrées. Voir des loups-garous aussi silencieux était carrément effrayant. Captain M grogna sa reconnaissance et fit un geste vers les piles de dossiers sur une table derrière lui.

— Choisissez qui vous voulez, dit-elle à Nero. J'ai dressé la liste de mes recommandations. Puis voyez avec Wizard comment faire pour réaliser cela.

Nero leva la tête et fixa la douzaine de dossiers.

— Quoi ? dit-il, son regard se tournant vers elle.

— Nous ne vous renvoyons pas sur le terrain tout de suite, dit-elle, son expression s'adoucissant. Mais vous avez plus qu'assez d'expérience pour identifier le type de soutien scientifique dont nous avons besoin.

— Je n'en ai pas la moindre idée, à part ce qui est évident.

— C'est plus que ce que la plupart des gens ont, répliqua-t-elle en souriant. Parcourez les dossiers, parlez-en avec Wizard, et trouvez qui nous pouvons activer.

— C'est un joli mot pour détruire la vie de quelqu'un. Et c'est en supposant qu'ils survivent.

— Votre vie n'a pas été détruite.

— J'ai été infecté par un enfoiré, et j'ai eu de la chance, dit-il en croisant ses bras sur sa poitrine. Je ne vais pas mordre un geek au hasard en priant pour qu'il…

— Ils n'ont pas été choisis au hasard, dit le Directeur.

Sa voix était douce comme un murmure. La rumeur disait qu'il avait eu la trachée déchiquetée par un vampire en colère, mais qu'il en avait reçu une par une sorte de remplacement magique. Quoi qu'il en soit, il ne parlait jamais au-dessus d'un murmure, mais tout le monde écoutait.

— Nous les surveillons depuis un moment. La plupart d'entre eux sont des loups-garous génétiques, quelques-uns de la lignée du fondateur. Quelqu'un dans leur passé proche porte le gène du loup-garou, et il y a donc les chances qu'il se manifeste un jour.

— *Un jour*, c'est loin d'être *aujourd'hui*.

— Avez-vous une meilleure idée ?

— Il n'y avait pas beaucoup de choix, mais ce sont tous des scientifiques, programmeurs et chercheurs dont nous savons qu'ils peuvent devenir des loups-garous, intervint Captain M. Des gens qui peuvent rechercher des démons à l'avance, qui peuvent comprendre notre biologie quand nous sommes blessés, et…

— Qui peuvent comprendre comment vaincre le feu magique.

— Oui.

Nero n'aimait pas l'idée d'imposer une vie paranormale à quelqu'un qui ne l'avait pas choisie, mais il comprenait le besoin de chercheurs et de scientifiques. Ni les religieux ni les magiciens n'étaient enclins à les aider, et il était le premier à admettre qu'ils avaient besoin de plus que la force brute.

— C'est un gros risque, poursuivit Captain M. Mais nous ne sommes pas les seuls à mourir de ces menaces. Les Normaux meurent chaque fois qu'il y a un problème que nous ne pouvons pas anticiper ou désamorcer. Il vaut mieux que nous obtenions le soutien dont nous avons besoin maintenant avant que la situation ne devienne plus incontrôlable et qu'un désastre intégral ne se produise.

Un silence inquiétant s'abattit aux mots *désastre intégral*.

C'était le terme utilisé par les loups-garous. L'équipe religieuse appelait cela l'apocalypse, et les fantômes parlaient de l'après-vie. Les ours grognaient au lieu d'utiliser des mots, et personne ne savait comment les félins nommaient les choses, mais le sens était le même. À un moment donné, il y aurait tellement de trucs bizarres qu'ils atteindraient un point

14

de basculement. Les Normaux ouvriraient enfin les yeux et verraient ce qui les entourait. Une hystérie de masse se produirait, un génocide ciblé et/ou une grande fête, si une personne faisait partie de la structure de croyance gagnante. C'était le grand méchant du monde paranormal, et tout le monde travaillait très dur pour empêcher son apparition.

Dans le cas présent, cela signifiait convertir de force les cerveaux dans l'espoir qu'ils puissent suivre ce qui se passait. Parce que pour l'instant, tout le monde était dans le noir. Et dans le domaine du paranormal, l'ignorance était mortelle.

— Ne pouvons-nous pas juste leur parler? demanda Nero. Voir s'ils acceptent de venir à bord comme des employés normaux sans les rendre poilus?

Il savait que c'était une question stupide. Il connaissait la réponse avant même que le Directeur ne la dise, mais il devait quand même poser la question.

— Nous ne violerons pas les Accords Paranormaux. Ce serait comme réparer un incendie avec une bombe nucléaire. Nous ne le ferons pas.

Lesdits accords stipulaient que les humains vanille ne devaient pas volontairement être attirés dans leur monde. Point final. Seule une personne déjà paranormale pouvait être invitée à travailler sur le surnaturel et la violation des accords était passible de plus que la mort. Malheureusement, ils étiraient déjà la loi afin d'activer des gènes latents de loup-garou. Une discussion franche – comme une offre d'emploi – avec un humain vanille plongerait Wulf, Inc. dans un désastre juridique, et personne n'était prêt à prendre ce risque.

Quand un juge demi-dieu disait : Plus que la mort, tout le monde mourait de peur.

— D'accord, dit-il, bien que le mot soit comme de la cendre dans sa bouche. Je vais regarder les dossiers.

— J'aiderai, dit Gelpack.

Ils se tournèrent tous afin de fixer l'alien gélatineux, mais ce fut la capitaine M qui retrouva sa voix en premier.

— Super. Hum… comment?

— Je lirai ces fichiers.

Silence. Personne n'était apparemment prêt à faire remarquer que lire les fichiers en soi n'était pas utile.

— D'accord, bien sûr, dit-elle, finalement. Nero, laissez-le… hum… aider.

— Non.

Le mot jaillit avant qu'il n'ait pu y penser. Ce n'était pas vraiment politique de refuser un ordre direct devant le Directeur, mais il ne pouvait pas se taire.

— Les dossiers personnels sont privés. Cette tâche est déjà assez délicate. Je ne vais pas laisser n'importe qui lire les dossiers sans raison valable.

— Gelpack n'est pas n'importe qui, dit M., mais il pouvait voir qu'elle était nerveuse. Il est... il est...

Son bégaiement s'arrêta parce qu'elle n'avait manifestement aucune idée de ce que Gelpack était venu faire ici.

— Il est ici pour nous expliquer la magie, chuchota le Directeur. Et pour que nous lui expliquions les émotions.

Ils fixèrent tous leur directeur, bouche bée.

Finalement, Nero dit ce que tout le monde pensait.

— Pouvez-vous répéter ?

— Gelpack vient d'une autre... hum... dimension. Il nous étudie – nos émotions – et en retour, il nous aidera à utiliser la magie.

Toutes les personnes présentes dans la salle se redressèrent soudainement et leurs yeux se fixèrent sur l'être gélatineux. Il n'était pas surprenant que Wizard soit le premier à poser des questions.

— Expliquer quel type de magie ? À qui l'explique-t-il ? Pourquoi n'ai-je pas été informé... ?

Le Directeur leva la main, et le sorcier-garou se tut immédiatement.

— C'est un échange en tête à tête. Vous lui dites ce que vous ressentez – *honnêtement* – et il vous aidera...

Il fronça les sourcils en regardant Gelpack.

— Pouvez-vous aider à activer un loup-garou latent ?

— Peut-être.

Captain M prit un dossier sur le dessus et le poussa vers Gelpack.

— Et lui ? Pouvez-vous l'activer ?

Nero grimaça en regardant l'alien ouvrir le dossier. Rien n'était totalement solide en lui, il semblait s'enfoncer dans le papier comme si son pouce allait se couper, puis il l'ouvrit doucement.

Nero ne pouvait voir aucun résidu lorsqu'il retira sa main, mais cela lui filait quand même la frousse.

— Non, dit Gelpack.

— Alors...

— Mais Wizard le peut.

— Quoi ? s'exclama celui-ci.

— Excellent, s'exclama Captain M en retirant le dossier de Gelpack et en le glissant vers Nero. Regardez-le d'abord.

Ce dernier fronça les sourcils en voyant le nom. *Joshua Collier*. Le nom était aussi peu impressionnant que la photo, mais là encore, celle-ci montrait un homme trop pâle en short et tongs alors qu'il achetait des tortillas à la supérette. Personne n'avait l'air cool en achetant des chips sans marque.

— Alors, c'est décidé, dit le Directeur en se levant de son siège. Nero, je veux quatre nouveaux geeks en formation d'ici lundi prochain.

— C'est peut-être trop rapide, argumenta Nero, mais il n'eut pas la possibilité de terminer.

— Notre peuple est en train de mourir. Vous réglez ça d'ici lundi ou je trouverai quelqu'un d'autre qui le fera.

Un frisson parcourut la colonne vertébrale de Nero. C'était une menace classique, souvent utilisée par Wulf, Inc., mais elle lui faisait froid dans le dos. Bien sûr, la plupart des gens qui travaillaient ici avaient une famille et des amis, une vie en dehors de la recherche de méchants paranormaux. La capitaine avait un mari et quatre enfants, tous loups-garous, vivant une vie de banlieue normale, à part pendant la pleine lune. Elle était d'une race qui devenait folle ces jours-là.

Mais il n'avait personne. Il avait coupé les ponts avec tout ce qui ne faisait pas partie de la lycanthropie depuis qu'il avait été infecté dix ans auparavant. M et tant d'autres pourraient trouver un emploi civil, mais il ne savait que diriger une équipe qui combattait les méchants. Et il n'existait pas d'entreprises privées qui embauchaient des hommes sans CV civil qui ait un sens. Il n'en avait pas parce que Wulf, Inc. ne divulguait pas ces actions auprès des civils. Ce qui signifiait qu'il se retrouverait sans références s'il n'obéissait pas.

— Lundi, dit-il d'un air sombre.

Cela signifiait qu'il avait sept jours entiers pour baiser cinq nouveaux loups-garous et prier pour qu'ils vivent en le détestant.

C'était aussi bien. Il avait également un délai. Bitterroot avait fixé une limite de quarante-neuf jours pour son retour en arrière, et plus vite les geeks résoudraient ce problème, plus vite il pourrait en finir avec cette ligne temporelle et revenir à la vie d'avant.

III

— Foutu support technique ! Foutus idiots.

Josh Collier levait les sourcils alors qu'il rejoignait Mercredi Addams, alias sa meilleure amie depuis le lycée, Savannah Nielson, où elle était assise au bar de l'hôtel. Elle fixait son téléphone, et il pariait à un contre deux qu'elle le jetterait à tout moment maintenant.

Il but son café noir, triple sucre et attendit.

— Quel genre de perdants acceptent de répondre à des questions idiotes toute la journée ? Je vais te dire qui. Des perdants qui ne savent pas lire les e-mails, qui ne donnent pas de réponse directe et qui ne savent pas penser par eux-mêmes, voilà qui.

— Waouh. Quelle déclaration à propos d'un parcours professionnel entier, commenta-t-il en jetant un coup d'œil dans la salle à deux Klingons, deux sorciers et trois princesses elfes peu vêtues. Vu la foule habituelle des conventions de jeux, une bonne moitié de la salle avait probablement travaillé au support technique à un moment ou à une autre. Savannah s'en fichait visiblement.

— Tu sais ce que je veux dire, souffla-t-elle. Mon jeu *Destined Mayhem* n'arrête pas de me jeter à la bataille finale. Je n'arrive pas à comprendre pourquoi, et le support technique me dit : «Avez-vous mis à jour votre logiciel ? Avez-vous la dernière version ? Peut-être que si vous éteigniez votre appareil et le redémarriez ?».

Elle leva les yeux au ciel.

— Comme si je n'avais pas pensé à faire ça avant de les contacter.

Il grimaça. Il connaissait son problème, mais il hésitait à lui annoncer la mauvaise nouvelle. Il avait perdu plusieurs mois de sa vie exactement de la même manière pour découvrir l'horrible vérité, la trahison.

Elle soupira en tirant sur ses cheveux noirs de Mercredi Addams. Il lui avait probablement fallu une heure pour les lisser vu qu'elle était normalement toute bouclée… contrairement aux centaines d'heures qu'il lui avait fallu pour fabriquer son costume avec cape de sorcier, apparemment anodin.

— D'accord, gémit-elle. Dis-moi quel est le problème. Et ne te moque pas parce que je ne t'ai pas demandé avant d'essayer le soi-disant service client.

— Tu as besoin d'une plateforme plus rapide pour jouer le dernier niveau.

Elle secoua la tête.

— Non, j'ai vérifié. Les spécifications du jeu…

— Sont un mensonge. La dernière extension en demande plus, et ils sont en retard sur la mise à jour du site Web, expliqua-t-il avec un sourire sarcastique. Mais ils te vendront une tricherie pour seulement cinquante dollars.

— C'est odieux ! s'écria-t-elle, et il acquiesça.

Les jeux étaient l'un des rares endroits au monde à suivre des règles. Même les surprises dans le jeu pouvaient être découvertes à l'avance si on fouillait suffisamment sur Internet. Qu'une société de jeux fasse un tel leurre était odieux. C'était pour cela qu'il avait lancé une campagne de vengeance par pure indignation morale. Il n'avait pas les compétences techniques nécessaires, mais il savait qui contacter pour dénoncer la perfidie de la société. Il s'attendait à ce que les ventes de *Destiny Mayhem* chutent à cause d'une infection malveillante insidieuse, mais cela n'aidait pas Savannah.

Elle le fixa par-dessus son moka.

— Dis-moi que tu as le moyen de tricher.

— Je ne joue pas à ce jeu.

Plus jamais. Il avait découvert la vérité deux semaines auparavant et il avait vendu tous les jeux qu'il possédait et qui étaient fabriqués par cette société. Cela avait réduit sa collection, mais c'était le principe de l'action. De plus, il avait besoin de l'argent pour payer MoreCon.

— Mais tu le connais, n'est-ce pas ?

— Je pourrais connaître un gars qui connaît un gars, répondit-il en lui souriant.

Il sortit son téléphone et lui envoya les étapes par SMS.

— Pourquoi est-ce toujours un mec ? Pourquoi ne connais-tu pas une fille qui connaît une fille ?

— Moi ? Les filles ? dit-il en arquant un sourcil à son intention.

— Il faut bien que tu sortes du labo de temps en temps, dit-elle en reniflant.

— Non, répliqua-t-il en riant. Je n'en ai vraiment pas besoin.

Elle était la seule personne au monde à connaître tous ses secrets, sauf celui-là. Elle savait que son père était un abruti, qu'il avait triché pendant son cours d'anglais, et que leur relation amoureuse au lycée n'avait jamais fonctionné. Leur relation amicale était trop bonne, et toutes ces histoires de sexe avaient tout ruiné, ou presque. Ce qu'elle ne savait pas, c'était qu'il avait complètement abandonné les filles et avait commencé à sortir avec des garçons.

C'était nouveau. Il n'était pas prêt à sortir du placard, car il détestait les étiquettes autant qu'elle détestait le support technique. Mais il avait pensé aborder le sujet pendant leur week-end annuel à MoreCon. Il s'imaginait lui dire qu'il avait rencontré un homme dans un bar et que quelque chose l'avait ému. Une partie de lui s'était réchauffée et épaissie, et tout ce qui était censé se produire avec une fille, mais arrivait rarement avec lui, se produisait avec cet homme.

Cela voulait-il dire qu'il était gay? Il explorait cette possibilité. Il était allé voir un film avec ce type et avait découvert que c'était un con. Mais cela avait ouvert une porte, et il avait eu d'autres rendez-vous avec d'autres hommes. Il en avait même embrassé deux.

Tout était nouveau. Tout était excitant. Et il voulait partager cela avec sa meilleure amie, mais il ne savait pas comment aborder le sujet.

Puis elle changea de sujet.

— Alors, tu fais partie de l'extravagance de la cérémonie d'ouverture, hein?

Il écarquilla les yeux en simulant la surprise.

— Je ne vois pas ce que tu veux dire.

Elle rit comme il savait qu'elle le ferait.

— Tu détestes l'événement d'ouverture, habituellement, mais cette année, tu es tout à fait d'accord pour que je prenne mon vendredi et que je sois là à temps pour le coup d'envoi de dix-neuf heures. Cela ne peut que signifier que tu as finalement suffisamment usé de l'équipe de gestion pour qu'ils te laissent y participer.

Elle regarda sa cape, voyant sans doute certaines des poches mal cachées à l'intérieur. Il n'était pas couturier.

— Est-ce le tissu ignifugé de ton père?

Il baissa les yeux et vit le tissu vert chatoyant appelé Volcax qu'il avait volé dans l'usine de son père. Des années auparavant, son père s'était associé à un chimiste brillant nommé Craig, et ensemble, ils avaient mis au point une fibre imperméable à la chaleur jusqu'à cinq mille degrés. Il n'était qu'un enfant à l'époque, assis sur la paillasse du laboratoire, écoutant ce qu'ils disaient, regardant tout ce qu'ils mélangeaient et faisaient exploser, et il était devenu accro. La chimie était son truc, grâce à tous ces merveilleux après-midi passés à regarder son père et Craig faire exploser des choses. Ils avaient fini par trouver la formule et Volcax était né. Peu de temps après, ils l'avaient vendu au gouvernement, et le tissu était maintenant si secret que Josh pourrait finir en prison pour ce qu'il portait.

— Je n'ai aucune idée de ce que tu veux dire, dit-il en ajustant sa cape.

— Tu ne vas pas encore mettre le feu à l'hôtel, n'est-ce pas ? s'inquiéta-t-elle en arquant un sourcil.

— C'est arrivé une fois !

— Deux fois.

— Une bombe puante ne compte pas comme un incendie, répliqua-t-il.

— Le directeur de l'hôtel ne l'a pas vu de cette façon.

Vrai. Et il avait dû plaider sa cause pour ne pas être banni de la totalité des hôtels de la chaîne pour le reste de sa vie.

— Pas de boules puantes cette année.

Juste de la pyrotechnie, des effets électriques sympas, et un tour de passe-passe qu'il avait mis des mois à perfectionner.

— Et la convention a payé mon hôtel.

— C'est cool.

C'était loin de couvrir ce qu'il avait dépensé pour créer son costume, mais chaque centime aidait. Surtout qu'il n'était qu'un modeste étudiant en doctorat avec une bourse de l'université du Michigan. Cela couvrait le loyer, la nourriture bon marché et un gros manteau d'hiver, mais pas grand-chose d'autre. Elle, en revanche, avait un super doctorat à la même université et travaillait maintenant pour Big Pharma pour plus d'argent qu'il n'en aurait gagné en tant qu'étudiant.

— Comment se passe la thèse ? demanda-t-elle.

— J'ai besoin de quelques expériences supplémentaires.

— C'est ce que tu disais l'année dernière.

Il haussa les épaules. C'était le problème avec la recherche. Il y avait toujours plus à apprendre, et plus de moyens de retarder la rédaction de la thèse qui mettrait fin à sa vie confortable à Ann Aarbor et l'enverrait dans le grand méchant monde à la recherche d'un emploi.

— Tu ne peux pas passer ta vie à faire des expériences aléatoires dans un sous-sol, dit-elle.

— Je les fais dans un laboratoire universitaire, maintenant.

Dans leur sous-sol.

— Je les fais dans un laboratoire de plusieurs millions de dollars, et ils me donnent beaucoup d'argent pour le faire.

Il acquiesça.

— Mais ils te disent quoi faire, quand et comment le faire. Je préfère aller là où ma curiosité me mène.

Et c'était là que résidait son problème. Il aimait explorer la chimie et il était très doué pour cela. Et il détestait que quelqu'un d'autre lui dise où son esprit devait aller. Il n'existait aucune raison impérieuse – autre que l'argent – de choisir leurs recherches plutôt que les siennes. Il pouvait vivre avec un compte en banque minuscule. Il ne pouvait pas vivre au chômage.

— Personne ne te payera pour ça, dit-elle en soupirant.

— Pourtant. Quelqu'un finira par reconnaître mon génie.

— Tu dois faire quelque chose de cool pour être considéré comme un génie, dit-elle.

— J'ai encore gagné le concours Chem Hack cette année. Cinq ans d'affilée, c'est assez impressionnant.

— Et personne en dehors de l'université ne sait ce que ça veut dire.

Oui, c'était le problème. Il n'avait pas eu de chance dans ses recherches pour inventer quelque chose de mieux que le Volcax. Cela n'existait pas, et il avait passé des années à le découvrir, bien qu'il ait appris toutes sortes de choses intéressantes sur la façon dont les choses brûlaient, explosaient ou fondaient. Mais plutôt que de parler de cela, il se plongea dans leur série habituelle de questions sur qu'est-ce-que-tu-as-fait.

L'alarme de son téléphone sonna à la moitié de sa dernière histoire de stupidité entre collègues. Il l'éteignit avec son pouce, puis il termina son café.

— Je dois y aller.

— Aussi tôt ?

Il hocha la tête. Il lui faudrait des heures pour préparer la scène pour son spectacle.

— Je te garderai une place au premier rang. Promets-moi que tu seras là.

— Bien sûr que j'y serai ! C'est notre week-end. Je l'attends avec impatience chaque année.

— Bien, parce qu'après…

Il déglutit. C'était le moment de faire le grand saut.

— Il y a quelque chose que j'aimerais te dire. Sur moi. Et peut-être à propos d'un rendez-vous… ou un truc comme ça.

— Un rendez-vous… ou *un truc comme ça* ? répéta-t-elle, en haussant ses sourcils.

— Oui.

Puis il se leva de sa chaise avant qu'elle ne puisse poser une des milliers de questions qu'il voyait dans son expression.

— Après. Ne manque pas ça.

— Comme si je pouvais manquer ça maintenant ?

Il rit en se dirigeant vers la scène principale. Il planifiait le spectacle depuis un an maintenant. Ce soir, il serait le sujet de conversation de la convention.

IV

JOSH MIT deux heures à régler tous les éléments pyrotechniques. Il les vérifia deux fois pour sa propre tranquillité d'esprit, puis une fois pour le directeur de l'hôtel. Tout était parfait, et son estomac était noué d'excitation. Après un an de préparation, tout cela serait incroyable. Il monterait sur scène tel un sorcier ivre jetant des sorts dépareillés partout. Mais ensuite, lorsque le maître de cérémonie tenterait de le jeter dehors, il disparaîtrait dans une explosion de flammes multicolores.

L'organisation de ce spectacle avait été son divertissement pendant l'année écoulée grâce au faible solde de son compte en banque. Il avait passé des nuits à rêver de ce moment glorieux et des jours à chercher la meilleure façon de le faire, à moindre coût. Certains pourraient trouver cela nul, mais il préférait passer son temps à chercher comment faire exploser une scène en toute sécurité plutôt que de regarder la dernière offre Netflix.

Il était en train d'installer son bâton de sorcier derrière le rideau, à droite de la scène, lorsqu'une voix grave l'interrompit alors qu'il passait en revue sa liste de contrôle mentale pour la milliardième fois.

— Josh ?

Un frisson parcourut sa colonne vertébrale au son résonnant de son prénom.

C'était le genre de voix que les grands sorciers utilisaient dans les jeux vidéo, ou les vieux arbres qui dispensaient leur sagesse. Elle faisait taire toutes les pensées aléatoires dans sa tête afin qu'il puisse écouter, et il se retourna rapidement pour trouver la source. Ce faisant, il faillit entrer en collision avec un guerrier strip-teaseur et le Docteur Strange.

Ils étaient en costume, évidemment, et il espérait vraiment que la voix hypnotique était celle de l'aspirant Benedict Cumberbatch. Cela irait bien avec le costume de sorcier. Mais même ainsi, son regard était attiré et retenu par le guerrier.

L'homme était énorme, comme une montagne. Il portait un simple gilet en cuir, sans doute pour mettre en valeur ses abdominaux dessinés, et un pantalon détachable d'une qualité étonnante, d'où l'étiquette « strip-teaseur ». Son visage n'était pas beau comme celui d'un mannequin, mais il avait une beauté sauvage. Une mâchoire forte, une légère barbe, et un nez romain pointu. En vérité, il aurait été mieux dans une jupe troyenne avec une épée, mais Josh n'allait pas chipoter. Honnêtement, il voulait voir les jambes de ce type. Puis il y avait ses yeux. Techniquement, ils étaient bruns, mais le brun le plus cool qu'il ait jamais vu. Il y avait du rouge et du jaune, et un vison riche et sombre. Comme les yeux d'un faucon ou d'un lion. Peut-être un loup-garou dans un film. Il se perdit momentanément dans ces yeux, essayant de voir si c'était des vrais ou des lentilles de contact.

— Josh Collier ?

Bon, le guerrier était celui qui avait une voix. Super.

— Fais-toi un look de centurion romain, la prochaine fois. Tu as les épaules pour une cape et un pantalon de strip-teaseur déprécie le look, dit-il en souriant. En plus, les jupes sont de meilleures publicités de toute façon.

Il était peut-être nouveau dans son orientation sexuelle, mais il avait appris le jargon lors de sa première convention. Personne ne jugeait les préférences ici, et les blagues salaces fonctionnaient généralement pour toutes les orientations.

Mais visiblement, le guerrier n'était pas habitué aux conventions, car il cligna des yeux en signe de confusion.

— Qu... quoi ? Non ! balbutia-t-il finalement en baissant les yeux sur son pantalon. Pas de strip-tease.

— Je ne juge pas, assura Josh en haussant les épaules. Enfin, je suppose que si, mais juste ton choix de costume. Hé, si tu as la carrure, je te suggère d'en faire étalage. Tu as probablement travaillé dur pour obtenir toute cette définition musculaire.

Puis il tenta un sourire charmeur. C'était la première fois qu'il flirtait avec un homme et son gaydar n'était même pas proche de cent pour cent, mais quelqu'un qui portait un pantalon de strip-teaseur à une convention devait espérer quelque chose. Et Josh n'était pas opposé à l'idée de tâter le terrain avec un néophyte de la convention. Surtout un qui avait l'air de pouvoir soulever un bus. Et qui rougissait comme une vestale vierge.

N'était-ce pas adorable ?

Puis le Docteur Strange intervint. Sa voix était sèche, classe, et avait le parfait niveau d'arrogance.

— Nous sommes ici pour vous offrir un emploi.

Josh hocha la tête, regardant subrepticement autour de lui pour voir qui filmait cela. Il vit le personnel habituel de la convention, mais aucun d'eux ne leur prêtait attention.

— OK, je vais jouer le jeu. Quel genre de travail, à quelle convention ? Et le plus important, qui vous a dit que je cherchais ? Vous n'avez même pas encore vu mon spectacle.

— C'est un travail enrichissant, dit le guerrier avec sa belle voix. Des trucs qui changent la vie. Votre formation scientifique est impressionnante, et nous aimerions que vous commenciez immédiatement.

— Ma formation scientifique ?

Il avait publié deux articles, tous deux dans des revues de niveau moyen. Pas vraiment un CV de niveau NASA. Mais il supposait que pour la plupart des gens, être dans un programme de doctorat était déjà un accomplissement.

— Nous avons regardé vos articles. Ceux sur les chaînes de carbone et hum… écoutez, je n'ai pas compris un mot de tout ça, mais…

— Moi si, les interrompit le Docteur Strange. Et nous avons besoin de votre aide. Nous offrons d'excellents avantages et…

Josh rit et leva la main pour les empêcher de parler. Quoi que ce soit, cela avait déjà calmé sa nervosité avant le spectacle, et il en était reconnaissant. Mais les portes étaient sur le point d'être ouvertes, et cela signifiait qu'il était dans les dernières minutes de préparation. Il était plus qu'excité par son grand moment de convention, et ces hommes le distrayaient de vivre pleinement sa gloire.

— Monsieur Collier, dit le Docteur Strange.

— Les gars, je n'ai aucune idée de ce que vous essayez de faire, mais je n'ai pas le temps d'en discuter maintenant. Vous pouvez me payer un verre après et…

— Ce serait vraiment mieux si nous parlions maintenant, dit le guerrier. C'est ce qui va arriver, Josh. Vous allez adorer ce travail, mais ça doit se faire maintenant.

Il y avait une note claire de désespoir dans sa voix lorsqu'il continua.

— Venez avec nous, s'il vous plaît. Prenez la pilule, traversez le miroir magique, accrochez-vous à l'aventure à deux mains.

Josh sourit. Il devait reconnaître le mérite du Guerrier. Il délivrait certainement les répliques ringardes avec une vraie passion.

— D'accord, bien sûr, dit-il.

Et il rit à la soudaine éclaircie dans les yeux de l'homme.

— Juste après le spectacle. Je vous promets que vous me payerez les premiers verres.

— Attendez… commença le guerrier, mais le Docteur Strange secoua la tête.

— Laisse tomber. Nous ne pouvons pas lui donner assez de détails pour le convaincre de quoi que ce soit. Nous devons employer la manière forte.

Cela avait l'air menaçant, tout comme la façon dont le visage du guerrier se ferma avant qu'il ne fasse un petit signe de tête. Josh fronça les sourcils, puis il fit un geste vers la régisseuse. Elle s'appelait Megan, et elle ne pouvait rien faire contre les deux hommes, mais elle avait un talkie-walkie et une ligne directe avec la sécurité de l'hôtel.

— Megan, tu dois appeler la sécurité de l'hôtel. Je ne pense pas que ces types soient des participants inscrits.

Megan acquiesça d'aussi loin que possible. Elle savait qu'elle n'était pas de taille à affronter ces hommes s'ils devenaient belliqueux, mais elle était rapide avec son talkie-walkie. Heureusement, ce ne fut pas nécessaire. Le guerrier leva les mains en signe de reddition.

— Pas besoin de sécurité, assura-t-il de cette voix toujours aussi belle. Nous allons trouver nos places.

Son expression était si fermée que ses yeux glorieux semblaient encore plus brillants.

N'étant pas du genre à se laisser faire, Megan hocha la tête.

— C'est super, mais je dois d'abord voir vos badges d'accès.

Le guerrier lança un regard noir à son compagnon sorcier.

— Je t'ai dit que nous devions acheter des badges.

— Pour trente minutes? répliqua l'autre. Nous avons un vol pour Seattle dans trois heures.

Le guerrier grimaça.

— Josh, aidez-nous, s'il vous plaît. Écoutez, je m'appelle Nero, et voici Wiz. Nous sommes venus ici juste pour vous rencontrer.

— Moi? dit-il, le mot fortement teinté de scepticisme. Pourquoi?

— Pour vous offrir un travail. À un haut niveau.

Josh n'en croyait pas un mot. Ce n'était pas comme cela que sa vie fonctionnait, mais son âme de joueur voulait croire que cela pouvait arriver. N'était-ce pas ainsi que toutes les bonnes histoires commençaient? Avec un appel à l'aventure? Il pensait toujours que c'était une blague, mais il n'était pas immunisé contre la flatterie de tout cela. Ces hommes s'étaient donné beaucoup de mal pour l'approcher. Il pouvait leur donner une chance.

— Laisse-les regarder le spectacle, Megan.

— Ils n'ont pas de badges…

— J'ai droit à des invités.

Et comme sa famille ne serait jamais surprise à assister à une convention de fantasy, il était ici en solo.

— Mets-les au premier rang, garde un œil sur eux, et je m'assurerai qu'ils partent juste après.

— En es-tu sûr? demanda-t-elle en fronçant les sourcils.

Non. Il n'avait pas la moindre idée de la façon dont il ferait sortir ces gars s'ils résistaient. Mais c'était un souci à régler après son spectacle.

— Oui. Je m'en occuperai.

— D'accord, dit-elle. Par ici, messieurs.

Elle commença à les escorter, mais s'arrêta assez longtemps pour lui lancer un clin d'œil.

— Bonne chance, Josh.

Il lui sourit.

— Merci.

Il la regarda les conduire aux sièges du premier rang, à l'extrême gauche. Ils arrivèrent juste à temps, car un instant plus tard, les portes s'ouvrirent et les gens entrèrent. Des gens, des faes et des elfes, des héros et des héroïnes d'une grande variété de littérature, et tout un tas de personnages de Star Wars et Star Trek. Tout le monde n'était pas costumé, cependant. Certains n'avaient pas pris la peine de le faire avant demain, mais les plus cool l'étaient. Et Savannah était au premier rang dans sa tenue de Mercredi Addams. Heureusement, il avait réservé sa place, sinon elle aurait été coincée au fond.

Il voulait lui faire signe, mais il ne pouvait pas sortir de derrière le rideau, alors il s'efforça d'oublier sa nervosité en regardant les costumes et les mecs sexy. Aucun n'était comparable au guerrier qui aurait dû porter le costume de centurion, en supposant qu'il s'appelle vraiment Nero. C'était logique. Ce qui ne l'était pas, c'était sa position sur son siège, l'expression tellement crispée qu'elle aurait pu être sculptée.

Qu'est-ce qui se passait? C'était juste un spectacle de cérémonie d'ouverture.

Et le sorcier à côté de lui était encore plus bizarre. Il était plongé dans un classeur bon marché et bougeait les lèvres en lisant. Sans blague. Josh pouvait le voir depuis la scène. La bouche de l'homme bougeait pendant qu'il lisait ce qu'il tenait entre ses mains.

Puis le spectacle commença. Davie Jenkins, le président de MoreCon, monta sur scène et parla dans le micro. L'homme avait une quarantaine d'années, il était gay et possédait la plus incroyable collection d'animes que Josh ait jamais vue. Josh s'était rendu chez lui plusieurs fois pour des soirées vidéo, accompagnées d'excellents nachos. David et son partenaire, Glen, étaient l'exemple vivant d'un couple gay sain. Ils n'étaient pas bizarres ou caricaturaux. Glen était comptable, David possédait deux franchises de Taco Belle, et ils s'aimaient, ce qui était plus que ce que Josh pouvait dire de ses propres parents. C'était ce qu'il aspirait à avoir un jour : des soirées animes tranquilles en banlieue avec son gentil mari. Même s'il n'était pas opposé à quelques aventures torrides avec un type bâti comme une montagne en pantalon de strip-teaseur en cours de route.

David termina les salutations, énuméra les changements importants dans les programmes et présenta l'invité d'honneur du fandom. Il s'agissait d'un personnage secondaire dans une série télévisée de longue durée, mais c'était tout ce que la convention pouvait se permettre, et deux minutes après le début du bavardage suffisant de ce type, Josh eut son signal.

Il trébucha sur la scène comme s'il était ivre. Il tenait son bâton dans une main et un gobelet vide qu'il retourna afin que tout le monde puisse voir qu'il était vide.

— Passons aux choses sérieuses ! s'écria-t-il. Où un humble sorcier peut-il trouver à boire ?

— Eh bien, le bar est juste derrière ces portes… répondit David, retournant au micro.

— Peu importe. Je suis un magicien, non. Je peux faire apparaître ma propre boisson !

— Hum… Je ne crois pas que vous devriez faire de la magie, monsieur. Vous n'êtes clairement pas en forme.

— En forme, Schmidt ! répliqua Josh en pointant du doigt et en adressant un clin d'œil à un des habitués de la convention, Tom Schmidt, qui agitait la main depuis le quatrième rang. Je suis aussi apte à faire de la magie qu'un Schmidt.

Il mit vraiment de l'ardeur dans le nom de famille de Tom, s'assurant de cracher un peu pendant qu'il bredouillait le nom.

Tout le monde trouva cela drôle, y compris Tom, et Josh se prépara donc à faire exploser la plus petite de ses pièces pyrotechniques : une petite explosion provenant d'une poche doublée à l'extérieur de sa cape.

— Esprit du raisin, du grain et du houblon, entonna-t-il en tenant son gobelet bien haut, faisant un petit hop à ce sujet. Remplis et renouvelle mon gobelet, et pas avec du pschitt !

Il appuya sur le bouton de détonation, et comme prévu, sa poche explosa avec une pluie d'étincelles.

— Oups ! dit-il à l'amusement de tous. Ce n'est pas du tout ce que je voulais dire.

Il plongea un regard éberlué dans son gobelet vide, mais alors qu'il le faisait, il sentit une étrange chaleur s'installer au creux de son ventre. C'était une sensation étrange, comme un reflux acide d'une taille infernale, mais plus bas et accompagné de crampes. Était-il en train de tomber malade ? Certains de ses produits chimiques les plus dangereux s'étaient-ils échappés d'une poche intérieure ?

C'était alarmant pour sûr, mais il était au milieu de son grand moment. Même s'il avait l'impression d'être sur le point de vomir, il se retint et essaya de continuer le spectacle.

David fronça les sourcils, faisant semblant d'être alarmé, comme ils l'avaient prévu.

— Je ne pense pas que vous devriez faire ça…

— Riddikiiiiieee !

Il voulait dire Riddikulus, mais le mot brûlait comme un feu dans sa gorge, et il se transforma en cri d'agonie. Ces brûlures d'estomac mortelles explosaient dans son corps, mettant ses nerfs en feu. Il avait l'impression que ses yeux sortaient de sa tête et son regard se dirigea vers celui de Savannah. Elle était bouche bée et semblait inquiète, mais tout le monde autour d'elle souriait. Il était sur le point de vomir son repas sur la scène, et ils pensaient que ça faisait partie du spectacle.

David, au moins, savait que ce n'était pas prévu. Il s'avança, une expression inquiète sur son visage ?

— Josh…

Un éclair le frappa. Ce n'était pas un vrai éclair, mais c'était ce qu'il ressentait. L'électricité traversait son corps, faisant se contracter chaque muscle d'une façon insupportable. Sa tête se rejeta en arrière, et il cria lorsque ses os se brisèrent sous l'effort. Colonne vertébrale, hanches, jambes. Crac, crac, pop.

Il s'effondra sur le sol, la douleur faisant éclater sa vision en étoiles. Sa cape volait dans son dos, mais elle n'était pas bien ajustée et elle glissa sur le côté de son corps. Son esprit était blanc d'agonie, et il essaya de crier, mais aucun son n'émergea.

Il sentit sa mâchoire se détacher, sa bouche et son visage éclater. Il pouvait entendre le public haleter, mais il ne pouvait pas le voir. Bon sang, il ne voyait rien ! Puis il se liquéfia complètement. Comme s'il s'était fondu dans l'air pendant que son corps se transformait horriblement, et tout semblait faux, faux, faux. Ce n'était pas tant la douleur, mais ses mains, ses jambes, son visage s'étiraient ou se comprimaient ou se brisaient tout simplement. Du moins, c'était ce que son esprit lui disait, alors que tout semblait complètement incorporel. Comme s'il était une soupe d'énergie et sans forme aucune, puis soudainement, il se matérialisa. Il avait un corps et il était courbé à quatre pattes. C'était bien, n'est-ce pas ? Il essaya de se redresser, mais il ne pouvait pas se tenir debout.

Puis le public éclata en un tonnerre d'applaudissements.

C'était. Quoi. Ce. Bordel ? Il était en train de mourir, et ils applaudissaient ?

Il tourna la tête, et il pouvait tout voir maintenant que sa vision s'était dégagée. Les gens applaudissaient, les elfes riaient, il y avait du mouvement partout, mais où diable était Savannah ? Il finit par la trouver, même si toutes les personnes debout et les applaudissements l'aveuglaient. Elle était là, juste là où elle se trouvait auparavant, la bouche entrouverte et les yeux écarquillés.

Savannah !

Il cria son nom. Elle devait appeler les secours. Il avait besoin d'un médecin. Mais ce qui se passa le choqua totalement. Il entendit un hurlement au lieu de son nom. Et il sentit ce bruit venir de sa propre gorge.

Il glissa en arrière, effrayé et confus. Et comme il bougeait, il vit des pattes. De grandes et épaisses pattes de chien là où ses mains auraient dû être. Et ses pieds étaient empêtrés dans des vêtements et des chaussures qui tombaient de lui. Le public commençait à siffler son approbation. Foutus idiots !

Il les fixa, en essayant de parler. Il devait leur faire comprendre !

Il entendit un grognement et sentit ses lèvres se retrousser. Les applaudissements cessèrent, et ce n'était pas étonnant. Le son semblait enragé.

Il sentit son corps se tendre et ses oreilles s'aplatir. Il se libéra du tissu qui entourait ses pieds et hurla à nouveau. Il salivait déjà de la faim qui tenaillait son estomac.

Puis quelque chose se resserra autour de son cou et le fit reculer. La sensation était brutale, elle l'étouffait, et il se retourna vers la chose qui tenait son cou.

C'était une laisse… tenue par le Docteur Strange. Et le guerrier se trouvait en face de lui, souriant à la foule.

— C'était impressionnant, n'est-ce pas ? dit Nero à la foule. Mais nous devons ramener le loup au zoo, maintenant. Je n'arrive pas à croire qu'il se soit échappé comme ça. Ha. Ha.

Il fit un signe de la main et commença à s'éloigner.

Docteur Strange tira sur le collier et le traîna en arrière comme s'il était un chien. Un putain de chien !

Josh bondit, les dents en avant. Il allait mordre cette fichue main qui le retenait.

Une décharge électrique le traversa. De l'électricité réelle explosa dans son cou et grilla ses neurones. Nero s'accroupit pendant qu'il tressaillait à cause de l'engin de torture. Josh vit la seringue hypodermique une seconde avant que l'homme ne l'enfonce dans son flanc.

Il grogna lorsqu'elle piqua, mais ce qu'il entendit était plutôt un gémissement.

Le brouillard s'empara rapidement de lui après cela, une faiblesse qui l'engourdissait, ramollissait son esprit et rendait son corps entier tout mou. Mais il était encore assez éveillé pour sentir Nero le soulever et le porter hors de la scène.

Aidez-moi ! Savannah !

Il écoutait de loin le pas lourd de Nero dans le hall de l'hôtel. Il sentait l'odeur de l'homme et sentait les muscles se tendre sous son poids. Mais surtout, il entendit les mots du bâtard pendant qu'il marchait.

— Tu vas t'en sortir, Josh. Il n'existe pas de manière facile de dire ça, mais tu es un loup-garou. Ce n'est pas grand-chose, vraiment, et tu travailles maintenant pour Wulf, Inc. Tu vois ? Je t'ai dit que nous étions là pour te proposer un travail. Félicitations, tu vas adorer ça.

Josh ouvrit la bouche et il mordit le bâtard à la gorge avec les dernières forces qui lui restaient. Puis le monde devint noir.

Noah recula aussi loin qu'il le put sans lâcher le loup inconscient qui pesait une tonne.

— A-t-il essayé de m'arracher la gorge ? haleta-t-il.

— Ça t'apprendra à le bercer comme un bébé, dit Wiz en riant. Je t'aurais mordu aussi.

— Et tu aurais eu la bouche pleine de lycanthropie. Ce n'est pas comme si ça avait de l'importance, mais quand même... Est-ce que je saigne ?

— Pas de quoi s'inquiéter. Brûle ta chemise lorsque nous rentrerons.

Il le ferait de toute façon. Bon sang, il n'aurait jamais supporté de porter un gilet en faux cuir kitsch, mais c'était le costume le moins cher qu'ils avaient pu trouver en si peu de temps. Il savait que Wiz avait pris des photos. Heureusement, l'homme avait tendance à faire court-circuiter les appareils électroniques modernes, et il y avait donc peu de chance que la photo numérique survive à son aura de sorcier.

— Je n'arrive pas à croire que ce sort ait fonctionné, dit-il en regardant son collègue. Peux-tu activer n'importe qui avec un gène du loup-garou ?

Wiz haussa les épaules en ouvrant l'arrière de leur van. Gelpack était sur le siège du conducteur et semblait regarder droit devant lui, mais Nero savait que l'alien voyait et entendait tout ce qu'ils faisaient, peu importe vers où sa tête était tournée.

— Selon monsieur Transparent... dit Wiz avec un geste vers Gelpack... je peux transformer n'importe qui avec la bonne signature énergétique.

C'était vague, mais à peu près ce à quoi Nero s'attendait. Il patienta pendant que le sorcier ouvrait la cage renforcée à l'intérieur du van. Il déposa Josh aussi délicatement qu'il le pouvait, s'excusant mentalement auprès de l'homme pendant tout ce temps. C'était déjà assez mauvais d'être transformé par surprise en loup devant tous ses amis, mais être mis en cage après, c'était remuer le couteau dans la plaie. Malheureusement, c'était la seule solution, et il avait d'autres loups à récupérer ce week-end.

Gelpack tourna la tête depuis le siège avant – juste sa tête – pour leur faire face. Nero n'appréciait pas d'avoir un être gélatineux comme chauffeur, mais il avait trop à faire pour prendre lui-même le volant.

Surtout qu'il se rendait à l'aéroport O'Hare et que Gelpack emmenait Josh à leur installation dans le Michigan.

— Combien de temps sera-t-il inconscient ?

— Environ vingt heures, dit Wiz en verrouillant la cage et en claquant la porte arrière. Il se réveillera fou de rage et affamé. Nous essayerons d'être de retour d'ici là, mais nous ne pouvons pas le promettre.

— Je lui parlerai quand il se réveillera, dit Gelpack.

Et cela ne mettrait-il pas un point final au week-end du pauvre Josh ? Se réveiller dans une cage et se faire « parler » par un type transparent. Les gradés prétendaient que ce serait moins traumatisant que la transformation habituelle des loups. Ils affirmaient qu'il valait mieux se transformer auprès de personnes qui savaient comment vous garder en sécurité – et en cage – que de se transformer inopinément et de tuer vos proches. Ils avaient raison, mais cela craignait quand même.

— Pourquoi fais-tu cette tête ? demanda Wiz en le poussant avec son coude alors qu'ils s'installaient sur le siège arrière. Ça s'est passé sans problème.

— Je doute que Josh le voie de cette façon.

— Il s'adaptera. Nous l'avons tous fait.

Oui, mais tout le monde n'était pas taillé dans le même moule que Josh. Nero s'était rendu à la convention, s'attendant à rencontrer un type bégayant avec de grosses lunettes et de l'acné. Au lieu de cela, il avait rencontré un type drôle avec un sourire charmeur qui n'était pas du tout effrayé par deux gros méchants costumés essayant de lui faire une offre qu'il ne pouvait pas refuser.

Josh avait ri et les avait laissés s'asseoir au premier rang. Nero avait à moitié espéré que le jeune homme mettrait à exécution sa menace de les mettre dehors. Cela les aurait retardés, et Josh aurait pu, au moins, finir son numéro, mais ils avaient un emploi du temps à respecter et ne pouvaient pas attendre.

— Allez, souris, dit Wiz en jetant un coup d'œil derrière lui. Il n'est pas encore mort. Aucun signe de rejet ou de fièvre. Avec un peu de chance, il se réveillera en pleine forme, juste à temps pour que Gelpack lui fasse une peur bleue.

Il se tourna ensuite vers l'alien en souriant.

— Pouvez-vous manger quelque chose de particulièrement sanglant et oublier de porter une chemise ? Ça fait toujours son effet.

— Mon système digestif n'est pas encore prêt pour les viandes, répondit celui-ci honnêtement, son expression neutre. Mais je vais essayer de la gelée rouge.

— Parfait, dit Wiz avec un sourire.

Super. Si la malédiction des loups-garous ne tuait pas Josh, ses nouveaux coéquipiers le feraient sûrement.

V

NERO RESSENTAIT une étrange sorte d'euphorie. Cela pouvait avoir un rapport avec le fait d'être debout depuis trois jours d'affilée, mais c'était plus probablement parce que chacune des nouvelles recrues avait survécu à la transformation en loup.

Toutes, y compris une recrue surprise, grâce à Gelpack. Nero ne comprenait pas ce que l'alien avait fait, mais cela avait fonctionné. Wiz disait qu'il avait procédé à des ajustements du sort d'activation. Des mots, des tonalités, quelque chose qui lui semblait totalement insignifiant, mais qui faisait apparemment un monde de différence. Il avait également insisté pour que les recrues soient amenées ici, dans la salle des cages, au sous-sol, dès que possible au lieu d'installations provisoires plus proches. C'était une bonne chose, parce que deux des recrues avaient connu des pics de fièvre et subi des crises d'épilepsie dans l'heure qui avait suivi leur arrivée dans le Michigan. Tout le monde avait alors fait une croix sur les loups, parce qu'une fois les crises survenues, personne ne pouvait plus rien faire. Mais Gelpack les avait regardés pendant une heure et les loups avaient fini par se calmer.

C'était un vrai miracle, et Nero ne parlerait plus jamais de l'alien gélatineux autrement que comme une bénédiction, même s'il était maintenant assis en short de surf et rien d'autre devant la cage de Josh Collier. Pire, il avait pris la suggestion de Wiz au sérieux, et il y avait une tache rouge vif de gelée à la place de son estomac dans son corps autrement brun clair.

Dégueulasse.

— Je suis venu dès que j'ai pu, dit-il en entrant dans l'immense salle en béton des cages renforcées d'acier.

Il nota avec plaisir que quatre des cinq loups dormaient profondément. C'était l'activité la plus curative pour eux. C'était le cinquième qui le préoccupait. Josh Collier. Le charmant garçon aux cheveux blonds était maintenant un loup noir avec du blanc le long des babines.

Cela rendait son grognement et sa fureur d'autant plus effrayants, parce que le blanc faisait paraître ses crocs plus grands, plus pointus et plus glaçants. Nero avait vu sa part de loups furieux, donc Josh ne devrait pas l'effrayer. Il ne devrait pas, mais bon sang, ce loup irradiait une fureur enragée comme il n'en avait jamais vu. La haine irradiait dans ses yeux orange brûlé, et même la bave semblait malveillante. Puis il remarqua que les barres d'acier de la cage étaient tordues.

— A-t-il cassé sa cage ?

Aucun loup ne devrait avoir la force de faire cela.

— Non, répondit Gelpack. Il a plié les barreaux. Ils ne devraient pas casser. Il est trop près de l'épuisement pour finir la tâche.

Vraiment. Josh ne semblait pas épuisé. Il avait l'air tendu, aveuglément furieux, et...

BANG.

Nero sursauta lorsque le loup heurta les barreaux de la cage. Il avait sauté dessus directement, ses griffes tendues vers lui, et ses mâchoires s'accrochaient aux barreaux comme s'il s'agissait d'un filet mignon. Et comme il ne pouvait pas les écraser, il secouait la tête, grognait et tirait sur le métal comme pour le déchirer.

La vue était déjà désagréable, mais les sons... la haine animale gutturale s'était transformée en un roulement sans fin de grognements et de cris. Pas un seul aboiement ou hurlement. Ce serait trop poli.

Si les barreaux se brisaient, Nero savait sans aucun doute que Josh émettrait ces mêmes sons en leur arrachant la gorge.

— Depuis combien de temps est-il comme ça ?

— Depuis qu'il s'est réveillé, il y a plusieurs heures.

Des heures ? Oh, bon sang. Il observa les yeux de la créature, espérant un signe de raison, une étincelle de rationalité humaine sous la haine animale. Il ne trouva rien, ce qui signifiait que l'âme de Josh avait disparu. Le brillant chimiste était perdu pour la bête.

— Que dit Captain M ?

— Qu'il faut l'euthanasier. Personne n'est jamais revenu d'une telle fureur auparavant.

Les mots coulèrent comme des pierres dans son estomac, même s'il avait déjà deviné. C'était lui qui avait fait cela à Josh. C'était lui qui l'avait sélectionné pour l'équipe, qui était resté à l'écart pendant que Wiz activait son ADN, qui avait planifié chaque seconde de l'opération qui avait amené le jeune homme à cet état d'animal enragé.

Son estomac était serré comme un étau, et il déglutit durement afin de combattre la douleur. Cela n'aida pas. Rien ne pouvait le faire, surtout lorsqu'il ajouta l'image mentale de mettre deux balles dans le cerveau du loup. Merde, il ne voulait pas ajouter une mort de plus à son âme déjà noire. Gelpack continuait de parler, pendant ce temps-là, sa voix étant toujours le même bourdonnement sous-marin.

— Ses ordres sont là, dit l'alien en désignant le bloc-notes accroché à la cage déformée.

Nero n'avait pas besoin de les lire pour savoir qu'ils lui ordonnaient de mettre fin à la vie de Josh aussi vite que possible. Cela ne servait à rien de gaspiller des ressources pour quelqu'un qui ne reviendrait jamais sans parler du danger pour tous de le garder en vie.

— N'y a-t-il pas quelque chose que vous pouvez faire ? demanda-t-il.

C'était un espoir vain. Gelpack l'aurait déjà fait s'il avait pu, mais Nero recherchait toute possibilité, aussi minime soit-elle.

— Vous avez stabilisé les deux autres.

— Vos esprits sont un mystère pour moi. C'est pour cela que je suis ici.

— Êtes-vous ici pour étudier nos esprits ? demanda Nero, sautant sur la distraction.

— Les pensées et les émotions me sont inconnues. J'ai étudié pendant cent de vos années pour apprendre votre langue.

— Cent ans ? dit-il faiblement. Quel âge avez-vous ?

— Sans corps, nous ne vieillissons pas. Je suis le seul de mon espèce à avoir essayé d'en avoir un, alors je vais peut-être vieillir maintenant.

Nero n'avait pas de réponse à cela et n'avait nulle part où aller, à part se retourner vers Josh.

— Avez-vous essayé de lui parler ?

— J'ai essayé de nombreuses formes de discours. Le plus récent a été la lecture d'un papier lui appartenant. La capitaine a dit de l'exposer à des choses humaines familières qui en appelleront à son esprit.

C'était le protocole standard et Nero parcourut la liste que Gelpack avait établie de tout ce qu'il avait tenté. Chaque ligne était suivie des mots *aucun effet notable*. Il jeta également un coup d'œil à l'ensemble des objets personnels de Josh éparpillés sur une table à côté de l'alien.

Il s'en approcha et essaya de voir si quelque chose pouvait aider le jeune homme. Il y avait sa valise et son sac à dos, qui contenaient tous les deux exactement ce à quoi il s'attendait. Des tee-shirts avec des emblèmes ou des dictons qu'il ne reconnaissait pas. Quelque chose était « shiny », quelqu'un faisait partie du Colonial Squadron. Les jeans étaient élimés, les chaussettes usées, et les articles de toilette bon marché. Son sac à dos n'était pas différent. Un cahier à spirale avec des diagrammes de son grand spectacle et un ordinateur portable qu'ils n'avaient pas allumé parce que c'était le sien et qu'ils essayaient de respecter sa vie privée autant que possible.

Rien. Même les reçus froissés n'étaient pas intéressants. Un reçu d'épicerie pour des céréales sans marque et de la soupe Campbell. Un autre de Target pour des aiguilles et du fil, sans doute pour coudre ces poches brillantes dans sa cape de sorcier.

— Que se passe-t-il lorsqu'on lit son papier ?

Gelpack souleva le papier imprimé dans sa main et commença à lire. Les mots étaient assez étranges, mais avec sa voix bizarre, ils étaient carrément effrayants.

— Pour confirmer que les défauts de mutations NOB résultent uniquement de déficiences de liaison à la télomérase, nous avons réalisé des essais d'extension d'amorce avec une série de protéines chimériques...

— D'accord. Ce n'est pas grave.

Josh n'avait pas du tout réagi à cette série de mots. En fait, les yeux de la créature étaient aussi vitreux que ceux de Nero. Ce dernier, sourcils froncés, parcourut tout ce qui avait été noté dans le dossier de Josh. Les médias sociaux de l'homme étaient minimes, son arbre généalogique, qui remontait jusqu'à l'ancêtre possédant le gène du loup-garou, était inutile, et même ses notes, qui étaient excellentes en sciences et médiocres en lettres et sciences sociales, ne pouvaient pas aider.

— Attendez une minute... murmura-t-il en regardant les chaussettes usées de Josh, et les chips sans marque sur son ticket de caisse.

Tout indiquait qu'il avait un niveau de vie peu élevé. Nero n'avait pas trouvé cela étrange, car c'était sa propre vie avant la lycanthropie. Mais le père de Josh avait sa propre entreprise de fabrication de Volcax pour le gouvernement. Bien que cela semblait être une entreprise de cols bleus, c'était en fait une société de plusieurs millions de dollars qui était gérée comme une montre bien réglée. Il savait que les revenus de la famille Collier faisaient partie des plus élevés. Josh était allé à Harvard en réglant tous les frais de scolarité. D'après les photos de sa sœur sur Facebook, Josh devrait porter des jeans de marque et faire ses courses dans des magasins bio. Au lieu de cela, ses baskets étaient trouées en deux endroits, ce qui devait être froid en hiver. Visiblement, ce jeune homme vivait sur son salaire de l'université du Michigan. Nero parierait qu'il ne prenait aucun centime à ce cher vieux papa.

Josh ne serait pas le premier à avoir un père autoritaire. Nero pourrait peut-être l'atteindre par ce biais. Il se tourna donc vers le loup glapissant et grognant, et il parla de son ton le plus sévère.

— Joshua Dyer Collier, regarde-toi en train de te baver et de détruire ta cage. J'ai dépensé tout cet argent pour t'envoyer dans une école huppée, et qu'est-ce que tu fais ?

Josh devint fou. Alors qu'avant il ne faisait que grogner et mâchouiller la cage, à présent il heurtait sans relâche les barreaux. Et il hurlait de rage lorsque ceux-ci ne cédaient pas, assez fort pour faire réagir les autres loups dans leur inconscience.

Nero sentit son estomac se nouer, son corps se contractant d'une manière insupportable chaque fois que le loup heurtait les barreaux de la cage. Qu'est-ce qui se briserait en premier ? Josh ou les barreaux.

— Je ne crois pas que cette violence soit un bon signe, commenta Gelpack en parlant au-dessus du vacarme.

Peut-être pas, mais là encore, c'était certainement plus une réaction que tout ce qu'ils avaient vu. Il décida de continuer.

— Quatre ans à Harvard, et maintenant combien au Michigan ? Tu n'as pas de métier, tu ne travailles certainement pas pour gagner ta vie.

Il grimaça à s'entendre dire cela. Il ne connaissait rien à l'enseignement supérieur, mais il savait ce que c'était d'être au plus bas sur l'échelle de salaires. Il était prêt à parier n'importe quoi que les étudiants en doctorat étaient les esclaves du monde universitaire.

— Tu es simplement paresseux, tu profites de mon argent. Tu vas arrêter de jouer à l'école et apprendre un vrai métier. Maintenant, retransforme-toi en humain et parle comme l'homme que tu prétends être.

La frénésie dans la cage doubla, puis redoubla. Josh était un flou tourbillonnant comme seul un loup-garou pouvait l'être. Il frappait la cage de tous les côtés, y compris le haut et le bas. Il se jetait contre les barreaux et explosait vers le haut pour essayer de briser le couvercle. On ne distinguait pas les grognements des miaulements de douleur ou des hurlements de fureur. Ce n'était qu'un désastre explosif, et Nero vit du sang et des crachats s'échapper des barreaux. Et pourtant, il ne pouvait pas s'arrêter.

— Bon sang, quelle *déception* tu es !

La cage se brisa.

Une des charnières cassa et Josh frappe le côté affaibli jusqu'à ce qu'il se brise. Un coup pour casser la charnière et un second pour passer à travers.

Merde, merde, merde. Nero était sur le point de mourir.

Il n'avait plus le temps de réagir. Et après avoir été debout pendant trois jours, il n'avait pas les réserves pour se transformer en loup. Il pouvait juste se placer devant Gelpack et espérer que l'alien se transforme en pâte slim au lieu de mourir comme il était sur le point de le faire.

Josh le heurta en pleine poitrine et ils tombèrent en arrière sur la table des effets personnels. Nero leva un bras et il ressentit un éclair de douleur lorsqu'il fut déchiré. Il donna un coup de pied dans les côtes de Josh, faisant tomber le loup sur le côté, car ce n'était pas son premier combat loup-homme. Josh était sur lui avant que Nero ne puisse respirer, et il ne put qu'esquiver pour protéger son visage.

Bzzzzz !

L'aiguillon à bétail. Gelpack l'avait en main et l'enfonçait dans le flanc de Josh. Le loup glapit de douleur et sauta en arrière. Les jambes de Nero l'empêchèrent de retomber sur ses pattes et ils finirent par s'emmêler tous les deux sur le sol.

Bzzzzz !

Le choc électrique suivant se propagea dans le corps de Nero, mais ce n'était rien comparé à ce que Josh avait dû ressentir. Le loup se démena pour se remettre sur ses pattes, mais il n'avait pas la coordination nécessaire. Nero l'avait, et il s'écarta à peine assez vite pour éviter de perdre une rotule à cause de la morsure de Josh.

Bzzzz !

Gelpack l'avait encore touché, et le corps de loup de Josh agonisa sous l'impact cette fois, mais il ne recula pas. Au contraire, il tourna la tête et ses babines étaient décollées de ses dents très aiguisées.

Bzzzz ! Bzzzz !

Nero se releva. Il respirait avec difficulté, mais ses mains étaient stables alors qu'il attrapait un pistolet dans l'armoire verrouillée sur le mur du fond. Il ne voulait pas faire cela.

Bon sang, il ne voulait pas tuer quelqu'un qui avait juste eu la malchance de naître dans le mauvais arbre généalogique. Mais il n'avait pas le choix.

Josh était enragé. Il n'avait pas le choix.

Bzzz ! Bzzzz !

Il leva son pistolet. Il prit une inspiration et visa Josh, seulement pour voir le corps du loup commencer à scintiller. Il sentit son cœur s'emballer et son cerveau lui criait d'appuyer sur la détente, mais il ne le fit pas. Pas encore. Il ne pouvait pas…

Josh reprit forme humaine avec une peau rose et des marques rouge foncé sur le côté.

— Ce sont des télomères, connard, hurla-t-il.

Puis il se jeta sur l'aiguillon à bétail. Il s'en empara et transperça la main gélatineuse de Gelpack. Le doigt de Nero tressaillit sur la gâchette, mais il n'avait pas le temps de sauver l'alien.

— Josh, non !

Mais il était trop tard.

Le jeune homme écrasa l'aiguillon électrique dans les entrailles de l'enfoiré qui l'avait torturé avec. Il le poussa directement dans la créature aux couleurs étranges et appuya sur la gâchette avec vengeance. Il vit la tension traverser la chose. Des ondulations de couleur brûlée s'étendirent vers l'extérieur à partir de la pointe de l'aiguillon, et l'odeur était… troublante. Comme si la vie marine brûlait. Mais il s'en moquait et ne s'arrêterait certainement pas là. La fureur l'aveuglait dans des vagues de haine pendant qu'il piquait ce salaud avec…

Un camion-benne l'attaqua. L'aiguillon à bétail s'envola, ses pieds nus quittèrent le béton et il atterrit sur sa hanche, puis son épaule, puis sa tête assez durement pour faire trembler son cerveau. C'était sans importance. Il se battait avant même que sa conscience ne comprenne ce qui s'était passé. Chaque cellule frappait, donnait des coups de poing, des coups de pied ou mordait. S'il pouvait bouger, il attaquait.

Mais le camion était énorme et son poids l'étouffait.

Ses bras furent coincés en premier et ses hanches immobilisées. Ses jambes furent ensuite piégées, et lorsque sa vision se fut suffisamment éclaircie pour qu'il puisse se concentrer, il vit l'étrange enfoiré tenant l'aiguillon à bétail. Et pendant tout ce temps, quelqu'un criait, des chiens aboyaient et le camion-benne disait son nom. Encore et encore.

— Josh, calmez-vous. Josh ! Aïe ! Joshua !

Il n'arrêta pas de se battre. Il ne pouvait pas. La fureur en lui était trop forte pour qu'il puisse se calmer. Mais il n'avait pas la force. Même s'il était Wolverine dans son esprit, taillant et frappant ses ravisseurs, son corps, en réalité, fournissait des efforts sans résultat. Il haletait pour respirer, ses muscles se contractaient alors qu'il leur ordonnait encore de se battre, et une femme criait en arrière-plan tandis que des chiens aboyaient.

— Josh, calmez-vous, dit le camion

Les mots sortaient à bout de souffle, et il ressentit une certaine satisfaction à avoir fatigué l'homme.

— Vous vous battez comme si vous étiez possédé.

Oui. Toujours.

— Comment allez-vous, Gelpack?

— C'était une expérience inhabituelle. Aurais-je dû ressentir de la douleur? Je n'ai pas encore de nerfs pour transmettre les sensations.

L'homme souffla un peu, laissant un peu plus tomber son poids sur Josh.

— Soyez reconnaissant de ne pas en avoir. Bon sang…

Il se retourna et regarda quelque chose à la droite de Josh, puis il se figea.

— La fille est redevenue humaine. Appelez Wiz pour l'aider et endormir les autres loups. Nous ne pouvons pas les gérer maintenant.

Josh tourna la tête suffisamment pour voir ce que son ravisseur regardait. Ce qu'il vit le choqua et l'immobilisa momentanément. Des rangées de cages, trois avec des loups aboyant et une avec une femme rousse nue se tenant la tête et criant. Ce devait être la fille dont ils parlaient. Il était tellement occupé à se battre qu'il n'avait pas entendu le bruit.

Merde, elle possédait de sacrés poumons. Bien. Il espérait qu'elle était assez bruyante pour faire venir la police, mais il en doutait. Toutes ces sensations glaciales criaient le laboratoire clandestin. Et toutes les parties de son corps se contractèrent.

— Renvoyez-nous sur Terre, dit-il à voix haute. Ce n'est pas bien de faire des expériences sur nous.

Josh sentit le camion reculer, et il se concentra suffisamment pour voir que c'était le grand guerrier de la convention, celui avec le nom romain. Et il fronçait les sourcils en le fixant.

— De quoi parlez-vous? Nous sommes sur Terre.

— Non, répliqua-t-il avec un coup de menton vers le type transparent en short de bain.

Et c'était quoi cette tache au milieu de sa poitrine? Cela semblait trop brillant pour être du sang, mais comment pourrait-il savoir à quoi ressemblait du sang dans un type fait de gelée?

— Hum, oui. Son nom est Gelpack. Il n'est pas d'ici.

Sans blague, Sherlock.

Puis il regarda l'homme bizarre prendre un pistolet tranquillisant et tirer avec régularité sur chacun des loups. *Pfft. Pfft. Pfft.* Les trois loups glapirent de surprise et s'écroulèrent sur le sol avec un bruit sourd.

C'était glaçant, surtout lorsqu'il visa la rousse, qui s'était calmée et sanglotait.

— Non! cria Josh, se redressant brusquement afin de pouvoir arrêter la créature.

Mais le grand homme au-dessus de lui ne bougea pas. Un grognement et une nouvelle prise sur ses poignets furent tout ce qu'il obtint.

— Merde…

— Il ne va pas lui tirer dessus, assura-t-il en jetant un coup d'œil à l'alien. Pas vrai, Gelpack? Vous n'allez pas tirer sur elle.

La rousse releva la tête pour les fixer avec d'immenses yeux verts.

— Il n'y a pas de fléchette chargée dans le pistolet. Je me demandais si la pression de l'air serait réconfortante pour elle. Captain M a dit ce matin qu'elle trouvait la brise apaisante.

— Ce n'est pas… dit Nero, mais c'était trop tard.

Gelpack avait déjà appuyé sur la gâchette… sans effet.

— Il semble que j'ai fait un mauvais calcul, dit la créature en rangeant l'arme dans une armoire fermée à clé. Je vais aller réveiller Wiz maintenant.

Il fit une pause.

— Pouvez-vous rester seul avec monsieur Collier?

VI

— OUI, AFFIRMA-T-IL en commençant à se détacher de Josh. Son gros cerveau est éveillé maintenant, pas vrai, Josh ? Vous n'êtes pas un lunatique sans cervelle.

Non, il ne l'était pas, bien que la haine bouillonne toujours juste sous sa surface. Et dire qu'il avait vraiment flirté avec ~~~~~~~~~

— Bien sûr que je vais bien, dit-il, le sarcasme lourd dans sa voix. J'ai seulement été attaqué, enlevé, et…

Merde. Certaines parties de leurs corps étaient intimement proches. Et bon sang, son sexe ne semblait pas se soucier de qui le pressait. Il était chaud et palpitant, et étant donné qu'il était complètement nu, ce n'était pas quelque chose qu'il pouvait cacher.

Cela lui disait aussi qu'il n'était probablement pas en aussi grand danger qu'il le craignait. Il ne serait pas aussi excité si le Camion Benne essayait de lui faire du mal, pas vrai ? Des indices subliminaux et tout ça garderaient son sexe ratatiné, n'est-ce pas ? Peut-être.

Et alors qu'il était encore en train d'assimiler ça, l'alien quitta la pièce, fermant la porte avec un lourd bruit sourd.

— Avant que vous ne vous fassiez des idées, la porte est verrouillée et scellée. Vous ne pourrez pas sortir sans une empreinte de main.

Oui, il avait déjà compris cela en voyant Gelpack presser sa paume sur un lecteur. Mais cela soulevait une question évidente.

— A-t-il une empreinte de main ?

— Je ne pose pas de questions qui me font mal au cerveau, répondit Nero.

Puis il se dégagea doucement des jambes de Josh.

— Donc, on est bon ? Je peux vous lâcher ?

— Oui, bien sûr, mentit Josh. On a la pêche.

Il poussa ses hanches sur le côté, essayant de faire tomber l'homme. Cela aurait été un effort inutile, à part que Nero roula avec le mouvement et soudainement Josh pouvait à nouveau respirer.

Il regarda autour de lui, en essayant d'être discret. Il avait besoin d'une arme. Le pistolet à fléchettes serait parfait s'il était chargé et pas enfermé dans une armoire. Pendant tout ce temps, Nero parlait d'une voix calme et raisonnable.

— Vous avez raison. Vous avez été agressé, en quelque sorte. Et kidnappé. Et traumatisé, j'en suis sûr, dit Nero en jetant un regard coupable à la jeune fille, qui s'était suffisamment tue pour écouter.

Puis il se leva et ouvrit un tiroir en face de la cage de celle-ci. Il en sortit un pantalon de survêtement gris et un sweat-shirt, qu'il lui donna à travers les barreaux. Puis il jeta un coup d'œil à Josh.

— Vos vêtements sont là-bas. Ou vous pouvez prendre un survêtement.

Josh voulait argumenter par dépit, mais il se sentait sans défense, accroupi nu sur le sol. Il se dirigea vers ses bagages et enfila rapidement un jean et un tee-shirt. Il ne trouva pas ses chaussures, donc il était pieds nus sur le béton froid. Il vit que Nero était habillé d'une manière décontractée. Un pantalon kaki, un polo jaune beurre qui épousait sa large poitrine, et des Dockers comme chaussures. Un peu BCBG ?

La fille, cependant, n'avait pas bougé du coin arrière de sa cage. Elle restait là où elle était, les bras enroulés autour de ses genoux alors qu'elle regardait à travers ses courts cheveux roux. Au moins, elle avait arrêté de crier. Pendant ce temps, Josh devait trouver un moyen de sortir de cet endroit. Pour lui et la fille. Mais chaque chose en son temps. Il avait besoin de plus de données.

— Pourquoi nous avez-vous kidnappés ? demanda-t-il.

— Nous ne vous avons…

Nero grimaça.

— Bon, d'accord, nous l'avons fait, reprit-il. Mais laissez-moi commencer par le début.

Il prit une profonde inspiration.

— Vous êtes des loups-garous, dit-il avec un geste vers les rangées de cages. Vous l'êtes tous. Je le suis aussi si ça vous aide à vous sentir mieux.

— Ça ne me rassure pas.

C'était un mensonge. En quelque sorte, si. Ce type avait l'air… normal dans le genre de Hulk. Josh choisit de se concentrer sur ça plutôt que sur l'idée qu'il s'était transformé en loup et avait été piégé dans une cage. Ce n'était pas possible, et il ne voulait même pas regarder ce souvenir. Mais il était difficile de le nier quand la cage était à deux pas de lui.

Comment puis-je… Comment pouvons-nous être… ?

Merde, il ne pouvait même pas dire le mot.

— Magie romani, dit-il en le pointant du doigt avant de désigner la fille. Malédiction familiale.

Puis il descendit la ligne de loups.

— Un truc amérindien. Héritage familial, selon nous. Et nous n'avons aucun indice sur lui. C'était un accident, continua-t-il avant de tourner son pouce vers lui-même. Morsure lycanthrope d'un enfoiré.

— Et Gelpack ?

— Il est d'un genre particulier, nous ne savons pas, répondit Nero en regardant les entailles sanglantes sur son avant-bras avant de se diriger vers un meuble proche.

Il sortit des bandages et du _____ bras avec une facilité décontractée.

— C'est pour ça que nous avons besoin de vous tous.

Sa voix avait baissé d'un ton, c'était celle qui attirait l'attention de Josh comme une abeille sur une fleur. Mais les mots qu'il prononça ensuite le sortirent de cette résonance, suffisamment pour que Josh écoute encore plus attentivement.

— Que vous le réalisiez ou non, vous vous seriez un jour transformés en loups-garous. Nous l'avons fait dans un environnement contrôlé où nous pouvions garder tout le monde en sécurité. Y compris toi.

— J'étais parfaitement en sécurité, protesta Josh en secouant la tête. Je faisais un spectacle sur…

Il écarquilla les yeux en se souvenant de ce qui s'était passé.

— Vous m'avez transformé en loup devant tout le monde ! J'ai travaillé un an sur ce spectacle !

— Et tout le monde l'a apprécié. Mais ce n'était pas celui que vous aviez prévu.

— Non… murmura-t-il, les souvenirs affluant.

La terreur d'un corps devenu fou. La haine qui bouillonnait dans son esprit et son corps. Puis… ils l'avaient étranglé. Ils l'avaient abattu ! Il porta ses mains à sa gorge à ce souvenir, et la fureur l'envahit.

— Espèce d'enfoiré !

Il se jeta en avant, cherchant à l'agripper. Il avait eu un petit entraînement aux arts martiaux à l'université, et il s'en servit pour attaquer. Mais, quel que soit le peu d'entraînement qu'il avait eu, Nero en avait eu plus. L'homme accepta son attaque et roula, envoyant Josh voler sur le sol jusqu'à ce qu'il atterrisse contre l'armoire du pistolet tranquillisant.

Mais cela ne l'arrêta pas. Il sauta et courut droit vers l'autre homme. Il n'avait pas d'autre plan que de battre l'homme d'une manière insensée. Il trouverait ensuite comment ouvrir la cage de la fille et il les sortirait tous les deux de là. Mais il se faisait jeter à terre chaque fois. Et une fois – comme si tout cela n'était pas insultant – Nero le fit basculer sur le sol et protégea l'arrière de sa tête en le faisant. Cet abruti s'occupait de lui en même temps qu'il lui bottait le cul.

Ce qui rendait Josh encore plus furieux. Alors il jeta toute son énergie dans ce qu'il faisait. S'il ne pouvait pas battre ce bâtard avec compétence, il le ferait avec frénésie.

Cela ne fit pas de différence.

Cinq minutes plus tard, il était sur le dos, aspirant de l'air. Il essaya de se relever, mais il était trop étourdi, et bon sang, chacune de ses articulations semblait en feu, et ses muscles semblaient lestés de plomb. Il essaya de se retourner pour au moins ramper, mais une autre vague de vertige le mit à nouveau à plat dos.

— Avez-vous fini ?

Cet enfoiré n'était même pas essoufflé. Bien qu'il doive refaire son bandage.

— Comment avez-vous pu nous faire ça ?

— Vous auriez fini par vous transformer. Nous l'avons simplement fait en toute sécurité.

Ce n'était pas possible. Cela ne l'était pas, merde.

À part qu'il se souvenait. Il savait que c'était vrai. Et s'il en doutait, il n'avait qu'à regarder les cages. Et, bon sang, la rousse était toujours recroquevillée en une petite boule serrée, ses yeux verts énormes dans un visage très pâle.

— Laissez-la au moins sortir. Elle ne mérite pas d'être enfermée comme ça.

Ils pourraient peut-être abattre le Camion-Benne ensemble.

— Wiz s'occupera d'elle. Vous, vous êtes mon problème.

Ce ton autoritaire était de retour, celui qui montrait clairement qu'il pensait ce qu'il disait. Peu importe ce qui se passait, Josh était apparemment coincé avec Nero sur le dos.

Génial... euh, non.

— Écoutez, j'ai faim, et vous devez être affamé. Je crois que j'ai mangé une vache après ma première transformation.

47

Puis il s'empressa de modifier ses propos devant le regard horrifié de Josh.

— Pas littéralement. Nous sommes allés au McDonald's et j'ai mangé au moins dix Big Mac, expliqua-t-il en frottant une main sur son visage. Nous ne sommes pas des monstres. Nous sommes gentils.

— Sauf quand vous transformez les gens en loups-garous et que vous les jetez dans des cages.

Josh ne pouvait pas cacher l'amertume dans son ton, et il fut satisfait comme un gamin de voir Nero grimacer.

— Vous voulez de la nourriture ou pas ? fit-il finalement.

Il n'avait pas pensé avoir faim ~~auparavant, mais~~ son estomac se ~~contracta à~~ ~~l'offre~~ de Nero. Pas exactement de faim. Plutôt de la fureur traversant son estomac. Mais son regard se posa sur la fille alors même qu'il se relevait péniblement. Il ne pouvait pas la laisser derrière lui. Mais que pouvait-il bien faire là ?

— Elle a faim, elle aussi. Nous y allons ensemble ou pas du tout.

Nero haussa les sourcils en signe de surprise.

Il avait visiblement pensé que Josh était un enfoiré. Désolé, mec. Il n'abandonnait pas les filles en cage. Mis à part que Nero secouait la tête.

— Wiz a de la nourriture pour elle. Elle est intolérante au gluten.

Puis la porte s'ouvrit avant que Josh puisse répondre et l'homme appelé Wiz entra. Il était le Docteur Strange lorsqu'ils s'étaient rencontrés à la convention, et il avait l'air fatigué au point d'être hagard. Mais ses yeux étaient brillants, et ils se posèrent avec intensité sur la fille, que Josh avait commencé à appeler Red dans ses pensées. Mieux encore, Wiz avait apporté un plateau complet de nourriture comprenant une côte de bœuf, quelques barres protéinées, une bouteille d'eau, un soda, un gâteau au chocolat et des brocolis au beurre. Il fit un pas vers le plateau, mais Nero attrapa son bras.

— C'est pour elle. Nous montons à l'étage, puis il se tourna vers Wiz. Tu t'occupes d'elle ?

— Oui. Comment ça se passe avec le tien ?

— Au moins, je n'ai pas eu à lui mettre une balle dans le cerveau, dit Nero en haussant les épaules.

Cela ne ressemblait pas à une blague, et l'horreur envoya des frissons dans la colonne vertébrale de Josh.

— Oui, on dirait que tout va bien pour moi aussi, déclara-t-il avec un sourire en se tournant vers la fille, bien que son sourire disparaisse assez rapidement alors qu'il regardait dans la cage. Merde.

Il murmurait dans sa barbe si doucement que Josh n'aurait pas dû être capable de l'entendre.

— Allez, déclara Nero en tirant Josh vers la porte. J'ai un festin pour vous en haut.

Wiz renifla en réponse, mais Josh ne demanderait pas. Il pouvait au moins faire quelque chose pour la fille. Il enfonça ses pieds et se tourna pour la regarder.

— Je ne t'abandonne pas. Obtiens toutes les informations que tu peux. Je reviendrai.

— Sors-le d'ici, s'exclama Wiz en levant les yeux au ciel avant de lancer un regard noir à Nero. Il pourra revenir lorsque tu lui auras expliqué les faits de la vie.

— Oui, dit Nero en resserrant sa prise sur Josh. Allez, héros, laissez-moi vous expliquer que vous *n'êtes pas* prisonniers ici et qu'il s'agit d'une *offre d'emploi*.

Puis il tira Josh hors de la pièce.

VII

NERO HAÏSSAIT mentir. Il avait été désinvolte avec ses mensonges lorsqu'il était enfant. Très bien avec eux, en fait. Mais depuis qu'il était devenu un alpha, chaque mot malhonnête le dérangeait. Son équipe et lui travaillaient avec peu de renseignements la plupart du temps. L'idée de communiquer volontairement de fausses informations le faisait grincer des dents. Le fait qu'il mente à Josh le rendait malade, mais c'était le seul moyen de l'amener au bercail.

Ils avaient besoin de lui, et le monde avait besoin de Wulf, Inc..

C'était donc pour le plus grand bien. Et le plus important, Nero avait besoin de lui pour découvrir comment contrer le feu magique.

Dommage que sa tête s'en moque. Il avait l'impression qu'elle était prise dans un étau. Il se sentirait mieux après avoir dormi, mais il avait un travail à faire pour l'instant. Et cela signifiait initier Josh aux faits de la vie des loups-garous.

— La cuisine est le centre de la vie des loups-garous. Cela semble évident, mais nous, les loups-garous, aimons manger. Vous nettoierez la cuisine à tour de rôle, mais à moins que vous ne soyez un chef gastronomique, je ferai la majeure partie de la cuisine. J'essayerai de cuisiner sainement. Vous savez, avec des légumes et tout ça. Mais nous aimons la viande. Je ne sais pas ce que nous ferons pour Aine, mais je suppose que je devrai bientôt effectuer des recherches.

— C'est la rousse ? demanda Josh.

— Oui. Mais laissez-la se présenter. Elle a un nom de jeu qu'elle utilise habituellement. Straw… Strat…

— Stratos ?

Il y avait un choc dans sa voix lorsqu'il prononça le mot.

Nero regarda attentivement son nouveau protégé.

— Oui. Comment l'avez-vous su ?

— Parce qu'elle est tristement célèbre. Dans la communauté des joueurs, au moins, dit-il, son ton laissant entendre qu'il comprenait que vous pourriez ne pas savoir cela. C'est une joueuse qui déchire et qui est très belle. Tout le paquet, expliqua-t-il en regardant la porte du sous-sol. C'était elle ?

— Oui, dit lentement Nero. Alors pourquoi est-elle *tristement* célèbre ?

— Parce qu'elle est prête à tout pour gagner. Elle portera un soutien-gorge push-up avec des tétons dessinés, elle flirtera outrageusement avec ses adversaires et promettra des rendez-vous aux juges, et puis quand elle en aura envie, elle deviendra gothique et dira à tout le monde de rester à l'écart. Elle est la définition de l'attitude féminine. Les joueurs la *détestent* parce qu'ils ne peuvent pas s'empêcher de la regarder, même quand elle leur fait un doigt d'honneur. Surtout lorsqu'elle leur fait.

— On dirait une femme loup-garou pour moi, dit Nero en reniflant.

— Sérieusement ?

— J'ai été infecté par une femelle loup-garou. Je suis un lycanthrope traditionnel, comme dans les vieux films. Elle m'a mordu, et j'ai été infecté. Elle m'a dit plus tard que c'était parce qu'elle voulait quelqu'un pour qui faire la chienne, dit-il en levant les mains. Ses mots, pas les miens. Puis elle s'est pavanée toute nue pour voir si j'allais bander.

— Vous l'avez fait ?

Il détourna le regard en passant le lecteur de sécurité sur le chemin du rez-de-chaussée de l'aile ouest.

— Quand je me suis transformé pour la première fois, oui. Du moins, je le pense, c'est un peu flou maintenant. Dieu merci. Mais le temps qu'elle m'explique ce qui s'était passé, j'étais traumatisé et affamé. Je ne me serais pas levé pour une Bunny de Play Boy. Mais si ça avait été une vraie lapine, alors je l'aurais probablement mangée.

Il était trop tôt pour mentionner qu'il avait déjà compris qu'il était gay à ce moment-là. Josh, cependant, l'avait complètement surpris dans ce domaine. Quelque chose dans la façon dont le jeune homme avait déclenché une fusion thermonucléaire dans son attaque l'avait excité comme rien d'autre. Tous les coups étaient permis, détruire tout et tout le monde sur son passage. C'était apparemment le chemin vers le cœur de Nero. Cela n'avait pas de sens, mais il avait appris que rien dans la sexualité n'en avait, alors il devait suivre son instinct. Ou son sexe. Après tout, un lycanthrope comme lui n'avait pas beaucoup d'options. Il n'avait pas manqué l'érection que Josh avait arborée lorsqu'il l'avait coincé sous lui. Celui-ci le détestait en ce moment. Il ne lui faisait certainement pas confiance. Mais cela n'avait pas empêché le bon vieux sexe de montrer sa tête.

Heureusement, Nero se contrôlait mieux. Il savait qu'il ne devait pas jouer avec le stagiaire. Il se recula donc suffisamment loin pour laisser à Josh la place de poser sa main sur le lecteur.

— Paume de la main. Vous êtes déjà dans le système, donc la porte s'ouvrira pour vous.

— Elle s'est déjà ouverte pour vous, dit le jeune homme en fronçant les sourcils.

— Oui. Appuyez quand même, d'accord ? Il y a des trous dans notre système de sécurité, donc il vaut mieux être sûr. Vous autres pourrez peut-être nous aider avec ça.

Josh acquiesça et fit ce qu'on lui avait demandé. ~~Le lecteur scanna l'empreinte de sa main~~ et émit un bip d'accord, déverrouillant la porte déjà déverrouillée.

— Je suis donc libre de partir ? demanda-t-il en franchissant la porte.

Non.

— Bien sûr. Mais nous espérons que vous resterez assez longtemps pour entendre ce qui se passe. Vous êtes un loup-garou maintenant. Il y a des précautions que vous devez prendre pour votre sécurité et celle des autres.

— Comme m'enchaîner chaque pleine lune ?

Nero secoua la tête. C'était la malédiction des humains qui attrapaient une souche spécifique du virus de la lycanthropie. Pas lui, Dieu merci, bien qu'il ait ses moments de pleine lune, mais certains de ses congénères loups étaient vraiment foutus lorsqu'il s'agissait du cycle lunaire.

— Pour autant que nous le sachions, vous devriez aller bien pendant les pleines lunes. Aucun de votre ancêtre n'a été dominé par ça. Mais on ne peut en être sûr avant d'en avoir vécu une, alors ne vous enfuyez pas. On me demandera probablement de vous surveillez jusqu'à la pleine lune, juste pour être sûr si vous le faites. Ne m'obligez pas à faire ça. Je n'ai pas dormi depuis… une semaine… dans mon propre lit depuis toujours.

Josh le fixa, les yeux plissés.

— Je peux dire quand vous mentez. Vous le savez, n'est-ce pas ?

— Quoi ? Je ne suis pas…

— Votre voix change. Elle n'est pas aussi convaincante que lorsque vous êtes honnête.

Nero sentit sa mâchoire se décrocher et il s'efforça de la refermer. Il ne savait pas par où commencer à examiner cette déclaration. Qu'il y ait de la conviction dans sa voix ou qu'elle disparaisse lorsqu'il mentait. Ou que Josh puisse distinguer l'un de l'autre. C'était impossible, mais là encore, c'était un nouveau jour et une nouvelle ère. Toutes les règles normales – le peu qui existait – semblaient être à l'envers en ce moment.

— Josh…

— Laissez tomber. Je vais supposer que je suis un prisonnier, avec les cages et tout. Alors, allez-vous me nourrir, ou dois-je faire une pause au McDonald's le plus proche ?

— Ce serait une longue et froide marche. Le plus proche est à cinquante kilomètres.

— Alors où est la cuisine ?

— Par ici.

Nero marcha devant lui, sachant qu'il était en sursis. Josh finirait par s'enfuir. C'était à lui de commencer à distribuer les miettes de pain et à s'assurer que Josh les engloutisse. Mais chaque chose en son temps. Ils se rendirent dans la grande cuisine avec un îlot central et une longue table de salle à manger. Un énorme plat de hachis parmentier attendait dans le four. Il y avait tout ce que le nouveau loup-garou pouvait désirer : de la viande, de la viande et encore de la viande, le tout recouvert de purée de pommes de terre au fromage. Il le sortit et en servit une grande assiette, qu'il réserva pour lui. Il poussa le reste du plat directement vers Josh. À entendre le grondement de l'estomac de ce dernier, c'était un miracle qu'il attende assez longtemps pour prendre des couverts.

Josh mangeait rapidement. C'était une partie de la gloire du hachis parmentier. Vous n'aviez même pas besoin de mâcher. L'eau du robinet filtrée suivit, ainsi qu'un plat de haricots verts. Tout cela passa dans le gosier de Josh, ce qui n'était pas une surprise.

La façon dont il semblait absorber tout ce qui l'entourait, alors même qu'il enfournait de la nourriture dans sa bouche surprenait Nero, en revanche. Les yeux du jeune homme n'étaient jamais immobiles, et il prit même son plat pour manger tout en marchant. Nero le suivit, luttant contre l'envie de s'asseoir et de le laisser s'enfuir. Il s'écroulait de fatigue, et franchement, il doutait que Josh puisse sortir du domaine, passer la porte et sortir dans le monde. Mais cela ne valait pas la peine de prendre le risque, alors il puisa profondément en lui et essaya d'être persuasif.

— Que diriez-vous que je vous explique qui nous sommes et ce que nous voulons que vous fassiez pour nous, pendant que nous visitons le manoir ?

C'était une question rhétorique, mais Josh hocha quand même la tête.

— La société s'appelle Wulf, Inc.. Nous sommes tous des loups-garous. Nous combattons les méchants paranormaux. Ce sont surtout des démons, mais il y a aussi des vampires rebelles, des faes maléfiques et des métamorphes qui ne peuvent pas contrôler qui et ce qu'ils sont.

Josh lui jeta un regard noir, mais il n'arrêta pas de manger. Et il essaya d'ouvrir une porte vitrée donnant sur la pelouse arrière pendant que Nero faisait une pause pour finir son propre repas. Cela ne fonctionna pas, bien sûr. Elle était verrouillée et la vitre était pare-balles.

— Vous devriez noter ce que je dis, intervint Nero. Si vous ne restez pas ici assez longtemps pour apprendre à contrôler vos nouvelles capacités, ce sera à moi de vous traquer et de vous f̶a̶i̶r̶e̶ ̶ ̶ ̶ ̶ ̶ ̶ ̶ ̶ ̶ ̶ ̶ ̶ ̶ ̶ ̶ ̶ notre formation.

— Et si je refuse ?

— Nous avons des cages permanentes dans un autre établissement. Désolé, mais c'est pour votre propre sécurité et celle de tous les autres, dit-il en posant son assiette. Mais nous espérons que vous apprendrez les bases assez rapidement et que vous pourrez nous aider à résoudre un problème que nous rencontrons.

Josh inclina la tête comme s'il écoutait attentivement, mais Nero se doutait qu'il regardait leur système multimédia du coin de l'œil. Le salon était juste derrière la cuisine, et il comprenait un grand écran de télévision, des canapés, et plusieurs systèmes de jeux. C'était plutôt sympa, et il se demanda si Josh était tenté de tout oublier et de se perdre dans les jeux vidéo.

Nero l'avait été certainement, surtout ces derniers temps.

Il se laissa aller à la nostalgie pendant un instant. Le chagrin était toujours son compagnon permanent, mais le travail aidait.

Tout comme les jeux vidéo, s'il avait le temps. Mais son objectif principal était de trouver un moyen de vaincre le feu plasma afin de pouvoir remonter le temps et tuer ce bâtard de démon. Cela signifiait mettre Josh et les autres au courant. L'un d'eux devait pouvoir trouver, mais il fallait faire vite. Le mulligan du fae n'était disponible que pour sept semaines, et l'heure tournait.

Un son interrompit ses pensées, et il revint au présent en un clin d'œil.

Bordel, Josh avait des nausées. Cela avait commencé par une petite toux, mais cela progressait rapidement. Il arriva à ses côtés en une seconde, mais c'était trop tard. Le corps de Josh rejetait la nourriture. L'homme était sur le point de faire un jet de projectile.

Il traîna et porta à moitié le jeune homme jusqu'à l'évier de la cuisine. Ils eurent juste le temps d'arriver avant que Josh ne commence à vomir. Son corps convulsa et ses mains s'agrippèrent au plan de travail jusqu'à ce que ses doigts blanchissent.

Nero ouvrit l'eau et le broyeur d'ordures, mais à part cela, il n'y avait rien à faire. Il tint l'homme, soutenant ses épaules fines, tandis que son corps rejetait chaque morceau de nourriture qu'il avait consommé. Et il en avait consommé beaucoup.

— Ça va, murmura-t-il. Ça arrive parfois. Laissez-vous aller. Vous avez juste besoin de vous remettre d'une autre façon. Revenir à sa forme humaine était toujours difficile, surtout la première fois.

Il continua à parler ainsi. Des conneries apaisantes. La vérité était que certains loups avaient du mal chaque fois, mais cela ne servait à rien de le dire à Josh maintenant. Il tint l'homme pendant que son corps se tordait. Et il lui tendit un verre d'eau et une serviette en papier lorsque ce fut fini, soutenant son poids pendant qu'il rinçait sa bouche, crachait, et frissonnait de dégoût.

— C'est quoi ce bordel? dit finalement Josh.

Il s'appuyait lourdement contre le côté de l'évier, et sa peau semblait pâle et luisante de sueur. Nero avait une assez bonne idée de ce qui se passait, mais il tenta une expérience avant de répondre. Il frotta de haut en bas le dos de Josh avec sa main dans une caresse apaisante. Le jeune homme frissonna et ferma les yeux, appréciant clairement le contact.

Oui, Josh était un de ceux-là, et ce serait un enfer pour sa propre psyché de faire ce qui allait suivre, mais c'était Josh qui importait ici.

— Venez, nous allons vous allonger sur le canapé.

Il aurait préféré le mettre au lit, mais celui-ci était trop éloigné, et Josh avait besoin de soins au plus vite.

— Écoutez, dit-il en le guidant à petits pas vers le canapé le plus proche de la salle de jeu.

Heureusement, il faisait nuit et personne d'autre ne se trouvait dans les parages. Sinon, cela aurait été embarrassant pour eux deux.

— On passe par un état énergétique lorsqu'on passe de l'humain au loup ou inversement. Ce n'est pas le cas de tout le monde, mais ça l'est pour la majorité d'entre nous, vous y compris. Tout le monde doit apprendre à réintégrer son corps par la suite. Je pense que la Terre aide dans l'état de loup. Il y a quelque chose dans le fait d'être un animal qui vous rapproche de la Terre Mère. Ne levez pas les yeux au ciel comme ça. Je ne comprends pas les détails, merde. Je sais juste que personne ne ressent de difficulté à s'ancrer dans son état de loup. En fait, beaucoup préfèrent être lupin plus qu'humain.

Ils atteignirent le canapé, et Josh s'assit et s'écroula en même temps dessus. Nero le rejoignit, gardant une main sur son bras tandis qu'il s'installait aussi près de lui que possible sans l'enlacer complètement. Cela devrait venir ensuite.

— S'ancrer à nouveau dans sa forme humaine est plus difficile. Wiz pense que c'est parce que nous sommes tellement cérébraux que nous ne connaissons pas si bien nos corps. Du moins pas comme nous le devrions. Donc revenir à la forme humaine nécessite une certaine forme de ~~~~~

Il retira sa main de Josh, observant attentivement l'effet produit. L'homme pâlit visiblement, vacillant sur son siège. Nero revint rapidement vers lui, en lui caressant non seulement le bras, mais en le faisant pivoter légèrement sur le canapé afin qu'il puisse tomber plus facilement contre sa poitrine.

— Pour moi, je mange beaucoup de nourriture, continua-t-il. Plus il y a de viande, mieux c'est. J'aime la nourriture sous toutes ses formes, donc pour moi, devenir humain signifie manger. Apparemment, ça ne fonctionne pas pour vous.

— Apparemment, répéta Josh en gémissant faiblement.

— C'est parce que vous aimez tout ce qui se rapporte au toucher. C'est pour ça que vos vêtements sont si vieux, non ? Parce qu'ils sont doux. Les nouveaux trucs ne sont pas agréables au toucher, et vous devez les laver dix fois avant de les aimer.

Josh se tordit suffisamment pour lui lancer un regard étonné.

— Comment savez-vous cela ?

— Parce que je ne suis pas aussi stupide que j'en ai l'air, dit-il.

Puis il s'ajusta sur le canapé, levant une jambe et la glissant entre le dossier du canapé et le jeune homme, le positionnant effectivement entre ses jambes.

— Maintenant, ne paniquez pas. Vous en avez besoin, et de mauvaises choses arriveront si vous ne l'obtenez pas.

Il sentit l'homme se raidir.

— Quelles mauvaises choses ?

— Vous ne vous fondrez jamais complètement dans votre corps. Vous commencerez à être malade et vous mourrez. C'est votre premier changement, donc le plus dangereux. Nous devons vous faire revenir à votre forme humaine tout de suite.

— Comment ? demanda Josh en déglutissant.

— Je vous l'ai dit. Toucher. Le contact humain.

Il ramena Josh contre sa poitrine, l'entoura de ses bras et l'attira dans un gros câlin d'ours. Il caressa les bras nus de l'homme, de haut en bas, et même s'il pouvait voir que Josh ne se débattait pas, il ne lui faisait pas assez confiance pour accepter cela facilement.

— La femme de mon équipe était comme vous. Nous l'appelions Mother. C'était une abréviation de I'm not your mother, mais c'est une autre histoire. Elle devait être touchée après chaque transformation. Elle n'avait pas forcément besoin d'un orgasme, même si c'est ce qui fonctionnait le mieux.

Il déglutit, tentant de parler d'une manière impersonnelle de quelque chose de si personnel.

— Il s'agit de prendre soin d'une coéquipière et ça la gardait en bonne santé.

Il posa sa tête à côté de celle de Josh, sentant le parfum de l'homme, à la fois sucré et terreux – comme une tarte aux cerises mangée dans la jungle. C'était une image étrange, mais Nero catégorisait souvent les choses par la nourriture. Et il aimait la tarte aux cerises.

— Je vais vous toucher maintenant. Je m'arrêterai si vous souhaitez que ce soit quelqu'un d'autre ou le faire vous-même, mais vous devez jouir. C'est le seul moyen de vous garder en vie.

Il glissa ses mains sous le tee-shirt de Josh, caressant le ventre de l'homme avec sa main droite. Sa peau était douce, les poils peu présents, et le jeune homme souffla comme s'il attendait cette sensation depuis longtemps.

— Je pourrais essayer de manger autre chose, dit Josh à voix basse. Y aller doucement. Prendre un Gatorade ou autre chose.

— Vous pourriez et ça aurait fonctionné il y a trente minutes, mais pas maintenant, assura Nero en promenant sa main sur la poitrine de Josh.

Les poils étaient étonnamment doux, et l'homme était assez mince. Ses côtes étaient des bosses perceptibles le long de sa trajectoire. Bon sang, il aurait dû le voir plus tôt. Personne d'aussi mince n'aimait la nourriture.

— Réfléchissez vraiment, Josh. Voulez-vous quelque chose dans votre estomac maintenant ?

Ce dernier frissonna de dégoût avant de répondre.

— Non.

— Alors, croyez-moi.

Il glissa son autre main sous le tee-shirt, la remontant et manœuvrant doucement afin d'ôter le vêtement. Maintenant que Josh était nu à partir de la taille, Nero pouvait voir et sentir les détails attrayants de son corps. Il y avait de la définition musculaire ici. Des pectoraux forts, des abdominaux serrés, peut-être six pour cent de graisse corporelle. Il devait faire de la musculation, ou il était peut-être naturellement sculpté comme une fine statue de Michel-Ange. Dans tous les cas, il avait le corps idéal pour faire exploser la libido de Nero. Il n'y avait pas distance entre les fesses de Josh et le sexe de Nero. Rien à part le vieux jean du jour ~~~~~~~~~~~ et son pantalon lâche à déchirer. Son sexe commença à s'épaissir et à pulser de faim.

Juste une autre mission.

Il continua à frotter la poitrine de Josh pendant ce temps. De haut en bas de la peau lisse et soyeuse, sentant l'homme respirer. Chaque inspiration poussait dans les mains de Nero et chaque expiration faisait tomber Josh plus près, plus serré contre lui.

— J'aurais dû m'en rendre compte avant. Cette érection que tu as eue lorsque je t'ai plaqué, c'était à cause de ça. C'était ton corps qui disait qu'il avait besoin de ça.

— Ce n'est pas vrai… je n'étais pas attiré par toi, marmonna Josh. Ça arrive parfois.

— Bien sûr. Parce que c'est ce dont tu as besoin. Ça te calme.

Et il pinça son téton droit avant que Josh puisse objecter davantage.

Le jeune homme haleta, son corps se cambrant de surprise, mais Nero ne le laissa pas s'échapper.

— Cela te ramènera dans ton corps, argumenta-t-il.

Puis il pinça l'autre téton. Josh ne fut pas effrayé cette fois, mais sa réponse fut surprenante. Au lieu de s'éloigner, il se pressa plus dans l'étreinte de Nero. Il laissait ce dernier le caresser, le pincer, et l'exciter. Et Nero était tout disposé à s'y plier. Cela ne déclenchait-il pas des alarmes partout ? Il retira à contrecœur ses mains du corps de Josh. Il avait déjà prouvé à celui-ci que c'était nécessaire.

— Je vais m'arrêter maintenant pour que tu puisses terminer. Le processus a commencé, mais tu dois avoir un orgasme. Tu peux le faire toi-même ou…

— Tu peux.

Les mots étaient rauques et remplis de besoin. Josh ne voulait pas désirer cela, mais il était évident que c'était le cas.

— Veux-tu que je te masturbe? Tu dois le dire à haute voix. Nous avons une éthique, même si je suis sûr qu'elle n'est pas évidente pour toi en ce moment, dit-il, ses lèvres se plissant, même si Josh ne pouvait pas le voir.

— Je... oui. S'il te plaît... masturbe-moi.

Oui.

Nero n'examina pas la poussée de désir qui l'envahit aux mots de Josh. Il continua simplement à caresser l'autre homme. L'odeur terreuse de Josh s'intensifiait, devenait plus musquée, alors que son corps rougissait de chaleur et d'excitation. Il laissa sa tête retomber sur l'épaule de Nero, et ce dernier vit leur reflet dans le téléviseur sombre alors que les yeux de Josh se fermaient.

— C'est ça, l'encouragea-t-il. Laisse-toi aller.

Nero pressa ses lèvres contre le cou de Josh, goûtant le sel de la sueur et sentant la pulsation du pouls de l'homme. Puis il ouvrit la bouche et fit courir ses dents le long de la peau de Josh. Celui-ci gémit, et le propre sexe de Nero se raidit jusqu'à devenir douloureux. Tout ce qu'il touchait avec ses dents et sa langue se gravait dans sa mémoire. La nourriture et les amants tenaient tous les deux une place chérie dans son esprit, jamais oubliés. Josh y était maintenant, et il savait que le goût de cet homme le hanterait. Même si c'était la seule fois, il penserait à ce moment chaque fois qu'il sentirait de la tarte aux cerises.

Donc, il le refit. Et il laissa encore sa langue et ses dents gratter la peau du jeune homme, le frottant et le goûtant comme s'il était un repas raffiné à savourer, un dessert délicat à apprécier, ou un amant spécial à satisfaire dans une exploration lente et sensuelle du goût et de la texture.

Il glissa ses mains jusqu'au jean de Josh. Il ne tâtonna pas avec le bouton ou la fermeture éclair, mais il s'arrêta lorsque Josh saisit son poignet.

— Tu me jures que ce n'est pas un jeu pervers ?

Si c'était le cas, alors Nero serait le perdant. Il devrait vivre avec ce souvenir chaque nuit pendant qu'il se masturberait frénétiquement.

— Regarde toi, Josh, dit-il. Si je m'arrête ici et maintenant...

— Non. C'est bon, dit Josh en relâchant le poignet de Nero.

Il déplaça même ses hanches pour lui permettre de baisser son jean et son boxer. Et la très impressionnante érection qui se libéra sauta dans la main de Nero.

— Merde, murmura-t-il, appréciateur. Tous les hommes de ta famille sont-ils aussi bien fournis ?

Il avait une grande main, et elle était loin de couvrir toute la longueur de la hampe gonflée de Josh.

— Je n'ai jamais regardé, répondit Josh, même si sa voix contenait une note de fierté.

— Conneries, dit Nero. Tous les garçons regardent.

Josh souffla de soulagement lorsque Nero commença à le caresser. Des mouvements forts et solides tandis qu'il s'agrippait aux cuisses de Nero.

— D'accord, avoua-t-il. J'ai regardé. Et je suis spécial, du moins entre mes cousins et moi. Et je suis définitivement plus grand que ~~~~~~~~

~~~~~~ ce qu'il pensait. Et oui, le sexe de l'homme était juste de la bonne taille. Épais, dur et avec un gland bien formé. Nero le fixa, voyant la couleur s'assombrir, sentant le pouls dans la longueur et aimant le resserrement rythmique des fesses de Josh alors qu'il poussait. C'était une torture, ce mouvement contre son sexe. Il faisait tout ce qu'il pouvait pour s'empêcher de pousser en tandem, de se pousser contre la douceur de pêche des fesses de Josh.

Juste une autre mission.

Josh eut besoin d'un moment pour arriver à la fin. C'était un signe de combien il était proche de ne pas revenir dans son corps, et cela rassura Nero sur le fait qu'il faisait ce qui était absolument nécessaire. La vie de Josh était en jeu, et il faisait ce qui était juste et approprié pour le nouveau loup-garou.

Il continua à caresser l'érection du jeune homme, promenant sa main libre sur sa poitrine et son ventre. Il pinça les tétons, adorant le son de ses halètements. Et son contrôle craqua un moment lorsque la respiration de Josh devint enfin erratique, lorsque ses hanches s'agitèrent violemment en se jetant dans sa main.

Il se poussa contre les fesses serrées de Josh. Il fléchit ses hanches et se plaqua contre le jeune homme. Et son esprit égrenait une litanie de *mien, mien, mien.*

Josh n'était pas à lui. Il était une responsabilité temporaire, une mission afin d'obtenir un support technique et une réponse au problème du feu de plasma. C'étaient les affaires.

Mais son corps ne ressentait pas cela. Et l'odeur du musc de Josh, la sensation de cet énorme sexe, emportait un peu de la santé mentale de Nero à chaque respiration.

C'est une mission.

Mien, mien, mien.

Josh agrippa les cuisses de Nero. Il rejeta sa tête en arrière sur l'épaule de celui-ci, et il poussa fort. Nero l'agrippa, le serrant de toutes ses forces. Puis un dernier coup dur, et ce fut fait.

Josh cria, faisant exploser du sperme chaud sur toute sa poitrine et la main de Nero. Son corps frémit à la libération, poussant de plus en plus à chaque battement. Il était un homme dans la fleur de l'âge avec un gros membre. La force de la première libération poussa son sperme assez haut pour qu'une goutte atterrisse sur la bouche de Nero. Une goutte chaude et humide qui tomba sur la courbe inférieure de sa lèvre. Il la lécha instinctivement, goûtant le sel, faisant connaissant avec la texture sur sa langue, et l'enfermant définitivement dans sa mémoire sensorielle. La semence de Josh. La libération intime de Josh.

Josh. Josh. Josh.

Il explosa dans son pantalon. Chaudement, durement, et avec toute la force d'un homme avec son amant.

Une mission.

Oh, merde, il était bel et bien baisé.

VIII

LA CHALEUR se répandait dans le corps de Josh, mais sans aucune signification claire. Il savait qu'il ressentait du plaisir et un tas d'endorphine, mais il y avait aussi de la gêne et de la honte. Il avait laissé son kidnappeur le masturber, et il avait aimé cela. Il l'avait demandé, bon sang. À quelle vitesse le syndrome de Stockholm faisait-il effet? Probablement ~~~ ~ ~ ~ ~~~~~~~ ~~~~~~, ~~ pourtant, il était là, complètement désossé dans les bras de l'homme, regrettant la sensation de la main de son ravisseur sur sa hampe.

Et quelle main! Épaisse, dure, avec la bonne prise. Les callosités étaient douces, et la sensation du grand homme l'entourant l'avait amené à un pic orgasmique qu'il n'avait jamais connu auparavant. Cela voulait-il dire qu'il était bel et bien gay?

Ou vraiment tordu?

— Comment te sens-tu?

La voix de Nero grondait, basse et douce, à travers le corps de Josh. Les deux mains de l'homme caressaient maintenant ses bras, de haut en bas dans un rythme apaisant, presque paresseux.

— Tu l'as fait aussi, bafouilla Josh, les mots confus s'échappant sans filtre.

— Quoi?

— Je l'ai senti. Tu…

As explosé comme un adolescent.

— Tu as joui aussi.

Silence. Il se demanda si l'homme s'apprêtait à mentir à ce sujet, mais finalement Nero soupira.

— Oui, je l'ai fait. Cela arrive parfois. Ne pense pas à ça. Pense à ton corps. Comment le sens-tu?

Comme s'il venait de vivre le meilleur orgasme de sa vie. Mais Josh ne dit pas cela. À la place, il se concentra sur la chaleur sur sa peau, le doux frôlement des caresses le long de ses bras et le battement régulier du cœur dans son dos. Le solide *ka-thump, ka-thump* de Nero était comme le battement d'un grand tambour. Cela le faisait se sentir en sécurité à un niveau subliminal. Et peu importe combien de fois il se disait qu'il ne pouvait pas être à l'aise, qu'il n'avait absolument aucune confiance en cet homme, il ne pouvait pas nier la sensation de ce *ka-thump* contre son dos.

— Je suis bien, dit-il.

— Alors je vais me lever et aller chercher quelque chose pour me nettoyer. Es-tu d'accord avec ça ?

— Euh, oui, bien sûr. Je peux…

— Reste ici. Tu te sens bien, mais Mother s'évanouissait si elle se levait trop vite. Alors, fais-nous une faveur à tous les deux et détends-toi. Laisse-moi m'occuper de tout maintenant, d'accord ?

— D'accord.

Nero se déplaça, retirant sa jambe et faisant tourner son grand corps.

— Je vais aussi chauffer du bouillon pour toi, ça me prendra un moment. N'essaye pas de te lever ou de t'enfuir. Les fenêtres et les portes sont verrouillées, et tu risques de t'évanouir sur le sol. Je te jure que je n'essaye pas de te faire du mal.

Cette résonance harmonique était de retour dans la voix de l'homme. Il savait donc que celui-ci disait la vérité. Il essayait vraiment de prendre soin de lui, même si cela signifiait le masturber sur le canapé. Merde, il se tortillait intérieurement chaque fois qu'il pensait à cela, alors il abandonna le combat. Il n'avait pas les ressources mentales pour cela. Il acquiesça et ferma les yeux en se détendant contre les coussins, même s'il savait qu'il se blâmerait plus tard.

Nero passa un moment à l'aider à réajuster quelques oreillers afin que son dos soit soutenu, puis Josh souffla joyeusement pendant que quelqu'un d'autre s'occupait de lui.

Son esprit se vida alors qu'il écoutait Nero se déplacer dans la cuisine, mettant quelque chose dans le micro-ondes. Puis il y eut tous ces bruits de salle de bains avant que ses pas lourds ne reviennent vers le canapé. Josh ouvrit les yeux pour voir l'homme l'air mal à l'aise, planant au-dessus de lui avec un gant de toilette épais dans la main.

— Je vais te nettoyer, d'accord ?

Josh aurait pu le faire lui-même, mais quand il abandonnait, il le faisait à fond. Il acquiesça, puis il ferma les yeux de plaisir lorsque le tissu chaud effleura sa poitrine et son ventre.

Puis le gant glissa plus bas, et il s'épaississait déjà d'anticipation. Mais cela allait trop loin. Une première éjaculation pouvait être mise sur le compte de l'excitation. Une deuxième serait intime, et donc, il arrêta Nero en levant une main.

— Je m'en occupe, râla-t-il.

Et il le fit. Il prit le gant et se nettoya en quelques coups rapides, puis il arrangea tout pendant que Nero reprenait le tissu. Il enfila même son tee-shirt pendant que son ravisseur retournait à la cuisine. Tout semblait normal lorsque le grand homme revint avec un bol de bouillon foncé et des crackers salés, et pourtant il se sentait totalement bizarre.

— C'est du bouillon maison, dit Nero en s'asseyant sur la table basse avant de lui tendre la soupe. Vas-y doucement, mais mange tout.

Josh avait l'intention de prendre la soupe. Il le voulait vraiment. Ses mains étaient levées et son esprit lui disait : *prends la soupe, mange-la entièrement, prends des forces pour te remettre les idées en place.*

Mais il fixa ses mains avec une sorte de choc abasourdi lorsqu'elles montèrent vers le visage de Nero à la place. Et alors que ce dernier se penchait en avant pour lui passer la soupe, Josh rapprocha leurs visages pour un baiser.

Le corps de Nero se raidit un moment, mais seulement pendant une fraction de seconde. Et même ainsi, sa bouche ne fut jamais dure. Ses lèvres étaient pleines et douces alors qu'elles passaient sur celles de Josh avec une douce confiance. Josh se livra à Nero lorsqu'il avança sa langue. Il laissa l'homme le toucher partout – la langue, les dents, et son palais. Sa propre langue s'anima alors que l'excitation chauffait sa peau. Elle s'avançait, puis se retirait. Il se battit pour la domination, son cœur battant et ses mains commençant à s'agripper. Il inclina la tête de Nero comme un homme exigeant son dû.

Ce dernier céda à son plus grand plaisir. Il s'ouvrit pour le genre de préliminaires que Josh adorait. Donner et recevoir, se soumettre et dominer, un va-et-vient qui le fit se dresser sur le canapé pour aller plus loin.

Ce fut Nero qui se libéra. Il respirait durement lorsqu'il se recula d'un coup. Puis il jura avec une intonation aiguë de surprise. Josh mit un moment à comprendre. Il avait renversé de la soupe chaude sur lui et avait rapidement posé le bol avant de secouer son poignet. La peau était rouge et Josh ressentait une forte envie de la lécher pour qu'elle aille mieux.

Nero ne lui en laissa pas l'occasion. Il était déjà en train de se redresser, de s'éloigner de la table basse, laissant tomber les crackers. Josh s'aperçut au deuxième coup d'œil qu'il avait renversé la moitié de la soupe sur son pantalon et plus encore sur le sol.

— Merde, marmonna Nero en enlevant son tee-shirt et le laissant tomber sur le tapis afin d'absorber le liquide renversé. Mother va râler à propos de ça. Je jure que son nez d'humaine peut sentir le liquide renversé…

Il s'étouffa sur ses mots et se figea pendant un instant. Il était accroupi devant Josh, son torse glorieux rougissant alors qu'il enfonçait son tee-shirt dans le tapis, mais tout son corps était rigide. Puis Josh regarda son visage et il sentit son cœur s'emballer devant la douleur crue. La bouche de Nero était ouverte en signe de choc et ses yeux étaient écarquillés. Des larmes reflétaient la lumière, mais aucun son ou mouvement ne secouait le tableau figé. C'était comme si Nero maintenait tout son corps rigide de crainte de ce qui pourrait sortir s'il relâchait une partie de lui-même, même une seconde.

Ce n'était pas difficile d'assembler les pièces du puzzle. Il avait déjà vu un tel chagrin auparavant. Mother était partie – probablement morte – et l'événement était si récent que Nero avait oublié pendant un instant qu'elle n'était plus là.

Eh bien, merde. Quoi qu'il en soit, Josh se sentit instantanément mal pour quelqu'un qui souffrait autant. Alors il se baissa pour finir d'éponger le liquide renversé. Il tira doucement sur le poignet de l'autre homme et parla sur un ton doux.

— Je m'en occupe. Va te nettoyer.

Nero se ressaisit avec un effort visible. Son corps se contracta et il secoua la tête.

— Tu es le nouveau loup. C'est ma responsabilité de prendre soin de toi.

Et la responsabilité était clairement un gros problème pour ce type.

— Je vais bien et ton pantalon est sali, dit-il en touchant le menton de Nero afin de capter son regard.

Bon sang, si un homme avait l'air perdu, c'était celui-ci. Il était seul et pourtant, il se battait encore avec tout ce qu'il avait pour tenir le coup, pour faire son devoir, pour être l'alpha responsable.

— Je vais bien, répéta-t-il. Va te nettoyer.

Puis il soupira.

— Je ne pense pas que je vais m'enfuir de sitôt. Il y a tellement de choses à apprendre ici, poursuivit-il en laissant ses lèvres se courber en un sourire triste. Et je n'ai jamais été capable de résister à cela.

Il vit le doute traverser les traits de Nero. L'homme soupçonnait un mensonge, mais son épuisement l'emportait sur tout soupçon. Nero était simplement trop fatigué pour se battre pour remettre en question l'apparente capitulation de Josh. Il hocha la tête.

— Je vais… hum… j'en ai pour une minute.

— Prends tout le temps dont tu as besoin.

Nero ne répondit pas. Il avait déjà ramassé son tee-shirt sur le sol et se dirigeait vers la cuisine. Il revint un moment plus tard avec un rouleau d'essuie-tout qu'il jeta à Josh avant de se diriger vers un couloir au-delà de la salle de jeu.

L'aile des chambres, peut-être ?

Josh finit de nettoyer le désordre pendant ce temps-là, puis il rapporta sa soupe et ses crackers dans la cuisine. Il se sentait stupidement faible, mais il put avaler le reste du bouillon. Cela réchauffa son ventre et stabilisa sa tête, mais cela ne fit rien pour ses émotions. ~~qui pouvait passer, de~~ vouloir tuer Nero il y a une demi-heure, à ressentir une tendre empathie pour la douleur de ce type. Et il n'avait aucune réponse pour la luxure qui s'était produite au milieu.

Et rien de tout cela ne touchait le gros mauvais truc dans ses pensées : l'idée qu'il pourrait être un loup-garou, et qu'est-ce que cela signifiait, bordel ?

C'était trop dur à gérer. Alors il s'assit au bar de la cuisine et grignota des biscuits salés. Il se concentra sur ce simple geste, et il entendit Nero revenir dans le couloir assez rapidement.

L'homme s'était changé, avec un polo bleu marine et un autre pantalon. Ses cheveux étaient mouillés, comme s'il avait plongé sa tête sous un robinet et l'avait ensuite séchée avec une serviette. Ses pieds étaient nus, en revanche, et pour une raison quelconque, Josh trouvait ces grands pieds stupidement attachants. Comme les pieds de Fred Pierrafeu. Assez grands et forts pour écraser une voiture de dessin animé sur une autoroute en direction de la carrière.

Il sourit à cette image et fut encore plus amusé lorsque l'expression de Nero se transforma en confusion.

— Qu'est-ce qui est si drôle ? demanda-t-il.

— Je me demandais juste combien de pantalons tu as.

— Je ne sais pas. Cinq ? Six ? Ils sont à la fois professionnels et décontractés. Ça me permet de m'habiller ou de me déshabiller facilement.

Pour une raison quelconque, cette réponse honnête chatouilla encore plus la corde sensible de Josh.

— J'ai fini le bouillon maison, annonça-t-il, son sourire s'élargissant alors qu'il désignait le bol vide. Je me sens mieux maintenant.

Comme prévu, l'expression de l'homme se détendit et ses épaules se relâchèrent. Il prenait clairement à cœur le bien-être de Josh et était heureux de ce rapport.

— C'est bien. Attends encore quinze minutes, et essaye ensuite une vraie soupe. Des légumes, sans doute. De la viande, si tu peux la supporter.

Josh acquiesça, même si l'évaluation de son estomac lui indiquait que les aliments lourds étaient à proscrire pour le moment. À la place, il grignota un autre biscuit salé et attendit l'occasion d'en apprendre plus sur son très intéressant ravisseur.

Celle-ci se présenta environ trois minutes plus tard alors que Nero avait sorti le spray pour tapis afin d'arroser la zone où la soupe s'était renversée, et qu'ils attendaient que le nettoyant fasse son effet.

— Alors, est-ce que Mother était votre... hum... vraie mère ?

— Quoi ? Non. C'était une louve-garou de mon équipe.

— Était-elle la mère de quelqu'un ?

Il secoua la tête.

— Elle n'a jamais eu d'enfants, mais c'était la seule fille ici. Elle avait l'habitude de montrer du doigt les ordures que nous laissions traîner ou les taches que nous ne nettoyions jamais, et elle disait : est-ce que je ressemble à ta mère ? Nettoie ta merde ou sinon.

— Ou sinon quoi ? demanda Josh, intrigué, en se penchant en avant.

— C'est ce que nous avons demandé.

Il attendit un moment, concentré et distant, la bouche recourbée délicieusement alors qu'il se promenait sans doute dans ses souvenirs.

— Elle a dit : Sinon, je laisse ma merde là où vous vivez. Et elle l'a fait. Dès que nous ne nettoyions pas derrière nous, elle chiait sur nos affaires. De vrais étrons, vraiment puants. Nous fermions nos portes à clé, nous rangions nos affaires, mais si quelqu'un laissait un bordel, elle faisait aussi, dit-il en fixant le sol. Son nez était vraiment bon, surtout en tant que louve. Si tu laissais un désordre, elle savait assez facilement qui l'avait fait.

Il leva les yeux.

— Nous avons appris à ramasser nos affaires, mais nous l'appelions Mother pour nous venger.

— Je suppose qu'il y a des noms pires que ça.

— Beaucoup. Et elle avait des moments plus doux, c'est sûr. Mais la plupart du temps, c'était une femme extraordinaire qui donnait tout ce qu'elle avait.

Il se détourna, ses mouvements lourds, alors qu'il ouvrait un placard et en sortait un aspirateur vertical.

— Elle me manque. Elle… est morte la semaine dernière.

— Comment est-elle partie ?

Josh ne pensait pas qu'il répondrait. Nero resta silencieux pendant qu'il branchait l'aspirateur et aspirant la majeure partie du liquide imprégnant le tapis. Il était rapide et efficace dans son travail, terminant et rangeant tout en silence. Mais lorsqu'il eut terminé, il se dirigea vers un ordinateur de bureau sur une table voisine. Quelques clics plus tard, il fit apparaître une photo de lui-même avec quatre autres personnes souriantes à un barbecue d'été.

— C'était mon équipe, dit-il en pointant du doigt des visages. Mother et son partenaire Pauly. Cream et Coffee.

Il toucha chaque visage d'un doigt tremblant, mais sa voix resta solide alors qu'il poursuivait.

— Nous avons appris qu'un démon mangeait des pêcheurs sous glace dans le nord du Wisconsin. Une course facile selon nos critères, puisque la plupart des démons sont des choses stupides et violentes. C'est comme abattre un chien enragé. Ils sont dangereux, mais pas très intelligents. Tout a commencé comme d'habitude, et nous l'avons presque vaincu.

Il cliquait sur d'autres photos de son équipe tout en parlant. Le barbecue de l'été était terminé, et Josh regardait maintenant les costumes d'Halloween, puis la sieste sur le canapé pendant que quelqu'un dessinait une fausse moustache sur Coffee. Cream aimait apparemment les gaufres, puis Pauly se faisait prendre en photo depuis le sommet d'une montagne. Les photos défilaient une à une jusqu'à ce que l'écran change brusquement. Il vit des taches noires en forme de loup dans une zone d'explosion au lieu de sourires.

— Le démon possédait une sorte de feu de plasma. Il les a tous tués en un instant. J'étais dans l'état d'énergie entre le loup et l'homme à ce moment-là et c'est la seule raison pour laquelle j'en ai réchappé, et même alors c'était vraiment difficile. Une seconde, nous effectuions notre travail, la suivante…

Sa voix s'étrangla. Il ne pouvait même pas dire les mots, mais il n'avait pas à le faire. L'écran racontait l'histoire, photo après photo. Ils étaient tous morts. Il ne l'était pas.

— Et le démon ?

— Toujours dans l'eau quelque part. Il doit récupérer, se remettre, se reformer. Nous n'en sommes pas sûrs. Nous sommes à sa recherche, mais nous n'avons pas été en mesure de le trouver.

Puis il leva les yeux et regarda Josh.

— Je vais le tuer. Dès que j'en aurai fini avec vous, les nouveaux, j'y retournerai et je réduirai cet enfoiré en petits morceaux. Et je pisserai ensuite sur chaque centimètre cramé.

Josh observa le visage de Nero, voyant la détermination féroce hurler dans chaque cellule de son corps. Il serait le premier à applaudir si c'était un film. Mais la vie n'était pas un film et les gentils ne gagnaient pas toujours. Il lui suffisait de regarder les contours de cendres sur l'écran pour le savoir. Cela le chagrinait de penser que Nero avait failli devenir une de ces taches sur le sol mort. Si celui-ci n'avait pas autre chose que de la fureur dans son arsenal, alors il serait totalement réduit en cendres s'il affrontait à nouveau le démon.

Ce fut ce qui le poussa à taper sur un homme qui était tellement absorbé par son chagrin qu'il se concentrait sur le fait de pisser sur les restes d'un démon plutôt que sur les étapes menant à cette fin glorieuse.

— Alors, euh, que vas-tu faire différemment pour pouvoir uriner glorieusement ?

Il s'attendait à ce que Nero cligne des yeux et revienne à lui. À la place, l'expression de l'homme devint un laser concentré sur Josh, et ses mots étaient si clairs et distincts qu'il sentit l'impact des sons comme de petits cailloux contre son sternum.

— C'est là que vous intervenez. C'est pour ça que nous avons perturbé vos cinq vies. C'était un risque énorme, mais nous devions le prendre…

— Qui essayes-tu de convaincre ? contesta Josh, mais Nero passa juste au-dessus de cela.

— Nous avons besoin d'un moyen de nous protéger contre le plasma magique qui brûle. Nous avons de toi…

Il prit une profonde inspiration.

— J'ai besoin que tu m'amènes assez près pour éliminer ce bâtard. C'était une proie facile jusqu'à l'explosion. Si tu peux me faire traverser cette explosion de plasma, je détruirai ce bâtard, expliqua-t-il, puis il tapa son poing sur sa cuisse, se défoulant de sa férocité sur son propre corps. Je pense que c'était une explosion unique, ou du moins, il faudra un certain temps pour qu'il se recharge. Si tu peux trouver un moyen de nous protéger

69

du feu, alors nous pourrons en finir. Nous pouvons mettre fin à ce cauchemar pour toujours et revenir à ce que les choses devraient être.

Ses mots étaient durs et rapides, et Josh n'était pas immunisé contre la résonance du défi dans chaque mot. La voix de Nero sonnait comme un appel au clairon lui demandant de sauver la journée, de résoudre le problème, de protéger les héros et d'être tout ce qu'il pouvait être au service du bien. Tous les jeux vidéo qu'il avait aimés avaient un début similaire.

Mais ce n'était pas un jeu. Il ne pouvait pas tout plaquer dans sa vie pour faire ce que Nero voulait. Même si ce dernier était aussi sexy et inspirant qu'un appel à l'action pouvait l'être, Josh était lent à sauter. Savannah aurait dit qu'il avait des problèmes, mais de toute façon, il ne pouvait pas sauter le pas. Il regarda ses mains, ne sachant pas quoi dire.

— Je ne sais rien sur le plasma magique. Bon sang, je ne connais rien à la magie.

— Nous t'apprendrons ce que nous savons. Gelpack a dit qu'il t'aiderait, et Wiz adore parler à qui veut l'entendre de ce qu'il peut faire et comment.

Le silence était lourd dans la pièce. Finalement, Josh leva les yeux. Il ne pouvait pas continuer à fixer le sol, mais il vit le désespoir lorsqu'il croisa les yeux de Nero. Comme si l'homme était consumé par le désir que Josh dise oui, qu'il prenne la pilule rouge et passe de l'autre côté du miroir. Un petit oui et ce serait le pays des merveilles. C'était la même passion que Josh avait vue chez cet homme dans les coulisses avant que la vie ne dérape. Et c'était mille fois plus intense maintenant qu'il avait vu ces contours de cendres.

Il essaya pourtant encore de s'en sortir.

— Je ne suis pas Einstein. On ne jette pas les gens dans un laboratoire en disant : J'ai besoin de ça. Inventez-le.

— Essaye.

Non. Il l'avait sur le bout de la langue. Tout cela, c'était trop, trop vite. Un *Non, bon sang* serait une meilleure réponse. Il était un geek du Midwest dont le moment le plus excitant dans la vie avant aujourd'hui avait été de lâcher la barre de sécurité sur les montagnes russes Batman à Six Flags [2]. Même son plus grand moment de gloire à MoreCon n'avait pas eu lieu. Il avait été occulté par ces hommes.

---

2 Parc à thème californien.

Ils l'avaient transformé en loup, puis jeté dans une cage. Il avait été piqué par un aiguillon à bétail, avait rencontré un alien, et s'était fait masturber pas la version loup de G.I Joe. C'était dingue. Et pourtant, au moment où il formait le mot non, un autre mot sortit de ses lèvres.

— Oui. D'accord. Je vais essayer.

Nero sembla se dégonfler devant ses yeux. Il souffla de soulagement et de gratitude, redevenant brusquement de taille normale. Il n'y avait plus de résonance verbale incitant Josh à s'engager dans l'armée des loups. Simplement un grand homme avec un trou dans le cœur et qui murmurait :

— Merci. Tu ne le regretteras pas.

Bien sûr qu'il le regretterait. Parce que c'était comme cela avec lui. Il regrettait généralement chacune de ses impulsions passionnées. Et celle-ci était la plus énorme de toutes.

IX

LE BIOLOGISTE mourut pendant que Nero dormait. Étant donné les chances, qu'une seule des cinq recrues meure était une énorme victoire, mais ce n'était pas ce qu'il ressentait. Pour lui, c'était un corps de plus ajouté au poids dans son cœur. Le pire étant ce que Gelpack avait fait pour aider.

— Vous avez fait quoi à son *âme*?

Ils étaient à la morgue, et le corps lupin du Dr Wesley Barren avait été sorti de l'unité de réfrigération. Il avait l'air raide et froid, sa luxuriante fourrure brune semblait plaquée contre son corps. Selon le dossier médical, ses organes avaient cessé de fonctionner un par un, en succession rapide. C'était arrivé plus souvent que Nero aimait à le penser. Ils supposaient que cela se produisait lorsque l'esprit refusait d'accepter le corps du loup et choisissait la mort plutôt que d'exister en tant qu'animal, mais personne n'en était sûr.

— J'ai lié son énergie à ses os, dit Gelpack. Il restera dans cette dimension, à condition que son sternum ne se brise pas.

Nero fixa l'alien comme s'il était… un extraterrestre.

— Mais il est mort.

— Mais vous avez des moyens de faire fonctionner son corps. Des pacemakers et des os artificiels.

— Oui, dit-il aussi calmement que possible. Mais c'est quand le patient est vivant.

— Qu'est-ce que la mort sinon que l'énergie quitte le corps? J'ai empêché cela.

— Mais… non…

Bordel. C'était pour cela qu'ils avaient désespérément besoin d'un docteur. C'était pour qu'il puisse regarder le médecin et lui ordonner de répondre.

— Nous ne savons pas comment animer un corps mort.

— Wiz m'a parlé de nécromancie. Peut-être sait-il comment accomplir cette tâche.

— Quoi ? Depuis quand ? s'exclama-t-il avant de secouer la tête. Ne répondez pas. Je parlerai à Wiz, mais je suis presque sûr qu'il parlait d'une façon hypothétique.

Il l'espérait. À moins que ce soit vraiment possible… il fixa le cadavre et essaya d'imaginer ce que cela ferait d'avoir son âme piégée dans un corps mort et gelé.

— Son âme est-elle consciente ? Sait-il ce qui se passe ?

— Je ne peux pas répondre à cette question. En fait, je suis très impatient de l'interroger lorsqu'il sera réanimé.

Nero ouvrit la bouche, mais il n'avait pas la moindre idée de ce qu'il voulait dire. Pour gagner du temps, il baissa les yeux sur le dossier et remarqua un détail dont Gelpack ne se soucierait pas, mais qui, pour les humains, était assez significatif.

— C'est un fervent catholique, dit-il. Je suis presque sûr que le Pape est contre la vie en tant que zombie.

— Qui est le Pape ? Je ne comprends pas.

Sans blague. Nero ne savait pas par où commencer.

— Voulez-vous casser son sternum ? Ça libérera son âme et il mourra. Bien que je sois confus. Vous avez dit que vous souhaitiez vraiment que, parmi toutes les recrues, celui-là survive.

Il l'avait fait. Vraiment. Ils avaient désespérément besoin d'une expertise médicale.

— Nous ne voulons pas de médecins zombies, dit-il.

Mis à part que dans le domaine de l'étrange, un zombie était-il si terrible ? En supposant qu'il puisse encore travailler et fonctionner comme une personne normale.

— Sera-t-il… le même ?

— Il sera capable de manger d'autres aliments, pas seulement de la cervelle.

— Ce n'est pas ce que je demandais !

— Vous êtes en colère. J'ai fait un mauvais calcul.

Gelpack tordit le corps du loup de façon que son sternum soit tourné vers le haut.

— Vous devez briser son poitrail. Je n'ai pas la force physique pour un tel coup. Un coup rapide avec votre main ou un maillet devrait être efficace.

— Non ! s'écria Nero en reculant, révolté par l'idée d'écraser sa main – quoi que ce soit – sur le poitrail du loup.

— Je crois qu'il y a un étau dans le garage…

— Stop! dit Nero en levant les mains. Juste… donnez-moi une minute.

Tant de choses s'entassaient dans son cerveau. Les considérations éthiques, la doctrine religieuse, même l'engagement financier pour maintenir un type dans la glace sans savoir s'ils pourraient le ramener à la vie. Mais s'ils le pouvaient… Est-ce que cela ne valait pas le risque? Mieux vaut un zombie qu'un mort?

Il n'avait aucune idée de ce que le Docteur Wesley Barren aurait voulu et aucun moyen de faire ce genre de choix éthique sur le moment. Ce qui signifiait ~~que sa ~~~~……………………………… de faire remonter~~ la décision dans la chaîne de commandement.

— Ne le cassez pas encore. Nous allons le garder ici, et la capitaine saura peut-être quoi faire.

Il n'avait jamais été aussi reconnaissant d'être un troufion.

Cela dit, il poussa le corps dans l'unité et la scella. Il pria pour que l'homme ne se perde pas dans la paressasse. Quelqu'un ouvrirait-il cette unité dans dix ans en s'exclamant : Qui est-ce, bon sang?

Nero frotta son front, essayant de se concentrer sur quelque chose de plus productif.

— Comment vont les autres?

— Tous réveillés, humains et mangeant sous la supervision de leurs partenaires. Je…

Gelpack se tut subitement. Si Nero devait deviner, il dirait que l'alien fronçait les sourcils, mais c'était difficile à voir sur un visage de gelée. Parfois, le corps entier de celui-ci ondulait lorsqu'il se tenait trop près d'une bouche d'air conditionné.

— Je crois que vous devriez les voir vous-mêmes. Je n'ai pas compris leurs réactions lorsqu'ils sont redevenus humains.

Super. Pourquoi personne ne pouvait-il se réveiller humain et être reconnaissant de ne pas être mort? Cela avait été sa réaction. Mais son dernier souvenir était celui d'un loup serrant son épaule et brisant ses os. Se réveiller en vie avait été une surprise totale. Se réveiller en tant que loup lui avait donné un sentiment d'être un dur à cuire qui n'avait jamais complètement disparu.

— Je vais aller les voir maintenant.

Il fit une pause en regardant l'alien, réfléchissant pour exprimer ses pensées avec des mots que même un être d'un autre univers pourrait comprendre.

— Je vous suis très, très, reconnaissant, Gelpack. Je sais que c'est grâce à vous que la plupart d'entre eux ont survécu.

— C'est grâce à moi qu'ils ont tous survécu, dit-il sans emphase ou ego apparent.

Il avait l'air de dire que c'était un simple fait, ce qui terrifiait Nero. Il ne faisait toujours pas confiance à l'extraterrestre, et pourtant quatre nouveaux membres de Wulf, Inc.. lui étaient entièrement redevables. Ou cinq, si l'on comptait le médecin congelé.

— Hum, eh bien, je vous suis reconnaissant.

— De rien. À moins qu'il n'y ait autre chose, je vais aller prendre des notes maintenant.

— Oui. Allez-y.

Qu'est-ce qu'il ne donnerait pas pour voir les notes de Gelpack de près.

— Je vais retrouver les autres.

JOSH SE réveilla d'un sommeil profond et fit ce qu'il faisait toujours. Il attrapa son téléphone. Il avait des e-mails et des nouvelles à lire, quelques jeux auxquels il aimait jouer pour éveiller son esprit, et toutes les myriades de façons dont un smartphone pourrait le distraire des choses auxquelles il ne voulait pas penser. Il savait exactement ce qu'il faisait. Bon sang, il avait développé l'évitement comme une forme d'art. Il avait même téléchargé des articles de journaux sur son téléphone pour pouvoir se plonger dans la science quand sa vie personnelle devenait trop stressante.

Mais il n'avait pas son téléphone. Nero ne le lui avait pas rendu, ce qui le laissait à fixer les rideaux bruns basiques au-dessus de sa fenêtre et écouter quelqu'un fredonner en tapant dans la chambre d'à côté.

Loup-garou.

Le mot chuchotait dans son esprit et il se concentra sur autre chose. Mais le son d'ABBA mal chanté à côté ne faisait qu'empirer la colère, alors il se leva et se dirigea vers la douche. Sa chambre possédait une salle de bains attenante avec des articles de toilette. Il pouvait se concentrer sur cela.

Ce qui ne fonctionna que jusqu'à ce qu'il soit propre. Mais entrer dans la chambre lui rappela qu'il avait laissé ses bagages dans la salle de la cage. Les cages et les loups hurlants s'immisçaient dans ses pensées, sans parler de l'alien brandissant un aiguillon à bétail. La colère monta en flèche, acide dans sa gorge, mais il la refoula. Les émotions étaient trop brutes pour qu'il puisse les affronter. Il valait mieux penser à s'habiller.

Il trouva des vêtements dans la commode. Il enfila le bas de survêtement en priant pour qu'il tienne sur ses hanches étroites. Le tee-shirt était ample, mais confortable, et il se divertit en étudiant l'image du loup-garou sur le devant, avec ses canines blanches étincelantes et ses griffes aiguisées comme des rasoirs. Deux jours auparavant, il aurait ricané en disant que l'image était anthropomorphisée à un degré stupide. Le loup avait des biceps de type humain, de larges épaules masculines et une lueur dans les yeux. Mais maintenant qu'il savait que les loups ~~garous existaient, l'~~ image était troublante de réalité.

Loup-garou.

Était-ce qu'il était maintenant ? Un loup-garou bourré de testostérone qui pouvait déchiqueter les gens à volonté ? L'idée lui plaisait autant qu'elle le révoltait. Qui ne voudrait pas être un grand méchant loup ? Combien de fois, enfant, avait-il souhaité pouvoir souffler et envoyer les gens dans le comté voisin ? Ou les mettre en pièces comme Wolverine ? Et pourtant, en grandissant, il avait rejoint les rangs des gens qui se moquaient des gros balourds. Il n'avait jamais été un fan de Thor. Il préférait Iron Man, le geek malin qui avait construit une super combinaison pour pouvoir voler et faire exploser les méchants.

Il ne pouvait pas être comme cette image gonflée sur le tee-shirt.

Pourtant, alors qu'il regardait le loup-garou dans le miroir, il se demandait comment il se sentirait d'être l'une de ces personnes.

Il rentrerait peut-être vraiment dans ce bas de survêtement au lieu de faire un nœud super serré autour de sa taille comme un enfant qui porte le pantalon de son grand frère. Son grand frère Bruce se vanterait probablement que les survêtements étaient serrés sur lui. Enfoiré.

La rivalité fraternelle était une colère familière, et Josh s'y accrocha. Il dirigea ses émotions vers l'image imaginée de son frère se pavanant dans toute sa gloire musclée de pompier. Quel cul ! Ce bas de survêtement lui irait parfaitement, ce qui poussa Josh à l'enlever et à le remettre dans la commode. Il porterait son jean d'hier soir. Celui qui était descendu sur ses genoux pendant que Nero le masturbait.

Il s'immobilisa en fermant sa braguette alors que d'autres émotions l'assaillaient. L'image de Bruce ne suffisait pas pour retenir son attention. Au lieu de cela, son esprit était pris par des souvenirs de Nero l'enveloppant

76

de ses gros bras. Il avait des cuisses épaisses et fortes qui avaient bercé les hanches de Josh.

Et sa main avait été comme un paradis quand il avait pompé son sexe.

Josh commença à transpirer. Il avait besoin de brûler ces pensées avec un jeu vidéo ou une recherche sur Internet. Bon sang, même les nouvelles feraient l'affaire. Il avait besoin de son téléphone. Ce qui voulait dire qu'il devait retourner dans la salle de la cage. Ses affaires étaient là-bas. Et il devait découvrir comment Stratos et les autres loups s'en sortaient.

Les autres loups-garous.

Il se sentait coupable d'avoir squatté la nuit dernière et de ne pas être allé les chercher, mais Nero lui avait bien fait comprendre qu'il n'était pas encore autorisé à redescendre. La dernière chose dont les autres loups-garous avaient besoin, d'après son ravisseur, c'était qu'il traîne dans le coin pour brouiller les pistes.

Donc, vêtu de son jean normal et du tee-shirt de Wulf, Inc., il essaya d'ouvrir la porte de sa chambre et fut rassuré de la trouver déverrouillée. Une rapide promenade dans le couloir le ramena dans la salle de jeu, puis dans la cuisine, ou un homme brun et nerveux déposait du fromage sur une omelette en fredonnant des thèmes musicaux aléatoires. C'était l'homme qui avait chanté faux Mamma Mia, et il leva les yeux en affichant un large sourire.

— Bonjour ! cria-t-il.

Merde, même sa voix appartenait à une bande originale de Disney. Elle était heureuse, excitée, et devrait vraiment faire gazouiller des écureuils animés autour de lui.

— Je fais des omelettes. Tu en veux une ?

— Bien sûr, répondit-il sans réfléchir.

Il ne refusait jamais la nourriture que quelqu'un d'autre cuisinait pour lui. Mais alors qu'il parlait, il se demanda comment son estomac se portait. Il n'avait pas de nausées pour le moment, mais l'idée de manger quelque chose de lourd serrait son estomac.

— Hum, ce serait peut-être bien de faire des œufs brouillés. Rien d'extraordinaire. Je reviens dans une minute, dit-il.

Il vit la porte du rez-de-chaussée et se dirigea vers elle.

— Bien sûr. Je suis Laddin Holt, au fait. C'est le diminutif d'Aladdin, car maman disait que j'étais magique. Qui aurait cru qu'elle avait raison ? Et la porte est fermée. J'ai déjà vérifié.

Laddin avait raison, Josh ne put la bouger. Et le lecteur de paume clignota en rouge lorsqu'il aplatit sa main dessus.

— Tu es un des loups habituels, ou un nouveau ? demanda Laddin avant d'ajouter sans faire de pause. Je suis nouveau. Mon entraîneuse dit que nous sommes cinq, mais elle veut toujours plus de recrues.

Josh se détourna de la porte verrouillée et se concentra sur Laddin. L'information était essentielle dans toutes les situations, et il y en avait de nouvelles ici. Il abandonna la porte et entra plus dans la cuisine.

— Un nouveau…

— Attends. Laisse-moi essayer de me souvenir, dit Laddin, les sourcils froncés.

Il avait également levé la main pour empêcher Josh de parler, et c'était une autre chose sur laquelle se concentrer.

Sa main était déformée. Son pouce, son index et son auriculaire semblaient normaux, mais les deux doigts du milieu étaient de la taille de ceux d'un bébé. Mais cela ne l'empêchait pas d'utiliser sa main. Il gérait l'omelette et la poêle sans aucun problème, sans parler de tous les ustensiles de cuisine normaux alors qu'il commençait à réfléchir à voix haute.

— J'étais encore à moitié dans les vapes, mais je me souviens de beaucoup de rugissements et d'aboiements. Il y avait une bagarre entre un type nu et un type énorme. Le gars en gel avait un… un bâton ?

— Le mec à poil, c'était moi. Le gros type était Nero. Le mec en gel avait un aiguillon à bétail, dit Josh en gardant une voix neutre, même si son côté tressaillait en souvenir. La douleur l'avait brûlé comme si des fourmis mangeaient ses entrailles. Ses muscles s'étaient contractés, son corps avait été secoué, et pourtant la fureur de son attaque n'avait pas diminué. Au contraire, la douleur avait triplé sa colère.

Et il avait attaqué comme un animal. Comme un…

Loup-garou.

Le côté de Josh se noua et il recula devant ce mot. C'était trop étranger pour qu'il l'accepte comme étant attaché à lui. Ses mots étaient *garçon, chimiste, nerd, chétif, gay.* Mais aussi, *ami, homme, fils, frère.* Mais pas *animal.* Et certainement pas *loup-garou.* Et pourtant le mot ne voulait pas disparaître.

Laddin frissonna exagérément.

— J'ai pu voir de près l'estomac du type bizarre, dit-il en soufflant un peu. Flippant.

Josh hocha la tête en se forçant à se concentrer sur Laddin.

— La dernière fois que je t'ai vu, tu étais sous sédatif. Dans quelle… hum…

— Dans quelle cage j'étais ? L'avant-dernière, répondit Laddin.

Sa transformation était-elle due à une malédiction romaine ?

Josh n'arrivait pas à se souvenir. Il y avait eu tellement de choses à assimiler hier.

— Oui, continua Laddin en versant son omelette dans une assiette avant de casser deux autres œufs dans un bol et de les brouiller avec une fourchette. Je n'ai aucune idée du temps que j'ai passé à roupiller. La prochaine chose que je sais, c'est qu'une femme m'appelle par mon nom et me dit de me lever et de m'habiller. Nous avions des choses à faire.

Il sourit en levant les yeux.

— Elle ressemblait à ma grand-mère. Alors je me suis levé et je me suis habillé en humain. J'ai mis un moment à réaliser que j'étais sorti de ma cage en loup. Bizarre, n'est-ce pas ?

— Définitivement, dit Josh, bien qu'il ait vécu quelque chose de similaire.

Il ne se souvenait même pas de s'être transformé, mais il se souvenait avec certitude d'avoir eu envie de tabasser Nero. Et il ressentait encore de la colère. La confusion et la trahison montaient comme de l'acide dans sa gorge. Il les refoula une fois de plus. Il devait se concentrer, pas s'émouvoir. Heureusement, Laddin était un moulin à paroles.

— Captain M dit que c'est différent pour chaque personne, mais il y a toujours un déclencheur. C'est la chef de service ici et celle qui m'a été assignée. Elle est dans son bureau, par là, dit-il avec un geste vers le couloir opposé à l'aile des chambres. Bref, il fallait juste qu'elle ressemble à ma grand-mère, et j'ai obéi.

— Oui, murmura Josh. Nero ressemblait à mon père, et je voulais l'humilier. Je suis devenu humain pour pouvoir corriger sa prononciation. Et le battre à mort.

Il se souvenait de la haine brûlante comme de la lave chaude à laquelle il ne pouvait pas échapper et qu'il ne pouvait pas contrôler. Il était un animal, avec ses dents et ses griffes. Il avait besoin de goûter le sang et de sentir les entrailles dans ses griffes.

Rien de tel que les problèmes paternels pour faire monter la pression.

— Un de *ces* pères, hein ? commenta Laddin en lui lançant un regard compatissant. Ça craint. Ma mère a largué mon abruti de père quand j'étais trop petit pour m'en souvenir. J'ai toujours voulu avoir un père, tu sais ?

Mais ensuite, j'ai vu combien il existait de sacs à merde, et je me suis dit que ce n'était pas si mal de n'avoir qu'elle et Grand-mère. Nous nous entendions bien.

Il sourit avant de conclure.

— Et je suis impatient de leur dire que je ne suis pas mort.

Il fallut un moment pour que les mots de Laddin pénètrent la mémoire de ce qu'il avait été, de ce qu'il avait ressenti.

Loup-garou.

Mais finalement son esprit s'éclaircit suffisamment pour se souvenir des mots de Laddin.

— Tu étais au courant de tout ça? demanda-t-il à prononcer d'être

Loup-garou? Pas du tout. Mais Grand-mère a une seconde vue. Elle fait des lectures aux gens dans les fêtes foraines. C'est surtout une bonne intuition, mais elle a aussi un vrai don. Elle m'a dit que j'étais né avec ça, parce que ma vie entière changerait quand j'aurais vingt-huit ans, dit-il en montrant sa main déformée.

Josh fronça les sourcils, ne sachant pas quoi répondre à cela.

Comment un défaut congénital pouvait-il mener au loup-garou-isme. Heureusement, Laddin n'était pas du genre à laisser planer le silence dans une conversation. Il remplissait l'espace avec son bavardage alors même qu'il versait les œufs dans la poêle.

— Elle a dit que c'était un changement de vie. Un truc de transition. Comme la mort, et peut-être la mort, mais elle ne le savait pas. Elle a dit que cela arriverait dans ma vingt-huitième année. Ça fait dix et vingt, expliqua-t-il en montrant son pouce et son index normaux en comptant, avant d'écarter les deux mains, montrant ses huit doigts normaux. Et ça fait huit. Donc, vingt-huit.

— Ta grand-mère t'a dit que tu mourrais à vingt-huit ans?

Bon sang, quelle chose terrible à dire à quelqu'un.

— Pas mourir. Une transition, ou qu'il y aurait un grand changement dans l'année. J'ai pensé que ce serait la prise de conscience de mon homosexualité, mais c'est arrivé quand j'avais dix-huit ans. Puis peut-être quand j'ai changé de travail ou autre chose. Je n'ai jamais, jamais pensé devenir un loup-garou, continua-t-il en attrapant une assiette et y mettant les œufs brouillés. Je commençais à douter, honnêtement, mais j'aurais dû m'en douter. Grand-mère a toujours raison, du moins avec moi. J'aurais vingt-neuf ans dans sept semaines, dit-il, son expression s'assombrissant. Je leur envoie des SMS tous les soirs pour leur dire que je vais bien. Maman est probablement en train de préparer mes funérailles, mais Captain M n'a pas voulu me rendre mon téléphone. As-tu récupéré le tien?

Josh secoua la tête. Pire encore, il savait qu'il ne manquerait à personne de sa famille avant les fêtes. Son laboratoire s'apercevrait de son absence lundi, mais…

— Quel jour sommes-nous? Je veux dire, c'était vendredi quand…

— Tout est devenu fou?

— Oui. Combien de temps…, commença-t-il avant de se taire, incapable de dire le mot. Puis il réussit à glisser, loups-garous?

— Je n'en sais rien. Pour ce que j'en sais, nous pourrions être samedi. Ou dimanche. Ou l'année prochaine.

— Nous sommes lundi, dit Nero en poussant la porte de l'étage inférieur. Il entra, et Josh sentit l'attraction nouer son estomac. Puis la colère surgit. Il ne devrait pas être attiré par son ravisseur. Il ne devrait pas regarder la façon dont les fortes mains de ce type écrasaient la poignée de la porte ou sentir cette voix envoûtante s'installer dans son aine et y vibrer. Josh ressentait une faible vibration de plaisir chaque fois que Nero bougeait sa bouche, et c'était tout simplement *mal*. Mais il n'y avait rien que Josh puisse faire pour l'arrêter. Pendant ce temps, Nero continuait de parler tandis que Josh ressentait chaque beau son.

— Nous avons découvert qu'il est plus facile de garder les nouvelles recrues inconscientes pendant un certain temps. Ça permet à leur corps de se reposer avant de redevenir humain.

— Lundi! couina Laddin. Mais maman va devenir folle de rage…

— Captain M a déjà envoyé un message à ta mère et à ta grand-mère. Elles savent que tu es vivant et en bonne santé et que tu les contacteras lorsque ça sera prudent.

— Cela ne sera pas suffisant, dit Laddin en secouant la tête. Pas avant qu'elle n'entende ma voix et…

— Du calme. Oui, nous savons. Nous fixerons l'heure et le lieu de votre réunion de famille – il jeta un coup d'œil à Josh – pour les réunions de tout le monde, mais seulement quand ce sera sûr. Les nouvelles recrues sont des créatures émotives, et personne ne déclenche un effondrement comme la famille.

— Mais maman…

— Vous devrez apprendre la patience. C'est comme ça. Je suis désolé, Laddin. Pas d'exception.

Ce dernier serra les lèvres en signe d'agacement. Josh venait juste de le rencontrer, mais il devinait que l'homme était rarement silencieux. Mais boudait-il ou préparait-il sa vengeance ?

— Comment te sens-tu ? demanda Nero en reportant son attention sur Josh. Peux-tu supporter la nourriture ?

Paf. Rien de tel que l'intérêt concentré d'un homme sexy. Josh détestait être attiré par cette attention, mais bon sang, comment ne pas l'être ? Nero le regardait comme si cela l'intéressait. Pire, comme s'il s'inquiétait, et même la mère de Josh ne l'avait pas traité ainsi depuis des années. Un désintérêt désinvolte était plus son style, mais elle se rappelait toujours de prier pour lui avant de s'endormir le soir. Comme si cela compensait le fait qu'elle tournait la tête chaque fois que son père passait à l'attaque. Ce problème était presque réconfortant, comparé à tout ce qui se passait en ce moment. Il sourit et enfournant une fourchette d'œufs dans sa bouche et ne fut pas trop déçu.

— Je suppose que oui.

— Ne va pas trop vite, grogna Nero.

Oui, il avait appris cette leçon la nuit dernière.

— Et reste hydraté avec des électrolytes. Il y a beaucoup de choix dans le réfrigérateur.

Josh était sur le point de dire un Oui, maman sarcastique, mais il refoula les mots non prononcés. C'était trop familier et trop effrayant, étant donné ce qu'ils avaient fait la nuit dernière et ce que Nero avait révélé. Il ne savait pas si cet homme était son ravisseur, son partenaire, ou son amant. Le premier, oui, le deuxième, peut-être, le troisième – définitivement pas, bien qu'il y ait certainement des sentiments lascifs provenant de son corps. Ce qui le mettait dans une position inconfortable. Et les endroits inconfortables le mettaient souvent en colère. Alors il se tourna vers la meilleure distraction qu'il connaissait et s'assura que l'irritation brûle dans son ton.

— Où est mon téléphone ?

— Rangé. Et non, tu ne peux pas l'avoir ?

— Vous ne pouvez pas nous garder prisonniers comme ça !

Nero expira dans un long et lent relâchement. Il essayait, de toute évidence, de rester calme – et il y parvenait mieux que Josh – ce qui énervait le jeune homme encore plus.

— Vous resterez comme ça – sans vos téléphones – jusque que vous puissiez gérer la transformation. C'est pour la sécurité de tous, y compris la vôtre.

— Et pour tes amis ? Je croyais que tu voulais que je résolve cette histoire de souffle de feu ?

C'était horrible de sa part de lui lancer cela. L'homme était en deuil, et Josh laissait sous-entendre qu'il avait tout oublié.

Les yeux de Nero se refroidirent, sans surprise, mais il ne perdit pas son calme.

— Toute aide que tu pourras nous apporter à ce sujet sera richement récompensée. Tout pourrait même redevenir ce que c'était avant que tout cela n'arrive.

Josh lui lança un regard furieux pour une raison quelconque. Il était en colère, et Nero était la meilleure cible. Mais il ne pouvait pas rester là, à manger et jeter de l'irritation sur des cibles aléatoires. Il devait faire quelque chose pour se distraire de ses émotions profondes. Du fait qu'il était un loup-garou maintenant et que sa famille se moquait qu'il ait été enlevé.

Il choisit donc la deuxième meilleure distraction.

— Bien, grogna-t-il, et c'était un grognement.

Est-ce qu'il faisait cela maintenant ?

— Montre-moi le dossier scientifique.

L'expression de Nero resta inchangée, mais Josh sentit une montée en intensité. Comme s'il se retenait de sauter sur la suggestion.

— Es-tu sûr ?

— Tu as dit que tu avais besoin de moi pour comprendre la résistance au feu magique, c'est ça ?

— Oui.

— Alors, montre-moi ce que tu as. Montre-moi les diagrammes, la biologie, les faits et les chiffres. Bon sang, je veux voir tes expériences d'alchimie. Tu avais besoin d'un geek, laisse-moi être un geek.

— Vraiment ?

L'espoir dans sa voix était palpable, mais malgré cela, Nero essaya de lui donner une autre option.

— J'ai supposé que tu voudrais d'abord t'adapter. Comprendre ce que ça signifie d'être un loup-garou.

Comme s'il pouvait découvrir son identité en un après-midi. Pas en étant un intello.

— Je parie que tu as joué au football à la maternelle.

— Oui, et ça s'appelait le peewee ball. Et alors.

— Alors, tu abordes les choses d'un point de vue corporel. Tu abordes tout à partir de ce que tu peux tenir, lancer ou frapper. C'est comme ça que tu t'adaptes.

— Et tu fais quoi? demanda-t-il en se redressant. Réfléchis-tu d'abord?

— Si je peux le conceptualiser, alors je peux y faire face, répondit Josh en haussant les épaules. Je peux le manipuler, l'inverser, et le faire exploser. Alors, mets-moi dans ta base de données et je m'en occupe.

De plus, cela avait l'avantage de le sortir de la proximité de Nero, dont la simple présence suffisait à brouiller ses idées.

— Ça marche pour moi, dit Nero avec un réel enthousiasme. ~~Josh suivit quelques pas derrière eux~~ alors qu'ils se dirigeaient vers la porte d'accès à l'étage inférieur. Il essaya de ne pas remarquer la façon dont le corps de Nero bougeait, tenta de ne pas remarquer ses fesses serrées et ses larges épaules. Cela ne fonctionna pas. Il essaya également d'ignorer l'odeur de l'homme ou de bloquer le souvenir de son orgasme dans sa main massive. Il essaya de ne pas penser à une douzaine de trucs sexuels différents et ne réussit qu'à s'exciter encore plus.

Bon sang, rien ne pouvait rester en place. Il ne pouvait pas être en colère et attiré, mais il l'était. Il ne pouvait pas être un geek scientifique et un loup-garou – rien de tel en se produisait jamais en dehors des bandes dessinées. Et il ne pouvait certainement pas manquer à sa famille qu'il détestait.

Une autre personne franchit la porte du sous-sol au beau milieu de toute cette agitation émotionnelle, conflictuelle et déroutante.

C'était une mesure de la distraction de Josh qu'il n'ait pas reconnu l'homme la nuit dernière. Il aurait dû savoir qui il était même sous sa forme de loup. Il avait occupé la dernière cage, et maintenant que Josh voyait l'humain derrière la fourrure, tout se mettait en place.

— Merde, es-tu Loup Rouge? Comme *le* Loup Rouge?

Il ne se souvenait même pas du nom de l'acteur, mais Loup Rouge était aussi célèbre dans le milieu du manga que Wolverine l'était dans les magasins de comics.

L'histoire avait commencé par une série de mangas, puis s'était transformée en série télévisée avec de somptueux arts martiaux. Cet homme jouait Loup Rouge, le loup-garou solitaire, mystérieux et lunatique qui parfois sauvait la situation, parfois la détruisait. Les fans l'adoraient.

Et si cet homme n'était pas un acteur, mais un vrai loup-garou, alors…

— Est-ce que ça veut dire que le manga est réel?

L'acteur/loup-garou se tourna vers lui, ses yeux asiatiques aussi neutres que son ton était moqueur.

— Oui, mec, le manga est totalement réel. Évidemment, dit-il en levant les yeux au ciel. *Non.*

Josh sentit la brûlure de l'embarras envahir son visage.

Bon sang, il s'était ridiculisé en devenant un fan d'un acteur d'un manga devenu réalité. Merde, il était un idiot. Et cet homme était un crétin de lui balancer cela en pleine figure.

— Oh, c'est vrai, répliqua-t-il en s'assurant que le sarcasme dégouline dans la pièce. Loup Rouge est un personnage sophistiqué. Un bon gars compliqué sous un extérieur effrayant. Ça ne peut pas être toi, parce que tu n'es qu'un abruti.

Il vit que ses mots faisaient mouche lorsque la peau de l'homme rougit. Il redressa ses épaules et se gonfla comme tous les fans de Loup Rouge avaient tenté – et échoué – d'imiter.

— Écoute, minable… grogna-t-il, mais Nero s'interposa entre eux.

— Et vous avez fait assez connaissance jusqu'à ce que le ventre de chacun soit plein. Note rapide aux nouvelles recrues; tout le monde est grincheux avec un estomac vide.

Il fit pivoter l'acteur vers le tabouret de la cuisine et lança un regard à Laddin.

— Peux-tu préparer le petit déjeuner de Bing?

— Bien sûr, répondit celui-ci, de nouveau enjoué.

— Et si tu as fini de manger, je t'emmène au labo, continua Nero en tirant Josh.

Cela aurait normalement permis à Josh de sortir avec élégance, mais Bing Wen Hao (il se souvenait à présent du nom de l'acteur) le dévisageait. C'était un truc de Loup Rouge qui, à l'écran, était accompagné d'yeux rouges et d'un effet sonore déroutant. Et bon sang, Josh ne pouvait pas rompre le contact visuel, même s'il le voulait, ce qui n'était pas le cas. Il fixerait ce connard jusqu'à ce qu'il gémisse «je me rends» dans sa joliesse boursouflée. Parce que, il devait l'admettre, l'acteur avait gagné la loterie de la beauté. Et que le regard hypnotiseur était réel.

Merde. Il ne pouvait vraiment pas détacher son regard.

Bordel. C'était *réel*!

La panique s'installa dans son estomac, et il goûta la bile. Il avait beau être un loup-garou, tout d'un coup, même ce statut ne suffisait plus. Merde!

Loup-garou faible.

L'impact de cette pensée l'écrasa presque. Toutes ses insécurités se précipitèrent sur lui ; toutes les émotions qu'il avait si désespérément essayé d'éviter revinrent se moquer de lui.

Même en tant que loup-garou dur à cuire, il pouvait à peine avaler de la nourriture, il s'était fait masturber par son ravisseur, et maintenant, un acteur abruti lui montrait à quel point il était limité parmi les acteurs du paranormal.

Il allait tuer ce putain…

Nero s'avança devant lui, brisant le verrou hypnotique et attrapant le bras de Josh pour le tirer vers les escaliers.

Il est temps pour le geek de sortir, dit-il d'une voix forte.

En fait, cela ressemblait beaucoup à un ordre. Il saisit même la main de Josh et la claqua sur le lecteur manuel avant de le traîner à moitié en bas.

Josh suivit, principalement parce qu'il n'avait pas le choix. Nero était plus grand, plus fort, et il avait de l'influence. Et puis l'idiot fit l'effort d'être conciliant.

— Écoute, je sais que cela ne s'est pas très bien passé, mais les loups-garous sont vraiment volatiles, surtout au stade de débutant. Et nous n'avions même pas prévu Bing. Nous l'avons eu par accident. Alors, ne va pas chercher des bagarres avec les gens, d'accord ? Toute sa vie a été bouleversée, et il ne le gère pas bien.

C'était une chose vraiment rationnelle à dire. Vraiment génial avec le truc de camarade d'armes. Mis à part que Josh sentait la fureur monter physiquement dans sa gorge. Il savait que le truc rationnel ne la calmerait pas tout de suite. Parce que sa vie aussi avait été bouleversée.

Mais tout ce que ce changement lui avait montré, c'était qu'il était toujours la créature faible et chétive qu'il avait toujours été. Et aucune science n'endiguerait la vague de rage à cette seule pensée.

Ce fut à ce moment-là que Nero dut se rendre compte qu'il avait dit quelque chose de mauvais. Il écarquilla les yeux et il leva ses mains dans un geste de placage.

— Hum, nous devrions peut-être prendre un moment pour réévaluer…

Josh attaqua de la même manière qu'il gagnait toujours avant qu'il puisse dire quoi que ce soit d'autre.

X

— Tu te fous de moi ?

Les mots commencèrent à jaillir de Josh. Beaucoup de mots, la plupart dans une fureur grammaticale complexe et multi syllabique.

Nero pouvait suivre les mots. Eh bien, la plupart d'entre eux. Mais après le premier « tu te fous de moi », il les ignora tous. Il n'avait pas besoin d'entendre les mots, il devait écouter le corps de Josh et comprendre les choses que le gros cerveau de celui-ci ignorait.

La première chose qu'il vérifiait – toujours – était si un loup-garou avait mangé. Nero n'avait pas raté que le jeune homme n'avait réussi qu'à manger tout au plus quelques bouchées d'œufs. Cela signifiait que son corps n'était pas encore complètement ancré dans l'ici et maintenant.

— Est-ce que tu m'écoutes même ? demanda Josh.

— Chaque mot, assura Nero.

Le jeune homme n'attendait pas de réponse, il continuait à crier à propos de sa thèse et de quelque chose ou autre mutant. Nero se concentra plutôt sur la couleur de la peau de Josh. Un homme aussi furieux aurait dû rougir, mais il pâlissait de seconde en seconde.

Et même s'il gesticulait et pointait du doigt, les mouvements ne démontraient qu'une force moyenne. À peu près normal pour un homme de sa taille, mais faible pour un loup-garou. Il pouvait devenir instable à tout moment et Nero devrait le rattraper.

Ce ne serait pas un problème, mais c'était dur d'attendre qu'il s'effondre avant de pouvoir l'aider ? Pour le moment, Josh était trop absorbé par sa colère pour autoriser un quelconque soutien.

— … et tu as le culot de me dire que ce joli garçon…

Il devait surveiller les yeux. Ceux de Josh s'assombrissaient. Ses pupilles se dilataient alors qu'il perdait sa concentration et sa connexion avec son propre corps. C'était mauvais, mais pas dangereux. Mais si les yeux commençaient à briller, alors tout se gâterait vraiment. Cela signifierait que Josh passait à l'état d'énergie précédant une transformation, et il était beaucoup trop tôt pour cela. Il risquait de se dissoudre dans l'énergie et de se dissiper pour toujours s'il n'était pas ancré dans son corps humain.

Il ferait juste des étincelles comme un feu d'artifice. Nero avait vu cela se produire une fois, et le souvenir restait comme la plus belle et la plus horrible chose qu'il ait jamais vue.

Il serait damné s'il laissait cela arriver à Josh.

— … J'ai besoin de mon téléphone…

La voix du jeune homme avait perdu de sa hauteur, les mots craquaient ou tombaient.

— … putain d'enlèvement…

La grammaire aussi, les phrases devenant des expressions, les mots se mêlant en salades.

— … toucher… canapé… merde !

C'était là. Les genoux commencèrent à fléchir, mais Nero était là pour le rattraper.

— Non !

— Je te tiens.

— Non !

— Je t'empêche de te faire du mal.

— Non !

Nero savait que chaque refus était crié avec fureur, mais Josh perdait son souffle. Au lieu d'une forte exclamation, cela sortait comme une bouffée d'air. Et même cela s'affaiblissait.

— Nous devons prendre soin de ton corps, Josh, dit-il en le soulevant et le portant rapidement dans le gymnase. Il ne voulait pas le ramener dans la salle des cages, et il ne voulait surtout pas se rendre dans la zone d'examen. C'était la garantie de faire flipper tout le monde. Comme il connaissait la salle de sport et savait où se trouvaient les électrolytes, il s'y précipita, ouvrant la porte d'un pied et faisant passer le corps longiligne de Josh par l'ouverture.

— Non.

Il lut le mot sur les lèvres de Josh parce qu'il n'y avait pas de son derrière. Et bon sang, si son cœur ne se brisa pas à voir cela. Il ne connaissait le jeune homme que depuis trois jours, et pendant cette période, il l'avait vu passer du statut de showman charmant et amusant, prêt à vivre son grand moment sur scène, à celui d'homme mou, couleur cendre, trop faible pour même trembler. Sa température corporelle était en chute libre et…

Oh, merde. Putainputainputainputainputain.

Une lumière venait de jaillir derrière les yeux de Josh.

— Ne va pas là-bas, Josh ! Tu restes ici avec moi !

88

Il investit toute son énergie dans ces mots, demandant verbalement à Josh de l'écouter. Et cela fonctionna – pendant un moment. Josh écarquilla les yeux et sa bouche s'ouvrit en signe de choc. Le meilleur, c'était que l'étincelle semblait s'estomper un peu, mais c'était difficile à dire dans le gymnase très éclairé.

Il déposa Josh sur le tapis aussi rapidement que possible, puis il s'agenouilla derrière lui.

— Tu as ton mot à dire, aboya-t-il.

Il voulait modérer son ton, mais son cœur battait trop vite pour être contrôlé. Ses prochains mots détermineraient si Josh vivrait ou mourrait, et il ne pouvait pas tout faire foirer.

— Je vais te dire maintenant quelque chose auquel tu n'as pas pensé. Quelque chose que ton cerveau a besoin de savoir.

La lueur derrière les yeux de Josh s'estompa un peu, et Nero réalisa qu'il avait trouvé le moyen d'entrer. Josh était un penseur, et donc il s'accrochait à de nouvelles informations comme des doses d'expresso. Et donc, Nero poussa, en disant la seule chose qu'il était sacrément sûr que Josh n'avait jamais entendue auparavant.

— J'ai foutu ta vie en l'air, dit-il. Moi. Personne d'autre. Je t'ai baisé, et je l'ai fait si royalement que tu ne seras plus jamais le même. C'est ma faute. Déteste-moi, parce que je le mérite vraiment.

Josh ne répondit pas, mais il ne se dissipa pas non plus en de jolies étincelles d'énergie. Mieux encore, ses yeux restèrent fixés sur le visage de Nero, mais cela changerait au moment où il arrêterait de parler. Donc, il ne le fit pas. Il laissa sa confession se dérouler, avec sa vérité humiliante.

— Je sais que tu es à quelques mois du diplôme, sur le point d'obtenir un doctorat. Et je viens de jeter huit ans d'études par les fenêtres. Parce que tu ne retourneras pas dans ce laboratoire. Tu ne publieras pas d'article. Nous ne pouvons pas nous permettre de nous exposer.

Josh écarquilla encore plus les yeux, et Nero se précipita sur la prochaine horrible vérité.

— Et ta meilleure amie, Savannah? Tu ne peux pas lui parler. Pas avant un long moment. Je suis vraiment désolé pour ça, parce que je sais que tu ne te fais pas des amis facilement.

Des larmes brûlaient dans les yeux de Josh et cela déchira directement le cœur de Nero.

— Il y a plus, râla-t-il.

Merde, il ne se permettrait pas le luxe de s'étouffer. Il avait fait ça à cet homme. Admettre sa propre saloperie, c'était le moins qu'il pouvait faire.

— Tu sais, ton grand événement à la convention. Je ne sais pas si tu t'en souviens. Tu paniquais et tu étais un loup, mais tout le monde a trouvé que c'était la chose la plus fantastique qu'ils aient jamais vue. Ils étaient debout et t'acclamaient comme si tu avais gagné le Super Bowl.

Merde, pas le Super Bowl. Pas une référence sportive.

— Comme... hum... un prix Nobel.

On applaudissait à ça ?

Pourrait-il être plus nul en références geek ?

— Quoi qu'il en soit, ils n'avaient jamais rien vu de tel, et tu aurais été la coqueluche de l'assemblée. Ils en auraient encore parlé des années après, dit-il avant de déglutir. Mais nous avons dû effacer leur mémoire.

Josh ouvrit légèrement la bouche, mais sa mâchoire se contracta. Il essayait de serrer les dents. C'était bien. La colère était bonne. Et elle ancrait certainement un homme dans l'ici et maintenant.

— Il existe une impulsion magnétique que nous pouvons produire pour perturber les souvenirs. Ce n'est pas près des cent pour cent, mais ça perturbe la mémoire à court terme. Certains d'entre eux se souviendront peut-être de ce qui s'est passé, mais de façon vague. Les détails seront perdus, et ton nom sera la première chose à disparaître. Ils se souviendront peut-être que quelque chose d'incroyable est arrivé, mais ils ne sauront pas que c'est toi qui l'as fait.

Josh reprenait des couleurs. Il plissait les yeux et fronçait les sourcils. Si jamais un geek pouvait avoir l'air d'être sur le point de devenir un défenseur de baseball, Josh affichait cette expression maintenant. Il était énervé et le devenait de plus en plus chaque seconde. Ce qui était une bonne chose, car cela signifiait qu'il n'allait pas disparaître.

— Tes liens familiaux ne sont pas très forts. Ils ne réaliseront pas que tu as disparu avant un moment. Et pire, même s'ils le font, ton père mettra simplement ça sur le compte du fait que tu as encore déconné. Ton père est un enfoiré de première classe, et c'était un point positif pour nous. Plus vite ta famille se lave les mains de toi, plus il est facile de faire de toi l'un des nôtres.

Il se laissa tomber sur ses talons. Il voulait toucher la main de Josh. Il souhaitait les apaiser tous les deux avec une caresse ou un baiser. Un geste qui exprimait l'empathie et le soutien.

Mais sa fureur était ce dont Josh avait besoin en ce moment, pas d'une couverture réconfortante. Alors Nero s'éloigna de Josh et révéla la maudite vérité.

— Mais je suis à cent pour cent responsable du merdier qu'est devenue ta vie. Je savais toutes ces choses, et cela te rendait plus attirant dans mon esprit. Tu étais le premier homme sur ma liste, avant même tous les autres. Et tu as maintenant l'opportunité de me le faire payer. Deviens plus fort. Maîtrise tes capacités. Dès que tu ne seras plus un danger pour les autres, nous ne pourrons plus te garder ici. Nous avons des lois comme tout le monde, et c'est l'une d'entre elles. Nous n'avons pas le droit de te réduire en esclavage.

Il le savait parce que c'était généralement lui qui rappelait cette loi lorsque certains êtres superpuissants oubliaient ce léger détail.

— Tu es faible en ce moment parce que tu as besoin d'électrolytes et de sucre dans le sang. Tout le monde éprouve des difficultés à trouver comment équilibrer une nouvelle physiologie au début, mais tu vas le maîtriser. Ainsi nous n'aurons plus aucune raison de te garder ici. Tu pourras partir et retourner à ta vie. Tu perdras peut-être six mois au maximum, mais tu pourras finir tes études, renouer avec Savannah, et refaire ton spectacle d'ici un an. Tu peux le faire en sachant très bien que tu m'as baisé autant que je le fais. Parce que nous avons besoin de scientifiques. Nous avons besoin de médecins, de chimistes, et de nécromanciens. Je n'y connais foutrement rien parce que je suis un soldat. Nous nous ferons avoir sans toi, surtout moi. Parce que c'était mon boulot de te recruter, et mon travail de sauver les nouveaux loups-garous, lorsqu'ils iront éventuellement sur le terrain, et mon boulot de comprendre comment vaincre une explosion de feu. Donc si tu veux vraiment me faire payer – genre le prix du sang – alors, pars. Force-moi à regarder ma famille mourir. Encore une fois. En sachant que tu auras détruit ma vie aussi efficacement que j'ai lâché une bombe dans la tienne.

Il termina, et bon sang, c'était comme s'il avait déchiré sa poitrine et avait exposé son propre cœur battant. Il fixa les yeux de Josh, espérant y voir un certain adoucissement. Il n'y avait pas d'éclat, ce qui était bien, mais il n'y avait pas non plus de réconfort, et encore moins de pardon. Non, le jeune homme restait allongé sur le tapis à fixer Nero, et il avait raison. Alors, celui-ci se força à continuer.

— Il y a des boissons pour sportifs dans le réfrigérateur là-bas. Je vais t'en chercher une. Tu te sentiras mieux si tu la bois. Avale tout ce que tu peux et attends quinze minutes. Tu verras ce que je veux dire. Tu te sentiras plus fort. Nous pourrons parler un peu plus lorsque ce sera le cas. J'écouterai tout ce que tu veux dire, je te le jure. Tu pourras m'insulter, insulter ma filiation, tout ce que tu veux, parce que je le mérite. D'accord ?

Josh ne répondit pas, mais il n'objecta pas non plus. Alors, Nero prit une boisson énergisante et une paille, puis il aida Josh à s'asseoir, le soutenant contre le support de poids. Il s'assit tranquillement, regardant Josh prendre une seule gorgée.

Le jeune homme grimaça en la buvant, mais il en prit une autre une minute plus tard. Et encore une autre.

Cela prit vingt minutes, mais finalement la bouteille fut vide, et les joues de Josh étaient colorées. Ses yeux étaient de la couleur de l'herbe fraîche et sa température corporelle avait atteint le niveau normal des loups garous, qui était un peu plus élevé que celui des humains. Il ne protesta pas lorsque Nero lui apporta une barre protéinée, et il la mâcha consciencieusement.

Une demi-heure s'écoula, Nero surveillant Josh en silence pendant que celui-ci donnait à son corps de quoi survivre. Sel et eau. Des protéines et du repos. Le nouveau loup-garou semblait de nouveau en bonne santé au bout de quarante-cinq minutes, mais Nero se risqua à le questionner juste au cas où.

— Mieux ?

Josh acquiesça.

— Penses-tu pouvoir te lever ? Je peux t'emmener à la bibliothèque maintenant. Ou tu peux retourner dans ta chambre. Ou nous pouvons parler. Tout ce que tu veux.

Josh ne répondit pas, mais il roula à quatre pattes avant de se mettre debout. Le mouvement était bon, donc Nero se leva aussi vite que possible. Il était prêt à le rattraper s'il vacillait, mais il ne l'aiderait pas à moins qu'on le lui demande. Chaque homme avait sa fierté, et il ne voulait pas piétiner celle de Josh.

Un instant plus tard, Josh se tenait droit et semblait stable.

Excellent.

— Alors, veux-tu… ?

La douleur explosa dans sa mâchoire et son visage. Sa tête se retourna après un crochet du droit vicieux. Merde, il ne l'avait même pas vu venir.

Il s'ajusta aussi vite qu'il le put, mais il était déstabilisé. Bon sang, qui lui avait appris…

Un autre coup, cette fois sur son côté gauche. Il sentit son corps rassembler son énergie. Il pouvait se transformer en loup-garou en une seconde, et laisser cet enfoiré essayer de le mettre à terre.

Mais il ne le fit pas. Il n'essaya même pas de lever les bras pour se défendre. Josh avait le droit de le tabasser. Et il méritait chaque coup.

Et ce fut exactement ce qui se passa. Coup de poing après coup de poing méchant jusqu'à ce que ses yeux soient gonflés, sa mâchoire cassée, et…

On y était. Un coup dans la tempe.

L'inconscience l'appelait, et il plongea droit dans ce vide noir et froid.

Josh se releva d'un coup sec, horrifié. Ses mains étaient ensanglantées, ses dents étaient douloureuses à force de serrer sa mâchoire, et l'odeur… merde, tout ce qu'il pouvait sentir était la sueur et le sang. Il se sentait entouré par cela.

Nero était inconscient sur le tapis, son visage en sang. La nausée roulait dans l'estomac de Josh, mais il la combattit. Il devait trouver de l'aide.

Après avoir trébuché hors de la pièce, il se précipita vers la porte de l'étage, l'ouvrit et cria.

— À l'aide ! Quelqu'un, un médecin !

La réponse arriva très vite, ce qui était gratifiant. Il avait à peine fait un pas pour revenir vers Nero qu'une femme passa et courut vers le gymnase. Il la suivit pendant que d'autres personnes descendaient les escaliers en trombe. Il se déplaçait lentement, se sentant dissocié de l'élancement dans ses mains et de la torsion de son estomac. Il regarda la femme chercher un pouls dans le cou de Nero dans cet état d'engourdissement.

Oh merde. L'avait-il tué ? Il ne se souvenait même pas avoir frappé l'homme, mais la rage bouillonnait toujours en lui. Il se souvenait de la façon dont Nero avait détaillé tous les défauts de sa vie. Pas d'amis, pas de famille, pas de célébrité. Et Nero avait simplement oblitéré le but et la connexion que Josh avait bricolés dans sa vie. Ce bâtard lui avait fait ça, et…

— Maîtrisez-vous ! s'exclama la femme en claquant ses doigts tout en lui jetant un regard noir. Pourquoi avez-vous fait ça, bordel ?

Josh déglutit, réalisant seulement maintenant qu'il avait grogné. Qu'une fureur animale brute bouillonnait en lui.

— Répondez-moi ! lança la femme.

Était-ce la Capitaine M ?

Probablement, vu comment elle avait pris les choses en main.

— Il a avoué.

C'était loin de couvrir ce que ce salaud avait fait, mais ce fut ce qui sortit. Et elle leva les yeux au ciel avant qu'il ne puisse trouver d'autres mots.

— Bien sûr qu'il l'a fait. Merde, dit-elle en posant une main sur l'épaule de Nero. Je savais que c'était une erreur. Les nouveaux loups-garous sont toujours en colère, et Nero veut absolument être puni. Bon sang !

Elle serra son épaule.

— Réveillez-vous, idiot. Vous devez vous transformer et guérir votre visage.

Il y avait de la colère dans son ton, mais aussi de la peur. Et Jack sentait tant de choses alors que plus en plus de gens s'entassaient dans l'espace du gymnase : des œufs et du bacon, du formaldéhyde, du déodorant pour bébé et des épices. L'odeur corporelle de quelqu'un était âcre, celle d'un autre dégageait un parfum fruité, et celle d'un autre encore avait un goût métallique. L'odeur de sa propre sueur, ainsi que celle du sang de Nero s'ajoutait à cela. Bordel, il était incapable de bloquer ce goût de cuivre et le battement incessant de quatre mots dans son cerveau : *Qu'ai-je fait ? Qu'ai-je fait ?*

Son estomac se contracta, et il trébucha en arrière. Il y avait des voix partout, certaines douces, d'autres inquiètes, et une en particulier qui aboyait des ordres.

— Amenez-lui la poubelle.

Quelqu'un poussa une corbeille à papiers dans ses mains, et il perdit la lutte du contrôle de son corps. Il avait l'impression que son estomac se tordait comme une corde, et que tout était expulsé.

Il vomit une boisson pour sportifs et une barre protéinée. Puis il continua à ne rien vomir du tout. Juste de la douleur, du dégoût, et il ne savait pas quoi. Il était à genoux lorsque son estomac mit enfin fin à la purge, quelqu'un pressait une main contre son front, et les odeurs avaient empiré d'une façon incommensurable.

— Avez-vous fini ? demanda la femme.

Il n'avait pas la force de refuser de répondre. Il hocha faiblement la tête.

— Je crois que oui, murmura-t-il.

— Laddin, dit-elle, et la main sur son front disparut.

— Oui, Capitaine, répondit-il.

— Pouvez-vous vous occuper de ça et me rapporter ensuite mon téléphone ?

Josh leva la tête à l'idée qu'elle avait un téléphone. Et qu'elle laissait Laddin le porter.

— Tout de suite, Capitaine ! répondit avec un salut vif, la boule d'énergie à laquelle on s'adressait.

La femme lança à Laddin un regard « sérieux ? » avant de se concentrer sur quelqu'un à la droite de Josh.

— Wiz, vous gérez Monsieur Colérique pendant que Nero récupère.

L'homme en question posa une main lourde sur l'épaule de Josh et la serra fortement.

— Pas de problème.

— Je ne pense pas que nous devrions le déplacer, dit-elle ensuite en baissant les yeux vers Nero. Qui sait ce qui est cassé dans son visage.

— C'est probablement le premier vrai sommeil qu'il a depuis…

Wiz se tut, mais Josh n'eut aucun mal à terminer sa pensée.

Depuis que son équipe a été réduite en cendres.

Comment pouvait-il être à la fois en colère contre un homme et plein de sympathie pour lui ? Le tourbillon d'émotions était étourdissant, et pendant un instant, il souhaita vraiment être celui qui était inconscient au sol. Au lieu de cela, il était retenu là pour regarder le désordre sanglant qu'il avait fait d'un homme qui…

— Allez-vous encore vomir ? exigea Wiz en resserrant douloureusement sa prise sur l'épaule de Josh.

— Non.

Il rassembla ses forces et se leva. Mais une fois debout, il ne savait pas où regarder ni quoi faire. Il déglutit et regarda la femme.

— Va-t-il s'en sortir ?

Elle haussa les épaules.

— Il n'allait pas bien au départ, mais oui, je ne pense pas qu'il y ait de dommages permanents.

Difficile à croire vu l'apparence de viande hachée de son visage.

— Les métamorphes expérimentés peuvent guérir la plupart des blessures lorsqu'ils redeviennent humains, et Nero est aussi expérimenté que possible, dit-elle, ses yeux se durcissant. Et peu importe ce qu'il a dit, votre situation n'est pas sa faute. Je lui en ai donné l'ordre, comme tout le monde dans la chaîne de commandement. Je suis la Capitaine M et la cheffe des meutes de combats Wulf. Votre vie est nulle en ce moment parce que j'en ai donné l'ordre. Et parce que vous aviez un ancêtre rom avec un truc spécial. Faites avec. Et si vous reposez une main sur un de mes hommes, je vous étripe personnellement. Vous me comprenez, monsieur Collier ?

— Oui, j'ai compris, dit-il en déglutissant.

Il résista à l'envie d'ajouter « madame ». Il n'avait pas rejoint l'armée, et grâce à la confession de Nero, il savait qu'il n'avait pas à rester dans le coin. Mais il devait gérer ses émotions. Si c'était ce qui se passait lorsqu'il était énervé, alors il était vraiment un danger dans le monde.

C'est si difficile de se faire à l'idée. Il n'avait jamais été violent comme cela dans sa vie. Et une autre question brûlait son cerveau : *que m'ont-ils fait ?*

Il regarda le sang sur ses mains et combattit le besoin de vomir à nouveau.

— J'ai besoin de me laver, dit-il à personne en particulier, avant de réaliser ce qu'il devait faire. Je devrai ensuite me rendre dans votre bibliothèque et commencer mes recherches.

— Quoi ? demanda Wiz.

Josh fixa la capitaine.

— Je dois comprendre ce qui m'est arrivé, dit-il en jetant un coup d'œil aux autres personnes dans la salle – Pretty Boy et Stratos. Ce qui nous est tous arrivé.

Puis il déglutit en regardant Nero.

— Il a dit que vous vouliez quelque chose qui résiste au feu magique.

— Pouvez-vous le faire ?

Il entendit l'espoir dans sa voix, et il prit un plaisir pervers à l'écraser.

— Je ne peux même pas encore définir le feu magique, et il faut des décennies pour développer une bonne technologie. Vous venez de détruire toutes nos vies pour une chimère.

— Votre vie allait exploser de toute façon, argumenta-t-elle. C'est dans votre ADN.

Puis elle souffla un peu.

— Mais ce que vous pouvez nous donner aidera beaucoup de personnes, affirma-t-elle avant de regarder Wiz. Accompagnez-le. Et enterrez-le dans tout ce que nous avons et ne le laissez pas sortir tant que Nero n'est pas rétabli.

Elle prenait un plaisir pervers à écraser ses rêves d'évasion, apparemment. Elle ne savait pas qu'il aimait être enterré dans des pages et des pages de données. Ou c'était ce qu'il pensait… pendant environ quatre heures. À ce moment-là, il avait faim, et ses yeux brûlaient.

Wiz ne le laissa pas s'arrêter. Il apporta un sandwich et une tasse de café pour lui.

— Nero est toujours inconscient, dit-il seulement avant de lui lancer un Gatorade.

Et avec ce rappel, Josh retourna à la tablette qu'il lisait et qui lui donnait accès à une base de données de fichiers mal assortis étiquetés comme *Dossier 2549 ET Déclaration Fae Magenta Paillettes Roses*. Ce n'était pas tant une base de données qu'une pile électronique de documents sans aucune organisation.

Il continua à lire.

Stratos le rejoignit en fin d'après-midi. Elle ne le salua pas, mais lui lança un regard amer en s'asseyant à côté de lui avec sa propre tablette. Trois minutes plus tard, elle fit la même découverte que lui.

— Pas d'organisation? Du tout?

— Pas étonnant qu'ils aient besoin de techniciens, soupira-t-elle.

Et ce fut la dernière chose qu'ils se dirent jusqu'au soir. Au moins, Wiz leur apporta à manger vers dix-huit heures. Stratos prit un autre steak. Josh prit un bouillon fin qui avait le goût de ce dont il avait besoin. Après les premières gorgées, il engloutit tout avant de retourner à sa dernière lecture fascinante : le dossier 1079. Un titre peu engageant, certes, mais il s'agissait d'une équipe de loups-garous chargés de détruire un golem d'argile. Ils avaient rongé avec régularité les pattes boueuses de la créature jusqu'à ce que quelqu'un s'en prenne à son visage et s'empare du parchemin dans la bouche de la chose. Le golem s'était désintégré une fois qu'ils avaient brûlé celui-ci. C'était la façon standard de désactiver un golem d'argile, mais visiblement ces loups-garous n'en avaient aucune idée. Et comme le parchemin avait été déchiré en morceaux, puis brûlé, personne n'avait pu le lire et découvrir ce que cela disait ou comment la chose avait été créée.

Idiots.

Il prit des notes pour son propre guide de référence et ouvrit un autre fichier. Il semblait qu'il devrait lire toute la base de données avant de pouvoir commencer à former ses propres théories. Et cela prendrait vraiment, vraiment beaucoup de temps. Surtout qu'il semblait y avoir une pile de livres d'arcanes, cachés quelque part, que personne n'avait pris le temps de numériser. Et il était hors de question que Wiz le laisse y accéder.

Alors il lut. Beaucoup. Il lisait vite, heureusement. Et il essayait de rester énervé pendant qu'il travaillait. C'était le seul moyen d'éviter l'écrasante culpabilité qu'il ressentait d'être devenu fou et de s'être acharné sur le visage de Nero. Mais plus il lisait, plus il en venait à respecter ce que faisait Wulf. Les dossiers remontaient au début, lorsque les loups s'étaient organisés. La première affaire concernait la lutte contre un démon à Salem, dans le Massachusetts, et il se demanda si les procès des sorcières n'étaient pas dus à autre chose qu'à l'avidité humaine et au fanatisme religieux. Quoi qu'il en soit, les loups avaient vaincu un démon vraiment méchant et avaient décidé de s'organiser.

En cours de route, ils se heurtèrent à des faes et des fantômes jusqu'à ce qu'un intrépide anglais aux pouvoirs mystérieux décide de forger un accord à la fin des années 1800. Ce document était comme la première déclaration des droits pour les créatures magiques, ou peut-être la Constitution, car il établissait trois branches du paranormal et leurs organes directeurs. Tous les dossiers étaient construits sur cette base, chaque branche faisant sa propre police et éliminant toute créature magique qui violait les principes de l'accord.

Et qu'est-ce qui était plus important dans les règles de l'accord ? Ne pas effrayer les gens normaux. Ne pas les manger, ne pas les blesser, ne pas les effrayer jusqu'à la folie. Un peu de tintouin était pardonnable, mais tout ce qui amenait la population à une réelle prise de conscience du paranormal était punissable de mort, dissolution ou le retour à « l'époque d'avant la gelée primordiale ».

Lire les dossiers de cas était comme lire des scripts de *X-Files* ou de *Dresden*. Il n'obtenait pas toute la gloire cinématographique, mais son imagination remplissait sans problèmes toutes sortes de détails excitants de combats héroïques. Et c'était la vraie vie. Mieux encore, il en faisait partie maintenant !

Ou il pourrait l'être. S'il choisissait.

Et bon sang, il voulait dire oui. Et si sa vie avait été chamboulée ? Sinon, comment empêcherait-il une harpie dans un mauvais jour de détruire une station de ski suisse ? Ou troquer sa chance contre celle d'un vrai lutin ? Il avait l'impression de se retrouver dans les pages de ses livres préférés, et le petit garçon au fond de son cœur sautait de joie à chaque nouvelle affaire, chaque nouvelle aventure mystérieuse.

Il réussit à maintenir son indécision jusqu'à ce qu'il commence à lire les dossiers les plus récents. Tout à coup, les monstres devenaient plus gros et plus méchants. Les pertes commençaient à augmenter parce que les griffes et les crocs ne suffisaient pas à vaincre des méchants dotés de capacités spéciales. Et s'ils n'avaient pas su à l'avance qu'un parchemin se trouvait dans la bouche d'un golem d'argile, c'était dans compter sur les citrouilles vampiriques.

Les dossiers sur Nero et son équipe précédente étaient pires encore. Ils avaient été les stars de Wulf, Inc., éliminant démons et banshees avec une apparente facilité. Jusqu'à il y a dix jours. Et ce dossier avait été le plus difficile à lire.

Il était minuit passé lorsqu'il éteignit finalement la tablette. Stratos lisait toujours, sa stature corporelle aussi intense que lorsqu'elle concourait à CS/GO pour un prix de vingt mille dollars. Wiz était toujours là aussi, sa posture détendue alors qu'il tournait les pages d'un truc écrit sur du vélin qui sentait le rat crevé.

Le cerveau de Josh tournait, et ce n'était rien comparé à l'éruption d'émotions dans sa tête. Il se pencha en arrière, fatigué de lutter contre cela, et il ferma les yeux, s'efforçant de dormir plutôt que d'affronter la culpabilité, la panique et le désir qui se bousculaient dans son cerveau.

Il laissa tout cela jouer au ping-pong dans son esprit et il finit par s'apaiser suffisamment pour que trois mots s'impriment en lettres majuscules dans son cerveau.

L'APPEL DE L'AVENTURE.

Normalement, il se serait levé et aurait dit oui, oui, oui à quelque chose de ce genre. Mais cela, c'était dans un jeu vidéo ou un roman. C'était mille fois différent – et plus effrayant – dans la vraie vie. Il pouvait vraiment mourir, d'une manière réellement atroce.

Ses lectures avaient révélé un réseau secret de meutes de loups-garous qui vivaient des vies normales. En fait, cette propriété était posée juste à côté de l'une d'elles. Il n'était pas obligé de rester sous les auspices de Wulf, Inc. pour s'épanouir en tant que loup-garou. Il pouvait finir son doctorat et enseigner à l'université Hope toute proche s'il voulait une vie normale et saine. Ou il pouvait rejoindre le combat contre les dragons, les démons et les métamorphes amers.

Il laissa cette question rebondir dans son cerveau pendant un moment. Il s'endormit avant d'avoir trouvé une réponse, et ses rêves prirent la suite. Cauchemar après cauchemar, il mourait sous l'effet du pouvoir de projection acide d'un monstre ou se transformait en une matière gluante putréfiée qui mangeait Savannah.

Cela craignait et cela la terrifiait. Et au matin, il savait exactement ce qu'il allait faire.

Le nez de Josh tressaillit. Il sentait de la nourriture et son estomac grogna de besoin. Il était toujours dans la bibliothèque, et l'odeur provenait d'une omelette épaisse et moelleuse que Wiz était en train de dévorer avec un zèle raffiné. Il regarda les longs doigts de l'homme couper des bouchées précises, et Wiz sourit en lisant la faim sur le visage de Josh.

— En veux-tu ? lança-t-il

— Oui.

— Dommage. C'est la mienne.

Tête de nœud.

— La bonne nouvelle est que Nero s'est réveillé il y a quelques ~~heures. Son image est réparé, et il a dit que tout est pardonné.~~ Donc tu es libéré de ma laisse et tu peux cuisiner ta propre nourriture. Essaye juste de vomir dans les toilettes cette fois.

Josh montra son majeur à l'homme en se redressant. La moitié de ses muscles lui faisaient mal à cause de la mauvaise position dans laquelle il était. L'autre moitié ne réagissait pas à cause du manque de sang. Il poussa un grognement bas et profond dans sa gorge en bougeant, sa contrariété sonore. Puis il se figea en réalisant ce qu'il avait fait.

Merde. On aurait dit le chien de Savannah face au chihuahua du voisin.

Wiz rit, visiblement peu impressionné, et Josh était d'accord. En fait, il ressemblait plus au chihuahua qu'au bulldog de Savannah. Alors plutôt que d'essayer une autre insulte, Josh monta à l'étage pour trouver des toilettes et de la nourriture.

Il trouva les deux, comme presque tout le monde. Stratos était assise et penchée sur une tasse de café. Happy, alias Laddin, fredonnait en beurrant des toasts. Pretty Boy mâchait méthodiquement un bâtonnet de carotte. La capitaine savourait sa propre omelette, et Wiz errait dans les escaliers tandis que Josh attrapait un bagel et jetait les morceaux dans le grille-pain.

Tout le monde était là, à l'exception de Nero, ce qui en faisait le meilleur moment pour ce qu'il avait à dire.

Il s'éclaircit la gorge.

— J'ai passé la dernière journée à effectuer des recherches, dit-il. J'ai lu rapidement, et il y a des choses que je voulais savoir.

Tout le monde leva les yeux vers lui – un instant – puis retourna à sa nourriture.

100

— Le fait est qu'ils ne peuvent pas nous garder ici, poursuivit-il. Pas après que nous avons maîtrisé notre capacité à nous transformer. Et il y a beaucoup de meutes de loups-garous dans le monde.

— Mauvaise idée, dit la Capitaine. Nous sommes comme la police. Ils sont comme des sectes. Des cinglés, qui boivent du Kool-Aid, des psychopathes à la David Koresh.

— Pas tous, ajouta Wiz. Certains exigent simplement une adhésion absolue aux exigences de l'alpha. Quelles qu'elles soient.

— Toutes? dit Laddin en fronçant les sourcils.

Stratos prit la parole, bien qu'elle n'ait pas levé les yeux de son café.

— D'après ce que j'ai lu hier soir? Oui. Peu importe comment ils commencent. Au bout d'un moment, un alpha cinglé prend le pouvoir et Wulf, Inc. doit le faire tomber.

Josh était d'accord. C'était ce qu'il avait lu hier soir aussi. Ce qui l'amena au point suivant.

— Ils ne mentent pas en disant qu'ils ont besoin d'aide. Leur nombre n'a jamais été énorme, et leurs rangs se sont rapidement clairsemés. Ils avaient seulement deux médecins, et ils sont tous les deux morts à cause d'un démon de la peste le mois dernier.

— Quelle part de notre bibliothèque l'avez-vous laissé lire? s'exclama la Capitaine en se redressant et lançant un regard noir à Wiz.

— Les dossiers de cas, répondit Josh.

Puis il regarda les nouvelles recrues, attrapant les yeux de chacun à tour de rôle.

— J'étais énervé d'avoir été recruté ou activé ou autre sans mon consentement, mais ça ne change pas les faits. Ils ont besoin de soutien, et ce qu'ils font est une bonne chose, pour autant que je puisse le voir.

Il prit une profonde inspiration et s'engagea à voix haute.

— Je suis chimiste, et j'ai décidé d'aider. Je suppose que vous avez tous des compétences particulières, vous aussi.

Les lèvres de Stratos se recourbèrent, et cette fois, elle leva les yeux de sa tasse. Il vit les cernes sous ses yeux, mais aussi un éclair d'excitation. Elle avait lu à côté de lui, probablement les mêmes fichiers.

— Je suis programmeuse, et oui, j'en suis aussi.

Il jeta un coup d'œil à Happy. L'homme souriait.

— Je suis organisé, dit-il avant de hausser les épaules. Et je peux faire exploser n'importe quoi. J'ai grandi en faisant des démolitions.

Vraiment? Ce n'était pas du tout ce à quoi il s'attendait.

101

— Quelqu'un doit organiser leur base de données. Leur bibliothèque…

— Je m'en occupe déjà, l'interrompit Stratos, qui haussa les épaules lorsqu'il la regarda. J'ai regardé tes notes pendant que tu dormais. J'ai déjà commencé un programme de tri de base.

Super. Ce serait très utile.

— Et je suis déjà en train de l'aider, dit Happy en même temps en faisant un geste vers la capitaine. Tu devrais voir son bureau si tu penses que la bibliothèque est en désordre.

On aurait dit que son frisson venait de la plante de ses pieds et remontait tout le long de son corps.

Il ne restait plus que Pretty Boy. Mais l'acteur ne répondit pas. Josh le regarda. Il fit juste rouler les restes de sa carotte d'avant en arrière entre ses doigts. Bien. Il pouvait garder ses secrets, mais Josh connaissait déjà le regard hypnotique de cet homme.

— D'accord, nous nous investissons.

Au moins trois d'entre eux.

— Et pour info, je compte changer vos méthodes de recrutement.

— Je suis tout à fait d'accord si vous trouvez un moyen sans rompre l'accord.

Génial. Il ajouta « Lire l'Accord Paranormal » à sa liste de choses à faire.

— Quelle est la prochaine étape ?

Elle ouvrit la bouche pour répondre, mais Happy prit la parole avant elle, sautant pratiquement par-dessus le comptoir pour leur annoncer la nouvelle.

— Nous avons un jour de repos supplémentaire aujourd'hui ; puis demain, nous essayerons de nous transformer en loups. Ils ont des exercices pour faire ressortir notre côté chien. Puis nous nous retransformerons. Et c'est tout ! Aussi souvent que possible jusqu'à ce que nous soyons à l'aise avec ça. À l'aise et en contrôle. Ce sont ses mots, dit-il, puis il tourna sur lui-même, regardant tout le monde à tour de rôle. Après, elle nous parlera de nos emplois, de nos salaires, de nos avantages et autres.

Il fit un petit saut, puis continua.

— Ils ont une couverture dentaire complète.

— Oui, mais ont-ils un dentiste ? demanda Josh.

— Nous avons un dentiste, mais il fait office de médecin en ce moment, grogna Wiz. Et croyez-moi, vous ne voulez pas qu'il s'occupe de votre bouche ou d'une blessure.

— Vraiment? s'emporta la capitaine. Comment se portent ces sorts de guérison, *Sorcier*?

— Plutôt lentement, vu que j'ai gardé de nouvelles recrues. *Et je ne suis pas un clerc*?

Il fit une pause, et Josh eut besoin d'un moment pour comprendre qu'il faisait référence à la structure traditionnelle de D&D [3]. Les sorciers disposaient de sorts magiques; les clercs possédaient des sorts de guérison. Puis Wiz afficha un sourire vraiment effrayant.

— Mais le texte sur la nécromancie a été très instructif.

Tout le monde le regarda à ces mots. Nécromancie? Cette idée lui donnait des frissons. Happy était occupé à être joyeux pendant ce temps.

— Quoi qu'il en soit, tout devrait être réglé d'ici quelques semaines à un mois. Des loups-garous à part entière avec des emplois et…

— Une couverture dentaire, termina Josh pour lui. Nous avons entendu.

Pretty Boy choisit de dire enfin quelque chose. À son crédit, son ton n'était pas accusateur, mais ressemblait plus au ton neutre et calculateur de Loup Rouge.

— Et qu'advient-il de nos vies pendant que nous nous entraînons? Quand la police nous cherche ou que nos familles organisent nos funérailles?

La capitaine se tourna sur son siège pour regarder Pretty Boy.

— Je vous l'ai dit, Bing. Nous faisons ce que nous pouvons pour minimiser les dégâts. Nous ne voulions pas vous activer, puis sa voix prit un ton plus formel alors qu'elle s'adressait à tout le monde. Il n'y a pas de police, personne n'a signalé la disparition d'aucun d'entre vous, et nous avons géré ceux qui seraient probablement inquiets.

— Comment? insista l'acteur. Comment vous êtes-vous *occupés* d'eux?

— Elle a envoyé un message à ton agent, Bing, dit Happy en s'avançant. Il s'occupe de tout.

L'homme écarquilla les yeux de surprise. Il fixa Happy pendant un long moment, puis se leva brusquement de son tabouret et il s'éloigna. Il emprunta le couloir et entra dans ce qui devait être sa chambre. Il ne claqua pas la porte, mais le clic lourd était une déclaration suffisante. Pretty Boy était en colère.

Bienvenue au club. Au moins Bing avait un agent qui s'occupait de tous les détails. À quel point était-ce triste qu'il n'ait pas de détails à gérer?

---

3 Donjons et Dragons

Josh n'avait personne qui se soucierait de sa disparition pendant un mois, à part Savannah dont la mémoire avait été effacée. Son directeur de thèse serait furieux, sans parler du chef de la faculté de son laboratoire, mais ce n'était pas différent de d'habitude.

Et sur cette pensée profondément déprimante, il prit son bagel et sortit lui aussi.

— Que vas-tu faire ? demanda Happy.

Pour sa défense, il avait juste l'air curieux, pas comme une mère paranoïaque.

— Des recherches sur le feu magique, répondit-il en regardant la capitaine avec insistance. C'est ce que vous voulez, n'est-ce pas ?

— Oui, dit-elle. C'est ce que nous voulons. Et le plus tôt sera le mieux.

— Compris, répondit-il, même s'il doutait qu'elle ait entendu le sarcasme dans sa voix.

Il s'assura d'être hors de portée de voix avant de dire le reste.

— Juste après que Nero et moi aurons discuté de certaines choses.

Mais il avait dû mal juger la qualité d'audition des loups-garous. Il aurait juré avoir murmuré les mots dans sa barbe, mais Wiz éclata de rire derrière lui.

Et il entendit les mots moqueurs de l'homme juste avant d'arriver à la porte de Nero.

— Bonne chance avec ça !

XI

NERO ÉTAIT assis dans sa chambre, pensant à toutes les fois où il avait été désespéré de s'échapper dans le silence de sa propre chambre. Quand il était enfant, sa sœur et lui s'étaient blottis dans le même lit pendant que leur mère hurlait des obscénités à son petit ami, à ses grands-parents ou, encore pire, à leur propriétaire qui les mettait à la porte. Plus tard, il avait aspiré à un moment de paix après avoir été infecté par la lycanthropie et avoir essayé de faire le tri dans les nouvelles demandes d'un corps devenu fou. Puis il y avait eu les moments plus récents, quand son équipe l'avait harcelé avec leurs petites disputes, leur ennui ou leur simple besoin d'attention.

Comme il aurait aimé être là où il se trouvait maintenant, installé dans sa suite dans une demeure essentiellement silencieux. Il pouvait lire, se détendre, surfer sur Internet, ou même regarder en streaming un match de basket des Miami Heat. Il pourrait même jouer en ce moment.

Mais il ne bougeait pas de l'endroit où il était assis à son bureau, regardant par la fenêtre un paysage hivernal du Michigan – de la neige sur la pelouse, de la neige dans les arbres, de la neige tombant joliment d'un ciel blanc nuageux. C'était le moment idéal pour une course en meute dans la forêt. La neige pouvait mordre un peu entre les coussinets, surtout quand il s'agissait plus de glace que de neige, mais le plaisir de la course compensait largement l'inconfort.

Dommage qu'il n'ait pas une meute avec laquelle chasser les flocons de neige.

Merde, il détestait le silence.

Comme en réponse, il entendit des pas dans le couloir. Ils étaient trop lourds pour être ceux de Captain M et trop légers pour appartenir à Wiz.

Cela signifiait que c'était un nouveau venu qui ne comprenait pas ce que cela signifiait de venir à sa porte. Il avait déjà deviné que c'était Josh parce que personne d'autre n'aurait osé, mais qui que ce soit, il apprendrait l'erreur. Nero prépara un couteau de lancer.

Rien de tel que le présent pour faire valoir son point de vue.

Toc, toc.

— Nero ? C'est moi, Josh. Il faut que nous parlions.

Thunk.

Un lancer parfait, en plein milieu. Il savait que la pointe de son couteau avait traversé la porte pour apparaître juste à côté de là où Josh avait frappé. Prends ça, recrue.

Mieux encore, il entendit le souffle.

— Quelle empathie, dit Josh à travers la porte.

Saisis l'allusion. Juste au cas où il ne le ferait pas, il en lança un autre.

Thunk.

Cette fois, la pointe dépassait juste là où Josh avait frappé.

— Ça ne peut pas être une compétence de loup-garou. Je parie que tu l'as ~~aunie imum Canl~~

Nero fronça les sourcils. Pensait-il qu'il s'agissait d'une conversation ?

Apparemment oui, car il continuait à parler, prouvant qu'il avait envie de mourir.

— J'entre. Nous devons parler.

Thunk. Thunk.

Deux autres couteaux juste à côté de la poignée.

— Oui, oui. Tu es grand, méchant et hargneux. Mais j'ai besoin de mes mains pour effectuer vos recherches, alors éloigne tes objets pointus. J'entre.

Il y avait un verrou sur sa porte, mais Nero ne l'utilisait jamais. Ses couteaux étaient généralement suffisants pour éloigner les gens, et il voulait que son équipe puisse entrer en courant en cas d'urgence. C'était clairement une politique qu'il devait réévaluer. Parce que Josh avait tourné la poignée et ouvert la porte, et Nero n'avait pas le cœur de lui coller un des deux couteaux supplémentaires qu'il avait à portée de main. Josh avait fait bien sûr le bon choix en se plaçant du côté du mur avant d'ouvrir la porte, donc il n'était pas une cible facile non plus.

Eh bien, il n'avait jamais pensé que le jeune homme était stupide. Mais ensuite ce dernier entra et ferma la porte derrière lui.

— Je pourrais t'étriper de bien des façons, grogna Nero.

— Oui, peu importe, répondit Josh en levant les yeux au ciel.

— Je pourrais !

— Je sais que tu pourrais ! Mais je suis ici pour parler, alors laisse tomber ton numéro de grand méchant loup et parlons, d'accord ?

— Va-t'en. Je regarde un match de basket. Et tu dois comprendre le feu magique.

Il ouvrit son ordinateur portable en tournant le dos à Josh. Il n'était pas certain de la raison pour laquelle il était désagréable. En vérité, il était reconnaissant à l'homme de le distraire de ses pensées morbides, mais il garda sa mâchoire serrée et son dos tourné à l'intrusion, tapant avec régularité ce dont il avait besoin pour accéder au service de streaming.

Merde, les Heat ne jouaient pas. Bulls contre Cavaliers. Peu importe. Il croisa les bras et fit semblant de regarder. Tous ses sens étaient à l'écoute de ce qui se passait derrière lui pendant ce temps. Josh ne disait rien. Était-il très effrayé ? Bien. Mais plus le temps s'étirait, plus Nero voulait savoir ce que l'autre homme faisait. Pourquoi n'était-il pas ennuyeux et n'essayait-il pas de l'amener à parler de ses sentiments ou autre chose ? C'était ce que Captain M et Gelpack avaient essayé de faire. C'était pour cela qu'il avait sorti ses couteaux de lancer et avait fait plus de trous dans sa porte.

Mais Josh ne parlait pas. Il y avait des bruissements et des coups dans les objets. Il en était sûr, mais la télé était assez forte pour qu'il ne puisse pas en être certain.

Finalement, il n'en put plus. Il se retourna sur son siège afin de regarder Josh. Mais celui-ci n'était pas là où il s'attendait à ce qu'il soit. Il n'était certainement pas recroquevillé comme il aurait dû l'être. Au lieu de cela, il fouillait dans la pile de livres et de magazines qui jonchaient le sol autour du lit.

La suite de Nero était comme toutes les autres chambres de cette aile. Il disposait d'une grande pièce qui lui permettait d'avoir un lit, un bureau, et un placard, plus une salle de bains. Dans son cas, cela signifiait un lit king size et beaucoup d'espace au sol, parce qu'il n'avait pas vraiment autre chose à part quelques vêtements dans son armoire, un ordinateur portable sur son bureau, et de la lecture partout. Il devrait acheter une bibliothèque. Il en avait toujours eu l'intention, mais il n'était pas du genre à garder des choses autour de lui. Une fois qu'il avait lu quelque chose, c'était dans sa tête, alors il jetait les magazines ou donnait les livres à la bibliothèque. Il ne restait sur le sol que des trucs qu'il avait l'intention de lire, mais qu'il n'en avait pas trouvé le courage.

Plus besoin de lire *Car and Driver*, car Pauly n'était plus là pour discuter des détails d'un moteur. Il avait appris la cuisine avec Mother, et les recettes bizarres n'étaient pas amusantes sans elle pour critiquer les désastres qu'il créait. Le sport, le sport et encore le sport était la passion de Coffee. C'était d'ailleurs lui qui était abonné à *Sport Illustrated*. Ce qui laissait la vraie addiction de Cream pour l'aventure. Ils se racontaient des histoires de bravoure et essayaient de deviner si ce que l'autre racontait était vrai ou faux. À l'heure d'aujourd'hui, Cream était en tête, avec trente-sept bonnes réponses contre trente-cinq pour Nero.

Il n'aurait jamais la chance de le rattraper à moins que Josh ne trouve comment vaincre le feu magique. Mais qu'est-ce qu'il faisait ? Il s'accroupissait pour inspecter un *Scientific American* enterré depuis longtemps. Josh inclina la tête quand il l'ouvrit à l'article de couverture et commença à chanter doucement cette chanson de *Sesame Street* : One of These Things.

— Tu ne sais rien de ce qui n'a pas sa place dans ma chambre, grogna-t-il sans attendre la fin de la chanson. Mais je savais bien dès que je t'ai vu. Tu n'as rien à faire ici.

Josh pinça ses lèvres comme s'il réfléchissait.

— Tu sais pour Savannah. Tu sais qu'elle est ma meilleure amie, mais je ne pense pas que tu saches comment nous en sommes arrivés là.

Il se posa sur le sol à côté de la pile où s'était trouvé le *Scientific American* et continua à parler comme s'ils discutaient autour d'une pizza et d'une bière.

— Nous sortions ensemble depuis un moment, mais ça n'a jamais vraiment fonctionné. Je lui ai toujours caché une partie de moi. Je savais que je devais rompre, mais je ne savais pas comment. Nous étions à la fac, et je suis rentré chez moi pour les vacances de printemps, et ça a été un désastre. Je suis revenu en colère et irrationnel. Je me suis enfermé dans ma chambre, et j'ai tout fait péter dans un jeu vidéo. Donc, je suis là, à détester tout et tout le monde et elle vient s'asseoir sur mon lit.

Nero soupira. Il savait où cela allait. La fille avait été patiente et finalement Josh avait craché le morceau et tout s'était arrangé.

— Certaines personnes préfèrent être seules, dit-il.

— Oui, je sais. C'est moi, la plupart du temps. Mais elle est restée assise là pendant une heure. Je l'ai ignorée parce que j'étais puéril, puis elle en a eu marre.

— Elle a éteint ton jeu ?

— Non. Elle a rompu avec moi. Elle a dit que j'étais nul comme petit ami et que le sexe était horrible, dit-il en grimaçant à cela, mais il continua. Puis elle a dit qu'il était temps que je comprenne exactement ce qu'elle pensait de moi.

Il souffla un peu.

— Puis elle me l'a dit, sans rien retenir. Il lui a fallu environ deux phrases.

Nero ne put s'empêcher de ressentir une pointe de sympathie. Il avait eu quelques ex qui l'avaient envoyé balader aussi.

— Désolé. Ça a dû être nul.

— Non. Elle a été parfaite. Elle m'a dit que je fuyais la tyrannie de mon père et que je devais me faire pousser une paire de couilles ou je serais dans son ombre le reste de ma vie. C'était exactement ce que j'avais besoin d'entendre à ce moment-là. Nous sommes devenus les meilleurs amis du monde à ce moment-là, bien plus proches que nous ne l'avions jamais été lorsque nous sortions ensemble.

— Qu'est-ce que ça a à voir avec moi ? dit Nero.

Josh laissa tomber le magazine sur le sol, puis sauta sur le lit, étendant ses longues jambes devant lui. Le bâtard donnait l'impression de s'installer pour une longue et confortable conversation, et Nero voulait l'étrangler pour son audace. Mais il n'en eut pas l'occasion, car Josh recommença à parler.

— Le truc, c'est qu'elle m'a ouvert en grand comme un ouvre-boîte. Elle m'a dit des choses que je n'avais pas envie d'entendre, et encore moins d'affronter. Un peu comme ce que tu m'as fait hier.

Oh merde.

— Nous n'allons pas être les meilleurs amis, marmonna Nero, mais les mots sortirent plus comme un grognement.

— Probablement pas, dit-il, bien que son ton soit un peu trop décontracté, surtout le haussement d'épaules qu'il fit, comme s'il était déçu de ça, mais ne voulait pas le montrer.

— Le fait est que tu as dit exactement ce que j'avais besoin d'entendre, exactement quand j'avais besoin de l'entendre, dit-il avant de faire un geste vers Nero. Désolé pour ton visage.

— C'est réparé.

Il s'était transformé tôt ce matin et avait réparé les dégâts. Bien qu'il soit encore sous le coup de la réprimande que Captain M lui avait infligée pendant quarante-cinq minutes pour lui dire à quel point il était irresponsable de risquer sa propre santé juste pour qu'une recrue puisse se déchaîner. Elle lui avait alors donné le choix. Il pouvait parler de ses sentiments ou aller broyer du noir dans sa chambre.

Il avait évidemment choisi la seconde solution.

— Le fait est que je ne peux pas m'empêcher de penser à ce que la capitaine a dit. Elle a dit que tu étais si désespéré d'être puni.

— Ce sont des conneries. Je n'ai pas…

— Je sais. Je pense qu'elle a tort aussi.

— Quoi ?

— Elle a raison. La culpabilité du survivant peut conduire à un besoin tordu de punition. C'est logique.

— Pas pour moi.

— Oui, c'est ce que je pense aussi, dit-elle en tendant les bras derrière sa tête et se pencha en arrière. Tu ne m'as vraiment pas l'air d'un masochiste.

la cuisse et de rire pendant que tu essayeras d'apprendre à te transformer sans te vider de ton sang, dit-il avec un sourire diabolique. J'appellerai ça un accident d'entraînement lorsque tu mourras.

— Oui, même pas peur, dit Josh en reniflant. Maintenant, revenons à la façon dont la capitaine vous a tous…

Il laissa tomber ses mains le long de son corps.

— J'ai lu vos dossiers.

— Merde, qu'est-ce que tu… ?

— Recherches, tu te souviens ?

— Ce n'est pas ce que tu étais censé regarder !

— Eh bien, j'ai regardé ce que je voulais sans toi pour m'arrêter, répondit Josh avec un sourire heureux avant de dégriser. Tu étais l'alpha de la meilleure équipe de Wulf, Inc.. Et comme tout bon alpha, tu passais tout ton temps à te concentrer sur la meute. Ses besoins, ses manques, ses forces.

Il fit un geste en direction de tous les ouvrages de lecture présents dans la pièce.

— Est-ce que tout cela est pour toi ? Quelle partie de tout ça te concerne et quelle partie concerne la meute ?

Rien de tout cela. Tout était lié à la meute. Même son intérêt pour la physique avait commencé lorsque Wiz aimait les appeler les Néandertaliens intellectuels. Personne d'autre ne s'en souciait, mais Nero n'aimait pas que son équipe soit déficiente en quoi que ce soit. De plus, il avait aimé apprendre la science dans sa forme la plus pure. Oublier la magie. C'était juste une merde irrationnelle qu'il laissait aux faes. Même la biologie était désordonnée dans son esprit. Il ne pensait qu'à la force, la masse, la gravité. La physique à l'état pur. L'astrophysique, quand il pouvait s'en faire une idée.

Et la chimie aussi, même si la majeure partie de celle-ci était au-delà de ce qu'il avait appris au lycée. Ce qui le ramenait directement à l'homme qui semblait bien trop à l'aise dans son lit.

— Où est-ce que ça va, Josh ?

— Tu n'essayes pas d'être puni. Je pense que tu essayes d'être le capitaine qui sombre avec son navire.

— Alors, je suis un peu en retard. Il a déjà coulé.

Menteur, menteur. La vérité était qu'il espérait toujours sauver son équipe. Bon sang, il l'avait prévu.

— Oui, c'est le problème. Tu es un capitaine sans bateau. Ou un alpha sans meute. C'est pour ça qu'elle t'a chargée de trouver les nouvelles recrues. Elle espère que tu t'accrocheras à nous et que tu arrêteras de les pleurer.

Le regard de Josh se posa sur la pile de photos que Nero avait jetées dans un coin de la chambre à côté de la salle de bains. Des photos encadrées de sa meute, de barbecues en fêtes d'anniversaire. Il n'avait pas gardé beaucoup de photos. Il ne prenait pas des photos avec son téléphone toutes les deux minutes comme Pauly, mais il en avait quelques-unes. Mais il se souvenait d'eux partout où il regardait dans sa chambre, dans le manoir, même dans les bois.

Alors il avait jeté les photos dans un coin afin d'essayer de fuir leurs regards accusateurs. Il n'avait pas besoin de voir leurs visages pour se rappeler que le temps était compté. Qu'ils mourraient tous s'il ne trouvait pas une réponse au feu magique.

Sept semaines. C'était tout le temps dont il disposait pour trouver une réponse et dix jours de ce temps étaient déjà passés. Mais peu importe comment il essayait, il ne pouvait pas voir une solution. Ce qui signifiait que tout reposait sur les nouvelles recrues qui – pour le moment – ne savaient pas distinguer leurs nez de leurs queues.

Et il n'avait pas besoin de toutes ces maudites photos pour lui rappeler ce qu'il savait déjà.

— Je ne passerai pas à autre chose, râla-t-il. Pas encore.

Parce qu'ils n'étaient pas encore complètement morts. Pas avant que ses sept semaines soient écoulées.

— Et tu dois…

— Battre un éclat de feu magique. Je sais. Mais parfois ne pas penser à un problème est plus utile qu'une attaque en règle. Et je ne vais pas y retourner avant de t'avoir dit ce que j'avais à dire.

Nero se rendit à l'inévitable. Josh ne retournerait pas à la science tant qu'il n'aurait pas enlevé ce… quoi que ce soit de son esprit.

— Bien. Parle.

— Captain M pense que tu dois te lier à nous.

— Cela n'arrivera pas.

C'était impossible. Parce qu'il se souvenait de son équipe chaque fois qu'il les regardait. Il voyait Laddin et pensait à Cream qui avait été le dernier à rejoindre leur équipe, mais il s'était accroché à Coffee et ils avaient été inséparables par la suite. Il parlait à Stratos et il se rappelait que Mother avait une bouche à faire rougir Pauly. Et ce n'était pas peu dire. Tout lui rappelait ceux qui avaient été sa vie pendant les cinq dernières années. Comment pouvait-il arrêter de penser à cela? Et comment une bande de minables geeks pourrait-elle faire naître des sentiments si forts qu'ils étaient à la fois sa colonne vertébrale et la force qui le briserait en mille morceaux?

Ils ne le pouvaient pas. Personne ne le pouvait. Et c'était injuste de la part de la capitaine de leur demander de le faire.

— J'ai juste une question à te poser, et ensuite, je te laisserai tranquille, promis.

— Alors, vas-y, grogna Nero.

— Quand nous étions sur le canapé. Tu sais, quand j'avais besoin de…

— Réintégrer ton corps?

— Oui. Ça.

— Oui. Quoi? demanda Nero en arquant un sourcil.

— En avais-tu autant besoin que moi? Pas autant que moi, évidemment. Tu as dit que tu étais ancré en mangeant.

— C'est vrai.

— Mais ce qu'on a fait. Le toucher. L'attention. En avais-tu aussi besoin? Comme si tu étais sur le point de mourir de soif. Comme si tu allais suffoquer sans ça?

— Tu mélanges les métaphores.

— Et tu esquives la question, répliqua-t-il en se penchant en avant, son corps et son regard devenant intenses. Et toi, Nero? En avais-tu besoin aussi?

Celui-ci sentit son ventre se serrer et son corps entier s'immobiliser. Il pouvait mentir. Il savait qu'il pouvait le faire et s'en sortir. Il devait garder le geek trop intelligent pour son propre bien loin des rouages de son esprit. Mais il en avait tellement marre que personne ne comprenne ce qu'il ressentait. Josh avait raison. Il ne voulait pas être puni, il voulait retrouver son équipe. Il voulait courir dans les bois avec eux alors qu'ils franchissaient des ruisseaux. Il voulait la camaraderie et le…

— Touché, Nero ? Avais-tu aussi besoin d'être touché ?

— Oui.

Un millier de fois, merde. Mais pas d'une manière salace. Pas comme s'il avait besoin de quelqu'un pour le masturber. Il voulait simplement que quelqu'un soit avec lui comme sa meute l'avait été.

— Parfois, nous allions courir, et après, nous restions sous nos formes de loups, râla-t-il. Tous à l'intérieur, là où il faisait chaud, et empilés les uns sur les autres. Il ne s'agissait pas de sexe.

Même si honnêtement, cela arrivait parfois.

— Il s'agissait d'être ensemble. Physiquement, tous ensemble.

Et c'était fini maintenant. Bon sang, son visage était mouillé maintenant. Pourquoi pleurait-il ? Ils n'étaient pas encore morts. Et pourtant, Josh était implacable. Son ton était doux quand il parlait, comme un foutu ouvre-boîte qui écartelait la poitrine de Nero.

— Donc quand tu m'as masturbé, c'était pour me donner quelque chose dont j'avais besoin.

— Oui, acquiesça Nero.

— Alors puis-je le faire pour toi ? La même chose ? Laisse-moi te toucher, laisse-moi te donner quelque chose. Ça ne les remplacera pas, mais ce sera un acte intime venant de quelqu'un qui se soucie d'eux.

Nero fit un mouvement en avant, mais il s'arrêta. Il le voulait. Merde, il voulait vraiment le faire avec ce sérieux intello. Mais il ne pouvait pas faire cela si facilement. Il ne pouvait pas simplement les remplacer par lui.

— Ce n'est pas juste pour eux ou pour toi.

— Et pour toi ?

Il haussa les épaules. Il avait depuis longtemps renoncé à penser à ce qui était juste pour lui.

Josh se leva du lit. Ses longues jambes étaient souples, mais ses épaules et ses mains étaient tendues. Et ses yeux étaient écarquillés et pleins de gentillesse. Seul Cream avait regardé Nero ainsi. Tellement gentil que cela avait été douloureux de le voir si vulnérable, comme si un seul mot dur pouvait le froisser. Et Josh avait le même regard. Tentant, nerveux, mais toujours déterminé.

Il s'avança et s'accroupit en face de Nero.

— Es-tu gay ?

— En grande partie, répondit Nero.

Il avait été avec des membres des deux sexes de sa meute. C'était pour la meute. Mais il lui fallait un partenaire masculin pour être vraiment excité.

— Je suis en phase d'exploration, dit Josh. Alors, pourquoi ne pas explorer un peu ensemble? Pas de pression. Pas d'engagement. Juste…

— Le toucher.

— Et tout ce que tu veux faire d'autre.

Tout le reste? Vraiment tout? Soudainement, plus rien n'avait d'importance pour Nero. Stagiaire, instructeur, recrue, ravisseur. Tous ces mots n'avaient plus de sens. C'était Josh qui caressait doucement son visage, frottant son pouce sur la lèvre inférieure de Nero pendant qu'il mordait la sienne.

Cette possibilité nerveuse et la caresse douce de quelqu'un qui se souciait de lui étaient vraiment attachantes, bon sang.

— As-tu déjà fait ça avec un homme avant, Josh?

— Non. Je m'apprêtais à le faire à la convention.

— Es-tu sûr de le vouloir…?

Josh l'embrassa. Sa bouche s'écrasa sur celle de Nero, se posant maladroitement et trop fort. Nero le permit. Il s'ouvrit à lui, laissant la langue de Josh pénétrer, caresser ses dents et son palais. Il sentit ensuite la main du jeune homme dans ses cheveux et le parfum du désir épais dans l'air.

Puis il prit le contrôle.

XII

JOSH S'ENFONÇA dans le baiser avec un désespoir pressant. Il ne voulait pas que l'un ou l'autre change d'avis. Après une vie entière à trop réfléchir ou à éviter complètement, il avait atterri dans un monde sens dessus dessous qui le laissait sans aucune base pour juger de ses actions. Alors, il arrêtait de peser chacun de ses mouvements, de réfléchir, et suivait juste ses impulsions.

Qui étaient d'embrasser Nero et de faire beaucoup plus.

Il atterrit durement et poussa à l'intérieur. Nero attrapa ses bras, mais ne fit rien pour arrêter la poussée de sa langue. Puis Josh caressa et goûta d'une manière qui le surprit. Il embrassait les filles depuis ses dix-sept ans. Il savait comment faire même s'il n'avait pas eu beaucoup de petites amies. Il comprenait ses propres mouvements et comment taquiner sa partenaire. Mais cela semblait différent cette fois-ci, et pas du fait mâle/mâle.

Il goûtait plus clairement les choses, les sentait plus nettement, et il apprenait des trucs sur Nero qu'il n'avait jamais été capable de discerner avec une fille. Comme le fait que son café était amer et qu'il n'avait rien mangé d'autre. Comme si la bouche de l'homme avait un goût d'orange et qu'il sentait le pin d'hiver et le feu de bois.

Il ralentit pour se concentrer sur ce qu'il vivait, pour laisser son esprit distinguer ce qui était nouveau, ce qui était ancien, et ce qui était Nero. Il taquina les dents et se battit, langue contre langue, pendant un moment.

Un temps très court. Parce qu'au moment où il se remettait à penser, à analyser ses expériences, Nero prit le dessus. Alors qu'auparavant Josh s'était pressé contre un Nero assis, celui-ci était debout à présent. Il se tenait droit et bien qu'il soit plus petit que Josh de cinq centimètres, son corps était plus large, plus fort, et la façon dont il saisissait ses hanches pour le faire reculer lui donnait l'avantage en hauteur alors qu'ils fusionnaient bouche à bouche. Et c'était sans compter que l'esprit de Josh s'éteignit totalement quand Nero pressa leurs sexes ensemble. Des bourrelets jumeaux séparés par des jeans et des fermetures éclair. Leurs vêtements ne semblaient pas faire de différence alors que la chaleur augmentait dans les testicules de Josh.

— Ceci est nouveau pour toi, donc nous le ferons à ma manière, dit Nero.

— C'est l'idée, dit Josh, en laissant tomber sa tête en arrière de plaisir. C'est pour toi.

Nero ne perdit pas de temps et posa ses dents sur le cou du jeune loup-garou, mordant doucement en grattant, puis suçant la peau.

— Ça ne fonctionne pas pour moi si ce n'est pas bon pour toi.

Josh rit en attrapant les cheveux de Nero.

— Je suis d'accord avec ça.

Puis il secoua la tête de l'homme afin que sa bouche s'éloigne de son cou. Il inclina sa bouche et retomba dans un baiser intense. Le duel était plus fort cette fois. C'était dur et chaud, mais Josh gagna à ce jeu. Jusqu'à ce qu'il ne gagne plus.

Il n'avait même pas remarqué que Nero avait glissé ses mains vers ses hanches. Et soudain Josh sentit ses pieds se dérober sous lui. Il commença à tomber, mais Nero le souleva avec assez de force pour le faire voler en arrière sur le lit.

Bon sang, il n'avait jamais fait de gymnastique avec une fille. Il s'avérait qu'il aimait cela plus athlétique. Tout comme Nero, qui se laissait tomber sur le lit, ses cuisses encerclant les hanches de Josh.

— Déshabille-toi, dit-il. Rapidement.

Ce n'était pas un problème, mis à part que Nero restait en équilibre au-dessus de lui, son regard sombre et affamé. C'était dû à la fenêtre qui jetait une lumière intermittente sur le côté opposé de la pièce. Mais c'était aussi parce que le visage de Nero était rugueux, avec une barbe sombre, et sa bouche suffisamment retroussée pour montrer ses dents.

— Est-ce un look de loup-garou? demanda Josh alors qu'il déboutonnait et dézippait.

— Oui, c'est ça, répondit Nero, ses lèvres se retroussant sur un sourire. Veux-tu voir le tien?

Josh se figea après avoir descendu son jean sur ses hanches.

— J'ai un look de loup-garou?

— Oui, affirma-t-il en se redressant, retirant le jean de Josh au passage.

Puis il rejeta ses propres vêtements pendant que Josh se débarrassait de son tee-shirt.

Ils étaient tous les deux nus, leurs hampes pointant vers l'avant, les glands suintants de liquide pré-éjaculatoire. La seule différence était que celle de Nero était entourée d'une touffe de poils foncés alors que celle de Josh était plus claire et encore épilée. Il avait fait cela en prévision de ce genre d'exploration à la convention. Il était heureux de s'en être donné la peine à présent, car les yeux de l'autre homme semblaient s'illuminer de plaisir.

Nero laissa tomber sa main – large et calleuse – la passant doucement dans ses cheveux pendant que Josh se délectait des chocs électriques du plaisir.

— Joli, murmura Nero. C'est un peu gay, mais j'aime ça.

— Tu te souviens de ce que nous venons de faire, n'est-ce pas? répliqua Josh en levant les sourcils.

— C'était du sexe entre hommes, dit-il en enroulant sa grande main autour de la longueur de Josh et la serrant pendant que ce dernier sautait presque du lit de surprise.

Mais il n'alla nulle part, même si ses hanches commencèrent à travailler d'elles-mêmes. La prise de Nero était solide, et sa main était énorme. C'était comme si l'homme l'enveloppait à nouveau. Comme s'il était sur le canapé, entouré de lui, le sentant, et...

— Je commence, dit Nero en baissant la tête.

Et il commença. Bon sang, Josh s'inquiétait d'être près de jouir, surtout lorsque l'autre homme engloutit proprement son sexe avec sa bouche. Il était rapide, léchant partout. La langue de Nero tournait autour pendant qu'il suçait, puis il se retira, seulement pour pousser dans le trou du haut.

C'était mouillé et débraillé et totalement écrasant.

Le corps de Josh prit le dessus, et il se tordit sur le lit en poussant dans la bouche de Nero. Il émettait de sons aussi. Des geignements, des gémissements, des grognements. Bon sang, il ne savait même pas ce qui venait de lui et ce qui venait de Nero, mais c'était torride et merveilleux.

Mais c'était trop, et trop rapide. Il allait exploser trop tôt, alors il attrapa la tête de Nero et essaya de le faire reculer. Mais celui-ci était en avance sur lui, s'éloignant en lui lançant ce sourire lupin.

Quel spectacle, bon sang. Nero avec ses cheveux hirsutes et sa bouche humide. Ses lèvres étaient entrouvertes, ses narines s'élargissaient et il y avait une lueur féroce dans ses yeux.

— Tu sens le hickory [4].

— J'adore le hickory.

---

4 Arbre de grande taille, voisin du noyer.

Puis il se pencha en avant, ses mains effleurant les flancs de Josh. Ce dernier pensa qu'il allait l'embrasser, mais au lieu de cela, Nero remonta ses deux mains sur sa poitrine. Puis il pinça brusquement les deux mamelons.

Josh sursauta et laissa échapper un gémissement de surprise. Un franc et honnête yep. Et le sourire de Nero s'élargit.

— Aimes-tu ça ? demanda-t-il en le refaisant.

— Oui, répondit Josh, près de jouir à cause de cette nouvelle sensation.

Les filles ne faisaient jamais cela correctement. Leurs aines se touchaient presque pendant ce temps. Elles se touchaient en fait, et Josh saisit l'occasion de les frotter l'une contre l'autre. Ce n'était pas la pression qu'il

— Aimes-tu ça ? demanda-t-il.

Nero bougea ses propres hanches, augmentant la friction et la pression alors qu'il réunissait leurs aines.

— Oui, admit-il avec un sous-entendu grondant.

Ils restèrent comme cela pendant un moment, se frottant l'un contre l'autre, poussant plus fort et plus vite. Josh voulut les saisir tous les deux, mais Nero repoussa sa main.

— Pas comme ça, dit-il. Nous ferons ta première fois correctement.

— Comment.

— Par derrière.

Bien sûr. Et il aurait fait une blague ringarde à ce moment-là s'il n'avait pas perdu son souffle. Ou son cerveau. Mais il n'avait ni l'un ni l'autre lorsque Nero se retira brusquement, attrapa ses hanches et le fit basculer. Josh atterrit avec un *oomph*, mais il n'eut pas le temps de faire quoi que ce soit d'autre, car Nero le souleva afin qu'il se retrouve à quatre pattes et en croix sur le lit.

— Regarde en haut, ordonna Nero.

Josh obéit et obtint l'image complète de lui-même sur le lit dans le miroir. Mais pas seulement lui. Parce que pendant qu'il était à quatre pattes, Nero se dressa d'un bond pour le dominer, sa poitrine ondulant et ses poils noirs pointant vers une érection violet foncé. Mais ce furent ses yeux qui attirèrent Josh. Ils étaient brillants, la lumière faisant ressembler ses yeux à du vison appétissant. Et ses dents étaient visibles dans ce même sourire de loup.

— Regarde-toi, dit Nero, son ton admiratif. C'est ton visage de loup-garou.

Josh lutta pour détourner son attention de Nero, mais il devait voir. Il était là, dans le miroir, ses cheveux dans tous les sens, les yeux noisette plissés alors qu'il se regardait. C'était là juste là, mais différent. Cela tenait dans la façon dont il montrait ses dents. : les bords blancs étaient clairs, la mâchoire poussée en avant alors qu'il arquait son cou. On aurait dit qu'il était sur le point de hurler, et comme il le pensait, le son était profond et brut dans sa gorge.

Mais il ne le laissa pas sortir. Il était trop homme et encore trop gêné pour cela. Pourtant, c'était là, dans sa gorge et dans la cambrure de son dos, alors que ses fesses se dressaient. Il n'avait pas de queue, mais merde s'il ne la sentait pas se dresser fièrement.

Puis il sentit quelque chose juste sur ses fesses. C'était froid et humide, mais cela chauffa rapidement. Les doigts de Nero frottant le lubrifiant, évidemment. C'était bizarre de sentir cette caresse. Plus comme un massage.

Un doigt épais poussa à l'intérieur. Lentement au début, mais Josh n'était pas préparé à cette première invasion. Mouillé, étranger, et pourtant pas si mal. En fait, cela commençait à être vraiment bon.

— Relaxe-toi. Essaye de te concentrer sur d'autres choses.

D'autres choses ? Autre que…

— Je veux plus, gémit-il.

Nero bougea rapidement sa main libre. Il était penché sur Josh à présent, donc quand sa main pinça le téton gauche du jeune homme, ce fut un mouvement rapide, net, surprenant, et exactement ce dont il avait besoin. Josh glapit encore et son estomac se noua. Mais Nero ne s'arrêta pas. Il glissa sa main le long du ventre de Josh jusqu'à l'enrouler autour de son sexe. Waouh, ça faisait du bien, mais cela ne détournait pas complètement de l'invasion de son canal.

Puis Nero pinça le bout de son sexe. Le même pincement net, comme avec son mamelon, mais il y avait plus de sensations, tellement plus de sensations qui envoyaient comme un éclair de feu dans la colonne vertébrale. Josh cambra son dos, mais le mouvement se poursuivit, passant d'une contraction du ventre à une forte poussée. Son sexe glissa dans la main de Nero dans l'élan. Le plaisir explosa dans sa hampe, brûla la base de sa colonne vertébrale, et roula dans son dos. C'était bon. C'était plus que bon.

Puis il réalisa que le doigt de Nero était enfoncé en lui. Il se tortillait, étirant et relâchant. Josh pensait que c'était aussi profond que possible, mais alors que l'homme continuait à le caresser par devant, son doigt poussait plus loin dans le dos.

Un doigt. Puis deux.

— Merde, oui, gémit-il

Et ensuite.

— Bordel…

Josh s'étrangla sur son cri. Nero avait touché une petite boule de sensations qui palpitait de plaisir. Cela ne ressemblait à rien qu'il avait pu connaître, et il essaya de se calmer afin que Nero puisse la caresser à nouveau.

Josh ne pouvait rien dire. Il se tordait, son corps entier bougeant sans qu'il puisse le contrôler. Pousser, se cambrer, se tortiller, pousser. N'importe quoi, tant que Nero continuait à le caresser juste là.

Puis celui-ci disparut soudainement. Fesses, sexe, tout avait disparu. Même la chaleur à l'arrière de ses jambes était partie.

— Quoi?

— Je vais chercher un préservatif. Attends.

Quoi? D'accord. Oh, merde, il n'avait même pas pensé à cela.

— Je suis clean, d'accord? dit Nero. Mais la meute prend soin les uns des autres, alors on se couvre.

— Même en tant que loups?

Josh n'arrivait pas à l'imaginer. Des loups s'arrêtant en plein acte pour mettre des préservatifs. L'image le faisait craquer.

— Nous essayons de ne pas faire ça en tant que loups. Trop de bébés magiques par accident.

Josh fronça les sourcils. Il était en feu, son corps tout entier était comme sur le point d'exploser. Il n'arrivait pas à comprendre les mots, et les bébés magiques n'étaient pas compatibles à bien des niveaux.

Heureusement, Nero ne mit pas longtemps. Il revint et se tint derrière Josh, grand et fier comme un tableau d'Hercule qu'il avait vu une fois. Chaque muscle se détachait dans un relief glorieux, et la convoitise féroce sur le visage de Nero faisait écho à la puissance explosive du demi-dieu.

Nero se positionna pendant que Josh le regardait, hypnotisé dans le miroir. Il le sentit contre son entrée : chaud, doux et incroyablement grand.

— Regarde-nous, murmura Nero, apparemment aussi fasciné par l'image.

Il montra ses dents, et Josh fit écho à cette expression. Il inclina ses fesses vers le haut au moment où Nero se penchait et saisissait ses hanches.

Puis il y eut la poussée lente. Petit à petit, tandis que Josh brûlait de sensations. De petites poussées courtes pendant qu'il grognait et se cambrait plus haut.

— C'est bon ? demanda Nero, sa voix ténue.

— Plus, répondit-il du fond de sa gorge.

— Comme ça, dit Nero alors que son visage se crispait, sa mâchoire s'avançant alors qu'il poussait plus profondément cette fois, passant une barrière musculaire. Puis ce fut facile, et Josh fut si plein. Son canal était ouvert, sa colonne vertébrale était en feu, et son sexe pleurait de besoin.

Nero pulsait d'avant en arrière, de minuscules mouvements que Josh ressentait dans tout son corps. C'était comme si sa colonne vertébrale était un conduit pour chaque sensation et que son cerveau éclatait sous l'effet des sensations. Nero bougeait, s'ajustait, faisait quelque chose, mais Josh n'avait aucune idée de quoi. L'expression de l'homme était féroce dans le miroir, ses sourcils étaient froncés et la sueur perlait sur son front. Mais ses yeux étaient chaleureux lorsqu'ils se connectèrent à ceux de Josh.

— Viens, grogna-t-il, et Josh n'avait aucune idée de ce que cela signifiait.

— Viens, répéta Nero en s'ajustant à nouveau.

Poussée plus profonde.

Plus forte…

Là !

Nero poussa jusqu'au bout et cogna directement contre ce paquet de nerfs. L'explosion traversa chaque cellule dans un éclair de puissance dans le corps de Josh. Et Nero continua. Encore et encore pendant que la vision de Josh blanchissait. Il sentit la main de l'autre homme s'enrouler autour de son sexe, mais celui-ci n'avait pas à s'inquiéter. Josh avait déjà joui. Mais peut-être pas, parce qu'il poussa et poussa contre la main de Nero alors qu'il sentait tout se construire, exploser, puis exploser à nouveau en lui.

Il absorba le grognement de Nero cette fois, et le poids de son corps alors que l'homme poussait et poussait. Josh se sentait comme la flèche tendue et tirée du corps de Nero. Plus profondément, plus durement, plus sauvagement.

Il vit le visage de Nero se crisper dans le miroir. Ses yeux étaient fermés, sa gorge travaillait, et ses dents étaient blanches et pointues. Puis il jouit.

Josh le sentit se libérer en lui. Il vit aussi ce moment dans le miroir. La poitrine de Nero se gonfla, sa tête s'arqua en arrière, et ses yeux s'écarquillèrent. Hercule triomphant. Il continua à jouir, pulsation après pulsation en lui, et Josh y fit écho, son sexe crachant alors qu'il avait tout donné, son corps si chaud, si sauvage, si... heureux.

Nero aussi. Un regard étonné, un sourire doux et un son bas qui n'était pas un grognement – plutôt un ronronnement – passant d'un corps à l'autre et inversement. Plaisir. Joie.

Meute.

XIII

— ÊTRE UN loup-garou a quelques avantages inattendus.

Nero rougit à la voix traînante de Josh. Il était plus détendu qu'il ne l'avait été depuis des semaines. Paresser au lit à côté du corps chaud de la jeune recrue était ce qu'il pouvait imaginer comme le plus près du paradis.

Mais…

— Il ne s'agissait pas seulement d'être un loup-garou, avoua-t-il finalement.

Josh sursauta.

— Veux-tu dire que faire partie d'une meute n'inclut pas des orgies nuit et jour ?

— Euh, pas habituellement.

Josh se tordit afin qu'ils soient face à face, ses lèvres se courbant en un sourire complice.

— Sans blague.

Nero se raidit à l'implication.

— Je n'ai pas menti à ce sujet. L'affection physique fait partie de toute bonne meute de loups-garous. Mais pas…

— Une baise époustouflante ?

— Eh bien, je suppose que ça pourrait, répondit-il, hésitant.

— Je pense que ça vient de se produire, dit Josh en riant.

Nero souffla, ne sachant pas comment procéder. Il décida de s'en tenir aux faits.

— Le sexe occasionnel entre compagnons de meute est plus fréquent que chez les humains ordinaires.

— As-tu des données là-dessus ? Avez-vous fait une enquête sur le sexe chez les loups-garous ? demanda-t-il, sa voix passant ensuite à un ton raide et professionnel. Appuyez sur 1 si vous avez des rapports sexuels avec vos compagnons de meute plus d'une fois par mois. Appuyez sur 2 si c'est une fois par semaine. Tapez sur 3 si vous vous tapez tout le monde dès que vous êtes ensemble. Appuyez sur 4…

— OK, OK, donc nous n'avons pas de données d'enquête, l'interrompit-il en arquant un sourcil. Je crois que je t'ai dit que nous n'étions pas très développés dans le domaine des sciences.

— Mais pas dans le domaine du sexe.

— Vas-tu être sérieux ? grogna Nero.

— Non, je ne pense pas pouvoir, dit Josh en passant sa main dans les courtes touffes de cheveux de Nero. Je suis heureux. Ça fait ressortir le côté loufoque en moi.

Merde, c'était vrai, et Nero ne pouvait pas s'empêcher de ressentir une légèreté correspondante à l'intérieur. Le sourire idiot de Josh et sa façon désossée de s'étaler contre lui rendaient son souffle plus léger.

— Je ne veux pas que tu penses que tu peux attraper des loups-garous au hasard et…

— Hurler à la lune ?

— Tu sais que tu *n'es* pas la première personne à faire cette blague, gémit Nero.

— Hmmm, dit Josh en fronçant les sourcils. Eh bien, c'est nouveau pour moi ? Je m'assurerai de googliser « meilleures blagues de loup-garou sur la lune ».

Puis il haussa les épaules lorsque Nero lui jeta un regard incrédule.

— Quoi, tu penses que je suis aussi drôle naturellement ? C'est ce que font les geeks. Nous effectuons des recherches, juste au cas où.

Puis il écarta les bras et les jambes, et comme il était au-dessus des couvertures, Nero eut un regard privilégié sur son érection qui s'épaississait.

— Et je veux avoir une douzaine d'autres blagues prêtes pour la rémanence juste *au cas* où nous recommencerions. Et par recommencer, je veux dire quand tu veux, même si c'est maintenant.

Waouh. Nero ne pensait pas qu'il pouvait être à nouveau excité, mais c'était le cas. Une lente chaleur s'installait alors qu'il s'imaginait se perdre à nouveau dans le corps de Josh. Mais aussi tentant que cela puisse paraître, c'était la première fois pour Josh. Un amant responsable l'aurait laissé récupérer un peu avant de recommencer. Et Nero n'était rien si ce n'est responsable, alors il se laissa tomber sur le dos avec un soupir.

Puisqu'ils n'allaient pas recommencer à baiser, il pouvait aussi bien continuer avec l'orientation de Josh en tant que loup-garou. Il devrait renvoyer l'homme à la recherche – le plasma magique ardent ne s'éteindrait pas tout seul – mais une partie égoïste de lui voulait rester avec lui. Il se réfugia donc dans les protocoles pour les nouveaux loups-garous qu'il avait établis quelques années auparavant. Il avait créé une liste de questions suggestives afin de permettre aux nouvelles recrues de travailler sur leurs sentiments. Cela faisait partie du processus, et Josh devrait y répondre un jour ou l'autre. Autant que ce soit maintenant.

— Dis-moi comment tu te sens.

— Incroyable. Détendu, idiot…

— À propos de devenir un loup-garou.

— C'est trop tôt pour que je ressente quoi que ce soit, répondit-il, son visage se crispant. Je ne sais pas encore ce que c'est.

— Tu n'as pas besoin de le savoir avant d'avoir des sentiments à ce sujet. J'avais l'impression d'être le pouvoir incarné lorsque je me suis transformé pour la première fois. Les loups avec qui j'étais m'ont encouragé à nourrir ce pouvoir par la faim et la luxure. Ceci était une orgie.

Et un festin, mais il n'aimait pas penser à cette partie. Ce n'était pas le moment dont il était le plus fier, mais il avait dix-sept ans, il était en colère et il avait contracté le virus de la lycanthropie. C'était une recette pour des excès de la pire espèce.

— Ça ressemble à une histoire. Dis-m'en plus.

— Nous sommes censés parler de toi, dit Nero en secouant la tête.

— Eh bien, je ne peux pas avoir de sentiments tant que je n'ai rien à quoi les comparer. Alors, raconte-moi l'histoire de ta conversion, et je te dirai si elle correspond à la mienne.

Il leva les mains en voyant le regard dubitatif de Nero.

— Tu peux *souligner* tes sentiments, et je dirai si cela correspond ou pas aux miens.

C'était une façon solide d'aller droit au but, mais il n'aimait pas parler de ses débuts de loup, surtout parce qu'il n'aimait pas penser à l'enfant qu'il avait été. C'était comme regarder les photos d'avant un projet de rénovation. Voici la maison dans toute sa gloire dégoûtante et délabrée. Et voici la maison maintenant avec des fondations solides, un bon toit, et une plomberie vraiment exceptionnelle. Pourquoi regarder la photo d'avant ? Pourquoi ne pas rester dans le présent et peut-être envisager l'avenir ? Le passé appartenait au passé.

Mais une partie du protocole qu'il avait écrit était d'écouter et de suivre la nouvelle recrue. Il pouvait difficilement rejeter son propre plan d'action juste parce qu'il le mettait mal à l'aise.

— Bien, dit-il avec un froncement de sourcils mécontent. Mais je ne le ferai pas nu.

S'il devait suivre le protocole professionnel, alors il était certain qu'il le ferait habillé.

— Si tu le dois, soupira Josh, puis il étira ses mains au-dessus de sa tête avec un sourire. Mais ne t'attends pas à ce que je te cache toute cette gloire. Je veux te tenter de revenir au lit.

Bien sûr qu'il le faisait. Et bien sûr, c'était une tentation sérieuse.

— Tu sais, les loups-garous ont une ouïe supérieure à la moyenne, même sous leur forme humaine. Tout le monde à cet étage sait probablement ce que nous faisons.

Josh écarquilla les yeux à ce sujet, et ce n'était pas étonnant.

L'idée le faisait frémir aussi. Il donnait une chance au fait que Captain M aurait une conversation sérieuse avec lui sur la limite professionnelle formateur/stagiaire. Mais là encore, si elle avait été contre, elle l'aurait probablement arrêté avant qu'ils n'arrivent à la rémanence.

Josh avait été le premier à lui faire des avances, et selon le protocole, le stagiaire était le roi (ou la reine) pendant qu'ils travaillaient sur leur nouvelle identité.

Pendant ce temps, Josh ramenait ses mains sur ses côtés et s'était redressé sur le lit. Il ne se couvrit pas, mais il ne s'exhibait pas non plus. Nero enfila un survêtement, s'assit sur sa chaise de bureau et étendit ses pieds nus sur le lit afin de s'approcher de Josh. Il avait envie de toucher l'homme, même si c'était de façon si minime, mais il se retenait. Il voulait laisser la possibilité ouverte et laisser à Josh le choix de se toucher ou non.

— J'ai grandi en Floride, dit-il. D'abord à Miami, mais après l'overdose de ma mère, ma sœur et moi avons été envoyés chez mes grands-parents à Jacksonville.

— Waouh, s'exclama Josh en se redressant. C'est un sacré début. Quel âge avais-tu ?

— Neuf ans. Ma sœur avait six ans. Les débuts ont été difficiles, mais mes grands-parents ont fait de leur mieux. J'ai connu beaucoup de gens dont la situation était pire.

— Et il y a des enfants affamés en Afrique. Cela ne rend pas votre expérience meilleure ou moins douloureuse, dit Josh en tendant une main et serrant la cheville de Nero, et bon sang si ça ne réchauffait pas tout le corps de celui-ci. Je suis désolé.

Nero sourit, prenant un moment pour sentir la chaleur de la main de Josh et celle de son regard. Puis il dut se forcer à continuer à parler ou il se perdrait dans la douceur de l'instant.

— Mon adolescence a été terrible. Grand-pa et moi nous disputions tout le temps, et Grand-ma ne savait pas quoi faire de moi. Elle était débordée avec ma sœur, qui passait par plus de phases que la lune.

Il leva un sourcil vers Josh afin de lui montrer qu'il pouvait aussi faire des blagues sur la lune. Le jeune homme arqua un sourcil, mais resta concentré sur l'histoire.

— Quelles phases ?

— Goth un jour, BCBG le lendemain. Punk, rose, rétro, et je ne sais même pas quoi. Grand-ma disait qu'elle cherchait sa propre identité, mais je pensais qu'elle essayait de nous rendre tous fous.

— C'est elle ? demanda Josh en attrapant la seule photo de famille qu'il avait dans la pièce.

Toutes les autres étaient de son équipe, mais là, sur une pile de livres, se trouvait une photo encadrée de tout le monde à son dernier match de football. Grand-pa et Grand-ma avaient l'air comme d'habitude, comme s'ils appartenaient aux années 50, et sa petite sœur, Rachel, était dans sa phase étudiante, avec de fausses lunettes et un chignon haut. Cela n'avait pas duré plus de deux semaines, mais ce personnage lui avait permis de passer les examens de mi-session, et il supposait que cela avait servi son but. Quoi qu'il en soit, il se tenait au milieu avec un grand sourire en regardant sa petite amie pom-pom girl qui prenait la photo. Elle l'avait larguée juste avant les vacances de Noël, mais il s'était amusé avec elle avant. Cette photo était donc le moment où tout allait bien, ou du moins semblait bien aller, jusqu'à ce que tout aille mal.

— C'était un bon jour, dit-il.

Il avait perdu sa virginité ce soir-là, donc honnêtement, cela avait été une bonne journée.

— Que font-ils maintenant ? Est-ce qu'ils savent que tu es… que tu es…

— Elle vient de commencer à Miami en tant qu'analyste médico-légal.

— Cool ! Les Experts dans la vraie vie.

— Et non, ils ne savent pas.

Josh hocha la tête comme il s'y attendait

— Qu'est-ce que tu leur dis ?

Il déglutit avant de répondre.

— Ils pensent que je suis en prison pour meurtre.

À son crédit, Josh ne broncha pas, mais il prit un moment avant de plaisanter.

— Eh bien, je ne m'attendais pas à ce que tu dises ça. Tu peux développer ?

Pas vraiment, mais il le fit quand même.

— C'était juste après la remise des diplômes du lycée. Nous sommes tous allés à Miami pour nous amuser sur la plage. La police a dit à ma famille que j'avais tué mon meilleur ami dans une bagarre de bar et que j'étais maintenant dans un programme de réhabilitation spécial orienté vers les adolescents. C'était il y a dix ans, dit-il en haussant les épaules, bien que le mouvement soit forcé.

— Que s'est-il vraiment passé alors ?

Il était gratifiant de constater que Josh ne semblait pas douter que la version officielle n'était pas la vérité. Nero souhaitait avoir la même foi.

— Nous nous sommes battus dans un bar avec des loups-garous. Il a été tué, j'ai été mordu, et ensuite…

Il secoua la tête.

— Orgie ?

Il secoua à nouveau la tête.

— Je me souviens d'avoir brûlé, comme des vagues de chaleur à l'intérieur et à l'extérieur. Je crois que je me suis déchaîné comme un loup avec leur meute, mais je ne me souviens pas bien.

Dieu merci.

— Je me suis réveillé affamé quelque part dans les Everglades. Nous avons mangé, fait l'amour et mangé encore. Puis l'équipe de Daryl est arrivée.

Josh acquiesça, devenant plus animé.

— J'ai lu le dossier, mais ça ne disait pas grand-chose. L'équipe a traqué et tué la majorité d'un groupe de lycanthropes. Il était noté trois nouvelles recrues et tu étais l'un d'eux. C'est tout.

— C'est parce qu'il n'y avait rien d'autre à dire. On nous a donné le choix : s'engager ou mourir. Je me suis engagé, tout comme Raoul et Vanessa. Raoul s'est retiré dès qu'il a prouvé qu'il avait le contrôle. Il s'est marié dans une des meutes de loups-garous du sud et s'en sort bien. Vanessa n'a pas aussi bien géré cela.

— Elle n'a pas pu abandonner le… goût ? Le rapport dit que la plupart des membres de la meute ont dû être abattus parce qu'ils ne vivraient jamais sans sang. C'étaient les mots exacts : Ne jamais vivre sans sang.

Il le savait. Il avait lu le dossier.

— C'est un problème connu avec le virus de la lycanthropie. Il n'y a rien de tel que le goût du sang. C'est comme la vie sur nos langues, et...

Il se tut, puis secoua la tête avant de continuer.

— Nous devenons parfois dépendants.

Il se surveillait constamment afin d'éviter ce besoin. La bonne nouvelle, c'était que le sang des démons n'avait pas le même goût que celui des humains, donc son équipe et lui s'étaient spécialisés dans les problèmes non humains.

— C'était le problème de Vanessa ?

— Non. Elle souffrait de l'autre problème.

Le même qui le hantait parfois.

— Ce qu'elle avait fait – ce que nous avions fait, avant d'être arrêtés...

Il détourna le regard jusqu'à regarder les flocons de neige blancs et duveteux qui dérivaient paresseusement.

— J'ai eu de la chance. Je ne me souviens pas de grand-chose à part des flashs.

Du sang. Des cris. Le goût de la chair crue.

— Elle se souvenait de tout, et elle ne pouvait pas vivre avec ça.

— C'était si mauvais ?

— Oui, dit-il, regardant Josh là où il était assis, affichant une expression sérieuse. Elle s'est suicidée un an plus tard.

Un autre corps dans les statistiques de transition humain-loup-garou.

— C'est quelque chose à retenir quand on rencontre un loup-garou viral. Nous avons tous une histoire affreuse derrière nous. J'ai eu la chance de ne pas m'en souvenir.

— Ce n'est probablement pas quelque chose que tu veux dire à tes grands-parents, n'est-ce pas ?

— Oui, probablement pas, admit Nero, ses lèvres se retroussant.

— Mais ne veux-tu pas leur dire quelque chose ? Ils pensent probablement que tu es un tueur psychopathe ou quelque chose comme ça.

— Je suis un criminel psychopathe en ce qui concerne le monde. J'ai plaidé coupable devant un juge au courant du secret surnaturel et j'ai été envoyé dans la toundra gelée connue sous le nom de Maine. Je ne peux pas leur dire la vérité, et je ne peux certainement pas expliquer le nombre de morts de la bagarre dans le bar.

— Mais tu pourrais leur dire que tu es en vie. Que tu vas bien.

— Et puis quoi ? Les rencontrer pour un café ? Partager le dîner de Thanksgiving avec eux ?

— Oui. Pourquoi pas ?

— Redemande-moi ça après ta première visite à domicile, répliqua-t-il, puis son expression s'adoucit. Ce secret est difficile à garder. C'est plus facile de les laisser croire que je suis derrière les barreaux quelque part.

Josh renifla.

— Plus facile pour toi, peut-être. Écoute, mon père est un abruti, mais je ne peux toujours pas le laisser penser que je suis mort. Et j'aime ma mère – la plupart du temps – donc ne pense pas que je vais prendre la route de la prison. Je leur dirais que je vis avec mon ex-scélérat gay sexy, dit-il avec un sourire malicieux. Ça les horrifiera assez pour qu'ils ne me parlent ~~plus pendant un an.~~

Il savait que Josh plaisantait, mais il avait entendu de pires histoires de couverture. Et plus il restait là à considérer sobrement cette possibilité, moins l'expression de Josh était effrontée. Finalement, le jeune homme inclina sa tête et laissa ses cheveux blonds tomber en désordre sur ses yeux.

— Je plaisante. Je ne vais pas dire ça à mes parents.

— C'est juste. Mais tu vas devoir trouver quelque chose.

— En fait, non, je ne ferai pas. Écoute, jusqu'à présent, je suis en long week-end. Ça peut être expliqué par une très mauvaise grippe.

— Nous avons parlé de ça. Tu ne peux pas retourner à ton ancienne vie.

— Pourquoi pas ? Je comprends que tu doives résoudre le problème de la bombe incendiaire. Je suis là pour ça. Mais je peux terminer ce que je faisais sur le campus normalement. Les dernières expériences ne prendront pas trop de temps. Puis j'écrirai ma thèse et j'aurai fini. Je pourrai dire que j'ai un boulot – ce qui sera vrai – et je serai tout à toi.

— Tu n'es pas encore en sécurité en public.

— J'apprends vite.

Nero arqua un sourcil.

— Mets un garde sur moi. Enchaîne-moi dans mon appartement. Peu importe.

— Tu agis comme si ton éducation était importante pour toi, mais tu n'as rien fait depuis un an.

Josh ouvrit la bouche pour argumenter, mais Nero ne le laisserait pas fuir la réalité.

— Penses-tu que je ne me suis pas penché sur la question ? J'ai appelé le chef de ton laboratoire et j'ai prétendu que j'allais t'engager. Je voulais une recommandation, et tu sais ce qu'il a dit ?

Le visage de Josh était rouge d'embarras, et il ne parla pas. Il secoua juste la tête.

— Il a dit que tu retardais les choses, que tu ne faisais rien. Que peut-être un travail serait le coup de pied aux fesses dont tu avais besoin, dit-il en écartant les mains. Considère que tu as reçu le coup de pied. Viens travailler pour nous maintenant.

— J'ai travaillé pendant sept ans pour obtenir mon doctorat. Je ne vais pas laisser tomber comme si je ne pouvais pas le faire. Oui, j'ai peut-être déconné, mais j'ai une motivation maintenant. Fais-moi confiance, je peux le faire, affirma-t-il en se redressant. C'est une demande raisonnable. Tu ne peux pas t'attendre à ce que je laisse tout tomber quand je n'ai pas à le faire.

— Ça semble raisonnable si tu n'as aucune idée de ce que c'est d'être un loup-garou. Il m'a fallu un an pour que je me sente comme une personne et pas comme un monstre. Et à ce moment-là, j'ai réalisé à quel point il est impossible de parler à quelqu'un en dehors de la communauté surnaturelle. Crois-moi, tu n'auras aucun intérêt à rencontrer quelqu'un de ton ancienne vie.

— Pas Savannah. Et pas ma famille, répliqua Josh sans ambages.

— Tu as changé à un niveau que tu ne peux même pas comprendre, insista Nero. Ils ne comprendront pas, et tu ne peux pas leur expliquer.

— Je peux faire tout ce qui est effrayant, renâcla le jeune homme en montrant ses dents et levant ses mains comme de fausses griffes. Rawr ! Alors c'est bizarre, et je comprends que je doive apprendre à le contrôler, mais ça ne devrait pas chambouler ma vie.

Nero secoua la tête.

— C'est douloureux, Josh. Ça fait mal de ne pas être soi-même avec les gens qui devraient le plus t'aimer. Ça leur fait mal, et à toi aussi parce que tu dois mentir tout le temps.

Il se crispa sur sa chaise, voyant qu'il allait devoir prouver à Josh qu'il avait changé de manière fondamentale.

— Peut-être pour toi, mais je n'ai jamais parlé de moi ou de mon travail de toute façon. Ils pensent que je suis un gros raté. Laisse-moi prendre le temps de finir mon doctorat, leur montrer que je ne suis pas un bon à rien.

— Ça ne marchera pas.

— Pourquoi pas ?

Nero ne prit pas la peine d'argumenter. Il bondit à la place.

Une seconde, il était assis sur sa chaise. La suivante, il se précipitait en avant, attrapant Josh à l'épaule d'une main et à la gorge de l'autre. Sa prise était serrée, mais pas meurtrière, et il aplatit le novice sur le lit avec le poids de son corps.

Pendant environ deux secondes.

Puis Josh réagit. Il devait lui rendre la monnaie de sa pièce. Il avait quelques compétences de base en arts martiaux derrière ses mouvements, mais la plupart de ses réactions étaient purement instinctives.

Il explosa en mouvements. Il se tordit et donna des coups de pied, mordant ce qu'il pouvait attraper et griffant ce qu'il ne pouvait pas. C'était comme ses premiers moments hors de la cage deux nuits plus tôt, mais il avait plus de réflexion derrière son attaque, ce qui la rendait deux fois plus vicieuse.

Il ne retenait rien et Nero dut utiliser toute son habilité pour éviter qu'ils ne se blessent tous les deux. Il laissa finalement Josh le plaquer contre le lit.

— Je t'ai eu ! cria Josh.

Il souriait de son succès, son corps couvert de sueur et son érection épaisse et dure là où elle se pressait contre celle de Nero. Il inclina la tête et ouvrit la bouche en grand. Nero ne savait si c'était pour un baiser ou une morsure. Cela n'avait pas d'importance. Il ne permettait pas encore l'un ou l'autre.

Nero retourna Josh au moment où celui-ci était déséquilibré. Il n'aurait pas pu le faire sans son poids plus important ou l'inexpérience de Josh, mais il l'utilisa à son avantage, et soudainement, leurs positions étaient inversées. Et pendant que Josh était encore sous le choc, Nero le prit à partie.

— Tu te sens puissant, Josh ? Comme si d'une minute à l'autre, tu allais me jeter au sol et me trancher la gorge ?

— Merde oui, admit-il avec un grognement bas en grimaçant.

— As-tu déjà ressenti ça avant ? La violence qui mijote dans ton sang, chaude de l'instinct d'attaquer ? Il y a de la joie aussi, n'est-ce pas ? Tu sais que tu es grand et méchant. Que la plupart des gens sont des moutons pour ton loup, et que tu peux les éliminer quand et où vous voulez.

Josh ne répondit pas, sauf avec une lueur affamée dans les yeux. Puis il bondit en avant. Nero s'y attendait. Il avait senti le tremblement dans les muscles de Josh une fraction de seconde avant l'attaque, mais même ainsi, sans entraînement ou le temps de réaction d'un loup, il aurait pu être vaincu.

132

Josh était très bon. Finalement, Nero dut recourir à un coup de tête pour le contenir. Et il continua à insister tandis qu'il combattait les étoiles dans sa propre vision et que Josh hurlait.

— T'es-tu déjà senti comme ça avant ? Pense à qui tu étais il y a un mois. Que pensais-tu de ce type ?

— Un connard timide qui a trop peur de vivre.

Les mots sortirent comme un grognement.

— Et maintenant ? As-tu peur ?

— Pas le moins du monde.

Puis, pour insister, le jeune homme poussa son aine en avant. Il poussa son sexe chaud et épais directement contre celui de Nero. Oui, Josh avait une érection pour ce type de pouvoir. La domination physique avec un côté de faim et de luxure. Comme tous les loups. Les lycanthropes touchés par le virus étaient les plus touchés, mais tous les loups ressentaient cela, et Nero ne put s'empêcher de frotter sa propre érection contre Josh.

Il avait l'intention de continuer à parler. Merde, il avait l'intention de rester rationnel et de vraiment donner de quoi réfléchir à Josh. Mais l'odeur de celui-ci était partout, et Nero aimait ce genre de jeu sexuel par-dessus tout.

Chaud, dur et rapide. Et il ne pouvait plus s'arrêter une fois qu'il eut commencé à pousser.

Josh non plus.

Ils s'activèrent l'un contre l'autre, se frottant en bas et se mordant en haut. Il portait un bas de survêtement, mais c'était le seul vêtement qu'ils portaient tous les deux. Nero utilisa une main pour baisser son pantalon, et ensuite ils étaient tête contre tête, poitrine contre poitrine, et hampe contre hampe. Il les prit en main et serra.

Le hurlement de Josh se transforma en un gémissement de plaisir. Nero gémit aussi lorsqu'ils commencèrent à pomper ensemble. Puis Josh enroula sa main autour de la sienne, serrant plus fort comme ils poussaient plus vite. La chaleur montait dans sa colonne vertébrale – sa peau et ses cheveux en étaient hérissés.

Oui !

L'extase fit sauter le barrage à l'arrière de sa colonne vertébrale. Il explosa en spasmes tandis que le plaisir mêlé de douleur se transformait en une glorieuse explosion charnelle. Josh jouit en même temps. Il jeta sa tête en arrière et hurla à nouveau. Un chant de plaisir et de puissance.

Ils restèrent comme ça pendant qui sait combien de temps, continuant tous les deux à pomper du sperme comme un raz-de-marée. Et même quand le puits fut à sec, ils continuèrent à pousser comme si les pulsations continuaient. Humides, chauds, et toujours durs.

Glorieux.

Nero eut besoin d'un long moment pour reprendre ses esprits. Il avait raison, n'est-ce pas ? Oh, oui. Il attendit jusqu'à ce qu'il soit sûr qu'il pourrait parler calmement, et un peu plus longtemps afin de voir la contraction dans les pupilles de Josh qui indiquait qu'il était revenu du paradis. Puis il parla, ses mots clairs et pas très doux.

— Est-ce que tu aurais fait ça il y a une semaine ? Faire l'amour en hurlant ? Aurais-tu même permis à un homme de faire ce que j'ai fait il y a une demi-heure ? Te fendre en deux et me bloquer en toi ?

Il vit Josh plisser les yeux, et il pensa un instant que celui-ci nierait le changement. Mais il était trop intelligent et trop honnête pour cela.

— Non, râla-t-il finalement. C'est nouveau. C'est…

— Puissant. Brut.

Génial.

— Oui.

Nero recula suffisamment pour faire passer ses prochains mots.

— Maintenant, imagine que tu es à table et que ton abruti de père commence à te traiter de faible. Tu es un raté parce que tu te caches dans un laboratoire et que tu n'as même pas un vrai travail.

Le père de Josh possédait une usine qui fabriquait des tissus spéciaux résistant à la chaleur. C'était une des nombreuses raisons pour lesquelles Josh avait été en haut de la liste des recrues. Mais même si l'entreprise générait un tas d'argent, la famille vivait comme des ouvriers du genre pur et dur. La sœur de Josh était infirmière militaire, et son frère était pompier. Ils travaillaient tous dans des secteurs physiquement exigeants, sauf Josh, qui était entré dans le monde universitaire. Ses mains étaient douces et ses épaules étroites. Il regardait la chaîne SyFy en boucle et consacrait son temps libre au cosplay.

— Qu'est-ce que tu lui répondras ?

Le jeune homme ne répondit pas, mais son grognement était suffisant. Nero continua.

— Combien de fois t'es-tu imaginé impressionner ton père à en crever ? Peut-être en le jetant contre le mur ou en cassant la table à mains nues. Pas de la merde scientifique, mais de la puissance physique brute comme celle qu'il respecte ?

— Chaque foutue minute de mon enfance.

— Tu as ce pouvoir maintenant. Tu pourrais affronter ton frère et ta sœur en même temps et les battre tous les deux. Tu pourrais faire taire ton idiot de père avec ta vitesse de loup et ton instinct animal. La plupart des gens ne peuvent pas contrôler assez leur arme pour te tirer dessus. Ils sont trop effrayés. Et oui, ton père serait terrifié au point de faire dans son pantalon.

La bouche de Josh se retroussa sur un sourire.

— Oui, dit-il, sa voix traînant sur le mot.

Il aimait l'image que l'autre homme peignait.

— Tu as une confiance en toi comme jamais auparavant. Et cela ne fera que s'accroître avec l'entraînement. Tu seras capable d'éliminer des monstres qu'il n'a jamais imaginés que dans ses cauchemars.

Le souffle de Josh s'accéléra sous l'effet de l'excitation. Il voulait ce futur, et c'était possible pour lui. C'était possible pour tous les loups-garous. Il était temps maintenant de faire tomber le marteau pour Nero.

— Mais tu ne peux pas le lui dire, Josh. Tu ne peux pas lui montrer l'homme que tu es. Tu dois apparaître faible et inutile en face de lui. Tu dois te cacher dans l'image détraquée qu'il a de toi et ne pas la casser. Parce qu'il ne peut pas connaître le vrai toi. On ne peut pas lui faire confiance s'il le savait. Cela te mettrait en danger ainsi que moi et tous ceux que nous connaissons.

— Conneries…

— Ce ne sont pas des conneries, répondit-il en s'éloignant de Josh et attrapant des mouchoirs en papier. Puis il continua avec les faits paranormaux de la vie tandis qu'ils commençaient à se nettoyer tous les deux.

— Sais-tu qu'elle est la force la plus puissante de l'univers ? Ce n'est pas la fusion nucléaire, ni le soleil, ni même une étoile à neutrons.

— Un trou noir ? proposa Josh en fronçant les sourcils.

— La croyance humaine, dit Nero en levant une main afin d'arrêter la réaction immédiate de Josh.

Son cerveau scientifique n'accepterait pas cela facilement.

— Je ne le comprends pas, mais je l'ai vu se produire. Chaque créature paranormale a été créée à partir d'une croyance humaine. Quelqu'un a cru assez fort aux faes pour qu'ils apparaissent. Les loups-garous et les vampires sont devenus populaires dans la littérature, et soudain, vlan, nous y voilà.

— Ça ne fonctionne pas comme ça, argumenta Josh. Vous avez dû apparaître en premier, puis les humains ont commencé à en parler.

135

— On pourrait le penser, mais ce n'est pas ce que nous avons vu, dit-il en jetant son bazar dans la poubelle d'un rapide coup de poignet. Les vampires étaient des monstres méchants et vicieux jusqu'à ce qu'ils apparaissent soudainement dans les romans d'amour comme des êtres pétillants et sensibles. Nous avons arrêté d'éliminer les suceurs de sang habituels il y a dix ans parce que maintenant ils ont tous un passé tragique et se détestent pour ce qu'ils sont.

— Cela n'a pas de sens, commenta Josh en secouant la tête.

— J'ai vu ce qui s'est passé. Des choses stupides, comme cette foutue poupée Chucky. Personne ne s'est battu contre les jouets psychotiques

Il sauta du lit afin de pouvoir remonter son bas de survêtement. Puis il se rallongea et fit face à Josh.

— C'était plus évident avant les films et internet. Un nouveau monstre apparaissait dans un endroit où venait d'être écrit un conte de fées sur un tel monstre.

— Le monstre d'abord, les contes ensuite. C'est la seule logique…

— Non. D'abord, un très bon conteur invente un monstre. Il l'investit de sa passion et de ses croyances et la raconte à une communauté qui le suit. Ils en parlent, ils y croient, ils l'aiment. Et puis, très vite, le monstre apparaît pour de vrai, parce qu'ils l'ont créé.

— On ne peut pas croire à quelque chose et le faire exister.

— On peut si on y croit assez fort, et si assez de gens le font aussi. Que crois-tu qu'une invocation de démon soit ? Des rituels de magie noire ?

— Avec cette logique, Jésus marcherait sur terre et les anges seraient parmi nous.

— Jésus a été crucifié sur une croix, et s'il n'est pas exactement mort, il traîne au ciel avec tous les anges.

Josh avait visiblement du mal avec ce concept. Il secoua la tête, en fixant les draps emmêlés. Et il saisit son jean et l'enfila avec des mouvements saccadés lorsqu'il se sentit mal à l'aise.

— La croyance ne crée pas la réalité, dit-il.

— Es-tu sûr de ça ?

— Oui ! De toute évidence, si tu es convaincu d'être bon dans quelque chose, tes performances s'en trouvent améliorées, ajouta-t-il après un moment. Et l'insécurité a l'effet inverse. Ce genre de croyance.

— Mais croire en l'existence de quelque chose ne peut pas arriver ? argumenta Nero. Que la médiation « croyez-vous mince » ne va pas plus loin sans régime et exercice ?

— Exact !

— Faux. Je n'ai pas la réponse de l'industrie du régime. Il y a évidemment tout un tas de croyances contradictoires sur la perte de poids, donc ça joue probablement un rôle. Mais Josh, écoute-moi. J'ai vu cela se produire. La croyance nous a créés. La croyance a créé nos ennemis. La croyance a créé la magie.

— Je ne croyais pas aux loups-garous, et pourtant je suis là, répliqua Josh en jetant ses mains en l'air.

— Mais les gens croyaient aux malédictions et aux loups-garous. Ton histoire d'origine est bien documentée. Bon sang, le propriétaire de ce domaine entier est un de tes parents. C'est comme ça que nous avons su ce que tu étais.

— Un loup-garou ?

— Oui.

— Pas vrai.

— C'est vrai, dit-il en levant à nouveau la main afin d'arrêter l'argumentation instinctive de Josh. Écoute, suppose pour le moment que c'est vrai. Cette croyance crée la réalité.

Il attendit que Josh accepte d'un signe de tête réticent.

— Maintenant, imagine ce qui se passe si les gens commencent à croire vraiment que les monstres sont réels. Loups-garous, vampires, démons mangeurs d'enfants ? Nous assistons déjà à une recrudescence des monstres à cause des médias modernes. Parce que c'est dans la conscience du public.

— En tant que fiction.

— Oui, en tant que fiction. Maintenant, imagine si quelqu'un réussissait à prouver qu'ils sont réels. Imagine ce que nous aurions à combattre si tout le monde se mettait à croire à autre chose qu'à de méchants lutins.

— Loup Rouge.

— Quoi ? dit Nero en clignant des yeux.

— Loup Rouge, répéta Josh comme s'il réalisait la vérité en les disant. « Pretty Boy » joue Loup Rouge à la télé. Tu as dit qu'il était une surprise. Que tu ne sais pas comment ou pourquoi il est devenu un loup-garou.

Nero hocha la tête. Il avait déjà compris cela, et s'il n'avait pas précipité la constitution d'une équipe de geeks, il se serait rendu compte que

Bing pouvait se laisser entraîner par accident. Les gens croyaient que Bing était Loup Rouge parce qu'il le jouait à la télé. Alors, ajoutez la formule magique de Wiz, et BAM, le rôle du type devient réalité. Pendant ce temps, Josh continuait d'expliquer ce que Nero savait déjà.

— Il ressemblait au loup qu'il joue à la télé dans les cages. Et il fait ce truc d'hypnotisme tout comme son personnage.

Nero sentit une poussée d'adrénaline le traverser. Il n'avait jamais entendu dire que Bing pouvait hypnotiser quelqu'un, mais l'acteur était très réservé sur beaucoup de points. Hypnotiser quelqu'un avec ses yeux était un pouvoir dont ils auraient certainement l'utilité.

— Truc d'hypnotisme ? insista-t-il.

— Oui. Tu dois regarder la série. Les images de synthèse sont impressionnantes. Mais je pensais que l'histoire était née parce que Pretty Boy est réellement un loup-garou.

Ça a été une surprise totale pour Bing, comme toi, dit Nero en secouant la tête. Mais il n'a rien dit sur son pouvoir d'hypnotisme.

— Peut-être qu'il ne sait pas.

Probablement vrai. C'était le premier travail de toute nouvelle recrue : déterminer exactement quelles étaient ses capacités.

— Je vais en parler à son entraîneur.

Josh hocha lentement la tête.

— Tu as dit que tu connaissais l'histoire de mes origines. Quelque chose de cool là-dedans ? Des griffes en acier. Des crocs venimeux ?

— Si c'était vrai, je serais déjà mort, dit-il avec un geste vers son épaule.

La morsure n'était pas mauvaise et le saignement s'était déjà arrêté, mais Josh avait définitivement perforé la peau.

— Oh, oui, dit ce dernier en rougissant légèrement. Désolé.

— Ne le sois pas. J'ai adoré ça. Loup-virus, tu te souviens ? Nous sommes nés d'une morsure et nous aimons ce qui est rude.

— C'est vrai. Et je suis…

— Magie rom. Je te donnerai tous les détails que nous avons.

Puis il caressa la main de Josh et le jeune loup-garou retourna la sienne afin qu'ils soient paume contre paume, se tenant la main comme des amoureux. Il entrelaça leurs doigts et les serra.

— Comprends-tu maintenant ? Maintenir le secret est la seule façon d'éviter le chaos total sur terre. Si les gens réalisaient le pouvoir de leurs croyances, nous aurions…

— Tous les monstres connus de l'humanité se déchaîneraient sur la planète. Mais nous aurions aussi des dieux et des anges.

— Et qu'arrive-t-il à nos villes quand Godzilla et Terminator s'affrontent ? Sans parler des Titans et des Avengers…

— Et tous leurs méchants, continua Josh en secouant encore une fois la tête. Ça ne peut pas être comme ça que cela fonctionne.

Nero resta silencieux. Tout le monde combattait ce concept au début, mais finalement, s'ils gardaient les yeux ouverts, ils le voyaient comme la vérité.

— Nous devons garder notre secret.

— D'accord, dit Josh, visiblement réticent. Alors, c'est un secret.

Il frotta une main sur son visage.

— Mais je peux le dire à une personne, non ? Comme Savannah ?

— Tout le monde a une personne. Mais la réponse est non. Et tu ne veux pas tester le département de la justice paranormale. Les punitions sont rapides et brutales.

Josh grimaça.

— OK. OK.

Ce n'était pas OK, mais c'était comme cela que leur monde fonctionnait.

— Mais ma famille…

Nero soupira. Ils étaient revenus à cela.

— Ça craindra. Même si tu pouvais mentir à tes parents avant, tu ne le peux pas maintenant. Ta nature agressive ne le permettra pas. Tu ne pourras pas rester assis là et prétendre être un raté alors que tu ne l'es pas.

— Je peux, affirma-t-il, sa mâchoire se raffermissant. Je le ferai.

Il souleva son menton.

— Je ne laisserai pas ma famille penser que je suis mort ou en prison quelque part.

C'était un coup direct, surtout que Nero était assailli par plus de culpabilité chaque fois qu'il pensait à Grand-pa et Grand-ma. Le truc, c'était qu'au fil des ans, c'était juste devenu une erreur de plus à ajouter à la liste, alors il avait pu l'enterrer. C'était le cas du moins, jusqu'à ce que Josh le déterre à nouveau. Et ce fut pour cela qu'il campa sur ses positions. Il ne voulait pas que Josh décide de tester la théorie.

— Tu ne peux pas contacter ta famille. Pas avant un très long moment. Accepte-le.

— Nous ne sommes pas des esclaves. Tu me l'as dit toi-même. Je partirai d'ici une fois que j'aurais maîtrisé ce truc de loup.

— C'est le problème, Josh. Le loup n'est jamais maîtrisé. Il est juste intégré au mieux. Et une fois que tu en seras là, tu ne voudras plus jamais revoir ta famille de moutons. Parce que tu pourrais les manger.

Josh le fixa pendant un moment. Puis il fit la chose la plus arrogante que Nero ait jamais vue. Il bougea ses doigts vers Nero et émit un pfft. Comme s'il chassait une mouche.

— Défi accepté, dit-il.

XIV

JOSH NE s'était jamais senti aussi électrifié de sa vie. Tous les aspects de sa vie étaient meilleurs, plus rapides et définitivement plus passionnés. Son corps était plus puissant et ses sens se mettaient en alerte aux moments les plus intéressants. Le café sentait bon, la nourriture avait des textures comme jamais auparavant, et le désir qu'il ressentait chaque fois qu'il regardait Nero était hors normes. Cela aurait dû lui faire perdre sa concentration normalement, car il rebondissait entre Nourriture ! Sexe ! Odeurs ! Mais au moment où il plongea dans la recherche, sa soif de connaissances grimpa en flèche. Il voulait tout apprendre sur la magie et les monstres, mais grâce au défi de Nero, il s'était fixé un objectif précis pour ses études.

Il découvrirait la structure de base de la magie. L'équation de Nero croyance = manifestation était une connerie. Le monde ne fonctionnait pas comme cela, et il entreprit donc de comprendre les lois de base régissant la magie.

Normalement, l'ampleur de ce genre de projet l'aurait submergé en quelques minutes et l'aurait mis en mode fuite, mais il se sentait vif et déterminé. Tout ce qu'il lisait n'était qu'une donnée de plus dans un réservoir de connaissances toujours plus grand. Le savoir avait toujours été son rempart contre un monde agressif. Bien sûr, il n'avait pas pu empêcher une brute de prendre sa casquette de baseball préférée à l'école primaire, mais il avait pu trouver comment fabriquer une boule puante et la mettre dans le sac à dos de celui-ci. Il avait terrorisé son frère et sa sœur avec de la nourriture qui rendait leur urine bleue et de l'argent qui semblait en feu. Et bien qu'il n'ait jamais réussi à entrer dans une équipe sportive cool, il avait trouvé des amis et la sécurité en étant le chimiste innovant parmi les geeks.

Et maintenant, il avait un domaine d'étude entier dont la plupart des gens ignoraient l'existence, et il avait prévu de l'ouvrir en grand et de nager dans ses secrets.

Cela fonctionna pendant moins de vingt-quatre heures. Quelque chose dans le réveil de cinq heures le lendemain matin détruisit complètement sa joie de vivre. Il ne s'était endormi qu'une heure auparavant – toujours à la bibliothèque – et il avait été brusquement réveillé par le plus grand enfoiré

141

de sergent instructeur qu'il n'ait jamais rencontré. L'homme était énorme, avait une coupe militaire et le front épais d'un Néandertalien. Il aboyait des ordres comme s'il avait un mégaphone – ce qui n'était pas le cas – et il réussit à terrifier le cerveau endormi de Josh au point de le faire trébucher dans l'hiver du Michigan avant qu'il n'ait complètement ouvert les yeux.

Le seul point positif de Megamouth Yordan était qu'il semblait être le maître à penser de Pretty Boy, et cela plaisait au côté enfantin de Josh.

Voir l'homme qui gagnait sa vie en souriant pour une caméra apprendre ce qu'était la vraie sueur. D'autant plus que Bing avait l'air vraiment misérable en grelottant dans le froid.

Il se serait bien lancé dans une tirade vraiment amère, du moins dans sa tête, mais cette punition d'avant l'aube concernait aussi les autres entraîneurs. Nero était là, l'air dégoûté et réveillé, tout comme Captain M et Wiz. Ces deux derniers n'avaient pas l'air ravis, mais ils semblaient accepter sombrement leur sort en se tenant debout – sans trembler – à côté de Laddin et de Stratos.

— Nous ne ferons pas ça nu, contre mon meilleur jugement, fustigea Megamouth. Les loups-garous doivent s'habituer à courir les fesses nues face à la lune, mais nous garderons cela pour un autre jour.

Il leva le menton comme pour montrer qu'il se tenait là, pieds nus, torse nu, et avec un short de basket très large pour couvrir ses parties intimes.

— Mais nous le ferons pieds nus, alors laissez-moi voir ces pieds blancs maintenant ! Je veux les voir avant qu'ils ne soient couverts de votre propre sang.

Il rit d'une manière vraiment sadique pendant que Captain M et Wiz enlevaient leurs chaussures. Nero n'avait pas pris la peine de porter des chaussures, mais les autres restaient là, bouche bée.

Il faisait froid dehors en cet hiver du Michigan. Eh bien que la majorité de la neige ait fondu, il y avait encore des plaques de verglas cachées sur le sol gelé.

— Je te suggère de les enlever maintenant, grogna Megamouth, la voix basse et menaçante. Où je les enlèverai pour toi.

— Vous n'êtes pas sérieux… argumenta Josh, mais il ne put pas prononcer le reste des mots.

Il avait observé le sergent instructeur, se préparant à ce que l'homme soit un enfoiré et l'attaque. Mais non, Nero fut l'abruti qui le mit au sol. Il tacla les pieds de Josh sous lui et le laissa tomber la tête la première dans la terre. Puis, avant que Josh puisse réagir, Nero avait un genou dans son dos et lui arrachait ses chaussures.

Merde, le sol était froid.

Alors, Pretty Boy regarda Nero.

— Essayez ça avec moi, dit-il, son expression dure.

Nero jeta les chaussures de Josh, puis le redressa par la nuque, comme s'il essayait de s'accrocher à la fourrure de Josh, mis à part que ce dernier était pleinement humain actuellement. Nero regarda Bing pendant que le jeune homme tentait sans succès de déloger sa main.

— Tu n'es pas mon problème, dit-il alors qu'il était apparemment fatigué de la lutte de Josh.

Il balaya calmement les pieds de Josh sous lui à nouveau. Et pendant que Bing regardait avec une moue amusée aux lèvres, Megamouth le mit à terre.

Ou du moins, il essaya.

Waouh, le beau gosse savait se battre. Josh connaissait très peu les arts martiaux, à part ce qu'il avait appris dans un cours de taekwondo à l'université. Il savait qu'il existait différentes formes d'arts martiaux, mais c'était à peu près tout. Et pour autant qu'il pouvait le dire, Bing était un maître dans tous les domaines.

Bing avait regardé Josh, mais dès que Megamouth s'approcha de lui, il pivota et asséna coup sur coup. Mains et pieds, il donna des coups de poing et de pied dans un tourbillon de fureur qui incita Josh à se redresser pour le fixer. Il avait toujours pensé que les arts martiaux étaient une sorte de danse, mais là ce n'était pas si simple. C'était de la fureur en mouvement. De la colère, de la haine, et de la testostérone pure.

Josh devait donner ça à Megamouth. L'homme encaissait tout sans un seul son, à part un grognement occasionnel. Et Bing réduisait Yordan en bouillie, le gardant sur la défensive alors qu'il attaquait sans relâche. Jusqu'à ce que Megamouth décide qu'il en avait assez. Bing commit une erreur en ne tuant pas Yordan. Au lieu de cela, il leva la main et se figea comme dans un film où le héros doit décider si tuer le méchant vaut le prix à payer pour son âme. C'était un mouvement pur digne d'un Academy Award. Mais ce n'était pas un film, et tandis que Bing restait immobile, réfléchissant à ce qu'il voulait faire, Yordan prit la décision pour lui.

Yordan lui donna un coup de poing dans le genou, puis dans son entrejambe. Bing tomba avec un cri, et Josh mit un instant à réaliser que le cri n'était pas dû au coup à l'aine. Bing tenait son genou comme si sa vie était finie. Et c'était peut-être le cas, étant donné que Pretty Boy utilisait ses compétences en arts martiaux à la télévision.

— Recule, enfoiré! hurla Josh en sautant sur ses pieds nus et en avançant sur Megamouth.

Et il n'était pas le seul. Stratos était à côté de lui comme si elle allait lui arracher les testicules à mains nues. Si Laddin n'était pas avec eux, c'était parce qu'il s'était avancé vers Captain M.

— Il a besoin d'un docteur maintenant! disait Laddin. C'est son gagne-pain!

Et si les regards pouvaient tuer, Captain M serait un tas de cendres fumantes.

Mais la femme leva la main et désigna Wiz.

— Réparez-le, dit-elle.

— Je ne suis pas un clerc, protesta celui-ci avec un claquement de doigts.

Yordan demanda à tout le monde de se taire avant que la capitaine ne puisse répondre. Ou il essaya.

— Je m'en occupe!

Il s'accroupit en face de Bing. Aucun son ne sortait de la bouche de l'acteur, mais des larmes coulaient alors qu'il s'agrippait à son genou.

— Tu veux remarcher? Sois un loup. Puise dans ta fureur animale et laisse-la s'envoler. Ça va guérir et tu pourras essayer de me botter le cul comme ça.

Le sourire sur son visage gonflé était vraiment grotesque, mais il ne lâcha pas prise.

— Viens me chercher, Loup Rouge.

Josh ne savait pas quoi faire. Il n'avait pas de téléphone ou de connaissances en matière de premiers secours. Tout ce qu'il pouvait faire, c'était de rester là pendant que Bing fixait Megamouth. Son regard était sombre et rempli de haine.

Puis ses yeux changèrent. Une lueur rouge couvait sous les pupilles. Josh avait vu cela à la télé, et c'était encore plus effrayant en vrai.

Puis Bing murmura deux mots.

— Reste humain.

Oh, merde. Il savait ce que cela signifiait. Bing utilisait son pouvoir de Loup Rouge pour manipuler l'esprit de Yordan. Et bien sûr, Megamouth cligna deux fois des yeux et répéta les mots.

— Je resterai humain.

Bing s'élança. Cela alla si vite que Josh voyait encore des yeux rouges humains quand soudain, un énorme loup se retrouva sur Megamouth. Celui-ci cria et s'écroula sous l'attaque, et Josh sentit le sang. Il se précipita pour aider, mais que pouvait-il faire ? Il n'eut rien à faire heureusement.

Nero et Captain M étaient là avant lui, tous deux loups à présent, et ils plaquèrent Bing, l'arrachant à Yordan, qui saignait d'une plaie artérielle au cou.

Wiz poussa Josh sur le côté et pressa une main contre le cou de Yordan.

— Transforme-toi, dit-il d'une voix basse et apaisante. Transforme-toi maintenant.

Cela fonctionna. Yordan se métamorphosa en or et se stabilisa sous la forme d'un énorme loup noir, couché sur le dos, la gueule ouverte et la langue rose vif pendante. Wiz fit un bond en arrière alors que Yordan se tortillait, puis se relevait sur ses pattes. C'était bien pour Megamouth, mais à un mètre de lui, Bing ne se laissait pas faire tranquillement.

Loup Rouge affrontait Nero et Captain M. Il tenait sa tête de loup baissée, ses yeux rouges flamboyaient et son corps était étrangement immobile alors qu'il décidait manifestement qui il allait occire en premier.

Captain M était un loup arctique blanc, immaculé et magnifique. C'était elle qui commandait, même si elle était le plus petit loup ici. Elle était face à face avec Bing, les dents dénudées et le corps tendu par la puissance. Oui, elle portait encore son soutien-gorge de sport et son pantalon de survêtement, ce qui aurait dû nuire à l'image, mais ce n'était pas le cas. Tout était dans sa façon de se hérisser et de grogner « dégage ! » Elle était assez effrayante, mais avec Nero à sa gauche, Josh éprouvait une peur bleue.

Nero était un grand loup gris, brun foncé, avec des épaules de la taille d'une Volvo, avec une collerette effrayante, et des dents blanches et pointues. Il ne faisait aucun bruit, mais il n'allait certainement pas laisser Bing attaquer.

— Bordel, murmura Laddin en attrapant Stratos et en commençant à la tirer en arrière. Une seconde plus tard, Laddin s'emparait du bras de Josh, et ils reculaient tous les trois à pas lents et réguliers devant le combat de loups à venir. Wiz les suivit, se débarrassant de ses vêtements avec des mouvements prudents. Tout le monde regardait Bing. Si quelqu'un devait provoquer un désastre, ce serait lui. Ou Megamouth, car ce stupide loup noir sauta dans la mêlée.

Oui, l'idiot sauta par-dessus Captain M, se retourna afin que son dos exposé soit face à Bing, puis il grogna contre la capitaine et Nero.

C'était presque drôle de voir comment ces deux-là reculèrent de surprise.

Encore plus lorsque Yordan s'étira sur ses pattes arrière et devint humain, toujours dans cet énorme short de basket. Mais ce n'était pas tant drôle que vraiment cool. Et que Josh soit damné s'il n'avait pas envie de se mettre à genoux et de dire « Apprenez-moi ! » comme Benedict Cumberbatch dans le premier film Docteur Strange.

Pendant ce temps, Yordan souriait comme si c'était le matin de Noël en tournant sur lui-même et en tapant joyeusement ses mains.

— Tu l'as fait ! dit-il en riant au loup Bing, s'accroupissant bêtement près des mâchoires de l'animal. Maintenant, prouve que tu es sous contrôle et reviens à l'état humain. Ensuite, tu auras un jour de congé pour faire ce que tu veux. Je pourrais même te laisser envoyer un mail.

Josh retint son souffle. Il y avait beaucoup de chance que Bing se jette sur la gorge de l'autre homme, mais le loup resta là, la gueule ouverte. Josh pouvait aussi entendre la respiration de l'animal. Inspirant et expirant dans un halètement ténu.

Puis, sans même une lueur ou un scintillement ou quoi que ce soit, Josh se trouva soudainement à regarder le Bing humain à quatre pattes sur le sol. Ce dernier ressemblait à un parfait joli garçon. Il ne tremblait même pas de froid alors qu'il se levait doucement sur ses pieds nus. Puis, dans cette matinée pleine de surprises, Bing regarda Yordan et se plia jusqu'à la taille.

Il s'inclinait devant son entraîneur en signe de respect.

Merde. Gelait-il en enfer ? Megamouth accepta le geste avec une inclinaison royale du menton, puis il prit brusquement Bing dans une grande accolade, enveloppant l'homme de ses énormes bras et le frappant lourdement dans le dos. Pretty Boy accepta cela avec une expression douloureuse. Il était clair qu'il n'était pas habitué à de telles démonstrations exubérantes de liens masculins. Mais ses lèvres étaient recourbées en un sourire. Et il fit un petit signe de tête à tous les autres lorsque Yordan le laissa finalement partir. Puis, avec une expression de plus en plus suffisante, il les dépassa pour rentrer dans la maison.

Ses derniers mots suffirent pour que Josh le déteste un peu plus.

— Je pense que je vais prendre mon petit déjeuner maintenant, dit-il. Et lire un peu peut-être avant de faire une sieste.

— Vas-y, mon pote ! souffla Yordan. Tu l'as mérité.

Puis il se tourna vers les autres entraîneurs, une fois Bing à l'intérieur.

— Vous me devez tous cinq cents dollars chacun, s'exclama-t-il. Mon gars, premier à se transformer, premier à manifester un pouvoir spécial. Hourra ! Je vais faire du shopping !

Il se lança dans une danse joyeuse qui, honnêtement, semblait un peu flippante, vu la façon dont ses hanches bougeaient. Wiz le fixait pendant que Josh réalisait qu'ils avaient parié cinq cents dollars sur le stagiaire qui apprendrait à se transformer en premier.

— C'est juste parce que nous ne nous comportons pas comme des enfoirés à ce sujet… protesta Wiz en reniflant, l'air dégoûté.

— Ça n'a pas d'importance, répondit Megamouth. Ce sont les résultats qui comptent.

Captain M – toujours sous sa forme de loup – poussa un grognement, puis se retourna, la queue haute, et se dirigea vers la maison. Wiz bondit pour lui ouvrir la porte alors qu'elle battait en retraite. C'était une retraite très classe, mais Josh se doutait qu'elle payerait quand même.

Puis Nero commença à se retourner, Yordan pointa un doigt charnu sur lui.

— N'ose même pas. Tu es assigné ici, grogna-t-il avant jeter un coup d'œil à Wiz. Toi aussi.

Ce qui était vrai, apparemment, puisque Nero resta, bien qu'il ait refusé de redevenir humain. Il se retira dans un coin d'où il observait tout avec ses yeux de loup. C'était un peu comme être observé par un chien policier. L'animal était poli, mais cela ne diminuait pas le facteur peur. Ce qui laissait Wiz torse nu, pieds nus et dans un jean taille basse.

— Allons-y, dit-il en haussant les épaules.

Ce que fit Megamouth. De la gymnastique pour échauffer tout le monde, des combats à l'extérieur afin de montrer « nos trucs », et quand personne ne voulut se battre contre lui, il envoya tout le monde faire un horrible jogging glacial autour de la propriété. Nero était là sous sa forme de loup afin de s'assurer que tout le monde reste en formation.

La partie la plus humiliante de tout cela ? Josh était le plus lent. Cela ne le dérangeait pas d'être moins performant que les entraîneurs. Ils étaient probablement soumis à cette idiotie souvent. Laddin était Monsieur Énergie Nerveuse, donc courir était juste un autre moyen de brûler des calories. Mais le fait d'être moins en forme que Stratos – une femme qui était l'image même du geek gamer pâlichon – blessait sa fierté masculine.

147

Apparemment, même les techniciens qui passaient leurs jours et leurs nuits connectés à leur matériel faisaient plus d'efforts physiques que les étudiants en doctorat. Ce n'était pas sa faute. Il était dans un laboratoire exigu presque 24 heures sur 24 depuis cinq ans maintenant. Il n'était pas en forme, bien sûr. Il ne s'attendait pas à être aussi pathétique, surtout que Nero prenait plaisir à le talonner dès qu'il était trop lent.

Les pieds de Josh étaient engourdis le temps qu'ils rentrent au manoir, ce qui était une bonne chose vu qu'ils étaient gravement coupés.

Il revint en titubant dans la cour principale pour entendre tout le monde gémir sur quelque chose. Oh, bon sang, il n'était pas sûr de vouloir savoir quoi. Il s'effondra sur le sol gelé et fixa Laddin d'un air sinistre.

— Et maintenant ? gémit-il.

— Pas de nourriture, répondit-il, sa misère palpable.

Josh se leva d'un bond. Les rêves d'une omelette de six œufs étaient les seules choses qui l'avaient fait tenir pendant le dernier kilomètre.

— Quoi ?

— As-tu pu te transformer ? demanda Megamouth en venant se placer juste au-dessus de lui.

— Je suis épuisé et affamé. En plus, j'ai passé la nuit à essayer de résoudre votre problème de feu magique. Bien sûr que je ne peux pas me transformer. Personne ne m'a dit comment faire.

— Ce n'est pas un truc à *dire*. C'est un truc à *faire*.

Ce fut tout ce qu'il dit, regardant Josh, s'attendant à ce qu'il se transforme en loup. Tout comme son père qui ne comprenait pas pourquoi son fils ne pouvait pas attraper une balle, frapper une brute ou manipuler des outils dans son atelier. Juste parce qu'ils pouvaient le faire sans réfléchir, soudainement, Josh était déficient parce qu'il n'était pas bon avec ses mains. Ou son corps. Ou quoi ce soit de physique du tout.

— Voilà qui est parlé comme tout athlète naturel sur la planète. Félicitations. Vous êtes bon à quelque chose, dit-il en se redressant sur ses pieds engourdis et répondant au regard de cet abruti.

Puis il lui dit exactement ce qu'il mourait d'envie de dire à son père depuis qu'il avait trois ans.

— Dommage que vous soyez nul pour *enseigner,* alors que c'est ce que vous êtes censé faire en ce moment. Alors si vous voulez que nous nous transformions en loup, *dites-nous* comment faire !

Et comme avec son père, ses mots n'avaient aucune importance. Megamouth le frappa à la poitrine.

— Tu es plutôt énervé en ce moment, n'est-ce pas ?

— Oui, je le suis, répliqua-t-il en repoussant le bras charnu de l'homme d'une claque.

— Qu'est-ce que tu vas faire ?

Une autre claque.

Josh le repoussa plus fort cette fois. Ou il essaya du moins. Ses coups ne semblaient pas avoir d'effet notable.

— Tu veux m'attaquer ? Tu veux m'arracher la gorge comme Bing a essayé ? Hein ? Hein ?

Une claque. Une claque. Une claque.

Oui, mais il n'était pas stupide. Il ne pouvait pas affronter Megamouth physiquement, et il n'avait pas la capacité d'une transformation surprise. Alors il fit ce qu'il faisait toujours quand il était menacé : la chimie.

— Je mettrai du bleu de méthylène dans votre Gatorade et tacherai vos dents. Je mettrai de l'iode de sodium et du peroxyde d'hydrogène dans vos toilettes et attendrai la prochaine fois que vous tirerez la chasse. Si vous ne saisissez pas l'allusion, alors je ferai peut-être en sorte que la solution que j'ai trouvée à votre problème de feu de plasma ne fonctionne pas pour vous. Peut-être qu'alors nous aurons un professeur qui sait comment enseigner.

Il fallut un moment pour que ses mots soient intégrés, mais Megamouth perdit son sourire narquois lorsqu'ils le furent. Il s'effaça lentement jusqu'à ce qu'il soit remplacé par un sourire narquois.

— Menaces-tu la vie d'un compagnon de meute ?

— Je ne vois pas de meute ici. Croyez-moi si c'était le cas, je ne ferais pas partie de la vôtre.

— C'est exact, répondit-il. Parce que je ne t'aurais pas dans la mienne. Et je ne ferai certainement pas confiance à n'importe quelle technologie que tu me donnes.

— Exactement...

— Ce qui signifie que tu ne peux faire confiance à aucun ordre que je te donne, aucune mission sur laquelle je t'envoie, ou même aucun scénario d'entraînement dans lequel tu atterris, dit-il en saisissant le menton de Josh et l'inclinant vers le haut, le forçant à le regarder dans les yeux. Une meute survit sur la confiance, et tu viens de prouver que tu es trop un enfant pleurnichard pour en être digne.

Josh essaya d'arracher son visage du poing charnu de l'autre homme, mais la prise de l'enfoiré était trop forte. Il avait une douzaine de répliques intelligentes à dire, mais il ne pouvait pas bouger sa mâchoire suffisamment

149

pour parler. Megamouth le repoussa juste au moment où il pensait réussir à dire un « va te faire voir, crétin ».

— Tu grandiras peut-être avec une autre course. Vas-y !

Josh n'allait nulle part. Il en avait fini avec…

Un coup sec sur ses talons le fit bondir de côté de surprise. C'était Nero, qui se tenait entre lui et la demeure. Josh voulut entrer dans la maison avec tous les autres et Nero lui hurla encore dessus. Ce salaud lui faisait comprendre qu'il n'irait nulle part ailleurs que dans sa course. Josh essaya de feinter à gauche ou à droite, mais cela ne fonctionna pas. Même un petit chien était plus rapide que lui, et Nero était un énorme loup.

Alors il s'immobilisa. Il serait damné si…

— Aïe !

Nero venait de mordre sa rotule. Ce n'était pas une morsure légère, en plus. Il avait fait couler le sang !

— Qu'est-ce que… *Aïe !*

Une autre morsure, cette fois sur l'autre genou. Josh n'eut d'autre choix que de reculer lorsque Nero revint vers lui. Ce qui signifiait que le loup pouvait avancer. Un autre coup que Josh essaya de bloquer. Il obtint un avant-bras en sang pour sa peine. Nero ensanglanta sa cuisse, deux centimètres au-dessus de l'autre coup avant qu'il puisse se remettre.

C'était le triomphe des muscles sur les cerveaux, la foutue histoire de son enfance. Josh n'avait pas d'autre choix que de trébucher en arrière ou de perdre plus de sang. Et plus il refusait de courir en avant, plus il sautait en arrière pour éviter de se faire mordre. Il pouvait donc faire toute la course en sautillant en marche arrière ou faire demi-tour et courir tout droit.

Il courut, en maudissant Megamouth, Nero, et même Captain M, qui avait abdiqué sa responsabilité en laissant un psychopathe aux commandes à chaque pas de ses pieds engourdis. Il laissa la haine bouillir en lui pendant au moins quinze minutes. Mais cela ne pouvait pas durer longtemps, et il avait besoin de trop d'énergie pour maintenir sa fureur.

Alors il passa à l'élaboration d'une vengeance. Cela ne lui demandait aucun effort.

XV

NERO SE sentait comme un enfoiré, même s'il savait qu'ils faisaient ce qu'il fallait.

L'entraînement des nouveaux loups-garous était un processus très simple. Ennuyer suffisamment la nouvelle recrue jusqu'à ce qu'elle attaque. Ils se transformaient inconsciemment en loup-garou la plupart du temps, et essayaient de vous arracher la gorge comme Bing l'avait fait (bien que l'hypnotisme soit nouveau). Calmez le mordeur, et soudainement l'homme réalise qu'il sait comment se transformer. Il fallait du temps et de la pratique pour apprendre à devenir loup sans être dans une fureur aveugle, mais finalement tout le monde le maîtrisait. Et comme Yordan savait mieux que quiconque comment casser les pieds aux gens. Il était un sergent instructeur idéal. D'autant qu'il était assez grand et méchant pour se défendre en cas d'attaque.

Le problème était que Josh n'avait rien à voir avec le loup-garou typique. Il se défendait avec son esprit, pas avec son corps lorsqu'il était furieux.

Les attaques physiques n'étaient pas un gros problème. Les armes mentales, comme ce que Josh avait dit, étaient au-delà de ce que Yordan savait faire. Il avait donc tenté de connecter Josh à son corps sous la forme de courses glaciales sans fin, puis il avait laissé Nero faire respecter l'ordre.

Celui-ci n'avait pas cessé de mordre Josh, le forçant à courir, courir, tandis que la fureur se déversait de lui comme de la sueur. Nero avait pensé pendant un moment que cela fonctionnerait et que Josh paniquerait et exploserait dans sa forme de loup. C'était ce qui s'était passé avec Wiz longtemps auparavant. Mais quelque chose changea au deuxième kilomètre. Josh devint silencieux. Ses épaules restaient en place et il respirait par à-coups. Il avait trouvé un rythme pour le battement régulier de ses pieds et cela faisait réfléchir le cerveau massif de l'homme, ce qui était la dernière chose que Nero voulait qu'il fasse.

Nero faisait tout ce qu'il pouvait pour déconcentrer Josh. Le mordre, le faire trébucher, le plaquer... tout. Josh se relevait simplement, recommençait à courir, ne se concentrant jamais vraiment sur ce que son corps faisait. Il était tout entier dans sa tête, probablement en train de préparer sa vengeance. Bon sang, il était dangereux pour tout le monde.

En bref, si la méthode de Yordan avait dû fonctionner, elle l'aurait déjà fait dans le gymnase, quand Josh s'était déchaîné sur le visage de Nero. Ce qui signifiait que ce dernier avait jusqu'à leur retour à la demeure pour réfléchir à un nouveau plan.

Il échoua complètement comme pour l'explosion de feu. Aucune idée, aucune ruse intelligente ne germa. Heureusement, Yordan monta au créneau. Stratos aidait Josh à nettoyer la saleté de ses nombreuses coupures et pendant ce temps, Yordan l'informait, lui et tous les autres, du plan.

— Dès que vos bobos seront soignés, vous aurez des formulaires à remplir et des questions pour lesquelles nous voulons des réponses, dit-il en laissant tomber une pile de papier de quinze centimètres de haut sur le comptoir.

Nero savait que la paperasse était un autre moyen d'énerver les nouvelles recrues, mais Josh était peut-être le seul loup-garou qui préférait remplir des formulaires plutôt que de tabasser quelqu'un.

— Tu sais, si tu te transformais, tes pieds seraient à nouveau blancs comme du lys et d'une pédicure parfaite, se moqua Yordan.

Allez, pensa Nero aussi fort qu'il le pouvait sous sa forme de loup. *Donne-lui une réponse impertinente.*

Mais non.

— Bon à savoir, répondit Josh en souriant benoîtement.

Ce qui lui indiqua que Nero avait de sérieux problèmes, parce que le jeune chimiste était en train de penser à quelque chose de vraiment sournois.

— Merci, dit doucement Josh en regardant Stratos. Il nous laisse manger?

Elle secoua la tête en silence, ses yeux scintillants de sa propre colère. Voilà encore une autre personne qui complotait sa vengeance. Nero espérait vraiment que Wiz était prêt pour cela.

— D'accord, répondit Josh. Je vais prendre une douche.

Stratos soutint son regard pendant un instant, le regard entendu dans une sorte de partage entre prisonniers. Il disait haut et fort : *Je t'aiderai, quoi que tu manigances.*

Super, les recrues complotaient contre leurs entraîneurs. Pire, Josh avait reçu le message. Il hocha la tête avec une courte inclinaison du menton, puis il grimaça en se remettant debout sur ses pieds malmenés.

Yordan n'avait aucune idée du bazar qui était près de se déchaîner.

Merde, il devait trouver rapidement une solution.

Nero suivit Josh à distance de morsure au cas où il devrait interrompre une attaque chimique soudaine. Il ne se passa rien, bien sûr. Il n'avait pas eu le temps. Mais Nero était en alerte lorsqu'il suivit sa nouvelle recrue jusqu'à sa chambre et se fraya un chemin jusqu'à la porte. Il y eut une longue attente pendant que Josh le fixait et que Nero lui rendait son regard. Finalement Josh retroussa ses lèvres.

— Joins-toi à moi, bien sûr.

Ce qui se traduisait grossièrement par : *Tu ne peux rien faire pour m'empêcher de te détruire. Mais viens, tu peux regarder pendant que je complote.*

Nero fit exactement cela. Il s'assit au milieu de la chambre comme un foutu chien de compagnie. Il observa tous les mouvements de Josh qui se dirigeait avec difficulté vers la salle de bains et prenait une douche chaude. Il le regarda même se déshabiller et se positionner sous le jet chaud. Nero ne croyait pas que Josh pourrait jouer les McGyver avec des bulles de savon, du papier toilette et du shampoing aux herbes pour en faire une bombe artisanale, mais s'il le fit à un moment, Nero ne le vit pas.

Nero trouva finalement un plan alors que Josh se tenait tête baissée sous la pomme de douche. C'était une idée radicale, quelque chose qu'ils n'avaient jamais pratiqué avec les nouvelles recrues avant, mais, merde. Rien n'avait fonctionné comme ils l'avaient prévu jusqu'à présent. Il était temps de sortir des sentiers battus.

Il prit une profonde inspiration, et revint à l'humain, puis il s'assit sur le lit et attendit. Il ressentait la tension sur son système, la chaleur et la douleur qui venaient toujours avec le changement. C'était la malédiction des lycanthropes. Trop de films montraient des loups-garous se transformant dans l'agonie, alors il souffrait de ce concept. La bonne nouvelle était qu'il n'était pas lié à la lune comme beaucoup. En fait, la pleine lune actuelle augmentait sa force, mais pas assez pour qu'il ait envie de revivre cette douleur pendant un certain temps. Il resterait strictement humain pour le moment, ce qui rendait la prochaine étape plus dangereuse.

Josh sortit de la douche, hérissé d'antagonisme. Ce n'était pas évident. Ses mouvements étaient magnifiquement décontractés alors qu'il peignait ses cheveux avec ses doigts, une serviette soigneusement enroulée autour de ses hanches. Il avait cette carrure mince que Nero trouvait si attirante. Longiligne, souvent souple, avec une longue foulée et un port décontracté qui semblait détendu jusqu'à ce que l'homme explose en mouvement.

À cet instant, il se déplaçait avec une facilité déconcertante, même si la température de la chambre semblait avoir chuté de sept degrés.

— Si tu penses t'envoyer en l'air, je ne suis vraiment pas d'humeur, dit Josh.

C'était malheureusement vrai. Rien n'indiquait que le sexe du jeune homme manifestait quoi que ce soit sous sa serviette.

— En fait, je suis ici pour être honnête avec toi, mais nous devons baisser d'un ton. Nous ne pouvons pas laisser les autres recrues entendre cela accidentellement.

— Oui, oui, dit Josh en s'adossant à sa commode.

sur son torse était humide. Il étendit ses longues jambes devant lui. Si Nero avait jamais voulu une image pour se masturber, c'était celle-là. Les sourcils arqués de Josh disaient qu'il savait exactement ce qu'il faisait à la libido de son entraîneur.

— Donc l'arrangement astucieux de toi nu sur mon lit est juste pratique ?

Nero haussa les épaules. Oui et non, cela ne servait à rien de le nier.

— Écoute un instant, dit-il en baissant sa voix jusqu'à murmurer. Le but de l'entraînement à ce stade est de te faire redevenir un loup. Nous le faisons en t'énervant, comme Yordan l'a fait pour Bing.

Josh écarquilla les yeux, montrant qu'il écoutait.

— Mais tu n'es pas comme la plupart des recrues. Plus tu es en colère, plus tu es dans ta tête, expliqua-t-il en levant son menton. Combien de plans différents as-tu pour te venger de nous ?

— Une douzaine visant à humilier, sept qui mutileront, et d'innombrables mortels, mais seuls deux sont pratiques.

Eh bien, c'était effroyablement détaillé.

— Ce qui signifie que nous devons trouver un autre moyen.

— Que dirais-tu de m'expliquer le processus ? demanda le jeune homme en croisant ses bras sur sa poitrine.

— Ça ne fonctionnera pas. C'est différent pour chaque personne.

— C'est un début.

— Tout ce que je peux dire, c'est que je me laisse aller au loup. Ou à l'humain. Je le veux et je suis.

— Vous êtes tous de foutus naturels, ce qui fait de vous de très mauvais professeurs, s'exclama Josh en levant les mains.

154

Nero ne pouvait pas argumenter, mais il pouvait partager ses expériences de la première fois qu'il s'était transformé.

— Tu te souviens quand je t'ai dit que j'avais été mordu dans une bagarre de bar ?

— Tu t'es réveillé dans les bois avec toute ta meute.

— C'est ça. La meute signifie beaucoup plus pour moi maintenant qu'à l'époque, révéla-t-il en se penchant en avant sur le lit.

Il n'avait pas pris la peine de couvrir sa nudité avec un drap, et il était heureux de voir Josh suivre ses mouvements des yeux. Nero n'était pas vraiment laid, donc il y avait peut-être un intérêt. Il était certain qu'il appréciait la vue de Josh.

— J'ai été maintenu en vie par une fille avec plus d'appétit sexuel que je n'en avais jamais connu. Bon sang, plus que je ne l'aurais jamais cru possible. De toute façon, elle sentait la luxure, et à dix-sept ans, c'était tout ce qu'il fallait. Si elle était un loup, je me transformais en loup et nous le faisions ainsi. Si elle était humaine, je me mettais sur mes deux jambes et je la prenais comme ça. Ou ses amis. Ou eux me prenaient.

— Waouh, souffla Josh. On dirait le fantasme de tout adolescent.

Il y avait de l'envie dans son ton que Nero s'empressa d'écraser.

— Comme je l'ai dit, la meute signifie beaucoup plus pour moi maintenant, et le sexe sans fin devient ennuyeux, dit-il avec un sourire en coin. Mon cerveau n'a pas besoin d'une stimulation constante comme le tien, et même moi j'en ai eu assez.

— Mon cerveau se tait pour certaines choses.

— Bien, dit Nero en souriant. Parce que c'est exactement mon plan.

— C'est-à-dire ?

— Nous devons t'ancrer dans ton corps. Pour toi, ça veut dire, des touchers, des caresses…

— Sexe.

Ce n'était pas tant une déclaration qu'un grognement de dérision.

— Écoute-moi bien. La fille qui sentait la luxure m'a appris beaucoup de choses, y compris comment déclencher la libido du loup, dit-il en désignant le bureau et l'épaisse pile de papiers qui s'y trouvait. Donc, nous pouvons nous asseoir ici et remplir toute la paperasse de Yordan, ou tu peux me laisser faire tout ce qu'elle m'a fait. Chaque déclencheur loup que je connais…

— Sexuellement.

155

Il n'y avait pas de dérision dans son ton. C'était plutôt comme un doute très implanté.

— Oui.

— Tu veux que je me transforme en loup pendant une séance de sexe.

Nero acquiesça.

— C'est une question de domination. Je ne te laisserai pas prendre ton pied tant que tu seras humain. Tu devras te transformer en loup pour te libérer.

Josh arqua ses sourcils jusqu'à la racine de ses cheveux.

— Tu veux faire l'amour avec moi en tant que...

— Jamais.

Pas de place pour le doute ici.

— Je n'ai jamais pratiqué l'amour entre espèces.

Du moins, il l'espérait. Ces premiers jours de fête du sexe étaient nébuleux.

— Tu dois arrêter à la minute où tu as des griffes et une queue. Un humain peut être déchiré en lambeaux par un loup enthousiaste, et je suis bien trop épuisé pour me retransformer. Alors, décide d'un mot de sécurité. Quelque chose qui te fera arrêter. Nous voulons juste que tu deviennes un loup, pas... tu sais... que tu me déchires.

— Pourquoi pas « stop » ?

Direct et pratique.

— Ça fonctionnera.

Mais est-ce que cela le ferait ?

Josh soupira doucement.

— C'est donc pour ça que tu es assis là, nu. Tu veux...

— Déclencher la libido du loup.

Nero attendit en silence, se sentant plus nu qu'un métamorphe ne devrait l'être. Il était à l'aise avec son corps et avec le fait d'être nu, mais être assis là, vulnérable, pendant que Josh considérait les possibilités, lui donnait envie de se blottir sous une parka.

Il ne le fit pas. Il resta assis et essaya de ne pas se tortiller ;

Josh finit par acquiescer, heureusement.

— Je suppose que c'est mieux que la paperasse.

Ce n'était pas une approbation enthousiaste.

— Alors... veux-tu faire ça ici ? dit le jeune homme en se redressant. Ou existe-t-il une grotte de sexe pour les loups ?

— Nous ne sommes pas des déviants, aboya Nero. Nous sommes des animaux. Et nous le faisons ici même.

Une partie de lui aimait l'idée que Josh sente cela, le sente sur ses draps chaque fois qu'il irait se coucher. C'était aussi une question de domination.

— Juste ici où tout le monde nous entendra ?

Nero haussa les épaules. En règle générale, les loups-garous étaient beaucoup plus désinvoltes à propos du sexe que les gens.

— Nous pouvons peut-être montrer à Yordan qu'il existe un meilleur moyen que l'humiliation sans fin.

— Je peux être d'accord avec ça, accepta Josh en reniflant.

Bien sûr qu'il pouvait. Nero était heureux de voir Josh se concentrer sur comment donner une leçon constructive à Yordan plutôt que destructrice.

Il s'allongea donc sur le lit, exposant tout son corps, y compris son érection dure comme de la pierre, au regard de Josh. Il avait d'abord craint de ne pas pouvoir la lever, vu le risque. Mais un regard sur Josh sortant de la douche avait réglé ce problème.

Il eut le plaisir de voir les yeux de Josh devenir sombres alors qu'il prenait conscience de la pose de Nero. Il regardait, c'était certain. Ses narines se dilatèrent, mais il n'avança pas vers le lit.

— Nous essayons de faire ressortir le prédateur en moi, c'est ça ? demanda le jeune homme.

Les mots étaient bas et sombres de menaces, et l'excitation remonta le long de la colonne vertébrale.

— Oui.

Josh explosa en avant. Il sauta sur le lit et aplatit Nero contre la tête de lit. Ou il essaya. Nero n'était pas un lapin apprivoisé et il se détourna rapidement. Mais il ne s'attendait pas à ce que Josh continue son attaque avec des réflexes rapides comme l'éclair. Le jeune homme n'était-il pas fatigué de toute cette course ? Apparemment non, puisqu'il bondissait en avant pour l'épingler à nouveau. Il avait clairement de la lutte dans son passé. Ou plus exactement, un grand frère qui avait besoin de quelqu'un sur qui s'entraîner à la lutte.

C'était sans importance. Quel que soit l'entraînement de Josh, Nero en avait plus. Sans parler des dix kilos de muscles en plus. Il roula avec le corps du jeune homme, et il aurait été difficile de dire qui aurait fini sur le dessus s'ils ne s'étaient pas emmêlés dans les draps. Heureusement pour Nero, les pieds abîmés de Josh s'accrochèrent dans le tissu et il haleta d'une douleur surprise.

Bien. Un peu de douleur faisait partie du sexe entre loups-garous, et il ne perdit pas de temps pour en profiter. Il poussa durement sur les épaules de Josh et le força à s'aplatir, le ventre en l'air, puis il commença à le lécher.

C'était à la fois sensuel et atroce pour eux deux. Nero sentait le musc, et son sexe palpitait de désir. Il goûtait le savon de la douche et l'épice piquante de Josh – des goûts distincts dans son esprit – et il partit à la recherche d'un zeste plus fort.

Il fut sans pitié. Aucune créature n'aimait que son ventre soit exposé, à part dans les situations les plus intimes. Il poussa Josh dans ses derniers retranchements. Il ne fit pas attention en mordant, et il ne se calma certainement pas en descendant. Nero était le plus fort, même si Josh se tordait et se défendait.

Il prit son temps, mais il finit par arriver au sexe de Josh, ce qui les mit pratiquement en 69. L'odeur était plus forte en bas, les textures intrigantes, et la combinaison l'envoya presque dans une spirale hors de contrôle. Cela ne se produisit pas parce qu'il luttait toujours contre Josh. Nero trouvait toujours un moyen de le pousser chaque fois que l'homme commençait à se détendre dans la situation. Il avait besoin que Josh essaye de prendre le contrôle, et cela n'arriverait que si ce dernier était mal à l'aise.

Mordre était le moyen le plus simple, mais Nero disposait d'autres astuces. Il grattait partout avec ses ongles, et il grognait dès que Josh bougeait.

— Bats-toi, enfoiré, ordonna-t-il.

Il se mit à cheval sur le visage de Josh et enfonça directement son sexe dans la gorge de Josh lorsque celui-ci se commença à se détendre à nouveau.

Il prenait un gros risque. Certains hommes auraient simplement mordu, et Nero se serait retrouvé eunuque jusqu'à sa prochaine transformation. Il poussa durement avec ses hanches, à moitié étouffant Josh, à moitié trop impliqué dans la sensation incroyable de Josh le suçant.

Puis il se pencha et commença à mordre la hampe du jeune loup-garou. Il lécha, suça, puis mordit, ce qui, il le savait, frustrerait Josh. Cela fonctionnait, si les gémissements de Josh étaient un indice. Mais ils se rapprochaient tous les deux de plus en plus de l'orgasme, peu importe combien Nero torturait l'homme. Les testicules de Nero étaient remontés et sa colonne vertébrale brûlait de la chaleur du liquide pré-éjaculatoire. Le sexe de Josh palpitait. Il jouirait d'une minute à l'autre.

Alors Nero souleva la longueur de Josh et la malmena. Ses dents raclèrent le long de la hampe et s'accrochèrent un moment au gland. Puis il s'équilibra sur ses coudes et fit la même chose avec les bourses de Josh.

Le cri de celui-ci était plus fort cette fois – dur et plein de désir. Alors Nero commencer à pomper avec ses hanches afin d'augmenter la pression. Plus fort, plus profond, directement dans la gorge de Josh. Il était si proche, bon sang. Si Josh avalait, il était fichu.

— Tu veux en finir ? dit-il avec un cri étranglé. Alors, transforme-toi en loup ! Fais-le, bon sang.

Il sentait la prise des mains de Josh, dures comme des serres sur ses hanches. C'était stupide, stupide, stupide de le pousser si fort alors que le jeune homme avait ses mâchoires autour de son sexe. Mais Nero ne connaissait pas d'autre moyen. Il n'y avait qu'une seule chose à faire, un jeu de domination restant dans son arsenal. Il se pencha et mordit le côté doux de la cuisse de Josh. Il ne fit pas couler le sang, mais il s'en approcha. Et brusquement, Josh le suça comme s'il voulait le traire.

Il le suçait rapidement, encore et encore, et Nero perdit le contrôle. Il entra en éruption comme un adolescent avec son premier orgasme. Le corps de Josh changea sous lui alors qu'il tremblait encore de la force de son éruption. Au début, il crut que les picotements venaient de son propre orgasme, mais c'était la magie et Josh en pleine transformation. Nero était toujours en phase orgasmique, son sexe pompant le sperme en pulsations extatiques. Il avait à peine les moyens de comprendre ce qui se passait et aucune capacité pour s'y adapter.

En une fraction de seconde, il était couché, sexe en premier dans la gueule d'un loup. Puis celui-ci l'éjecta avec toute la puissance d'un loup-garou. Nero vola sur le côté et atterri sur ses fesses contre la tête de lit. Il rebondit parce que c'était un matelas, puis il haleta parce que plus de 45 kilos de loup se dirigeaient soudainement vers sa gorge.

Il voulait dire quelque chose, mais il n'avait plus de souffle.

— Josh…, fut tout ce qu'il réussit à sortir.

Puis il n'y eut plus de conversation lorsque le jeune loup-garou heurta fortement le cou de Nero avec sa mâchoire.

Une morsure et celui-ci était mort. Il ne pourrait pas se transformer assez vite pour se remettre d'une gorge arrachée. Il n'avait même pas la force de crier, alors il resta allongé, attendant la mort.

Un souffle. Deux.

Des yeux orange brûlant dans une longue face de loup noir le fixaient. Puis l'animal leva soudainement la tête et hurla.

Le triomphe se répercutait dans le son. Joie, extase, et oui, pure puissance dominante. Tout y était, remplissant la pièce jusqu'à ce que Nero le rejoigne, arquant son cou et libérant le son à gorge pleine. Bien sûr, il était humain, mais cela n'avait pas d'importance. Il reconnaissait le hurlement d'un compagnon de meute, et rien ne l'empêcherait de le rejoindre.

Josh l'avait fait. Il était redevenu un loup, et il était temps de fêter cela.

Ils eurent besoin d'un bon moment pour cesser de hurler. Assez long pour que Wiz frapper à leur porte.

— Nous avons compris, cria-t-il. Vous avez pris la deuxième place. Maintenant, fermez-la !

Josh tourna simplement la tête et hurla encore plus fort pendant que Nero riait. Ils se calmèrent finalement tous les deux, Nero se calma suffisamment pour donner une tape sur le nez de Josh.

— Écoute, petit. Et si je te montrais combien la neige est amusante pour un loup,

Il le poussa et put voir le loup se débattre pour retrouver son équilibre. Deux pieds, quatre pattes ? Les nouveaux loups n'arrivaient jamais à s'en souvenir. Ils étaient comme des chiots trop grands quand ils essayaient de comprendre.

Nero voulait plus que tout courir dehors comme un loup, mais il avait la responsabilité de veiller sur Josh. Toutes sortes de mauvaises choses pouvaient encore se produire avec les nouveaux loups-garous, et il serait mieux à même d'aider en tant qu'humain. Mais cela ne signifiait pas qu'il ne pouvait pas s'amuser.

— Dix minutes, dit-il à Josh.

Puis il se rendit à la salle de bains et se nettoya. Cinq minutes après, il était habillé et ils sortirent tous les deux.

L'air était vif, une nouvelle couche de neige tombait, et Josh ne perdit pas de temps à courir sur le sol gelé afin d'attraper les flocons entre ses mâchoires.

Nero joua avec lui exactement comme il l'avait fait avec sa meute. Il tacla le loup, il roula sur le sol avec lui, et ils jouèrent à la lutte à la corde avec des bâtons. Josh avait besoin de vivre pleinement l'expérience animale, et Nero avait besoin de se rappeler à quel point il pouvait être amusant d'être en vie.

C'était le jour le plus glorieux de sa vie.

Jusqu'à ce qu'il se souvienne du pire.

XVI

QUI SAVAIT que c'était si amusant d'être un loup? Josh n'avait jamais ressenti autant de joie pure que lorsqu'il courait avec Nero en mangeant des flocons de neige. Soudain, son corps n'était plus une réflexion après coup, mais un plaisir. Les choses les plus simples étaient toutes neuves. En supposant qu'il se souvienne qu'il avait quatre pattes et non deux pieds. Il pouvait plonger et pivoter comme un athlète professionnel. Il pouvait sauter en l'air et tout sentir. Il y avait tant d'informations dans le monde si seulement il reniflait. Le pin et le lapin, la sueur humaine, et l'odeur musquée du sexe. Oui, c'était génial! Même cela, ce n'était rien comparé à jouer au tir à la corde avec Nero. Il saisissait juste un truc et tirait pendant que Nero tenait l'autre bout. Ce n'était pas très compliqué, mais il aimait cela à un niveau insensé. Il *adorait* cela.

Mais plus que tout – dans l'univers des plus que tout – il adorait le son du rire de Nero. Quand cet homme se laissait aller, son rire était une profonde explosion de bonheur dans le ventre. Ce son pouvait remplir un trou noir jusqu'à l'éclatement, et plus Josh culbutait, sautait ou roulait, plus Nero remplissait le monde de joie. Il aurait pu rester dehors pour toujours.

— Il est temps d'y aller, Josh.

Non, non, non! Il était trop occupé à enfoncer son nez dans un monticule de débris. Les odeurs étaient incroyables et un peu dégoûtantes, mais cela ne le décourageait pas. Mais Nero le fit en lui donnant un coup de bâton sur les fesses.

Ha! il en faudrait bien plus que cela pour qu'il s'arrête. Il y avait une odeur bizarre plus profondément dans ce tas de n'importe quoi. Une sorte d'animal…

— C'est un putois que tu sens. Je ne pense pas que tu veuilles le poursuivre.

Il eut besoin d'un moment pour que les mots s'imprègnent, mais il s'arrêta lorsqu'ils l'eurent fait, et il recula afin de fixer Nero qui riait.

— D'accord, d'accord, tu m'as eu. Ce n'était pas une moufette. Je n'ai aucune idée de ce que tu sentais, mais tu dois rentrer maintenant et manger quelque chose. Tu vas en avoir besoin avant de devenir humain.

La nourriture avait l'air intéressante. Même si son côté humain était révolté à l'idée de plonger son nez dans un bol de croquettes, le reste de son être était de plus en plus intéressé par tout ce qui était comestible. Et étant donné ce qu'un loup mangeait habituellement à l'extérieur, peut-être que ce que Nero lui donnerait à manger serait pour le mieux.

Il souffla un peu et inclina son menton.

— C'est par là, indiqua Nero.

Il se retourna et se dirigea vers la maison tandis que Josh faisait les cent pas à côté de lui. Ce dernier se sentait fatigué maintenant que Nero avait attiré son attention sur cela. Sa queue s'affaissait et…

Sa queue ! Il avait une queue qu'il pouvait remuer. N'était-ce pas cool ?

Il tourna sur lui-même, faisant de son mieux pour regarder sa propre queue. Il essaya de garder cette position pendant qu'il la remuait, mais c'était difficile à gérer. Il finit par tourner sur lui-même et à se tortiller pendant que Nero se tenait les côtes en riant. Josh aurait abandonné rapidement, mais c'était bon d'entendre une telle légèreté de la part de cet homme. Et pas seulement pour le bien de Nero. Josh n'avait jamais rendu quelqu'un aussi heureux. Pas ce genre de rire étourdissant qui le remplissait de lumière. Cela le guérissait au plus profond de lui, à un endroit où il n'avait pas réalisé avoir besoin d'attention.

Alors il continua à tourner et à remuer jusqu'à ce qu'il soit étourdi par ses propres pitreries. Un corps énorme le plaqua juste au moment où il allait poser ses fesses, et ils roulèrent. C'était Nero, qui émettait de faux grognements alors qu'ils dégringolaient dans la neige. Josh riposta, et il ne fallut pas longtemps pour qu'ils se retrouvent tous les deux à plat ventre et haletants.

— Doux Jésus, s'exclama Nero en jetant un coup d'œil à Josh. C'est ce que ma grand-mère avait l'habitude de dire. Doux, beau, éternel Jésus, tu me fais rire !

Il tendit une main et l'enfouit dans la fourrure de Josh. Puis il regarda le ciel et continua à parler, sa voix mélangée à ce rire qui avait illuminé l'âme de Josh.

— Pauly avait l'habitude de courir après sa queue. Il aimait être dans son corps de loup comme toi.

Josh tressaillit et Nero devina correctement ses pensées.

— Je sais que tu aimes ça, bien sûr. Personne ne chasse les flocons pendant deux heures sans aimer ça.

Cela faisait-il deux heures ? Il ne s'en était pas rendu compte. Il le sentait à peine, avec toute sa fourrure, mais Nero devait être gelé. Mais l'homme semblait tout à fait à l'aise avec la température. Cela donnait un rose sain à ses joues.

— Il avait été transformé depuis un mois et avait passé la plupart du temps en tant que loup. Puis il a commencé à courir après sa queue, à essayer de la mordre. Il disait que ça le démangeait.

Il empoigna la fourrure de Josh et le secoua. C'était un geste affectueux et le jeune loup-garou fut surpris de voir à quel point il l'appréciait.

— Tu peux deviner ce qui s'est passé. Il avait des puces. Nous avons dû tout enfumer. Merde, Carla était vraiment énervée, dit-il en jetant un regard à Josh. Son jumeau, Wes, et elle, sont les propriétaires de la demeure. Ils sont tes parents éloignés.

Vraiment, Josh se redressa et essaya de se souvenir du couple de ses recherches, mais il ne réussit pas à y penser pendant que Nero continuait de parler de Pauly.

— Nous avons bien sûr commencé à l'appeler Fleabag. Il détestait cela, mais personne ne change son nom ici. Personne. Ça lui a pris deux ans de négociations et de paris secrets. Ce sont les règles. Tout le monde doit être d'accord sur un changement de nom. Il a gagné des paris, fait des corvées et nous a fait jurer de garder le secret jusqu'à ce qu'il ait les votes pendant deux ans. J'ai été le dernier à tomber. Il m'a battu au tir, je pèse dix-huit kilos de plus que lui, mais il m'a fait boire jusqu'à rouler sous la table, dit-il en riant. Il a demandé un vote après que j'ai dessaoulé, et un par un, nous avons dû accepter qu'il change de pseudo. Nous n'avons toujours pas trouvé un nouveau nom. J'insiste pour Fleatbitten, mais Mother est partiale…

Il se tut et le doux massage de la fourrure de Josh cessa. Nero s'était totalement figé.

Josh eut besoin d'un moment pour en comprendre la raison, puis il se sentit stupide de ne pas l'avoir réalisé plutôt. Pauly Fleabag était mort. Comme Mother et le reste de l'équipe de Nero. Il avait parlé comme s'ils étaient mission ou quelque chose comme ça, pas comme s'ils étaient morts et disparus.

Nero avait oublié pendant quelques minutes que sa meute était morte, et il était figé par le choc maintenant qu'il s'en souvenait.

Josh n'aurait pas su quoi faire en tant qu'humain. En tant que loup, l'instinct le poussa à ramper plus près de Nero, à embrasser le cou de l'homme et à lécher doucement son visage. Nero le permit pendant un moment, assez longtemps pour que Josh goûte le sel et ressente un chagrin si profond qu'il imprégnait l'air qu'ils respiraient.

Josh gémit. Il devait donner un son au désespoir. Il aurait hurlé s'il en avait eu le souffle, mais être allongé si près de l'autre homme bloquait sa gorge.

Ce fut ce son qui ramena Nero dans le présent. Il s'éloigna brusquement de Josh en le poussant fortement.

— Ne prends pas tes aises avec moi. Tu n'es pas un chien, et je suis sûr de ne pas avoir ramassé ton cul galeux à la fourrière, grogna-t-il. Rentre à l'intérieur. Tu dois manger et j'ai besoin d'une douche chaude après m'être gelé le cul pendant que tu chassais les flocons comme un chiot idiot. Tu dois t'occuper de cette bombe incendiaire maintenant. Je n'arrive pas à croire que je t'ai laissé perdre du temps dehors.

Les mots étaient comme une gifle au visage. Bon sang, il n'aurait pas pu blesser plus Josh s'il lui avait donné un coup de pied, même si ce dernier savait que la réaction de Nero venait de la douleur et du chagrin. Il agissait comme tout le monde quand il souffrait. Cela n'atténuait pas la piqûre, et cela entachait certainement la joie de l'après-midi.

Alors Josh exprima cela de la seule manière qu'il pouvait à ce moment-là. Il bondit sur ses pattes et aboya sur Nero. Il enchaîna avec quelques autres aboiements de frustration lorsque celui-ci sauta en arrière de surprise. Merde, il avait besoin de pouvoir parler à cet instant. Mais il ne pouvait imaginer ce qu'il dirait en tant qu'homme, alors il continua à aboyer, comme si cela rendait tout plus clair.

C'était peut-être le cas, car l'expression de Nero s'adoucit.

— Tu as raison, dit-il en passant une main sur son visage. Je suis un crétin.

Non, ce n'était pas du tout ce que Josh voulait dire. Nero s'était comporté comme un crétin, mais cela venait de la douleur. Josh le savait. Il avait voulu aider, mais Nero n'était pas prêt à laisser quiconque le réconforter. Bon sang, cela avait été évident dès le premier moment où il avait permis à Josh de s'énerver sur son visage. Pourtant, cette douleur faisait souffrir Josh intérieurement. Le rire de Nero avait éclairé une partie obscure du jeune homme. Et maintenant la douleur de l'homme faisait pleurer cette partie intérieure. Josh voulait lui donner un peu de réconfort, mais Nero n'était pas prêt à le laisser entrer.

Nero se détourna et marcha lourdement jusqu'à la demeure. Josh essaya de changer cela, il aboya, mais Nero l'ignora. Puis il se précipita en avant et dansa devant l'homme, l'invitant à jouer. Il tourna même sur lui-même et essaya d'attraper sa queue. C'était tout ce qu'il pouvait penser à faire, mais rien ne fonctionnait. Nero lui tapota simplement la tête et ouvrit la porte de la résidence.

— Je vais te chercher de la nourriture. Tu dois tout manger et boire l'équivalent d'une baignoire d'eau. Je te montrerai la porte des loups pour que tu puisses faire pipi dehors.

Quoi ? Pas moyen. Il utiliserait les toilettes comme un homme. Mais il ne put retrouver son corps humain lorsqu'il essaya. Oh merde. Comment...

— Je sais que tu veux redevenir humain, mais reste loup un moment. Tu as beaucoup de choses à assimiler sur le fait d'être lupin. Tu penses que c'est évident, mais certains chiots ont du mal. Apprends cela maintenant. Mange autant que tu peux. Tu sais à quel point c'est difficile de manger une fois revenu à l'état humain, alors apporte tes calories de cette façon. La porte des loups est juste là.

Josh voulait argumenter, mais il n'avait pas de voix, et Nero le mitraillait d'informations. Il écouta avec autant de concentration que possible la manière d'ouvrir la porte des loups. Il y avait un clavier conçu pour la truffe des loups, puisqu'un lecteur de paume ne fonctionnerait évidemment pas, mais il était assez difficile d'appuyer avec le bout de sa truffe. Cela le faisait loucher et lui donnait mal à la tête.

— Je vais réchauffer de la nourriture pour toi, et non, ce n'est pas de la pâtée pour chien. C'est mon propre mélange de bœuf haché, de vitamines et de légumes verts. Je l'ai préparé pour que ce soit digeste pour ton estomac, mais je pense qu'après quelques jours, tu seras capable d'avaler presque tout.

Quelques jours ? Josh aboya fort à ce sujet, mais Nero agita la main.

— Oui, quelques jours. Tu en as besoin. Tu pourras retourner à tes recherches une fois que tu seras pleinement investi en tant que loup.

Josh renifla.

— Ce ne sont pas des conneries, répondit Nero. Yordan pousse Bing pour ses propres raisons. Les miennes me disent que tu as besoin de temps et de calories en tant que loup.

Puis il soupira.

— Mais peut-être que, si tu fais tout ce que je te dis aujourd'hui, je peux t'aider à redevenir humain demain. J'ai vraiment besoin d'un moyen de désamorcer cette bombe incendiaire, Josh. Et j'en ai besoin rapidement, dit-il ses yeux gris prenant un air distant. Tu te souviens du lac où l'explosion a eu lieu ? Le lac... bon sang, je ne m'en souviens que comme le lac Wacka Wacka. Captain M dit qu'il est empoisonné maintenant. Tout ce qui s'y trouve est mort. Le cyanure a atterri dans l'eau d'une manière ou d'une autre ? Nous le ferons sauter pour tuer le démon, mais nous ne sommes pas sûrs à 100 % que cela fonctionnera. Nous ne pouvons même pas trouver la chose.

Il se reconcentra sur Josh.

— Découvre comment nous pouvons survivre à cette explosion de feu. Ensuite, tout peut revenir à la façon dont c'est censé être.

Josh émit un faible grognement de frustration. Ce que Nero voulait était impossible.

— J'ai besoin que tu essayes. Que tu essayes vraiment.

Josh jappa son accord.

— Mais pas aujourd'hui. Tu as besoin de temps en tant que loup, et je...

Il secoua la tête.

— J'ai besoin d'une pause aussi. J'ai juste... besoin d'une pause.

Ce fut cela, plus que toute autre chose, qui fit céder Josh. La douleur de Nero était réelle et brute. Il avait besoin de faire son deuil, pas de jouer au dog-sitter avec un nouveau loup. Bien sûr, c'était douloureux qu'il ne veuille pas que Josh l'aide, mais parfois un homme devait panser ses plaies en privé.

Donc il ne discuta pas. Il maîtrisa l'utilisation du clavier canin. Il mangea tout son bœuf haché et ses légumes. Il sortit même et comprit certains mécanismes derrière un buisson. Mais alors qu'il regardait le ciel nuageux, il souffrait pour Nero qui l'avait aidé à chasser les flocons de neige, à tirer sur un bâton avec lui, et à frotter son arrière-train. Parce que, bon sang, sa queue le démangeait.

Il ne s'en remettrait jamais s'il avait des puces, bon sang.

Pire encore, il ne pouvait même pas raconter la blague à Nero, parce que l'homme s'était rendu dans sa chambre et avait fermé la porte à double tour.

XVII

NERO ÉTAIT assis à son bureau, fixant une photo de son équipe au dernier barbecue. Il se torturait – il le savait. Les souvenirs étaient douloureux et merveilleux à la fois. Ils lui manquaient. Il s'ennuyait de ce qu'il était quand il était avec eux. Il voulait vraiment leur présenter Josh. Ils l'apprécieraient. Ils le taquineraient sans pitié, et il le ferait probablement quelque chose à la nourriture pour rendre tout le monde orange, et juste comme ça il ferait partie de la meute.

Mais il n'y avait pas de meute en ce moment, et il était perdu sans elle.

On frappa à sa porte.

— Pas maintenant, grogna-t-il.

La porte s'ouvrit quand même, bien qu'elle soit verrouillée. Une seule personne pouvait le faire, et c'était le dernier alien que Nero voulait voir.

— Pas maintenant, Gelpack.

— C'est l'heure convenue.

— Nous n'avons pas rendez-vous, dit Nero en fronçant les sourcils.

— C'est l'heure convenue. Captain M m'a dit de vous rappeler que c'était l'arrangement. J'ai gardé les nouvelles recrues…

— Pas toutes.

— Et vous devez me parler de vos sentiments.

— Bien. J'ai *le sentiment* que vous devez partir d'ici.

— Vous ne devez pas vous préoccuper de ma sécurité. En fait, Captain M m'a dit que je devrais m'offrir comme votre punching-ball.

— Excellente idée.

Nero se jeta de sa chaise, poing en avant. Il traversa Gelpack pour se cogner douloureusement contre la porte. Puis il se maudit d'avoir été idiot, car il savait que cela arriverait. Un très vague résidu de quelque chose resta sur sa main palpitante, et derrière lui, Gelpack se reforma simplement, le trou de la taille d'un poing disparaissant. Il s'était demandé si la surprise faisait une différence contre la créature. Il savait maintenant que non.

— Bien, dit-il, toute envie de combattre ayant disparu de son corps. Que voulez-vous savoir?

— Je souhaite discuter de vos sentiments.

167

Oh, génial.

— Que voulez-vous savoir ?

— Décrivez-les-moi à l'instant présent, s'il vous plaît. Incluez autant de descriptions physiques que possible.

— Je sens les vêtements sur mon corps. Ils me démangent en ce moment.

Il portait son bas de survêtement le plus doux, mais cela le dérangeait quand même. Tout le dérangeait en ce moment.

— Je suis en colère contre vous parce que je veux qu'on me laisse tranquille.

À part qu'il venait d'être seul et qu'il réalisait que se plonger dans la misère n'était bon pour personne.

— J'ai l'impression que ce serait bien que ma main cesse de me faire souffrir rapidement, sinon je devrais me transformer, et je suis trop fatigué pour le faire. Et c'est une autre chose, dit-il en fixant son lit. Je me sens tellement fatigué, même mes cheveux ont besoin de se reposer.

— Comment les cheveux peuvent-ils se sentir fatigués ? Les cheveux n'ont pas de nerfs pour ressentir.

— Ils sont lourds, d'accord, répliqua Nero en soupirant. Comme si chaque cheveu tirait mon cuir chevelu vers le bas et que je suis trop fatigué pour rester debout.

— Pourquoi ne vous allongez-vous pas ?

— Parce que j'ai la bougeotte depuis que je l'ai fait, expliqua-t-il avant de joindre le geste à la parole, s'allongeant sur le dos et fixant le plafond. Heureux, maintenant ?

— Je ne connais pas le bonheur comme vous. C'est pourquoi je suis ici : pour apprendre comment vous le vivez.

— Si je le savais, alors je serais heureux, n'est-ce pas ?

— Le seriez-vous ?

— Bien sûr que je le serais. Personne n'a envie de sentir mal.

— Mais vous saviez que votre main vous ferait souffrir après m'avoir transpercé jusqu'à la porte, et vous l'avez quand même fait. Quelles actions vous apportent habituellement du bonheur ?

Jouer avec ses compagnons de meute. Manger une tonne de hamburgers à un barbecue. La salade de pommes de terre de Mother. Une bouchée de ce plat et il était au paradis.

— Tuer ce foutu démon.

— Comment vous sentirez-vous lorsque vous aurez accompli ça ? Quel sera votre bonheur ?

Il s'imagina en train de détruire cet enfoiré armé au sang brillant. Il s'imagina lui arracher la gorge, tirer et exploser sa tête en mille morceaux, faire exploser une bombe atomique dans son cul. Mais chaque fois qu'il le détruisait, il revenait dans sa tête. Il voyait chaque détail de cette chose sans émotion, de ses yeux morts à la prise ferme qu'il avait sur son arme. Il étranglait, puis le décapitait avant de pisser sur ses restes.

Et pourtant, elle apparaissait dans son cerveau, vivante et entière, alors qu'elle réduisait toute son équipe en cendres.

— Calme, dit-il. Ça ressemblera au calme.

— Merci pour votre réponse, dit Gelpack alors que son bras semblait suinter autour de son corps afin d'ouvrir la porte.

C'était une vision troublante.

— C'est un phénomène courant, et je crois donc avoir trouvé un modèle.

— Quoi ? demanda Nero en levant la tête.

— Beaucoup de vos collègues ont dit que le bonheur vient du calme. Pourtant, vous vivez tous des vies si bruyantes.

N'était-ce pas la vérité ?

— Alors qu'en concluez-vous ? demanda Gelpack.

— Il faut que ce soit le bon bruit, dit Nero. Et le bon silence.

Il y avait eu un silence total après la mort de son équipe. Il était dans un état intermédiaire quand l'explosion s'était produite. Puis il s'était reformé sur la terre brûlée et n'avait absolument rien entendu.

— Comment savez-vous lequel est le bon ?

Nero sentit un sourire cynique tordre ses lèvres.

— Par si oui ou non, ça me rend heureux.

Laissons l'homme en gelée le découvrir.

Mais au lieu d'être confus, l'alien hocha la tête comme si c'était parfaitement logique.

— Merci de partager vos sentiments avec moi.

Puis il ouvrit la porte et partit. Il aurait dû la fermer derrière lui, mais l'alien ne comprenait pas certains protocoles. Ou peut-être était-ce parce qu'un énorme loup attendait derrière et qu'il s'était frayé un chemin à l'intérieur au moment où Gelpack était passé.

— Josh, dit-il.

Il était sur le point de lui dire de sortir, mais il n'arrivait pas à trouver les mots. Au lieu de cela, il déclara l'évidence.

— Tu as entendu chaque mot, n'est-ce pas ?

Hochement de tête négatif.

— Bien, dit-il en se dirigeant vers son ordinateur. Alors, tu peux t'asseoir à côté de moi et regarder pendant que je cherche si ce démon a recommencé à manger des Wisconsiniens.

Cela prit quarante-huit minutes à Josh pour redevenir humain. Nero sentit la température de l'air baisser et il comprit immédiatement ce qui se passait. Il se retourna assez vite pour voir la lueur dorée juste avant que Josh ne se reforme en homme à quatre pattes.

— Bon sang, te regarder sur un ordinateur est comme regarder un enfant qui essaye de faire des maths avancées. Pousse-toi de là, s'exclama-t-il en s'accrochant au bureau et se redressant avant de pousser Nero.

Normalement, celui-ci aurait refusé de libérer la place par entêtement, mais Josh était sur le point d'être pris de vertige à force de se transformer et avait besoin de s'asseoir. Il sauta donc de son siège et guida l'homme sur celui-ci. Puis, avant qu'il ne puisse dire quoi que ce soit, Josh posa ses mains sur le clavier et commença à taper. Nero essaya de suivre, mais des fenêtres apparaissaient et disparaissaient plus vite qu'il ne pouvait suivre. Il en déduisit que Josh était en train de coder quelque chose, mais il n'avait pas les compétences pour le comprendre.

— Je vais te chercher de la soupe.

— Je n'en ai pas besoin, grommela Josh.

— Te regarder apprendre à être un loup-garou, c'est comme regarder un bambin qui essaye de préparer le dîner. Tu vas manger ce que je mets devant toi ou je te retire ton temps d'écran.

Josh se tourna pour le fixer, ses doigts s'immobilisant momentanément. Puis il acquiesça.

— Je coderai, et tu t'occupes de la nourriture. Marché conclu ?

— Marché conclu.

Une voix féminine s'éleva alors, forte et agacée, depuis l'espace de vie principal.

— Vous savez que je peux coder et vous cuisiner tous les deux ivre morte, n'est-ce pas ?

Nero regarda Josh, qui crispa son visage dans une expression « comme si ».

— Défi accepté, dirent-ils ensuite comme un seul homme.

170

Josh se remit à taper un moment plus tard et Nero se dirigea vers la cuisine. Stratos le toisa au passage, sa main agrippant un stylo là où il reposait sur la pile de paperasse de Yordan.

— Je ne peux pas t'aider, dit-il doucement. Wiz doit…

— Allez-vous faire voir, lâcha-t-elle.

Puis elle ferma brusquement les yeux et souffla.

— Désolé. Je suis énervée, et je déteste ça. Je déteste tout ce qui se passe ici.

Nero était sur le point de dire quelque chose, mais Gelpack le devança. Il n'avait même pas vu l'extraterrestre dans la pièce, mais celui-ci se redressa d'une chaise et vint se placer en face de Stratos.

— C'est l'heure de votre rendez-vous, dit-il, expliquez-moi « énervée » avec le plus de détails possibles.

Stratos dévisagea l'être gélatineux, et pendant un moment Nero pensa qu'elle allait le frapper. Au lieu de cela, elle se leva et se retrouva nez à nez avec l'alien.

— Arg ! hurla-t-elle ensuite en plein dans son visage.

Nero rit – un vrai rire – surprenant tout le monde dans la pièce, surtout lui-même. Comment diable avait-il trouvé le bon équilibre entre le calme et le bruit ?

Deux semaines plus tard, Josh faisait exploser le laboratoire.

XVIII

JOSH NE pouvait pas respirer, mais c'était seulement parce qu'il toussait beaucoup. Il expulsait de faibles bouffées d'air remplies de l'horrible puanteur des produits chimiques transformée en vapeur ou en cendres ou quelque soit le truc qu'il respirait.

Un visage apparut, ce qui était vraiment surprenant parce que ses yeux larmoyaient tellement qu'il ne pouvait rien voir. Mais ensuite Nero apparut tout flou, ainsi que ses mots à travers le gémissement aigu qu'il avait ignoré.

— Transforme-toi, espèce de pyromane. Redeviens humain, tout de suite !

Nero avait cette note alpha dans sa voix, alors Josh lutta pour s'y conformer. Il aurait préféré rester allongé ici et continuer à tousser comme un perdu. Mais cela devenait trop douloureux, alors il pouvait tout aussi bien réparer cela.

Il rassembla son énergie et revint dans son corps humain. C'était une transition en douceur maintenant, grâce à beaucoup d'entraînement.

En quelques éternités d'effort, son corps se reforma et il put prendre une grande respiration.

Puis il se remit à tousser. Merde, ce qui se trouvait dans l'air empestait suffisamment pour faire frémir d'horreur son nez humain. Qu'est-ce que c'était ?

Oh, bon sang. Il se souvenait. Ce qui puait était son nouveau composé résistant au feu qui avait en effet empêché son mannequin de test d'être grillé par le lance-flammes de Stratos et Laddin. En fait, cela avait parfaitement fonctionné… jusqu'à ce que le tout se déstabilise et fasse boum.

— Ne respirez pas, râla-t-il. Toxique.

Il n'était pas sûr que ce soit vraiment toxique, mais il n'y avait aucune raison de prendre des risques stupides. Ou plutôt de prendre *plus* de risques stupides.

— Oui, nous avons deviné, répondit Nero. C'est pour ça que nous avons traîné ton cul galeux dehors. Pourquoi diable faisais-tu exploser ce truc en tant que loup.

172

Parce que ses sens étaient plus aiguisés en tant qu'animal. Une partie des tests consistait à voir comment les choses affectaient les gens qui les utilisaient. Et les gens qui pourraient utiliser sa protection anti-feu étaient des loups-garous. Où ils l'auraient utilisé… si cela avait fonctionné.

— Stratos?

— Elle va bien. C'est pour toi que tout le monde s'inquiétait. Tu étais le plus proche du boom. Qu'est-ce que tu fais à fabriquer des composés explosifs? Tu es censé trouver un moyen de survivre à une bombe incendiaire, pas créer…

— C'était mon composé ignifuge, grogna-t-il.

Cela fit taire Nero assez longtemps pour que Josh se retourne sur le dos et fixe le panache de fumée gris-bleu qui s'élevait dans le ciel bleu du Michigan. Il vit une Stratos roussie assise à quelques pas de là et Wiz qui le regardait d'un air meurtrier.

— Vous avez dit que c'était sans danger, dit le magicien.

Oui, il l'avait cru. Mais la culpabilité le poussa à répondre de manière désinvolte.

— Nous ne sommes pas morts.

— Parce que vous avez eu de la chance!

Oui, il en était conscient. Puis son regard se posa sur Stratos, et il l'étudia de la tête aux pieds. Elle était belle, d'une manière carbonisée et fripée. Elle lui adressa un signe du pouce enjoué lorsqu'elle se rendit compte qu'il la regardait.

— J'ai toujours voulu vivre une explosion, dit-elle. Maintenant, je peux rayer ça de ma liste de choses à faire avant de mourir.

— Content d'avoir pu aider, répondit-il.

Sa voix était légère, mais Stratos et lui avaient développé une sténographie au cours des jours où ils avaient effectué des recherches ensemble.

Il baissa la tête pour s'excuser, et elle renifla et haussa les épaules en un geste «tout va bien».

Puis elle agita la main.

— Ce dont je ne me remettrai pas, c'est de voir toutes tes parties intimes à l'air libre. Couvre-toi, d'accord? Une fille doit manger, et je ne peux pas effacer cette horreur ratatinée de mon cerveau.

Oh, merde. Oui, il était allongé là tout nu. Nero avait de l'avance sur lui et il le couvrait déjà avec une couverture. Puis après un regard noir, il se débarrassa de son sweat-shirt pour le donner à Josh.

— Peux-tu t'asseoir ?

— Oui, répondit Josh après une dernière toux faible. Je vais bien.

Quelques minutes plus tard, il était assis, buvait du bouillon et portait le sweat-shirt de Nero qui ne semblait plus avoir envie de le couvrir d'une autre couverture. Il avait commencé à prendre du poids au cours des dernières semaines. Il n'avait plus l'impression d'être un gringalet de 90 kilos à côté de lui, quand bien même Nero serait toujours plus grand et plus large.

Il continua à boire son bouillon tandis que d'autres passaient afin de prendre des nouvelles. Captain M et Happy lui jetèrent respectivement un regard sévère et amusé, puis descendirent pour inspecter les dégâts. Bing et Yordan passèrent devant lui, suivant la capitaine, sans lui adresser un regard. Wiz lui lança un dernier regard avant d'emmener Stratos dans l'aile des écuries de leur résidence. Il resta donc seul dehors avec Nero en ce qui aurait dû être une journée spectaculaire, s'il ne regardait pas le panache de fumée qui s'échappait encore des fenêtres soufflées du laboratoire.

— Josh… dit Nero, mais celui-ci le coupa.

— Laisse tomber, d'accord ? Je sais que j'ai merdé. Ça arrive. En fait, ça arrive souvent avec moi, alors habitue-toi ou envoie-moi faire mes valises. Je ne suis pas celui qui résoudra ton problème. Tu as choisi le mauvais geek pour devenir à poils.

Merde, jamais les mots n'avaient autant brûlé dans sa bouche. Il voulait être l'homme qui réparait les choses, qui avait les réponses, qui venait avec la technologie qui sauvait la journée. Bon sang, cela faisait des semaines qu'il prenait son pied avec ce fantasme. C'était ce qui le faisait travailler tard dans la nuit, et c'était l'image lumineuse qui remplissait son esprit lorsque les chiffres ne correspondaient pas.

Mais il savait que c'était un fantasme, maintenant. Il n'était pas un brillant chimiste. Il n'était même pas bon, juste un chimiste peu orthodoxe qui prenait des risques stupides, poussait les choses au-delà des limites de sécurité, et avait failli se vaporiser avec Stratos. Il était un tel idiot, bon sang.

— Vous devriez probablement me renvoyer chez moi, dit-il d'un air sombre, sachant que c'était vrai, mais espérant vraiment, vraiment que cela n'arriverait pas.

— Oui, répondit Nero en écho en s'ajustant derrière Josh.

C'était ainsi qu'ils s'asseyaient souvent une fois que Josh était redevenu humain. C'était toujours agréable de s'adosser contre Nero et laisser le grand homme l'entourer même s'il n'avait pas besoin d'un orgasme complet pour le ramener dans son corps.

— Je peux voir pourquoi tu penses ça, mais il y a quelque que tu n'as pas pris en compte.

— Oui ? Qu'est-ce que c'est ?

— Personne ne pense que tu vas réussir. Donc tu fais ce qu'ils attendent en faisant exploser le labo.

Josh eut besoin d'un moment pour assimiler cela, mais lorsqu'il l'eut fait, ce fut comme un nouveau coup de poing dans le ventre.

— Eh bien, bon sang, merci, Coach. Dois-je aller m'ouvrir les veines maintenant ?

Nero pinça fortement la cuisse en réponse.

— Aïe !

— Ne t'énerve pas. *Écoute.*

— Je ne peux pas t'entendre à cause de l'élancement dans ma jambe, protesta Josh en frottant le côté de sa cuisse.

— Conneries. Tu adores ça.

Eh bien, peut-être. Le sexe brutal était un des meilleurs accès du fait d'être un loup-garou. Douleur et plaisir se mélangeaient en une cascade de sensations, et si cela devenait incontrôlable, ils guérissaient vite tous les deux. En plus, cela n'était jamais *devenu* incontrôlable.

— Bien, grommela-t-il. C'est dur d'écouter avec mes parties inférieures *palpitantes.*

Ce qui était vrai. Son érection était déjà lourde contre sa cuisse, et il ne portait rien sur sa moitié inférieure à part la lourde couverture. Ce serait si facile de commencer à se frotter en arrière contre…

— Ce n'est pas ce dont tu as besoin en ce moment.

— En es-tu sûr ? demanda Josh, se pressant contre le sexe chaud de Nero sans se décourager.

— Veux-tu bien arrêter ? Je suis sur le point de te dire quelque chose que tu ne sais pas.

— Ha. Je sais tout.

C'était un mensonge, évidemment, mais cela faisait du bien de reprendre leur badinage habituel où il était le plus intelligent et Nero le plus stupide. C'était totalement faux. Nero était incroyablement intelligent sur les gens d'une manière que Josh ne pouvait qu'imaginer, mais c'était agréable de faire semblant.

— Vas-y, Obi-Wan. Apprends au jeune Padawan.

Nero ne répondit pas à la plaisanterie. Au lieu de cela, il continua comme si Josh n'avait pas parlé. Cela faisait aussi partie du schéma.

— Savais-tu que le premier loup-garou de ta lignée est toujours vivant?

— Conneries, rétorqua Josh avec un grognement. Le premier loup-garou de ma lignée est né au début des années 1800. J'ai vérifié.

— Oui. Et sa mère et lui sont toujours en vie, dit Nero en s'adossant au banc, ajustant sa position de manière à avoir un appui dorsal tout en parvenant à border Josh. Sa mère est… différente. Elle est le pouvoir magique de la lignée, et d'où elle le tire est bien au-delà de mon cerveau. Mais lui — selon ses propres mots — a été un raté dès le début.

Josh parcourut mentalement les premiers rapports qu'il avait lus pour trouver une mention de ses ancêtres. Il y avait tout un tas d'adoration de héros pour un homme nommé…

— As-tu déjà lu quelque chose sur Wulfric et sa mère, Lovina?

— Bien sûr. Ce sont eux qui ont négocié l'alliance entre les faes et les métamorphes à la fin des années 1800.

Nero acquiesça.

— Oui. Ils sont toujours en vie. Elle est née à la fin du dix-huitième siècle. Il est né en 1815, je crois.

— Impossible.

— Ils gardent le silence la plupart du temps, et ne sortent que lorsque cela se gâte. Cela signifie que tu risques de les rencontrer plus tôt que tard, au rythme où vont les choses. Bref, selon, Wulfric, il a foutu en l'air tout ce qu'il a touché pendant une centaine d'années ou plus.

— C'est de la modestie.

— Non, c'est un fait. Sais-tu pourquoi nous ne faisons jamais d'affaires avec les faes?

— Parce qu'ils ont leurs propres objectifs?

— Parce que Wulfric en a baisé un, et que les faes ont la mémoire longue.

— Ouch.

— Le fait est que, d'après ton propre ancêtre vivant, les ratés sont les seules personnes qui arrivent à faire quelque chose parce qu'ils pensent différemment. Ils ne voient pas ou ne comptabilisent pas les risques, et tout le monde les sous-estime.

— Ce qui est une façon vraiment tordue de choisir un coéquipier.

Nero gloussa, un petit rebond dans sa poitrine qui bouscula la tête de Josh.

— Oui, eh bien, il ne t'a pas choisi. C'est moi qui l'ai fait. Et je pense que le meilleur moyen – le seul moyen – pour que tu trouves la réponse est que nous nous écartions de ton chemin. Toi y compris.

— Tu comprends que je viens de faire exploser le sous-sol, n'est-ce pas ?

— Oui, je sais, répondit Nero en soufflant. Ça me fout la trouille. Mais Josh, tu dois comprendre que nous ne nous attendons pas à ce que tu réussisses, et c'est pourquoi tu le feras.

N'était-ce pas une tournure de phrase intelligente ? Dommage que cela n'apporte rien à son estime de soi. Il ne voulait pas être un raté. Il voulait sauver le monde pour Nero. Parce que ce dernier avait besoin d'un moyen pour survivre à une explosion de feu démoniaque, et Josh voulait être celui qui le lui donnerait. Mais il ne pouvait pas. Pas parce qu'il était un raté, mais parce qu'il n'était pas bon.

— Josh…

— Sais-tu pourquoi j'aime être un étudiant en doctorat ?

— Parce que tu aimes jouer avec des trucs qui font boom ?

— Il y a ça, mais il y a autre chose aussi.

Il prit une profonde inspiration, et dit finalement la seule chose qu'il admettait rarement pour lui-même, et encore moins devant quelqu'un d'autre.

— On échoue 99,99 % du temps dans un laboratoire universitaire. C'est normal. Nous essayons de nouvelles choses et nous supposons ce qui va se passer ensuite. Nous supposons mal la plupart du temps. Et même lorsque nous avons raison, c'est parce que nous avons fait quelque chose de farfelu, puis nous regardons en arrière pour comprendre comment cela s'est produit. Nous écrivons ensuite le papier en prétendant que c'était ce que nous avions prévu depuis le début.

— Et tu nous traites de foireux.

Josh renâcla.

— C'est pour ça que je n'ai jamais terminé ma dissertation. Je devrais aller dans le monde où on s'attend à ce que je réussisse dès que j'aurais écrit mon article. Contre toute attente, dit-il en se tordant afin de lancer un regard noir à Nero. Puis tu débarques dans ma vie parfaitement gâchée et tu me transformes en loup-garou où, BAM, tu veux que je suppose juste contre des probabilités encore plus ridicules. Et tu sais quoi d'autre ? Pour être sûr que je vais vraiment tout foutre en l'air, vous mettez la vie des gens en jeu. Si je foire, des gens bien vont mourir. Ta meute est morte.

Josh se retourna pour regarder le filet de fumée qui s'amincissait.

— Je ne suis pas fait pour ça.

Nero expira, son souffle chaud s'enroulant autour de l'oreille de Josh et ébouriffant ses cheveux. Puis il dit un seul mot.

— OK.

Josh retourna pour pouvoir regarder Nero en face. Il se redressa même pour étudier le corps de l'homme en détail. L'expression de l'homme était détendue, son corps dur et ses yeux affichaient une légère lascivité, probablement parce que le mouvement avait frotté fort contre son érection. Mais pour la première fois, Josh n'était pas le moins du monde intéressé par le sexe.

— C'est tout? OK?

— Veux-tu que j'essaye de te faire changer d'avis sur ce que tu ressens?

— Tu ne peux pas. Je suis nul.

— Et si je te suçais à la place? demanda-t-il avec un haussement d'épaules.

— Quoi? Tu n'as pas entendu, Nero? Depuis cette première soirée, tu me dis que j'ai été recruté pour résoudre ton problème d'explosion de démon. Je t'ai vu rôder à l'extérieur du labo à me regarder. Je t'ai vu prier – à genoux – pour que je trouve une réponse hier. Maintenant que je te dis que je ne peux pas le faire, tu me dis juste, laisse-moi te sucer? Combien de cette fumée as-tu inhalé?

Nero leva les yeux au ciel.

— Je ne priais pas. Je parlais à… il y a cet enfoiré de fae pompeux à qui je parle parfois. Il aime quand je suis à genoux, suppliant pour plus de temps.

Josh attendit un moment qu'il s'explique, mais rien d'autre ne vint. En fin de compte, il dut l'inciter à continuer à la fois verbalement et avec un coup de poing dans les côtes;

— Tu vas expliquer ça, hein?

— Non, parce qu'il n'y a rien à dire. J'ai sauvé la vie de ce crétin dans une bagarre de rue, une fois, et il me le doit. Euh, il me le devait. Temps du passé. Quoi qu'il en soit, les faes honorent leurs dettes, mais ils aiment quand vous êtes à genoux pour leur demander payer.

— Il y a beaucoup plus à l'histoire que cela.

— C'est sans importance, dit Nero en frottant son visage avec sa main. Josh, que penses-tu qu'il va se passer quand tu auras trouvé comment vaincre la bombe de feu ?

Josh fronça les sourcils. Il était assez clair que Nero cachait quelque chose, mais il savait qu'il n'en saurait pas plus maintenant. Il se laissa donc distraire et essaya de penser à son avenir. Jusqu'à présent, son objectif était de comprendre la magie et de la mélanger avec de la chimie. Même vaincre la bombe incendiaire était secondaire par rapport à ce magnifique nouveau terrain de jeu de l'alchimie, qu'il pouvait explorer. Bien sûr, il travaillait jour et nuit afin de résoudre le problème de Nero, mais il apprenait aussi des choses incroyables.

Nero serra le bras de Josh et répondit lui-même à sa question.

— Je prends ta solution et je disparais. Tu…

Il déglutit alors que son regard se reportait vers la maison.

— Vous allez *tous* devoir décider de votre avenir. Travaillerez-vous avec nous, ou trouverez-vous une meute de loups ailleurs ?

Sa mâchoire se crispa tandis qu'il baissait les yeux et que ses mains se crispaient sur les hanches de Josh.

— C'est une période intermédiaire avant que tout ne soit remis à zéro. Rien de tout cela n'est permanent. Je veux que tu résolves ce problème, mais même si tu ne le fais pas, ça n'a pas d'importance. Ça ne change rien…

Il se tut, mais Josh put lire le reste sur ses lèvres.

— Ça ne change pas ce que tu ressens pour moi. Tu ne t'attendais pas à m'apprécier, n'est-ce pas ? Nous étions tous juste une autre mission. Un moyen d'arriver à tes fins.

Nero hocha la tête.

— Mais maintenant, tu as des sentiments pour nous, continua Josh en appuyant le plat de sa main sur la poitrine de Nero. Tu *ressens*.

— J'ai toujours ressenti, Josh.

— Le chagrin. Mais qu'en est-il de l'amour ?

Josh attendit, mais il pouvait lire sur le visage de Nero qu'il n'allait pas prononcer le mot en A. Le corps de l'homme était aussi dur qu'une pierre alors qu'il fermait sa mâchoire. Josh ne pouvait pas vraiment le blâmer, parce qu'il n'était pas exactement en train de lâcher le mot lui-même. Pas dans le sens d'une vraie déclaration. Mais c'était ce que l'on sentait dans l'air entre eux. L'amour et la douleur tourbillonnaient ensemble. L'amour parce qu'ils se souciaient l'un de l'autre, parce que Josh voulait résoudre le problème de Nero, et que celui-ci voulait que Josh se sente mieux après avoir complètement échoué dans sa tâche. La douleur parce que c'était temporaire. Douleur parce que quoi qu'il arrive, ils ne seraient pas heureux pour toujours ensemble.

— Et si je restais ici, et que je ne faisais pas, tu sais exploser le laboratoire à nouveau, dit Josh. Alors, nous pourrions peut-être continuer à nous voir.

Nero souffla un peu, secouant la tête avec une attention délibérée.

— Je ne serai pas là. Même si tu l'es, je serai… ailleurs.

— Nous sommes au vingt et unième siècle. Nous pouvons toujours nous parler au téléphone, peut-être nous rencontrer dans des bars gay louches et faire l'amour dans les toilettes.

— Jamais. Et dégoûtant.

— Jamais parce que tu n'es pas du genre à fréquenter les bars gay louches ?

— Parce que *tu* ne l'es pas.

— Et dégoûtant parce tu ne te vois pas avec moi après tout ça ? Parce que je suis un raté et pas dans le bon sens.

— Ça n'a rien à voir avec ça ! grogna Nero.

Pour une fois, Josh ne se dressa pas pour répondre au ton chaud de Nero. Il ne le nargua pas ni ne le combattit. Au lieu de cela, il garda sa voix égale alors qu'il posait la question logique suivante.

— Alors qu'est-ce que c'est ? Pourquoi ne pouvons-nous pas être ensemble ?

— Parce que nous ne pouvons pas, dit-il en laissant échapper un soupir de frustration. Je ne peux pas te l'expliquer.

Il coupa Josh lorsque celui-ci ouvrit la bouche.

— Je ne peux pas te le dire. C'est confidentiel.

Cela fit taire Josh. Pendant un moment. Puis il fronça les sourcils.

— Ma vie amoureuse est confidentielle ?

— Mon avenir l'est.

Oh.

— Comme les opérations spéciales classifiées ?

— En quelque sorte, dit Nero en levant sa main. Ne m'oblige pas à te mentir, Josh. Crois-moi juste lorsque je t'assure que je ne peux pas te dire la vérité. Je le veux, mais je ne peux pas.

Josh le crut. Nero avait l'air trop malheureux pour mentir. Ce qui les ramenait au point de départ. Josh était un raté qui ne pouvait pas résoudre le problème, et Nero ne lui offrirait pas le bonheur pour toujours.

Bon sang, il n'admettrait même pas le mot en A parce que tout ça n'était qu'une aventure passagère.

Il lui offrait une fellation, mais pour la première fois depuis des semaines, Josh n'était pas intéressé.

— Je suis fatigué, dit-il finalement. Je devrais peut-être dormir un peu pendant que Captain M réfléchit à si elle va me virer ou pas.

— Elle ne le…

— Permets-moi une sortie gracieuse, Nero, d'accord ? demanda Josh en se levant, enroulant la couverture autour de sa taille afin d'avoir l'air de porter une jupe.

Bon sang, la vie pourrait-elle être plus embarrassante ?

Nero suivit ses mouvements, se redressant de toute sa hauteur avec la grâce qui semblait lui venir naturellement.

— Tu ne m'écoutes pas.

— Si je continue à écouter, je risque de me faire exploser exprès, répliqua Josh en levant sa main. Alors, s'il te plaît, fais-nous une faveur à tous les deux et…

— Je ne suis pas bon avec les mots. Pas comme tu l'es. Je ne suis certainement pas doué pour parler de choses personnelles…

— Ce qui est bizarre parce que jusqu'à aujourd'hui, tu as toujours su quoi me dire.

— Faux.

— D'accord, pas exactement vrai. *À force*, tu sais quoi me dire.

— Alors, laisse-moi ajouter une autre pierre à cet édifice, dit-il en prenant une profonde inspiration. J'ai besoin de toi pour comprendre le truc de la bombe incendiaire.

— J'ai essayé !

— Mais que tu réussisses ou non, c'est…

Il fit un vague geste de la main.

— Ça n'a rien à voir avec ce que je ressens. À propos de toi. Pour nous, dit-il en faisant un pas de plus. Je veux que tu sois heureux. Si cela signifie que tu dois faire exploser notre sous-sol, alors d'accord. Si ça veut dire que tu abandonnes et que tu retournes à la vie civile…

— Je ne veux pas partir !

— Bien. Parce que je ne veux pas que tu partes non plus, répondit-il en serrant le bras de Josh. Écoute, avec tous les autres, j'essaye toujours de lire ce qu'ils veulent, d'être ce dont ils ont besoin pour que je puisse les diriger. Ce n'est pas comme ça avec toi. Cette meute est temporaire. Elle existe jusqu'à ce que vous sachiez tous ce que vous voulez faire. Ce qui veut dire que je n'ai pas à combler les manques de quiconque. Je n'ai pas à m'adapter à leurs besoins. Je peux être moi-même.

Sa voix s'éteignit, et il regarda Josh, mais que ce dernier soit damné s'il comprenait ce que Nero essayait de dire.

— Je suis moi-même avec toi, Josh. Et tu m'apprécies comme je suis.

— Bien sûr que je t'apprécie.

— Il n'y a pas de « bien sûr ». C'est une grande chose pour moi. Que tu m'apprécies juste pour moi, même quand je te tourne autour ou que je prie ce foutu fae. Bon sang, nous regardons des films ensemble, et je lis

— Vraiment ? Lequel ?

Nero balaya cela d'un revers de main.

— Je peux me détendre à tes côtés parce que tu ne veux pas que mon ancienne meute cesse de manquer. Tu me laisses faire ce que je veux pendant que tu fais ce que tu veux, et ensemble…

Il haussa les épaules

— Nous nous adaptons, conclut-il.

— C'est…

Il faillit dire de « *l'amour* », mais un autre mot sortit.

— … de l'amitié. Des compagnons de meute.

— J'ai déjà eu des compagnons de meute, Josh. C'est différent. C'est…

— Mieux ?

— Beaucoup mieux. C'est peut-être un nouveau territoire pour moi.
Josh acquiesça.

— Pour moi aussi.

— OK. Donc oui, je veux que tu trouves cette histoire de bombe de feu démoniaque, mais plus que ça, je veux traîner avec toi. Pour…

— Me sucer.

— Tu es d'accord avec ça ? dit Nero, ses joues rougissantes.

— Oui. Ça te va que j'essaye encore de comprendre le truc de la bombe démoniaque ?

— Oui. Si tu veux. C'est une tâche impossible. Personne ne s'attend à ce que tu…

— J'ai entendu. Je suis un raté…

— De la meilleure façon possible.

— Ça n'aide pas, tu sais, répliqua Josh en lui donnant un coup d'épaule. Tout ce que ça fait, c'est me donner envie de rencontrer mon ancêtre de deux cents ans.

— Rejoins la foule. Nous voulons tous le rencontrer. Il a cette... aura... truc qui se passe.

Nero se tut, et Josh aussi. Ils venaient de s'engager sur un nouveau terrain ensemble. Aucun n'avait dit le mot en «A», mais ils avaient senti le changement tous les deux. Nero l'appréciait, qu'il réussisse ou non à vaincre la bombe de feu. Cela donnait encore plus envie à Josh de botter le cul de ce truc. Il appréciait Nero parce que cet homme le rendait heureux. Ils pouvaient se détendre ensemble, être eux-mêmes, et avoir le meilleur sexe ensemble.

Était-ce de l'amour? Peut-être pas encore, mais ils y arrivaient. Au moins jusqu'à ce qu'ils soient obligés de se séparer à cause d'une quelconque affaire classifiée. Mais brusquement, cela ne lui semblait pas être un si gros problème. Bien sûr, c'était une énorme hache suspendue au-dessus de la tête de Nero. Évidemment. Mais d'une certaine façon, Josh sentait qu'il avait l'esprit dérangé pour résoudre ce problème aussi.

Appelez ça un état d'esprit optimiste. Trouver le bonheur pour toujours serait sa prochaine tâche. Juste après avoir vaincu le plasma magique brûlant d'un démon. En parlant de cela, Captain M et Happy sortaient du labo.

— Ce n'est pas aussi mauvais que ça en a l'air. Ou que ça sent, dit Laddin en sautillant, tenant le lance-flammes. Et il fonctionne toujours.

Il joignit le geste à la parole et souffla un long panache de flammes.

— Arrêtez ça, aboya Captain M, puis elle regarda Josh. Les fenêtres ont explosé comme vous pouvez le voir. Mais nous avions l'intention de les remplacer de toute façon. Il y a des débris chimiques partout, et vous aurez besoin d'une combinaison NRBC pour les nettoyer, mais ce ne sont que des dégâts mineurs. La maison est renforcée magiquement, donc les fondations et les deux ailes sont solides.

— Je suis vraiment désolé, Capitaine.

Elle accepta ses excuses avec une rapide inclinaison du menton.

— Avez-vous trouvé ce qui a mal tourné?

— Je pense que oui, dit Josh, hésitant. Il y avait réfléchi tout en essayant de cracher un poumon. Je vais devoir regarder les lectures pour en être sûr. Est-ce que l'équipement informatique a survécu?

— Bien sûr que oui! J'ai fait renforcer ton ordinateur lorsque tu as commencé à faire des tests avec le feu. Il devra survivre à toutes sortes de choses quand tu l'emmèneras sur le terrain.

— Il n'ira pas sur le terrain. Il est suffisamment dangereux ici même, aboya la capitaine avec un frisson visible.

— Mais son équipement devrait pouvoir le faire, argumenta Laddin.

Il avait fait des remarques sur son désir d'aller sur le terrain, mais la capitaine l'aimait bien là où il était, à la garder organisée.

— Ou quelqu'un qui utilise son équipement. Quelqu'un comme moi…

— Non.

qu'il en soit ton ordinateur était en grande partie protégé de l'explosion par le blindage.

— Ce qui me fait penser? l'interrompit Captain M. Pourquoi exactement, n'étiez-vous pas derrière le périmètre de sécurité.

Parce qu'il avait essayé de voir avec ses autres sens – ses sens animaux. Mais il était clair qu'il devait se fier davantage à ceux de l'ordinateur.

— C'est ma faute.

— Ne refaites pas une telle erreur, dit-elle, son regard lourd.

— Choisis une autre méthode la prochaine fois, dit Laddin en souriant. Tu finiras par être à court de façons de te tromper et alors tu auras la réponse!

— Je parie que tu es abonné à une dizaine de listes d'affirmations, n'est-ce pas? répliqua Josh avec un rapide sourire. Chaque jour, une douzaine de nouvelles façons de penser positivement.

Laddin répondit de sa manière habituelle, avec une grimace rapide.

— Tu devrais voir ma collection de tasses. Pas une seule pensée négative en vue!

— Il ne plaisante pas, vous savez, commenta Captain M avec un soupir. Il a déjà rempli mon bureau de notes autocollantes sur l'attitude positive.

Elle leva les yeux au ciel.

— Ne vous inquiétez pas que Josh vienne de faire exploser le sous-sol. Soyez heureux.

Elle s'éloigna.

— Mais ce n'est pas un souci, n'est-ce pas, dit Laddin en sautillant derrière elle.

— Bien sûr que c'est un souci, répondit-elle. Chacun d'entre vous est un souci.

— Mais vous ne devriez pas…

La porte arrière se referma sur leur badinage.

Josh les regarda partir.

— Combien de temps avant qu'elle en ait assez de lui et essaye de lui arracher la gorge?

— Pas elle, répondit Nero. Yordan va craquer bien avant elle.

— Non. Je parie sur Bing, dit-il, son regard revenant vers l'endroit où Yordan et Bing quittaient le laboratoire et se rendaient dans les bois pour s'entraîner.

Au début, Josh avait cru qu'ils faisaient quelque chose d'illicite, mais ils n'avaient fait que s'entraîner le seul jour où il les avait suivis. Des mouvements d'arts martiaux, de boxe, et même de lutte que, heureusement, son frère n'avait jamais appris. Yordan s'était rendu dans la cuisine principale pour prendre une bière et Bing s'était égaré vers Dieu sait où lorsqu'ils eurent fini.

— Les solitaires craquent toujours en premier, et ce type a besoin de souffler.

— Non, dit Nero, en tirant Josh dans le manoir. Yordan le surveille. D'ailleurs, ils vont bientôt partir pour une formation spécialisée.

— Quoi? Monsieur Grincheux s'en va? Arrête de danser, mon cœur.

Nero ne sourit pas, son expression s'affadissant au contraire.

— Je te l'ai dit. Vous allez bientôt tous partir. Plus que quelques semaines d'entraînement jusqu'à ce que vous ayez tous une bonne maîtrise de votre identité de loup.

Quelques semaines de plus. Les mots semblaient résonner dans la tête de Josh. Deux semaines de plus avant que cet interlude avec Nero ne soit terminé. Il avait l'impression qu'ils venaient juste de commencer. Le savoir était comme une boule de plomb dans son estomac. Cela le dérangeait suffisamment pour qu'il ralentisse le pas.

— Je, hum, je suppose que je ferais mieux d'aller nettoyer le laboratoire. J'ai besoin de regarder les données et de voir exactement comment le composé s'est déstabilisé.

Il dit cela comme un moyen de s'échapper pour retourner à son travail. Il avait déjà une assez bonne idée de ce qui s'était passé, mais étudier les chiffres était mieux que de faire face à la réalité de la fin définitive de son temps avec Nero.

— Tu peux le faire, dit celui-ci d'une voix douce. Je vais même t'aider. Mais… Eh bien, tu as pris un sacré coup sur la tête. Tu devrais peut-être te reposer un peu d'abord. Ou au moins, tu sais, rester dans ta chambre.

Josh comprit rapidement ce qu'il voulait dire. Si son temps avec Nero était limité, ne devait-il pas essayer d'en tirer le meilleur parti.

— Tu veux que je suce, dit-il en formulant délibérément les mots avec un double sens.

— Si ça ne te dérange pas, dit Nero en souriant. Et peut-être que je peux sucer aussi.

Josh renifla en se dirigeant vers la maison.

— Oh, tu vas sucer, c'est sûr. Tu vas m'avaler comme… Mmph !

Il se retrouva coincé dans une prise d'étranglement, Nero l'enveloppant contre sa poitrine et le bloquant fermement. Puis l'homme se pencha assez près pour parler directement à l'oreille de Josh.

— Je vais te dire ce que je vais faire. Et à quel point tu vas aimer ça.

Ses mots étaient précis et firent bander Josh comme un roc sous sa jupe en couverture. Quelques minutes plus tard, ils mettaient chaque mot en action. Puis, Nero enfila une combinaison NRBC et nettoya le laboratoire. Josh resta près de lui pendant qu'il étudiait les données.

Il se passa deux semaines de plus, cependant, avant qu'il ne trouve finalement un indice.

XIX

NERO VIVAIT les meilleures et les pires semaines de sa vie. Tout se passait comme il l'avait prédit. Josh attaqua le problème de la bombe incendiaire avec une vigueur renouvelée. Nero s'assurait qu'il mange et s'entraîne à être un loup, et le sexe entre humains était spectaculaire.

Bing et Yordan étaient partis pour un entraînement spécialisé. Laddin avait été recruté pour ses compétences en matière de bombes, mais cette même attention méticuleuse aux détails l'aidait vraiment dans l'organisation. Il révisait quelque chose qu'il appelait Gestion et Flux des actifs lorsqu'il ne créait pas des feux d'essai dans le labo. Tout cela après avoir surmonté une dépression existentielle, cependant. Le jour d'après l'explosion du laboratoire, Laddin avait mangé une famille de lapins sauvages en courant. Il avait eu des lapins domestiques lorsqu'il était enfant, apparemment, et le fait de savoir que le lapin cru avait un goût spectaculaire l'avait vraiment déstabilisé. Même Stratos avait trouvé sa place. Elle, Josh et Wiz passaient des heures ensemble à discuter de la théorie de la magie, puis à faire des expériences qui se soldaient généralement par un incendie, une inondation ou du sang.

Ils réussissaient heureusement à contenir les désastres. En plus, cela leur permettait de s'entraîner à se transformer en loup pour guérir.

Les semaines passaient. *Des semaines* que Nero n'avait pas, alors que sa dette envers ce bâtard de fae continuait à croître. Il en devait plus chaque jour que Bitterroot gardait le mulligan disponible, jusqu'à sept semaines.

Pour ajouter aux mauvaises nouvelles, le gouvernement avait fait exploser ce qui était autrefois le lac Wacka Wacka (ou quel que soit son nom), mais l'explosion n'avait pas empêché tous les êtres vivants de mourir dans les heures suivant le contact avec l'eau, ou ce qui était maintenant de la boue dans un énorme cratère. Cela signifiait que le démon était toujours en vie, et qu'il aspirait la vie de la zone, centimètre après centimètre. Le sol dans un rayon d'un mètre et demi autour de la zone d'explosion était épais de cyanure, et la toxicité ne diminuait pas.

Ce qui rendait tout le monde perplexe. Ce qui tuait la terre déversait du poison à un rythme toujours plus élevé. La zone morte autour du lac était d'un mètre la semaine dernière. Cette semaine, le cyanure saturait un mètre et demi tout autour. Selon les prévisions, cela attendrait deux mètres jeudi et deux mètres et demi quelques jours plus tard. Cela s'élargirait de plus en plus jusqu'à ce que le cercle mortel touche le lac Michigan. Le cyanure se déverserait dans l'eau et créerait un désastre écologique aux conséquences mondiales.

Tout le monde cherchait une solution. Les normaux avaient des experts de toutes sortes qui examinaient et testaient la zone, gouvernement, armée, CDC, NASA, tout le monde. Les médias regorgeaient de théories qui n'étaient ni plus ni moins plausibles que ce que pensaient les paranormaux, et qui était un énorme *nous n'avons pas de solution*. Les prières de l'équipe des religieux n'aidaient pas. Les faes étaient sensiblement silencieux, et les métamorphes ne pouvaient rien faire d'autre que de grogner.

Si quelqu'un n'arrangeait pas cela rapidement, le Wisconsin serait un terrain vague au milieu de l'été. Un désastre mondial serait imminent une fois les Grands Lacs touchés.

En ce qui concernait Nero, le seul espoir était son mulligan de fae, mais cela dépendait de la solution trouvée pour cette bombe incendiaire. Il était revenu au point de départ, la boucle était bouclée, et il ne pouvait qu'attendre… et profiter du temps toujours plus court qu'il passait avec Josh. Son délai de sept semaines était peut-être arrivé à son terme, et quoi qu'il arrive avec le mulligan, Bitterroot exigerait un paiement.

Le temps était compté. Ce qui signifiait que tout ce qu'il ressentait, cette chaleur et cette confusion, passerait à la déchiqueteuse. Il devait réduire les fêtes sexuelles après le travail pour leur bien à tous les deux et commencer à chercher un moyen de rompre avec Josh afin qu'aucun d'eux n'investisse plus que nécessaire dans leur relation.

C'était le plan, du moins. Mais chaque fois qu'il était assez proche pour préparer sa recrue à ce qui arriverait, il était aussi assez proche pour l'embrasser. Et faire tellement plus. Josh était toujours prêt et souvent l'initiateur. Il se sentait toujours trop bien pour s'arrêter, et donc la discussion était retardée, repoussée et oubliée. Pour un temps.

Jusqu'au jour où Josh frappa à la porte de sa chambre. Le jeune homme avait l'air d'un désastre. Ses cheveux tombaient sur ses yeux injectés de sang et son corps s'affaissait contre le chambranle de la porte, mais son sourire fendait presque son visage.

— Josh ?

— J'ai la réponse.

— Est-ce quarante-deux ?

Josh lui avait parlé de ses livres de science-fiction de l'époque où il était adolescent, et Nero avait apprécié l'humour geek de la série *Le Guide du Voyageur Galactique*.

Josh cligna deux fois des yeux, puis il applaudit aussitôt.

— Tu as lu un livre ! Tant mieux pour toi.

Il l'avait fait, mais Josh aimait le taquiner sur le fait d'être un sportif stupide, alors il joua le rôle à fond.

— Non, j'ai regardé les vidéos en streaming, dit-il, même si le livre de poche était clairement visible sur sa table de chevet.

— Oui, les chiffres. Mais non, ce n'est pas la réponse que je voulais donner.

Il laissa tomber sa tête contre le cadre de la porte, et Nero réalisa que son compagnon était vraiment épuisé.

— Jusqu'à quelle heure es-tu resté debout la nuit dernière ?

Ils étaient tous les deux allés se coucher vers deux heures, mais Nero savait que Josh continuait souvent à travailler dans sa chambre. Puisque ce dernier était un adulte à part entière, Nero n'avait pas l'impression de pouvoir assigner une heure de coucher à l'homme, même si parfois Josh avait vraiment besoin d'un gardien.

— Hum, quelle heure est-il ?

— Une heure. L'après-midi.

— Ah. Voilà. Je suis resté debout jusqu'à une heure.

— Tu vas t'épuiser et tomber malade, dit Nero en s'éloignant de son bureau. On va te donner à manger et puis…

Josh se laissait aller quand Nero prenait son bras normalement, mais il refusa de bouger cette fois.

— Tu n'écoutes pas, l'interrompit-il. J'ai trouvé la réponse.

Il souffla un peu lorsque Nero le fixa.

— J'ai trouvé la réponse au plasma magique qui brûle.

Tout se figea en Nero.

— Genre, tu sais ce que c'est ? Ou…

— Je peux le vaincre.

— D'une manière pratique ? Suffisamment pour garder une meute de combat en sécurité.

Josh sourit avec l'expression la plus adorablement loufoque.

— Oui, c'est en train de cuire, donc nous devrons attendre huit heures…

— Ouiiiiiiiiiiii !

La joie explosa de Nero dans un hurlement. Enfin, il pouvait tuer ce foutu démon. Enfin, il pouvait utiliser ce foutu mulligan et sauver son équipe. Enfin, il pourrait clôturer le chapitre de sa vie qui était resté ouvert comme une blessure à vif. La vengeance, la fermeture et la fin d'un mal qui était en train de sucer le Wisconsin – il aurait tout ça. Il retrouverait surtout son équipe, saine et entière ! Il pourrait être avec eux à nouveau. Ils feraient un barbecue, ils courraient dans la neige, et il leur dirait tout.

— Il y a quelques détails qui doivent être réglés.

Bien sûr qu'il y en avait. Ça n'avait pas d'importance. Josh trouverait une solution.

— Nous aurons à construire un cadre pour le composé.

Pas de grande surprise.

— Mais… ça va marcher ?

— Je pense que oui.

— Alors, tu es un génie.

Il s'avança et embrassa Josh avec force. Il l'enveloppa dans ses bras, et il ravagea sa bouche de la manière la plus primitive qu'il connaissait. Ils s'arrêtèrent pour reprendre leur souffle, et il haleta quelques secondes avant d'en redemander.

Oublie la nourriture, pensa-t-il en traînant Josh dans sa chambre. Il allait remercier l'homme de la meilleure façon qu'il connaissait. Puis après avoir tiré le plus de plaisir possible de leurs corps, il prendrait son amant dans ses bras et il lui briserait le cœur.

Leur temps ensemble était terminé, peut-être dès demain.

Car pendant que Josh passait son temps à construire son arme magique-plasma, Nero devait élaborer un nouveau plan d'attaque. Un plan qu'il pourrait communiquer à son équipe dans les courtes minutes dont ils disposeraient avant l'attaque. Il ne voulait rien laisser au hasard.

Rien – pas même plus de temps avec Josh ne l'empêcherait de sauver la vie de sa meute.

XX

JOSH SE réveilla lentement. Son corps était languissant, et son cœur chantait de bonheur. Il sentait l'odeur de Nero sur les draps, sur son corps, et dans chaque partie de son âme. Cet homme faisait partie de lui maintenant, et il ouvrit les yeux pour trouver l'amant qui lui plaisait tant.

Il ne fut pas déçu. Celui-ci était assis à son bureau, et alors que Josh le regardait, il mit la dernière bouchée d'un sandwich dans sa bouche et il sourit.

— Il en reste pour moi ? demanda le jeune homme, sa voix rouillée.

— Veux-tu un sandwich au jambon ? demanda son compagnon, en lui tendant une assiette visiblement mise de côté pour lui. Ou je peux te faire un hamburger.

— Un sandwich.

Il aurait préféré un hamburger, en fait, mais il savait que Nero irait le préparer, et il ne voulait pas que son amant parte. Alors il s'assit et prit ce qui était offert pendant que Nero étendait ses pieds sur le lit.

Josh prit le relais et se blottit contre l'énorme pied de l'homme. Au cours des cinq semaines et demie qu'ils avaient passées ensemble, il avait appris que Nero pouvait prétendre être distant, mais qu'il aimait se connecter quelque part : un pied, une main, ou le « frôlement accidentel » contre son dos. Comme Josh aimait toucher le grand homme, il ne perdait pas de temps pour se blottir contre la partie du corps la plus proche. Même lorsqu'ils étaient dans la pièce principale, ils parvenaient à combler l'espace entre eux d'une manière ou d'une autre, de sorte qu'ils se sentaient l'un l'autre, même lorsqu'ils semblaient simplement assis l'un à côté de l'autre sur le canapé.

Nero attendit que Josh commence à avaler sa nourriture. Il avait même une bouteille d'eau à proximité, qu'il jeta au jeune homme avec une facilité déconcertante. Josh savait que Nero était impatient, bien que son expression soit calme. Il faisait tourner l'assiette vide sur ses genoux dans tous les sens. Il le regardait manger comme s'il comptait les bouchées.

— Tu n'as pas besoin de me fixer, dit-il. Demande.

— L'arme, dit Nero presque en même temps que les mots de Josh. Parle-moi de l'arme qui va détruire ce bâtard de démon.

Josh fronça les sourcils.

— Je n'ai pas conçu une arme, répondit-il avant de terminer sa bouteille d'eau et de la jeter dans la poubelle de recyclage. Pensais-tu que c'était ce que je faisais tout ce temps ?

— Tu as fabriqué quelque chose pour vaincre le feu plasma.

— Je ne l'ai pas *fabriqué*, je l'ai conçu. Il y a encore beaucoup de tests à faire, mais c'est un début.

— Tout ça, c'est du tralala, Josh. Qu'est-ce que tu as fait ?

Le jeune chimiste étira ses bras, visiblement fier de lui.

— J'ai créé un composé qui concentrera le feu loin de l'équipe

— Dis-moi comment le déployer, ou nous devons aller, demanda Nero, ses yeux s'éclaircissant. Tout.

La partie difficile venait maintenant : parler du désastre qui avait tué son équipe. Ils avaient discuté de tout sauf de cela au cours des cinq dernières semaines et demie. Nero trouvait un moyen de distraire Josh dès que ce dernier abordait le sujet, généralement avec du sexe ou des ébats avec des loups dans les bois. Josh avait finalement appris à éviter le sujet, mais il savait que Nero suivait quotidiennement l'expansion de ce qu'il avait surnommé le Trou de Cyanure du Wisconsin. Il disait qu'il cherchait des données sur la créature. De plus, il dérapait parfois et faisait référence à un accord avec un fae. Il niait immédiatement avoir quelque chose à voir avec ces enfoirés magiques, mais Josh savait qu'il mentait. Sa voix perdait sa résonance lorsqu'il mentait, mais le jeune homme n'insistait pas. Il savait à quel point le sujet était délicat.

Josh avait étudié les photos au lieu de parler avec Nero. Stratos avait déterré tous les fables ou contes étranges concernant les démons capables de souffler le feu, et Wiz lui avait donné un cours intensif de magie.

— Voilà comment ça fonctionne, dit Josh. Le feu plasma mange les tissus vivants de la même façon que le feu mange le bois.

— Nous savons ça…

— Mais nous n'avions pas réalisé qu'il se concentre sur les tissus, brûlant dans une seule direction jusqu'à ce qu'il mange le combustible. Puis il continue dans le même sens.

— Quoi ? s'exclama Nero en le fixant.

Josh grimaça. Il n'y avait qu'une seule façon d'expliquer cela. Il pressa le pied de son compagnon.

— Penses-tu pouvoir regarder les photos du rayon de l'explosion ? Après que ton équipe…

Nero tapa deux fois sur son ordinateur et les photos apparurent. Ce qui signifiait qu'il les avait mises en mémoire et qu'elles étaient disponibles quand il le voulait. Il haussa les épaules au regard surpris de Josh.

— Oui, je les regarde. Chaque fois…

Il soupira et son regard se posa sur la pile de photos d'équipe toujours empilée dans le coin.

— Chaque fois que tu commences à te sentir heureux ? demanda Josh. Comme si tu pouvais aller de l'avant sans eux ?

Il savait qu'il était un corps temporaire pour Nero, un moyen de se sentir mieux tout en faisant son deuil. Ils avaient peut-être appris à être amis. Il ressentait certainement de l'amitié – et bien plus encore – pour cet homme. Alors ça faisait mal de réaliser que chaque fois que Nero commençait à changer émotionnellement, il se traînait volontairement vers le désespoir. Ils ne deviendraient jamais plus que des amis si Nero restait bloqué dans son chagrin.

Le regard de ce dernier revint sur Josh.

— Je dois tuer ce démon.

— Ça te fera-t-il te sentir mieux ?

— Oui.

— Tu sais que ça ne fonctionne pas comme ça. La vengeance…

— Ce n'est pas une vengeance, c'est une seconde chance, répliqua Nero en ramassant son ordinateur et le laissant tomber sur le lit entre eux. Maintenant, montre-moi ce que tu veux que je voie.

Ce qu'il voulait, c'était que cet homme se sente mieux, mais cela n'arrivait pas, visiblement. Alors, Josh tapota sur les photos jusqu'à ce qu'il trouve celle qu'il voulait. C'était la photo d'une tache de cendre noire avec la forme vague d'un loup et la silhouette d'une herbe verdâtre derrière lui.

— Coffee.

Josh hocha la tête, sachant que la tache était le loup-garou dont le nom de code était Coffee. Il montra la photo et expliqua ce qu'il avait compris. Ça lui avait pris des semaines à fixer ce stupide carré d'herbe alors que tout le reste n'était que terre brûlée.

— Je n'arrivais pas à comprendre pourquoi cette herbe était encore vivante alors que tout le reste était mort. Puis j'ai compris que le feu s'était concentré ici, là où il y avait du carburant, expliqua-t-il en montrant l'endroit où la truffe de Coffee avait été. Il a continué par là.

Il fit glisser son doigt le long de ce qui aurait été le corps du loup.

— Puis il a brûlé vers l'extérieur à partir de sa queue, laissant cette partie intacte, conclut-il.

Il leva les yeux vers le visage de Nero, espérant y voir de la compréhension. Au lieu de cela, l'homme secoua juste la tête.

— Je ne…

— Essaye ceci, dit-il en commençant à tapoter sur l'ordinateur portable de Nero, récupérant ses proches fichiers du serveur et les faisant défiler pendant qu'il parlait.

— Voici comment le feu a brûlé à partir de l'instant de l'explosion, dit-il en tapant sur une touche et montrant une progression lente de l'explosion, avec des flèches. Tu vois comment il se concentre sur le corps de chacun, les brûle, puis continue en un point étroit à l'arrière ?

Il regarda Nero. Merde, il était sur le point de perdre la tête.

Regarder au ralenti son équipe entière se faire décimer devait être brutal.

— Peu importe, dit-il, mais Nero attrapa sa main.

— Qu'est-ce que ça veut dire ? râla-t-il.

— Le feu se concentre sur les tissus et laisse intact ce qui est en dessous. Donc l'herbe ici est propre. Et ici. Et ici.

Il montra du doigt toutes les taches gris-vert. Elles étaient toutes difficiles à voir parce que la chaleur du feu avait brûlé l'herbe, mais elle semblait différente dans ces vagues taches. Comme l'écho d'une ombre. C'était là qu'il avait compris.

— D'accord, maintenant regarde. Si on met un tissu dense devant Coffee, incliné vers le haut et vers l'arrière, alors le feu brûlera…

— Par-dessus lui.

Josh ajouta un objet lourd et épais en forme de flèche à la simulation et le plaça directement devant Coffee comme un bouclier. Le feu brûla à travers la flèche, puis s'étendit sur le loup, le laissant brûlé, mais vivant.

— C'est une opération à un coup, bien sûr. Une fois que le composé est consumé, il n'y a plus de protection.

Puis il revint à la simulation au ralenti. Cette fois, il mit un bouclier devant chacun des loups. Il appuya sur une touche et l'explosion recommença, mais cette fois le feu devint très intense devant les loups, puis les recouvrit. Chaque membre de l'équipe resta en vie.

La simulation se termina, et Josh leva les yeux vers Nero, espérant voir de la compréhension. Mais non. Ce qu'il obtint était un lent et silencieux clignement des yeux avant que Nero n'appuie sur la touche.

La simulation recommença, brûla, et une fois de plus, l'équipe resta debout.

Encore une fois. Et encore. Et encore.

Encore et encore. Il fixait ce qui n'était jamais arrivé : une équipe qui avait survécu à l'attaque.

— Arrête de te torturer, chuchota Josh en essayant de récupérer l'ordinateur portable.

Nero attrapa son poignet, l'empêchant de toucher l'ordinateur.

— Nero…

— Merci, dit-il, sa voix se brisant.

Des larmes brillaient dans ses yeux, et l'air était saturé d'émotion.

— Je sais que c'est trop tard pour eux, mais…

Nero secoua la tête, coupant les mots de Josh. Puis il pointa un doigt sur l'écran.

— Construis, ordonna-t-il.

— C'est déjà en train de cuire. Je l'ai rendu aussi dense que possible, mais nous devons le tester.

— Nous n'avons pas le temps. Fais-en autant que tu peux. Nous trouverons le reste sur le terrain.

— Non, tu ne le feras pas, s'exclama Josh, horrifié par cette idée.

Les simulations informatiques étaient une chose, mais les tests réels étaient mille fois mieux.

— De plus, ce n'est pas le seul problème. La chaleur sera intense. Les loups devront être couverts de la tête aux pieds d'un vêtement résistant à la chaleur.

— Volcax.

L'estomac de Josh se serra à la mention du tissu de son père. D'une certaine manière, il avait toujours su que tout type de protection contre le feu impliquerait le tissu de son père. Mais être confronté à la réalité était comme recevoir un coup de poing dans l'estomac, parce qu'il avait cette réaction avec tout ce qui avait à voir avec son père.

— Oui.

Pas la peine de nier l'évidence. Il n'existait rien de mieux. Il devrait le savoir. Il avait passé des années à l'université à essayer d'inventer quelque chose de mieux.

— Mais l'armée a verrouillé son matériau. Il ne peut pas le vendre à quelqu'un d'autre sans risquer la prison.

— Il te le donnera, dit Nero en secouant la tête. À son fils.

— Non, il ne le fera pas, répondit Josh en grimaçant. Il n'a pas donné ces trucs à mon frère Bruce, et il est pompier.

Nero n'écoutait pas. Il avait de nouveau tapé sur le clavier et regardait toute son équipe survivre. Josh soupira, son cœur se tordant dans sa poitrine. C'était trop pour son entraîneur/amant/alpha. Il aurait dû en parler d'abord à Captain M. Mais il était tellement heureux d'avoir enfin compris qu'il s'était naturellement adressé à celui qui s'en souciait le plus.

Celui dont il se souciait le plus.

— Peu importe, dit-il en se levant du lit. Je vais aller parler à…

— Je réfléchis, dit Nero en attrapant le bras de Josh. Comment déploie-t-on ça? C'est juste une sorte de flèche numérique, comme ici?

— J'ai les spécifications, dit-il en cliquant sur son dessin. J'ai mis le composé sur une structure légère. Penses-y comme à un bouclier en forme de cône. Tu le transportes où tu veux et tu le poses.

— Comme un petit abri.

— Oui, dit-il en cliquant sur des graphiques que Nero n'avait pas pris la peine de lire. Tu as dit que tu avais senti l'augmentation de l'énergie juste avant l'explosion.

— Oui. Je me transformais déjà à ce moment-là, mais il a certainement fallu quelques instants pour que l'explosion se déclenche.

— C'est une photo de ce à quoi ça ressemble quand Wiz tire une boule de feu. Tu vois les relevés qui s'accumulent ici? Je pense que le bon équipement permet de voir l'explosion arriver jusqu'à vingt secondes avant qu'elle n'explose.

— Vingt secondes? Un loup-garou peut couvrir une grande distance dans ce laps de temps. Si je peux les prévenir, ils pourront passer derrière le bouclier.

— Exactement. Alors le pire de l'explosion atterrira sur tout le monde.

— Et le tissu de ton père nous gardera en vie malgré la chaleur.

Exact. À part qu'ils ne mettraient jamais la main sur le tissu, mais plutôt que de répéter ce qu'il avait déjà dit, Josh se concentra sur les autres complications.

— Il y a ensuite tous les problèmes normaux de souffle du feu, plus un zillion d'autres problèmes auxquels je n'ai pas pensé. Mais c'est le début…

— Combien de temps? De combien de temps as-tu besoin pour construire ces boucliers?

— J'en ai un qui devrait être assez refroidi maintenant. Juste un. Pour le tester.

— Alors, il nous faut des couvertures du matériau de ton père.

— Pas une couverture. Des vestes longues comme un pull pour chien avec une capuche. C'est trop dur pour un loup de s'aplatir sous une couverture en vingt secondes.

Il devrait le savoir. Il avait essayé.

— Mais ton père peut faire ça, non?

— Bien sûr qu'il peut. Mais il ne le fera pas.

— Il le fera. Nous prétendrons être l'armée.

— Bien. Tu travailles là-dessus, accepta Josh en soupirant.

Il devait laisser Nero découvrir à ses dépens que c'était un effort inutile. Son père vérifiait tout trois fois et n'était pas du genre à se laisser berner par de faux papiers.

— Je vais retourner aux tests…

— Non. Nous y allons maintenant. Le mieux est de surprendre ton père avec la demande urgente d'un fils désespéré.

La glace glissa, dure et tranchante, dans les veines de Josh.

— Non, dit-il sèchement. Je n'y vais pas, et je ne *lui* parle pas de *ça*.

— Pourquoi pas?

Josh s'efforça de mettre des mots sur son objection.

Malheureusement, chaque réponse était assombrie par l'émotion. Enfant, il admirait la discipline professionnelle efficace de son père. L'homme était précis et avait un contrôle de fer qui ne permettait aucune erreur. Mais cela allait de pair avec des critiques constantes sur le fait que Josh n'avait jamais été à la hauteur. Il n'était pas assez rapide, assez fort, assez *viril* – selon la définition de la virilité de son père. Il ne voulait même pas imaginer la réaction de l'homme en découvrant que son fils était gay. Ce serait probablement quelque chose du genre que c'était logique parce que Josh avait toujours été un garçon douillet, efféminé et pointilleux.

En fait, il avait été un enfant à l'estomac délicat qui n'aimait pas se faire battre par son frère aîné, et ses amis.

— Prends quelqu'un d'autre si tu dois le faire. Il ne me donnera rien d'autre que de la peine.

— Que s'est-il passé entre ton père et toi?

197

— C'est un enfoiré ! Il déteste tout ce que je suis. Je suis enfin heureux, et il va trouver un moyen de tout gâcher !

C'était une réaction enfantine, mais cela ne la rendait pas moins réelle. Tout ce qu'il aurait à faire, c'était de franchir la porte d'entrée, et il aurait à nouveau sept ans, se faisant gronder parce qu'il avait laissé un autre garçon prendre sa nouvelle casquette de baseball des Colts. Le gamin avait deux ans de plus, faisait deux fois sa taille, et il bandait apparemment pour une équipe de football américain qui n'avait pas encore trouvé Peyton Manning.

— Je ne veux pas de lui dans ma vie !

Nero n'eut bien sûr aucun problème à souligner le ridicule de laisser son père le détruire émotionnellement.

— Tu es un homme adulte, Josh. Plus important encore, tu es un loup-garou maintenant…

— Et un loup-garou ne laisse personne le bousculer, n'est-ce pas ? Un loup-garou se tient droit et ne se laisse pas faire par qui que ce soit. Et si c'est le cas, il fait payer le salaud, pas vrai ?

Son compagnon fronça les sourcils, ne comprenant visiblement pas le ton amer de Josh.

— Euh… oui.

— C'est exactement ce que mon père disait à propos d'être un homme, et ce sont des conneries. Un homme devrait être capable de penser à une meilleure façon de vivre que de frapper tout ce qu'il n'aime pas.

— Alors, pense à une meilleure façon de traiter avec ton père.

— Tu as dit que je ne pourrais jamais renouer avec ma famille. Que je devais juste les rayer de ma vie. Étaient-ce des conneries ?

Nero déglutit et il détourna le regard.

— C'est la vérité, mais nous avons besoin de ce tissu, Josh. Et pour ton information, j'ai essayé de l'obtenir depuis des semaines maintenant. Tu es mon dernier espoir.

— Alors, tu es foutu, répliqua Josh en serrant ses poings contre sa poitrine afin de s'empêcher de frapper Nero au visage. Mon père répond à une seule chose : la force. Et à moins que tu ne me laisses me transformer en loup et lui foutre la trouille, je te suggère de commencer à chercher un autre moyen d'obtenir le tissu que tu veux.

Le regard de Nero se réfrigéra.

— Regarde-toi, Josh. Tu as plus de pouvoir que tu n'en as jamais eu dans ta vie. Plus de force, de vitesse, et d'endurance. Tu es une créature magique vivante. Pourtant, tu es réduit à un enfant qui pique une colère à l'idée de demander de l'aide à ton père.

— Cela vient de l'homme dont la famille pense toujours qu'il est en prison! s'exclama Josh en se penchant, son visage directement face à celui de Nero. Tu m'as dit de laisser tomber ma famille. Tu m'as dit que ça ne valait pas la peine de souffrir…

— Et tu as dit que tu ne les éliminerais pas complètement de ta vie. Tu as dit que tu trouverais une autre voie.

Josh secoua la tête, sentant la trahison profondément ancrée en lui.

— Ce n'est pas du tout à propos de moi, déclara-t-il. Il s'agit de te procurer le tissu. À propos de ta vengeance et de ta trop grande impatience pour un meilleur…

— Nous n'avons plus de temps, dit Nero, sa voix grave d'autant plus effrayante qu'elle semblait calme. Je n'ai plus de temps ;

Il prit une profonde inspiration, puis il se leva.

— Tu es plus puissant que tu ne l'as jamais été dans ta vie, mais c'est dangereux à moins que tu ne te contrôles. Pas seulement physiquement, mais émotionnellement. Affronte ton père démon, Josh, afin que je puisse éliminer celui qui a tué mon équipe, dit en jetant son pantalon au jeune homme. Nous partons dans une heure.

— Et si je ne me contrôle pas? demanda Josh. Et si je devenais loup et arrachais la gorge de l'homme?

C'était une réelle possibilité. Il y avait eu des moments dans sa vie où, s'il avait eu la capacité de tuer son père, il l'aurait absolument fait.

— Je serai là pour t'arrêter. Puis nous devrons convertir le reste de ta famille en loups-garous pour garder le secret contenu.

— Bien sûr que vous le feriez, dit Josh en reniflant, sa voix traînante. Parce que n'importe qui peut être un loup-garou.

— Réfléchis, Josh. Utilise ton gros cerveau. Comment avons-nous su que tu étais un loup-garou?

Il eut besoin d'un moment pour se souvenir, puis ses yeux s'agrandirent d'horreur.

— Non.

— Si. Tu es un descendant direct des loups-garous, dont la plupart ne savent même pas qu'ils le sont. Donc, non, nous ne pouvons convertir personne, mais nous avons de bonnes chances avec ton père, ton frère et ta sœur.

Bon sang, pourquoi n'avait-il pas pensé à ça avant? Pourquoi en regardant son arbre généalogique n'avait-il pas réalisé que chacun d'entre eux pouvait être un loup-garou comme lui?

— Mais le taux de survie est de moins de 30 %. Si nous les convertissons, deux d'entre eux mourront probablement.

Avec la chance de Josh, son père, cet imbécile têtu, serait le seul qui continuerait à respirer.

— Tu peux effacer leurs mémoires.

Nero secoua la tête.

— Ça ne fonctionne pas bien sur les loups-garous, même ceux qui ne se sont jamais manifestés, répliqua-t-il en arquant un sourcil. Est-ce que cela te fait réfléchir à deux fois avant de transformer ton père en loup?

Bien sûr que oui.

— Alors, tu devrais réfléchir à un moyen d'obtenir son aide sans te transformer en un enfant maussade et têtu.

XXI

QUAND ÉTAIT-IL devenu une de ces personnes du genre faites ce que je dis et pas ce que je fais ?

Nero fixait l'autoroute Indiana et essayait de ne pas se sentir comme une merde alors que Josh regardait le même paysage plat. Il ne savait pas si forcer le jeune homme à faire face à son père était la bonne chose à faire. Chaque recrue avait des problèmes familiaux et il pensait, généralement, qu'il était préférable de les laisser dans le passé. Mais il avait réalisé à quel point l'enfance de Josh avait été horrible au cours des six dernières semaines. Pour une raison inconnue, il avait été le souffre-douleur de la famille. Son père l'avait blâmé pour tout, son frère avait pris plaisir à le tourmenter, et sa mère et sa sœur avaient fermé les yeux sur cela.

Ce qui signifiait que la blessure familiale de Josh était beaucoup plus grande et plus sombre que ce que tout le monde avait supposé. Il devait peut-être l'affronter au lieu de la balayer sous le tapis. Parce que des faits aussi importants ne restaient jamais sous le tapis. En bref, Josh devait affronter le démon intimidant qu'était son père avant de pouvoir réaliser tout ce qu'il était censé faire.

Mais sauver son équipe maintenant était la seule vraie raison de Nero pour insister autant auprès du jeune chimiste. Il lui restait quelques jours avant que le mulligan fae ne disparaisse à jamais. Quelques jours de plus et tout ceci serait fini, d'une manière ou d'une autre.

De plus, il avait déjà essayé d'obtenir le tissu spécial. Il avait effectué des recherches des semaines auparavant, et il avait réalisé que le Volcax était le seul tissu susceptible de fonctionner. Mais toutes les tentatives pour s'en procurer avaient été repoussées. Il devait admirer les mesures de sécurité de l'entreprise. Même la tentative de cambriolage avait été déjouée. Ce qui signifiait que Josh était la seule personne capable d'obtenir du Volcax sous la table.

Donc il avait utilisé l'excuse la plus simple qu'il pouvait trouver pour forcer cela à se produire. Le fait que cela puisse être bon pour Josh ne changeait pas la raison pour laquelle Nero le faisait.

201

Si seulement il pouvait lui dire la vérité. Si seulement il pouvait rompre le contrat trois fois maudit du fae sur cette seule question. Il devait le dire à quelqu'un, parce que mentir à Josh le tuait. Il devait tout lui dire sur la raison pour laquelle il insistait tellement. Il devait dire que malgré toutes ses intentions, il s'était lié à Josh. Personne n'avait prononcé le mot en A, mais il était là, comme un gros doigt accusateur pointé droit sur Nero.

Il aimait Josh et cela le tuerait lorsqu'il réinitialiserait la ligne temporelle. Parce qu'à la minute où il remonterait le temps et sauverait son équipe, tout ça, tout ce qu'il avait avec Josh, disparaîtrait. Puis comment pourrait-il continuer ? Parce que d'une certaine manière Josh était devenu

Il était fatigué de perdre tous ceux qui lui étaient chers.

Il repoussa cette pensée. Il avait une mission ici, et la douleur profonde dans son âme ne disparaîtrait pas s'il passait des kilomètres à ruminer. Pour l'instant, sa mission était de récupérer ce tissu. Puis il demanderait à Bitterroot de dupliquer l'abri qui se trouvait dans le coffre et d'activer le mulligan. La magie des faes ne pouvait pas créer de solutions, mais elle pouvait dupliquer un design existant. C'était pour cela que les faes avaient besoin des humains. Ils n'avaient pas leur imagination, mais une fois que quelqu'un avait pensé à une solution – quelqu'un de brillant comme Josh – les faes pouvaient la recréer.

Il avait toujours su que Josh trouverait une réponse à laquelle personne n'avait pensé. Le jeune chimiste excellait évidemment à penser en dehors des sentiers battus. Cette pensée le fit presque sourire, puis il vit ensuite le premier panneau de sortie pour Indianapolis et sentit Josh se raidir si fort qu'il pensa que ses os pourraient se briser.

Cinq minutes plus tard, Josh se tournait vers lui, l'air de rien.

— Tu as raté la sortie vers l'usine.

— Nous nous rendons chez toi.

— Évidemment.

— C'est dimanche, Josh. Ton père est à la maison.

Il regarda le jeune homme absorber cela avec la confusion dont souffraient toutes les nouvelles recrues. La formation se déroulait dans un domaine isolé où chaque jour se fondait dans le suivant. Tout le monde perdait la notion du temps. Et vu comment Josh, s'enterrait dans son travail, Nero n'était pas du tout surpris qu'il n'ait aucune idée de quel jour on était. Il ne se souvenait probablement pas du mois en cours, mais Nero ne prit pas la peine de le lui faire remarquer. Au lieu de cela, il essaya de le ramener doucement dans le monde réel.

— Qu'est-ce que ta famille fait habituellement le dimanche ?

— Église, dîner, Chaîne sportive.

— Donc, nous les trouverons à l'heure du déjeuner.

Josh ne répondit pas. Il fixait le paysage, ses yeux dans le vague, et Nero ne pouvait se défaire du sentiment qu'une bombe à retardement était sur le point d'être déclenchée. Il était très difficile pour une nouvelle recrue de retrouver sa famille, et c'était l'une des raisons pour lesquelles Nero avait évité tout cela. Mais Josh devait le faire, et lui avait besoin du Volcax. Ils allaient donc se présenter pour le déjeuner un dimanche pendant qu'il prierait afin de trouver un moyen de désamorcer la bombe que Josh avait en lui.

— Veux-tu parler de… ?

— Non. Je veux entrer et sortir. Pas de discussion, pas de nourriture, rien. Nous mendions pour le tissu, on nous le refuse, puis nous pourrons partir.

— Nous devons faire en sorte que cela fonctionne, Josh. J'ai essayé d'autres moyens, et ils ont échoué. Tu es mon dernier espoir.

Il y eut un silence pendant que Josh gérait cela. Puis Nero insista plus alors que la mâchoire de son compagnon devenait aussi dure que du granit.

— Tu as dit que tu refusais d'abandonner ta famille, tu te souviens ?

— Tu as dit que c'était une mauvaise idée, tu te souviens ?

— J'ai peut-être eu tort, soupira Nero.

— Peut-être ? répéta Josh en le fixant.

Nero haussa les épaules et Josh finit par se détourner.

— Tu es un foutu connard, tu le sais ?

Nero ne pouvait pas argumenter. Et alors qu'ils contournaient la ville et se dirigeaient vers la banlieue, Josh réitéra son intention dans un grognement marmonné.

— On entre, puis on sort. C'est tout.

Cela ne fonctionnerait pas, et ils le savaient tous les deux. Aucune visite à la maison n'était jamais «on entre, on sort» dans l'histoire de l'humanité. Il y avait toujours des notes émotionnelles, mais il n'y avait rien à gagner à souligner l'évidence, alors Nero ne dit rien.

Il prit la sortie, suivant les indications du GPS vers un quartier de classe moyenne qui montrait son âge. Les maisons ici avaient généralement été construites dans les années 70. Certaines avaient l'air plus soignées, avec

203

de nouvelles peintures ou de beaux aménagements paysagers, et d'autres étaient moins bien entretenues. Il y avait de nombreux bonshommes de neige fondant dans les jardins, et quelques maisons avaient encore leurs décorations de Noël. La maison familiale des Collier était clairement la meilleure, avec des parterres de fleurs soignées sous la neige éparse et un drapeau américain flottant fièrement devant les décorations de la Saint-Patrick. Il parierait sa prochaine paye que la mère de Josh avait fait des friandises pour Halloween, des cadeaux de Noël pour les livreurs, et probablement des œufs teints pour la chasse aux œufs de Pâques du quartier.

Ils se garèrent dans l'allée derrière un gros camion, et Josh gémit.

Bon sang. Bruce est là.

Le sarcasme était lourd, et Nero se demanda ce que le frère aîné de Josh avait fait pour gagner une telle animosité. Selon le dossier, Bruce était un homme bien : un pompier avec une citation pour bravoure.

Nero se gara à côté du camion, et alors qu'il arrêtait le moteur, il confessa l'un de ses plus petits péchés.

— Tu dois savoir que nous leur avons raconté la même chose que d'habitude à propos de ta disparition.

— C'est quoi ? demanda Josh, en le fixant d'un regard lourd.

— Vague. Tu étais dans un centre de retraite.

Les mots exacts étaient *centre de traitement spécialisé*, mais il ne voulait pas le dire. Selon la famille, les mots pouvaient être interprétés comme un séjour à l'hôpital ou une retraite de yoga.

— Génial, commenta Josh, le ton lourd de sarcasme.

Puis il sortit de la voiture et marcha jusqu'à la porte d'entrée comme s'il faisait face à un peloton d'exécution.

Bon sang, que s'était-il passé derrière les portes closes de la famille Collier pour que son amant exubérant et animé devienne ce tas de colère maussade ? Ils arrivèrent à la porte d'entrée, et Josh sembla incapable de sonner à la porte. Alors Nero appuya sur le bouton, puis il s'écarta afin que Josh soit devant lorsque la porte s'ouvrit finalement.

La première chose que Nero remarqua fut l'odeur de rôti et de pain frais qui flottait dans la maison. La seconde fut une femme d'une vingtaine d'années, en pleine forme, avec des cheveux courts et élégants et de grands yeux bruns. Selon le dossier, la sœur de Josh, Ivy, était une infirmière en déploiement, mais elle était manifestement à la maison maintenant. Plus important encore, elle fixait Josh comme si elle voyait un fantôme.

— Josh, marmonna-t-elle sans aucun son.

204

Puis elle se jeta dans ses bras avec un cri de joie. Il l'attrapa, l'air abasourdi. Puis elle se recula et se retourna.

— Tout le monde ! C'est Josh ! cria-t-elle.

— Ivy, souffla Josh. Que fais-tu à la maison ? Tu n'étais pas attendue avant…

Elle se retourna vers lui en riant et lui donna un coup de poing joueur dans le bras.

— Jusqu'il y a deux semaines, abruti. Tu as raté ma fête !

— Non, tu es rentrée plus tôt, argumenta Josh.

Elle renifla, mais il y avait de l'inquiétude dans ses yeux.

— Quel genre de médicaments t'ont-ils donnés dans cet hôpital ? Ma fête était vendredi. Tu l'as manquée.

Josh fronça les sourcils, visiblement confus, mais il n'eut pas le temps d'en dire plus, car sa mère arriva en trombe. Ses cheveux étaient foncés, mais les racines grises étaient apparentes. Elle portait un tablier sur sa robe et elle était tout sourire.

— Josh, tu aurais dû appeler ! J'aurais fait ton lit. Comment te sens-tu, chéri ?

Elle l'enveloppa dans une étreinte qui sentait le parfum White Shoulders et le rôti que Nero pouvait sentir à un mètre de distance. Puis elle s'éloigna de son fils, et ses yeux marron le scrutèrent de la tête aux pieds.

Les hommes arrivèrent pendant ce temps-là. Bruce se présenta le premier.

— Le retour du fils prodigue, lança-t-il, sa silhouette carrée appuyée contre le cadre de la porte, ses yeux vert vif. Je suppose que l'asile t'a fait du bien. Tu as l'air fort.

Nero grimaça. De toute évidence, la famille de Josh pensait que *retraite* signifiait hôpital psychiatrique.

— Arrête ça, dit leur mère en se retournant pour frapper la poitrine de Bruce avec désinvolture. On ne se moque pas de son problème médical, quel qu'il soit. Tu m'as bien comprise ?

— Oui, m'dame, répondit Bruce en inclinant la tête.

Puis le patriarche arriva. Le père de Josh s'avança, la lumière du soleil faisant paraître ses yeux noisette d'un bleu vif au-dessus de sa mâchoire carrée et de son cou épais. Les gènes loup-garou étaient évidents pour les connaisseurs : dans ses cheveux hérissés, tous d'un brun foncé, et dans son sourire carnassier.

— Ne restez pas là à laisser sortir toute la chaleur, grogna l'homme. Cela me coûte assez cher comme ça. Josh, si tu veux entrer, alors entre. Dis-nous où tu es allé et ce que tu as fait.

Il rit en disant ces mots apparemment innocents, mais Nero entendit une pointe de méchanceté. Après la famille de Josh pensait qu'il était allé dans un hôpital psychiatrique, donc ces mots étaient sans doute un coup droit.

Ils entrèrent tous précipitamment dans la maison, y compris Nero. Il y eut beaucoup de bousculade alors que Josh et lui se débarrassaient de leurs manteaux et les accrochaient dans un placard bien rangé dans l'entrée d'une maison à un étage très propre. Ce fut le temps nécessaire à Josh pour assimiler les paroles de chacun.

Il prit une grande inspiration, puis se tourna vers Nero avec un regard accusateur.

— Leur as-tu dit que j'étais à l'hôpital ?

— Non. Nous leur avons dit que tu étais dans un centre de retraite spécialisé, que tu suivais un traitement très spécifique et que tu ne pouvais pas avoir de visiteurs ou de contacts extérieurs d'aucune sorte.

C'était la famille qui avait pensé immédiatement à *un hôpital psychiatrique.*

Josh le fixa, et Nero pouvait entendre le tic, tac, tic, tac de la bombe à retardement du jeune homme s'accélérer. Ses yeux brillaient de fureur, mais il ne parla pas à Nero. Au lieu de cela, il se tourna vers sa famille et parla lentement et clairement.

— Je n'ai pas été hospitalisé.

— Techniquement, tu l'as été, ajouta Nero.

Josh lui lança un regard noir.

— J'étais…

— Tu te reposais et te remettais du stress de ton programme d'études.

— Conneries !

Sa mère fit claquer sa langue, énervée.

— Surveille ton langage, dit-elle, bien que les mots sonnent comme un réflexe plutôt que comme une intention.

Josh ne la regarda même pas.

— Je n'ai pas été hospitalisé, répéta-t-il d'une voix forte. J'étais…

— Il exécutait une tâche classifiée dans une installation classifiée.

Wulf, Inc. avait un protocole lorsqu'une recrue était réintroduite dans la famille. L'idée était de confondre les proches avec autant de conneries que possible afin que personne ne sache ce qui était réel et qui était une plaisanterie. C'était un jeu auquel Nero excellait habituellement.

— Bonjour, dit-il en souriant cordialement à tout le monde. Je suis Nero Bramson et je suis l'ami de Josh. Il n'est pas encore prêt à conduire alors que j'ai pensé que je pourrais l'aider et jouer au chauffeur.

— Pas prêt à conduire ! bafouilla Josh et Nero lui lança un sourire mégawatt.

C'était la vérité absolue – pas parce que le jeune homme en était incapable, mais parce qu'ils n'étaient pas encore prêts à le laisser s'échapper. Pas avant que le démon qui dévorait le Wisconsin ne soit détruit.

Josh le savait et cela l'énervait clairement. Mais c'était aussi le moment pour l'homme de choisir. Disait-il la vérité à sa famille – auquel cas ils seraient tous convertis en loups-garous et on verrait bien qui survivrait – ou gardait-il la couverture à laquelle ils croyaient de toute évidence ?

Tic, tac, tic.

Josh choisit la version officielle.

— Oui, dit-il avec beaucoup d'amertume dans le ton. Nero est mon conducteur.

— Je préfère chauffeur.

— Je préfère enculé.

— N'est-ce pas vrai ? répliqua Nero en remuant les sourcils, ce qui était une chose vraiment idiote à dire.

Mais c'était le genre de propos que les hommes se disaient tout le temps, et Josh avait prouvé depuis longtemps qu'il pouvait tenir les mêmes propos que les autres.

À part que Josh ne réagit pas comme d'habitude. Son visage s'enflamma, signe révélateur de la vérité s'il en était. Il y eut un moment de silence stupéfait autour d'eux, puis son père grogna brusquement.

— Cela n'a rien d'étonnant.

Papa était homophobe, de toute évidence. Ce n'était pas une surprise. Ce fut la mère de Josh, devenue blanche comme un linge qui fit sursauter Nero. Elle dévisagea Josh et dut s'appuyer sur le mur.

— Oh, génial, gémit Ivy, puis elle attrapa le coude de sa mère et la dirigea vers la cuisine. Laisse-moi t'aider avec le plat de haricots verts.

Bruce semblait être le seul à ne pas être affecté. Il restait là, le regard lourd, faisant des allers-retours entre Josh et Nero. C'était un regard perspicace, et Nero prit conscient que Josh n'était pas la seule personne

intelligente de sa famille. Et quelle était la réaction de Josh à tout cela?
Rien, à part la chaleur de son visage rouge vif.

Un battement. Puis un autre. Puis son père se retourna et se dirigea
vers son siège au bout de la table de la salle à manger. Il s'y laissa tomber
avec un grognement. Sans lever les yeux, il versa un soda light dans son
verre, écrasa la canette avec son poing nu, puis il la frappa sur la table dans
une des meilleures démonstrations de fureur passive agressive que Nero
n'ait jamais vue. L'homme avait juste versé son soda et écrasé sa canette,
mais chaque action remplissait l'air de haine. Puis il leva les yeux vers son
fils avec un regard brûlant et fit un geste vers un siège au bout de la table.

— Prends une chaise. Dis-nous comment le stress de ne pas travailler
un seul jour dans ta vie t'a transformé en quelqu'un qui suce des queues.

— Papa! souffla Bruce, imitant fidèlement l'avertissement de sa mère.

Mais monsieur Collier tourna ses yeux sombres vers son fils aîné et se
contenta de lui lancer un regard noir. Au crédit de Bruce, celui-ci tint bon,
le menton levé.

— Ce n'est pas comme ça que ça fonctionne.

— Vraiment? dit son père. Alors, dis-moi comment cela fonctionne,
Josh, dit-il écartant complètement son fils aîné. Assieds-toi à ma table dans
ma maison, mange ma nourriture, et dis-moi comment tu as fini par être gay.

Ouch. Est-ce que Nero ne se sentait pas comme une merde? Il n'avait
fait que remuer le couteau dans la plaie, lançant toutes sortes d'informations
à la famille afin qu'elle reste confuse. C'était le protocole. Mais il n'avait
pas réalisé à quel point la réaction de la famille serait mauvaise.

Merde. Il avait commis une grosse erreur. Il aurait dû se rendre
compte qu'ici, au cœur du Midwest, la famille de Josh était peut-être plus
homophobe que ses propres parents en Floride. Il aurait dû réaliser que si
les loups-garous étaient très ouverts sexuellement, ce n'était pas la même
chose chez les humains. C'était en partie pour cela qu'il évitait de passer du
temps avec les vanilles. Il avait oublié à quel point ils pouvaient être étroits
d'esprit.

Il devait réparer cela rapidement, et avouer la vérité absolue était le
seul moyen auquel il pensait pour le faire.

— Nous sommes une organisation militaire secrète, et nous avions
besoin de l'aide de Josh. Nous l'avons enlevé, entraîné, et maintenant il a
besoin de votre aide pour sauver le monde.

Ce n'était pas une exagération, et il se retrouverait certainement dans
une merde profonde si les supérieurs découvraient ce qu'il avait dit.

— Tout le reste était des conneries. C'est la vérité.

Josh le fixait, comprenant clairement combien de règles Nero venait d'enfreindre.

— Tu ne peux pas leur dire ça.

Sans blague. Mais il ne le dit pas. Au lieu de cela, il haussa les épaules et essaya de communiquer sans mots combien il était désolé.

Josh comprit. Au moins, ses yeux s'adoucirent pendant un instant avant qu'il ne redresse ses épaules et ne s'adresse à son père.

— Nous ne restons pas pour manger. Nous sommes ici parce que nous avons besoin de Volcax, dit-il avant de hocher la tête vers Nero. Il te payera bien pour ça, mais nous en avons besoin maintenant.

Nero n'avait pas raté la partie « bien payé », mais il n'avait pas le droit d'argumenter. Même s'il y avait une limite à ce que Wulf, Inc. pouvait donner, il n'allait pas ergoter pour quelques milliers de dollars. Ou des dizaines de milliers, selon le cas.

— Quoi ? s'exclama la mère de Josh en franchissant la porte de la cuisine, un plat de gratin dans les mains. Comment ça, tu ne restes pas ?

Le jeune homme se tourna vers sa mère, et Nero put observer le profil de Josh de cet angle alors qu'il suppliait sa mère de comprendre.

— Je ne peux pas, maman. Nous sommes venus pour le Volcax. Une commande urgente. Super secrète. Je dois retourner au…

— Laboratoire. Oui, c'est ce que tu dis toujours, répliqua-t-elle en posant le plat sur la table, le menton levé. Eh bien, quelle que soit la raison, ton père ne peut pas l'avoir pendant qu'il mange. Tu vas donc t'asseoir là et te joindre à nous. Ton… ami aussi.

Sa voix se brisa sur la partie *ami*. Elle était clairement mal à l'aise avec l'idée que Josh et lui puissent être amants, mais elle essayait. Puis elle continua de peur qu'il ne pense qu'il l'avait distraite du secret principal.

— Tu vas m'expliquer où tu étais pendant tout ce temps. Savannah est venue ici le mois dernier, malade d'inquiétude. Nous l'étions tous.

Monsieur Collier tendit la main et tapota celle de sa femme.

— Il est ici maintenant. Il va bien. Tu peux arrêter de t'inquiéter.

Elle se retourna afin de fixer son mari et sa mâchoire se contracta de colère. Aucun mot ne fut prononcé, mais Nero pouvait les entendre, même sans les sons. *Il ne va pas bien. Il est gay.*

Ivy sortit avec deux couverts supplémentaires et prépara rapidement des sièges pour Josh et Nero. Elle siffla lorsque Josh tendit la main pour l'arrêter.

— Assieds-toi. Mange. Parle-leur au lieu de t'enfuir.

Josh la regarda, mais elle ne broncha même pas. Le sous-entendu était facile à lire sur le visage de Josh, encore une fois. *Pourquoi ? Ça se termine toujours de la même façon.*

Ivy ne le pensait pas, et Josh céda lorsqu'elle tira une chaise pour son petit frère. Puis elle fit signe à Nero de s'asseoir aussi. Il prit le siège à côté de Josh et sourit chaleureusement à madame Collier.

— Merci beaucoup de partager votre repas avec moi. Pour répondre à votre question, Josh se trouvait dans une installation classifiée…

— À effectuer un travail classifié, l'interrompit Bruce. Vous l'avez déjà dit, mais il nous faut des détails. Qui êtes-vous exactement et…

— Nous ne pouvons pas le dire, malheureusement, et cela ne servira à rien d'insister auprès de Josh. Je suis ici pour m'assurer qu'il ne crache pas le morceau, dit-il avant de faire un geste vers l'étalage de nourriture. Cela sent fabuleusement bon, madame Collier.

— Eh bien, euh, merci, répondit-elle.

C'était encore une fois une réponse automatique alors que son esprit était clairement sur Josh. Mais au moins, cela la fit s'asseoir. Puis Ivy prit place également, et ils joignirent tous leurs mains pour la prière.

Tous sauf Josh qui regardait la main de Bruce comme si c'était un serpent venimeux. Mais quand tout le monde le fixa, il saisit la main de son frère durement. En revanche, il toucha à peine Nero, étendant ses deux derniers doigts pour les lier aux siens. Pas question. Nero utilisa ses réflexes de loup-garou pour s'emparer de la main de Josh et la tenir droite comme s'il était dans un rassemblement évangélique, louant Jésus de toutes ses forces.

Monsieur Collier prononça la prière du dimanche, ses mots étaient superficiels, le message de remerciement était par cœur plutôt que par intention. Mais alors qu'il disait amen, la mère de Josh fit un ajout à la prière.

— Merci d'avoir ramené Josh à la maison. Veillez sur sa santé, Seigneur, et éclairez son chemin pour qu'il puisse le parcourir avec clarté et joie. Trouvez-lui peut-être une gentille jeune fille pour l'aider dans cette tâche. Amen.

Elle était clairement la force religieuse de cette famille, et en ce moment, elle voulait montrer à Josh qu'il n'était pas gay.

Tout le monde, sauf Josh, fit écho à l'amen, y compris Nero. Il pouvait comprendre les mots, sinon la pensée de madame Collier. Il voulait que

Josh trouve son chemin avec clarté et joie. Il espérait juste que ce serait avec Wulf, Inc. et non dans cette poche homophobe de l'Amérique.

Ils se lâchèrent tous la main, et Bruce leva la sienne, la secouant alors qu'il essayait de faire refluer le sang dans ses doigts.

— Merde, petit frère, tu es devenu fort.

— Quoi ? s'exclama Josh en sursautant.

Ivy renifla en expliquant cela à Josh.

— Mes frères avaient ce jeu enfantin de voir qui pouvait écraser la main de l'autre pendant la prière. Tout le monde disait merci Seigneur, et ils transpiraient et grognaient comme s'ils étaient à un match de catch.

— Il a tenu bon pendant tout le lycée, mais cette fois, j'ai cru qu'il allait me casser les doigts, dit Bruce sans regarder Josh.

Il y eut une longue pause pendant laquelle Josh se demandait clairement comment répondre. Son frère lui épargna heureusement cette peine.

— Cela fait longtemps que je n'ai pas eu besoin de prouver ma virilité contre mon petit frère.

C'était une ouverture amicale, et ils attendirent tous de voir comment Josh allait réagir.

Cela prit un certain temps, mais le jeune homme hocha finalement la tête.

— Je... euh... oui. Je suis devenu plus fort.

— Retour dans ce lieu où tu ne peux pas parler de ça ? De ce que tu fais...

— Je ne peux pas parler de ça. Oui, dit-il avant de regarder son père. Je conçois quelque chose qui a besoin de ce Volcax. S'il te plaît.

Monsieur Collier grogna alors qu'il prenait de la purée de pommes de terre avant de passer le plat à sa femme. Ivy mangeait son bœuf comme une louve-garou ou quelqu'un qui a été nourri par l'armée pendant trop longtemps – mais elle réussit à sourire autour de sa fourchette.

— Devons-nous t'appeler Docteur Collier, maintenant ? As-tu été diplômé et tout ça ?

— Hum... marmonna Josh en attrapant les pommes de terre et commençant à se servir. Pas exactement. Pas encore.

Son père n'avait aucun problème d'audition.

— Sept ans et pas de diplôme ? dit-il alors qu'il se servait du bœuf. Que diable as-tu fait ?

— Il a travaillé pour moi, répondit Nero en souriant.

— Vraiment ? Combien cela rapporte-t-il de travailler pour vous ? Quand va-t-il me rembourser l'argent des frais de scolarité ?

— Je dois d'abord rembourser mes prêts étudiants, mais ensuite tu auras ton argent, répliqua son fils en jetant un regard furieux sur la tablée avant de lancer un regard plein de ressentiment à son frère. Lui as-tu remboursé tout l'argent qu'il a dépensé pour ta formation de pompier?

— En grande partie, répondit Bruce, puis il haussa les épaules. Enfin, un peu.

— Eh bien, grâce à l'armée, je suis libre de toute dette, plaisanta Ivy. Je n'ai juste rien à montrer pour cela. À part cette coupe de cheveux tape-à-l'œil.

Elle désignait sa coupe courte utilitaire.

Tu as de l'expérience et de la formation. Être libre de toute dette est impressionnant, surtout pour une fille de ton âge.

— Merci, maman, répondit Ivy en souriant.

Cela aurait été un bel échange si monsieur Collier n'avait pas passé tout son temps à fixer Josh. Mais ses mots étaient destinés à Nero lorsqu'il parla.

— Pour qui travaillez-vous? Que faites-vous?

— Je forme des gens comme Josh.

— Des étudiants bons à rien qui n'arriveront jamais à rien?

— Henry, s'emporta sa femme. Si tu le traites comme ça, est-il étonnant qu'il ait fini à l'hôpital?

Josh grinça des dents. Nero l'entendait parfaitement.

— Je ne suis pas allé à l'hôpital. Je…

— Si, intervint Nero. Mais par pour très longtemps.

— Ce n'était pas un hôpital.

— Ce n'était pas un hôpital. Ne sois pas si étroit d'esprit. C'est bon et sain de demander de l'aide quand on en a besoin.

Josh plissa les yeux, ce qui était déjà assez mauvais, mais l'expression de douleur cachée sous la colère l'était encore plus.

— Pourquoi te comportes-tu en enfoiré?

— Joshua Collier, s'écria sa mère. Nous ne parlons pas comme ça à nos invités.

— Il n'est pas un invité, dit-il en se tournant vers elle. Il est mon geôlier.

— Voilà, nous savons maintenant! intervint son père, son poing charnu atterrissant sur la table assez durement pour faire trembler la vaisselle et faire taire tout le monde. Tu as eu des ennuis, n'est-ce pas? Il s'est passé quelque chose à cette soirée déguisée à laquelle tu es allé. Celle

212

où Savannah a dit que tu avais disparu. Tu as fait quelque chose de stupide comme d'habitude, mais tu t'es fait prendre cette fois et tu t'es retrouvé en prison. Tu ne nous as pas appelés parce que tu ne le pouvais pas. Et quelque chose t'est arrivé en prison. Maintenant, tu es là, à me demander du Volcax, et tu sais que je ne peux pas t'en donner. Je ne fais rien d'illégal. Pas pour toi, mon garçon.

Son regard atterrit durement sur Nero.

— Où vous, qui que vous soyez.

Waouh. Jamais personne n'avait eu autant raison et autant tort en même temps. Toutes les personnes attablées étaient abasourdies et silencieuses. Même Nero n'avait pas la capacité de former des mots. Mais Josh avait assez de rage accumulée pour se redresser si fort que sa chaise bascula derrière lui. Il planta ses poings sur la table et fixa son père.

— Je ne suis…

Il se tut, son visage devenant presque violet. Puis il releva le menton.

— Oui, papa. Je suis allé en prison, et ils m'ont transformé en quelque chose d'horrible. Et cet homme, c'est le premier des enfoirés. Un gros enfoiré de loup. La seule façon de me faire sortir de prison, c'est que tu me donnes un tissu stupide pour sauver la vie de cet abruti. J'ai besoin qu'il soit coupé et cousu dans une forme de fou parce que j'ai pété les plombs. Parce que je suis devenu gay en prison.

— Joshua, s'il te plaît, supplia sa mère, ses mots remplis de douleur.

— S'il te plaît quoi, maman? insista-t-il. S'il te plaît, ne sois pas gay? Eh bien, je le suis. Et je suis bien pire que ça. Alors que dirais-tu si je te proposais un marché? Tu fais en sorte que papa sauve la vie de cet enf… abruti, et je me casse de votre vie. Ce sera comme si tu n'avais jamais eu de fils gay et que je n'avais jamais eu de parents homophobes. Mais ne t'inquiète pas, papa. Si tu ajoutais un gros bénéfice à ce que tu vas facturer, pourrais-tu considérer cela comme un remboursement de mes frais de scolarité? Toutes ces années perdues à l'école, et tout ce que j'ai à montrer pour ça, c'est un ABD, qui ne me donnera qu'un travail payé cent mille dollars par an.

Personne autour de la table ne semblait savoir ce qu'était un ABD, et Josh leva les yeux après quelques secondes de regards confus.

— Ça veut dire tout sauf la dissertation!

Puis il sortit de la maison.

XXII

JOSH RÉUSSIT à sortir, mais il n'avait nulle part où aller. Nero avait les clés de la voiture, donc celle-ci était hors de question. Il pouvait marcher quelque part. Bon sang, il pouvait se transformer en loup et hurler dans les rues de la banlieue d'Indianapolis, mais ce n'était probablement pas la meilleure idée non plus. Alors il resta dehors, respira l'air frais de l'hiver, et essaya d'exister sans exploser.

Cela ne fonctionna pas. Car quelques minutes après sa sortie explosive, Nero sortit à son tour pour se tenir à côté de lui. Josh ne parla pas alors Nero finit par prendre la parole, d'une voix basse et apaisante.

— Je sais que ça craint, dit-il. Mais maintenant tu as rompu avec ta famille. Tu peux maintenant continuer ta vie de loup comme tu veux sans que ton passé interfère.

Les mots mirent un moment à passer outre sa fureur et prendre tout leur sens. Mais une fois que ce fut fait, c'était comme mettre une allumette sur de la dynamite. Il se jeta sur son ancien ami et lâcha tous les jurons dégoûtants qui coulaient du cloaque de ses pensées. Puis lorsque cela se calma, il trouva ses vrais mots. Et il les prononça avec précision.

— Ne t'avise pas de prétendre que c'était pour mon bien. Crois-tu que je ne sache pas ce qui se passe ? Je reçois les mêmes foutues alertes sur mon ordinateur que toi. Je sais que le Wisconsin meurt centimètre par centimètre, pied par pied, chaque jour davantage. Je sais que tu veux tuer cet enfoiré plus que tu ne veux respirer…

— Oui, le démon est de retour et il mange…

— Combien de fois as-tu essayé de rompre avec moi hier soir ? Ce matin ? Crois-tu que je n'aie pas entendu les longues pauses et les gros soupirs ? Tu as ce regard de chien battu depuis que le premier opossum a bu de l'eau du lac et est mort. Nous avons une zone morte qui grandit sans réponse maintenant.

— Je dois le tuer…

— Et pour une raison tordue, tu penses que ça veut dire que nous devons nous séparer, toi et moi.

— Nous devons…

214

— Mais tu ne parles pas de ça. Tu me fixes pendant que je dors et tu m'embrasses comme si ça ne devait plus jamais se reproduire.

— Josh…

— Puis tu fais ça, continua-t-il en pointant un doigt vers sa famille. Tu pousses et tu pousses jusqu'à ce que j'explose sur toute ma famille, pour que je te déteste.

Il le poignarda d'un doigt dans la poitrine.

— Félicitations ! Je te hais ! Je te méprise parce que tu n'as pas le courage de me parler franchement.

Il regarda la mâchoire de Nero se contracter et ses épaules se voûter. Ses sourcils se froncèrent de colère, mais il les retint. Puis Nero parla, sa voix investie de son foutu pouvoir Alpha. Heureusement, Josh était trop énervé pour que cela fonctionne sur lui.

— Le protocole du loup encourage une rupture complète avec le passé, et ce n'est jamais joli…

— Je m'en fous ! Tu voulais le faire. Protocole ou pas, tu voulais être un enfoiré pour que je rompe avec toi.

Il soutint le regard de Nero, l'infusant d'assez de haine pour être sûr que son point de vue était valable. C'était le cas apparemment, car Nero céda le premier. Il baissa les yeux sur une fissure dans l'allée et hocha lentement la tête.

— Peut-être que je l'ai fait. C'était peut-être lâche de ma part.

— Crois-tu ?

— Je ne sais peut-être pas quoi penser d'un amant qui est un stagiaire avec un cerveau de la taille d'un génie, dit-il en relevant la tête. Tu progresseras rapidement dans l'entreprise. Tous les hauts placés s'arrachent déjà ton temps et sont prêts à bien te payer pour ça. Moi ? Je suis un grognard qui attend sa prochaine affectation sur le front. Il n'y a jamais eu d'avenir pour nous. Jamais. Et je…

Il détourna le regard.

— Et tu m'aimes, tête de nœud.

— Quoi ? s'exclama Nero en levant la tête.

— Bordel, crois-tu que je ne le savais pas ? Crois-tu que je laisserais quelqu'un faire avec moi ce que nous avons fait ? Ce n'est pas seulement le sexe. Il n'y a rien que tu ne saches pas sur moi. Tu es la première personne vers qui je me tourne le matin et la dernière que j'embrasse le soir.

Nero secoua fortement la tête.

— Ce n'est pas…

Il déglutit.

— C'est la meute. C'est ce qu'on ressent dans une meute.

— Et c'est de l'amour. Tu aimes la meute.

— Oui.

Le mot craqua lorsqu'il sortit.

— Et ça craint quand cette meute est déchirée, peu importe comment ça arrive, dit Josh en regardant au-delà de l'épaule de Nero vers la maison derrière lui. Mais tu n'avais pas à faire ça. Tu n'avais pas à le faire de cette façon.

Avec cela, il se détourna. Il n'avait toujours pas d'endroit où aller, mais il avait fini de parler. Il avait besoin d'être seul, de haïr, d'enrager, de pleurer en paix.

Alors il tourna le dos à Nero et marcha jusqu'au pare-chocs arrière de la voiture. Il parla par-dessus son épaule lorsque l'homme ne bougea pas.

— Les spécifications sont dans ton téléphone. Dis à mon père de commencer à fabriquer le truc pour que nous puissions nous tirer d'ici.

Il attendit encore quelques instants, les épaules tendues et le souffle coupé. Il y avait des larmes sur ses joues, mais il ne voulait pas se trahir en les essuyant. Nero voyait tout, et c'était un détail qu'il ne pouvait pas rater.

Alors, il s'appuya contre le pare-chocs de la voiture de Nero et laissa les larmes brûler froidement sur ses joues. Nero soupira à temps et rentra dans la maison. Cela aurait dû être génial. Cela aurait vraiment dû, mis à part qu'il vit une voiture descendre la rue en trombe une fois que sa vie se fut éclaircie.

Une mustang jaune canari avec un pare-chocs cabossé et une jolie brune agrippant le volant alors qu'elle se garait sur une place de parking.

Savannah.

Elle s'arrêta devant la maison de ses parents, puis elle sortit de la voiture et courut droit sur lui. Il se crispa, et Dieu merci pour sa force de loup-garou, parce qu'elle n'était pas une petite femme lorsqu'elle sauta dans ses bras. Puis elle le tint, le serrant assez fort pour que ses yeux se mettent de nouveau à pleurer. Ce n'était pas de la douleur, mais de la gratitude. Quelqu'un l'aimait assez pour le serrer dans ses bras comme si sa vie s'était terminée sans lui.

— Josh, dit-elle en prononçant son nom comme si c'était une prière.

Finalement, elle prit une profonde inspiration et glissa hors de ses bras. Puis elle le frappa durement à l'épaule.

— Aïe !

216

Maintenant, même sa meilleure amie le frappait? C'était quoi ce bordel?

— Pas de aïe avec moi! Où étais-tu passé? Je me suis fait un sang d'encre. Tes parents ne savaient rien, tu as raté la fête d'Ivy, et personne n'avait de tes nouvelles à ton labo. Qu'est-ce que tu as fait? Pourquoi as-tu l'air d'avoir fait de la musculation? dit-elle en serrant son bras. Tu n'as jamais été aussi bien bâti depuis… jamais.

Puis elle regarda son visage avec insistance.

— Pourquoi on dirait que tu as pleuré?

— Ça fait beaucoup de questions, murmura-t-il en enfonçant une paume dans ses yeux.

— Commence par la plus immédiate. Pourquoi pleures-tu?

Il pensa à mentir, mais elle était sa meilleure amie depuis le lycée. Si quelqu'un pouvait lui donner une perspective, c'était bien elle.

— Mon petit ami vient de rompre avec moi.

Il se crispa, attendant la question confuse : tu es gay? Au lieu de cela, elle jeta un coup d'œil à la maison par-dessus son épaule.

— Chez tes parents? C'est nul.

— Oui, dit-il avec un faible rire. C'était déjà assez mauvais qu'il m'ait traîné ici, mais en plus il a fait ce coup d'abruti.

Il secoua la tête, ne voulant pas entrer dans les détails.

— Eh bien, c'est un homme, et ils sont tous des crétins.

Puis elle s'appuya contre la voiture.

— Je suis un mec aussi, tu sais.

— Tu as disparu de ma vie pendant six semaines, tu as eu une relation gay, et tu viens d'y mettre fin. Je dirais que c'est débile. Pas le côté relation. Nous les foirons tous. Je parle de la disparition. Alors que s'est-il passé? Où étais-tu?

— Que te rappelles-tu MoreCon? demanda-t-il en se tournant pour étudier son visage.

— Je… commença-t-elle avant de grimacer. C'est bizarre. Je me souviens d'être arrivée et de t'avoir rencontré au café, mais ensuite, c'est flou. Nous étions censés nous retrouver après la soirée d'ouverture? Je pense que j'ai été malade ou quelque chose comme ça, parce que je me souviens m'être réveillée dans ma chambre le lendemain matin et tu n'étais plus là. Comme si tu n'étais pas à l'hôtel, que ta voiture n'était plus là. Juste parti. Personne ne savait rien jusqu'à ce que Bruce m'envoie un texto disant que tu étais ici.

Il hocha la tête s'attendant à quelque chose comme cela.

— Tu peux choisir tes réponses. J'ai fait une crise parce que je suis gay et j'ai été hospitalisé. J'ai fait quelque chose de louche à l'événement, j'ai été arrêté, et je suis devenu gay en prison. J'ai été enlevé par une organisation secrète et je suis devenu gay.

— Ne crois-tu pas que les organisations secrètes ont mieux à faire que de se mêler de ta vie sexuelle?

Il rit.

— Crois-moi, elles ont des choses bien plus bizarres à gérer.

Elle resta silencieuse pendant un long moment. Elle l'étudia de la tête aux pieds, puis elle serra son bras en posant sa tête sur son épaule.

— Donc une organisation secrète. Qu'est-ce que tu peux me dire?

Il sursauta.

— Tu me crois?

— Tu as pris du poids. Ça n'arriverait pas dans un hôpital ou une prison.

— J'aurais pu me muscler en prison.

— Peu probable. Donc, il reste l'armée secrète ou autre, et ils t'ont probablement forcé à faire de la gymnastique. Bon sang, j'aurais aimé voir ça.

— Je pense que j'aurais préféré mourir, dit-il avec un reniflement.

— Ah, alors j'ai raison.

— Oui, tu as raison. Mais c'est à peu près tout ce que je peux te dire.

Une brise souffla dans la rue, et elle se blottit plus profondément dans son manteau.

— Pourquoi n'as-tu pas froid? Tu n'as même pas de manteau.

Métabolisme de loup-garou? Il n'en était pas sûr, mais il passa un bras autour d'elle et le serra contre lui.

— Nous pouvons aller à l'intérieur, proposa-t-il, même si c'était la dernière chose qu'il voulait.

— Pas avant que tu me dises pourquoi tu es ici.

— Nous avons besoin de Volcax. Nero a insisté pour que nous trouvions un moyen de l'obtenir maintenant. Il y a un problème de temps dont il ne me parle pas. Mais ça doit être maintenant.

— Nero l'abruti?

— Oui.

— Tu l'aimes?

— Oui.

— Assez pour te battre pour lui?

Il fit une pause pour y réfléchir. Il y avait tellement de facteurs à prendre en compte. Il venait de devenir un loup-garou et ne savait pas encore ce que cela signifiait. Il pourrait continuer chez Wulf, Inc. Il pourrait reprendre sa vie et finir son doctorat. Son avenir était en mouvement et celui de Nero n'était pas différent. L'énorme abruti rejoindrait probablement une nouvelle meute de combats et se rendrait n'importe où dans le monde, combattre qui savait quoi.

Toutes ces pensées lui passaient par la tête, et Savannah, étant Savannah, le laissait y réfléchir, même si elle frissonnait lorsqu'il parla.

— Pas en ce moment, admit-il finalement. Si tout était normal…

Il renifla presque à ce mot. Les loups-garous n'étaient pas normaux.

— Je ne le laisserais pas finir cela comme ça. Mais il va quelque part. Je vais peut-être aller quelque part.

— Où vas-tu? demanda-t-elle en se redressant.

Il était sur le point de dire qu'il ne savait pas, mais il décida à cet instant de partager les faits importants. Les détails n'avaient pas d'importance. Mais cela oui.

— J'aime vraiment le travail que je fais, dit-il, sentant qu'il avait pris sa décision. J'aime ça. C'est excitant et différent.

Litote de l'année.

— Et ils ont l'air d'avoir vraiment besoin de moi.

— Tu restes en terre secrète.

Une déclaration, pas une question.

— Oui, acquiesça-t-il, puis il secoua la tête. Mais dès que je peux, j'écris ma thèse et je suis diplômé.

— Quoi?

Il la fit tourner afin qu'ils se regardent droit dans les yeux.

— Tu ne t'en souviens peut-être pas, mais tu m'as harcelé à MoreCon pour ne pas avoir avancé dans ma vie.

— Ce n'est pas une surprise. Je fais ça chaque fois que je te vois.

Vrai.

— C'est parce que tu as raison. Je n'étais pas diplômé parce que je ne savais pas ce que je voulais faire après. Rien ne m'intéressait.

— L'as-tu trouvé maintenant?

Il pensa aux pages et aux pages de dossiers qu'il avait parcourues. Les démons avec du feu plasma n'étaient que la partie immergée de l'iceberg. Les vampires et les métamorphes ne représentaient qu'une fraction du monde existant. Et quand les faes s'en mêlaient, tout devenait fou.

— J'adore ça, dit-il.

— Mais tu le quittes ?

— Temporairement. Je vais finir mon doctorat pour que ces salauds me payent ce que je vaux.

— C'est ça l'esprit, répliqua-t-elle en souriant.

Puis il jeta un coup d'œil à la maison.

— Nero s'est comporté comme un abruti aujourd'hui, mais il avait raison sur une chose.

Elle arqua les sourcils en signe d'interrogation.

— Je dois faire table rase de mon passé. Même si ça craint aujourd'hui, au moins je ne laisserai pas ma famille dans les limbes.

— Mais tu disparais toujours en terrain inconnu.

Il haussa les épaules ;

— Ce n'est pas le cas pour eux. Nero a révélé mon homosexualité, dit-il en levant la main afin de l'empêcher d'émettre un jugement rapide. Il pensait qu'ils le savaient déjà, et je sais qu'il a été choqué par leur réaction.

— C'est quand même le geste d'un enfoiré.

Josh ne pouvait pas le contester.

— Alors, maman va faire une dépression nerveuse, et papa a choisi la conversion en prison.

— Oh, bon sang, souffla-t-elle, puis elle regarda l'énorme camion de Bruce. Et ton frère et ta sœur ?

— Je ne sais pas, soupira-t-il. Ils ont essayé d'aider tous les deux, mais ils ne pouvaient pas faire grand-chose.

— OK, donc ton frère et ta sœur sont hors-jeu, mais *pas moi*. Je me moque de ce que tu fais, j'attends une adresse e-mail et une communication régulière. Tu ferais mieux de prendre des vacances pour MoreCon chaque année, dit-elle en le poussant dans la poitrine. Chaque année.

— Chaque année. Je te le promets.

— D'accord. Bien, alors…

Savannah se tut quand son regard se fixa sur Bruce. Il venait juste de sortir de la maison, et il ralentit légèrement lorsqu'il les vit. Puis il contracta sa mâchoire et se dirigea vers Josh.

— Salut, Bruce, dit-elle.

— Salut, Savannah ? Content que tu sois arrivée avant que tout dégénère.

— *Avant* que tout dégénère ? dit Josh en dévisageant son frère.

Bruce hocha la tête.

— Maman a organisé une réunion de prière. Ils arrivent.

— Oh, merde, souffla Savannah.

— Pour prier contre mon homosexualité ?

— Pour prier pour toi.

Oui. C'était pour prier pour chasser son homosexualité.

— Et pour papa ?

— Il n'était pas prêt à faire des sweats à capuche pour chien… dit-il en regardant Josh. C'est une blague bidon ou un truc du genre, n'est-ce pas ?

— Désolé, c'est réel. À part si je suis la blague.

— Cet homme, Nero, a bien précisé que l'offre de paiement était réelle, mais seulement si les manteaux sont fabriqués aujourd'hui. Il a offert un paquet d'argent à papa. Tu sais combien notre père est gourmand. Et étant donné que l'autre est une veillée de prière au lieu de la chaîne sportive…

— Papa va vraiment nous donner le Volcax ? demanda Josh en se redressant. Nous nous rendons à l'usine, alors ?

— Nero et papa y vont, dit Bruce. Mais toi et moi pourrions peut-être aller ailleurs. Prendre une bière, peut-être.

Josh fronça les sourcils. Des années de tromperie de la part de son frère aîné lui revenaient à l'esprit.

— Tu n'as jamais voulu sortir avec moi avant.

— Nous n'avons jamais été des adultes avant. Tu n'as jamais disparu, tu n'es jamais revenu en étant gay, et tu n'as jamais tenu tête à papa, non plus, répliqua Bruce en souriant. Et pour info, je savais ce que ABD voulait dire. Tu l'as toujours eu derrière ton nom.

Était-ce une blague ? Si oui, c'était vrai. N'avait-il pas dit la même chose à Savannah ? Il ouvrit la bouche pour accepter. Il n'existait aucune raison pour qu'il n'essaye pas de se réconcilier avec son frère avant de disparaître pour toujours dans Wulf, Inc. Mais Nero surgit de la maison, son téléphone à la main.

— Nous devons aller à l'usine, Josh. Le fae dit que c'est maintenant ou jamais !

Josh eut besoin d'un instant pour se réorienter de la famille à l'étrangeté, mais il y arriva. Un fae avait probablement localisé le démon, et Nero était bien décidé à abattre ce connard. Savannah et Bruce avaient du mal à suivre la conversation.

— Est-ce une insulte ? demanda Bruce, naturellement confus.

— Ou un nom de code ? ajouta Savannah.

221

C'était les deux, compte tenu de l'attitude de Nero envers les fae, mais il ne pouvait pas le dire. Il haussa les épaules à la place.

— Classifié, dit-il.

— Monte, dit Nero en même temps, avec un signe de la main vers la voiture. Ton père va couper le tissu et ensuite je vais…

— Le tester dans un laboratoire, l'interrompit Josh. Il doit être testé.

— Pas le temps. Tu le mettras sur moi et…

— Tu prendras le temps, soutint Josh en l'affrontant. C'est moi le geek ici. Je te dirais quand il sera prêt à être utilisé sur le terrain.

— Je suis le patron. Je te dirai où…

— Es-tu prêt à te suicider ? Parce que c'est ce qui va se passer…

— … Nous testons. Sur le terrain. C'est le seul test qui compte.

— Pas moyen…

— Merde, Josh !

La voix de son père coupa court à leur dispute.

— Vous voulez ce truc de dingue ou pas ?

Ils se retournèrent tous les deux et parlèrent d'une seule voix.

— Oui !

— Alors, dégagez de mon chemin !

Ils eurent besoin d'une seconde pour comprendre ce qu'il voulait dire. Son père avait ouvert la porte du garage pendant qu'ils hurlaient, mais la voiture de Nero le bloquait et il attendait pour sortir son véhicule.

— Tout de suite, monsieur, cria Nero.

Puis il ouvrit la portière de sa voiture.

Josh se précipita vers le côté passager de la voiture et pénétra à l'intérieur juste au moment où Nero tourna le contact.

— Tu ne peux pas faire ça sans le tester.

Nero recula dans l'allée pendant que Savannah et Bruce observaient la scène depuis la pelouse. Mais il dut ensuite s'arrêter afin que le père de Josh recule et ouvre la voie. Il se tourna vers Josh pendant cette pause. Son ton était égal, sa mâchoire ferme et ses yeux durs.

— Je vais le faire avec ou sans ton bouclier et ton sweat à capuche. Alors est-ce que je l'attends ? Ou est-ce que je me dirige directement vers le Wisconsin maintenant ?

Josh jura dans sa barbe. Puis il jura encore plus fort lorsqu'il réalisa que son compagnon attendait sa réponse.

— Bien, souffla-t-il. Attends que mon père en fasse deux. Nous irons ensemble.

— Foutaises. Tu n'es pas entraîné.

— Et tu n'as pas les idées claires.

Nero admit cela avec un grognement. Puis il parla, la voix basse.

— J'ai attendu six semaines et cinq jours, dit-il en regardant Josh. Je sais que cela n'a pas de sens pour toi. Je ne peux pas t'expliquer davantage, mais plus nous attendons, plus cela empire. Donc, je pars demain matin, quoi qu'il arrive.

Josh grimaça. Il pouvait sentir la détermination dans le ton de son compagnon. Il y avait quelque chose que celui-ci ne lui disait pas. Quelque chose d'important qui avait coloré ses actions depuis le tout début.

— C'est imprudent d'y aller seul et sans préparation. J'ai lu tes rapports de mission, ça ne te ressemble pas. Tu ne penses qu'à la sécurité avec ta meute.

Nero ne répondit pas, et Josh assembla les pièces du puzzle alors que les kilomètres défilaient.

— Tu ne crois pas qu'ils te laisseront participer à la mise à mort, n'est-ce pas? Tu penses qu'ils vont confier la tâche à quelqu'un d'autre.

Nero secoua la tête.

— Personne d'autre ne traînera des boucliers recouverts de pâte au combat, Josh. Ou ne portera un sweat à capuche. Personne d'autre que moi.

— Ils le feront s'ils en reçoivent l'ordre.

— Je ne sais pas. Il y a une limite à ce que certains d'entre eux sont prêts à faire.

— Je m'en fiche. Ce n'est pas à toi de décider et tu le sais. Alors, que se passe-t-il vraiment? Pourquoi ça doit-il être toi, en ce moment, qui prend des risques stupides?

Nero ne répondit pas. Josh comprit la vérité alors qu'ils prenaient le dernier virage avant d'arriver à l'usine de son père. Son compagnon ne répondait pas parce qu'il ne le pouvait pas. Pourtant, il était toujours obstinément, stupidement déterminé à aller au combat. Ce qui signifiait que son entraîneur, son amant, et son meilleur ami loup-garou était vraiment dérangé dans sa tête.

— Tu dois me dire la vérité, dit Josh lentement, investissant toute sa passion, sa détermination, et son *amour* dans ses mots.

Nero devait savoir qu'il était sérieux.

— Tu vas me dire ce qui se passe vraiment en ce moment ou j'effacerai tout et tu n'auras plus rien, dit-il en fixant Nero, voyant la mâchoire tendue de ce dernier. Tu as fait exploser ma vie, détruit ma relation avec ma famille, et je t'aime encore, merde. Donc, tu vas me dire ce qu'il se passe vraiment ou je ferai tout ce qu'il faut pour que tu survives. Si cela signifie détruire les spécimens…

— Sais-tu quelle est la règle numéro un du manuel de Wulf, Inc. ?

Josh eut besoin d'un moment pour sortir de sa tirade, et encore plus longtemps pour que les mots aient un sens dans son cerveau.

— Nous avons un manuel ?

— Non, bien sûr que nous n'avons pas de manuel, répliqua Nero en le fixant. Nous sommes des loups-garous !

Vrai.

— Désolé, dit-il. Je t'écoute. La règle numéro un est… ?

— Ne jamais, jamais, en aucune circonstance, faire un marché avec des faes.

Oh merde. Il y avait une bonne raison à cette règle. Les marchés avec des faes ne se passaient jamais, jamais comme ils étaient supposés se passer. Tous ceux qui avaient déjà joué à D&D le savaient.

— Tu dois comprendre, continua Nero. Ma meute entière était morte, le démon s'était échappé, et je devais faire quelque chose. N'importe quoi.

— Qu'as-tu fait ? demanda Josh, une froide terreur s'emparant de sa colonne vertébrale.

— J'ai fait un marché avec un fae, révéla Nero en soupirant.

XXIII

NERO SE gara sur une place de parking à côté du camion de monsieur Collier, mais il savait que Josh ne le laisserait pas lâcher cette bombe et disparaître, alors il essaya de minimiser les dégâts.

— Ce n'est pas aussi mauvais que ça en a l'air.

— On dirait que, dans un moment de choc et de chagrin, tu as fait la seule chose qui était garantie pour te bousiller. Et probablement tous les autres aussi.

Oui, il avait considéré cela. Longtemps après les faits, bien sûr, mais c'était une des choses qui l'empêchait de dormir la nuit.

— Ça suffit avec le stoïcisme de merde, souffla Josh. Qu'est-ce que tu as – exactement – dit ? Je dis bien *exactement*.

— Je ne me souviens pas *exactement*.

— Mère de…

— Arrête d'être si dramatique, aboya Nero. Je ne suis même pas censé te parler de ça.

— Oublie ça. Parle.

Nero soupira. Si seulement c'était aussi simple. Bitterroot lui ferait payer s'il donnait tous les détails à Josh. Point final. Mais il s'en moquait pour l'instant. Il devait la vérité au jeune homme. Plus que ça. Il voulait lui dire la vérité. C'était un fardeau trop lourd à porter.

— Bitterroot me devait une faveur, alors je l'ai appelé et j'ai obtenu un mulligan.

— Bitter – tu sais – c'est le fae ?

— Oui.

Josh connaissait évidemment déjà les dangers de dire le nom d'un fae à voix haute. C'est pour cela que Nero n'avait pas dit le nom complet de l'homme.

— C'est quoi un Mulligan ? Tu peux remplacer ton équipe par une autre ?

— Quoi ? Non ! s'exclama-t-il en fixant Josh. D'où te vient cette idée ?

— C'est ce qu'est un mulligan dans le milieu du jeu. Tu dois remplacer ta main par de nouvelles cartes et rejouer.

Nero arqua ses sourcils, il existait apparemment des choses que le super-geek ne savait pas. Un point pour la référence sportive.

— Un mulligan au *golf* est une façon de recommencer. De rejouer. Je vais remonter le temps.

— Oh ! Un dispositif Omega 13.

Josh souffla un peu lorsque Nero le fixa.

— *Galaxy Quest*. Nous le regarderons…

Il n'y aurait probablement plus de films ensemble, quoi qu'il arrive demain.

— Peu importe. Comment ça fonctionne ?

chacun d'entre eux et je tuerai ce foutu démon…

— Non ! N'y va pas et n'attaque pas. C'est toujours du suicide d'y aller avec du matériel non testé.

— Un mulligan fae a des règles spécifiques. Nous devons toujours attaquer. Il n'y a pas beaucoup de choses que je peux changer, expliqua-t-il en regardant son compagnon. Mais je peux apporter une arme pour chacun des membres de mon équipe. Ta conception…

— Ce n'est pas une arme !

— Bien ! Ton plan et ta technologie les garderont en vie. J'ai juste besoin qu'ils survivent à l'explosion, alors nous pourrons le tuer. Je sais que nous le pouvons.

— Non, tu ne le sais pas. Tout ce que tu sais, c'est ce que le démon *a fait*. Pas ce qu'il *fera* après avoir tiré cette explosion de plasma.

Oui, il avait pensé à cela, mais il ne pouvait pas tout prévoir.

— J'ai vu la… créature après. C'était un blob rose et complètement sans défense.

— À part l'arme. À part les pouvoirs du démon…

— Arrête d'argumenter avec moi, Josh. C'est fait, et je n'ai plus de temps. Je pars demain matin à l'aube, que j'ai ta technologie ou pas.

— L'aube ! s'écria Josh en se cabrant. Il n'y a aucun moyen que je puisse fabriquer cinq boucliers pendant ce temps…

— J'ai besoin de celui-là. J'ai envoyé des SMS à Bitter. Il dit que si j'en ai un, alors il peut le dupliquer.

Il y eut un moment de silence pendant que le jeune chimiste traitait cette information, mais son esprit n'était manifestement pas là où se trouvait celui de Nero.

— Hum, oui. En quelque sorte, répondit-il, ne voulant pas entrer dans les bizarreries technologiques du peuple des faes. Bref, si nous avons un bouclier et un sweat à capuche, il peut en faire quatre autres.

— Que leur ajoute-t-il ?

— Quoi ? Rien…

— Quelle connerie, dit Josh en soupirant un peu. C'est incroyablement stupide. Les marchés des fae…

— Ce n'est pas comme ça ! souffla Nero, priant pour que ce soit vrai. Bitterroot m'en devait une. Je l'ai aidé une fois.

— Voyager dans le temps n'est pas une petite faveur.

— Ce que j'ai fait n'était pas une petite faveur non plus !

Josh s'appuya sur son siège et regarda devant lui à travers le pare-brise.

— Donc ce n'est pas un Omega 13, c'est un reboot complet Star Trek, la planète morte Vulcain et tout.

— Je n'ai aucune idée de comment répondre à ça, avoua Nero en se tournant vers lui.

Josh écarta cela d'un geste de la main avec un soupir déprimé.

— Ce Bitter te devait quelque chose, n'est-ce pas ? Il ne t'a rien demandé en retour.

Pas exactement. Nero ne prononça pas les mots à voix haute, mais son visage dut donner la réponse, car Josh pointa brusquement un doigt sur sa poitrine.

— Je le savais ! Qu'est-ce que tu lui as promis ?

Les mains de Nero s'agitèrent sur le volant. Il ne pouvait pas revenir en arrière. Il pouvait aussi bien tout dire.

— Après le mulligan, quoi qu'il arrive, je travaillerai pour lui.

— Pour combien de temps ?

Nero ne répondit pas. Il n'aimait pas y penser, mais si cela signifiait que son équipe survivait, cela valait le sacrifice. Cela valait mille fois le sacrifice. Il ne s'attendait pas à rencontrer Josh avant de quitter le royaume des mortels pour celui des faes. Il ne s'attendait pas non plus à tomber amoureux de lui.

Mais les marchés avec les faes devaient être honorés. L'alternative était toujours pire, comme dans « voir sa peau brûler pour l'éternité ». Et c'était une des possibilités les plus agréables.

— Combien de temps ? répéta Josh.

— Un an pour chaque jour où le mulligan reste disponible. Payable que j'utilise ou non le portail.

— Mais ça fait des semaines.

Nero acquiesça.

— Six semaines et six jours. Les faes ont un truc pour le chiffre sept, donc à sept semaines le portail se ferme, que je l'utilise ou non, et de toute façon…

— Tu vivras le reste de ta vie naturelle en servitude auprès des Faes.

— En fait, c'est naturel et contre nature. Si je meurs avant la fin du contrat, ils me ressusciteront en quelque chose… dit-il en frémissant.

— Merveilleux.

Le sarcasme était lourd dans la voix de Josh, et Nero se tourna vers lui avec fureur.

— Déjà, arrête avec le jugement. Je n'en ai pas besoin, et franchement, tu te trompes. Je ne regrette pas une seconde mon choix. Pas une putain de seconde. Je le referais si c'était cent ans pour chaque jour. Ils sont ma meute. Je ferais n'importe quoi pour eux. *N'importe quoi.*

— Même abandonner le reste de ta vie…

— Oui.

— Abandonner une nouvelle meute…

Nero grimaça. Il n'avait pas prévu de trouver des amis, encore moins une nouvelle meute parmi les apprentis.

— Moi.

Nero baissa les yeux sur ses mains. Il n'eut pas besoin de dire oui – ils l'entendirent tous les deux haut et fort dans son silence.

— Eh bien, je crois que je comprends pourquoi tu as rompu avec moi aujourd'hui,

— Nous n'avons jamais été censés être une chose permanente. Nous aurions pris des chemins différents, même sans le marché avec le fae.

Josh ne répondit pas par des mots, mais un regard sur son visage en dit plus à Nero qu'il n'aurait voulu en savoir sur ce que cet homme ressentait. La douleur et la trahison brûlaient ses joues. La douleur brillait dans ses yeux, trop étincelants. Mais les mots que dit Josh ensuite et son intonation plate étaient mille fois pires.

— Je t'aimais, dit-il. Je ne fais pas confiance facilement et je ne voulais certainement pas tomber amoureux de l'andouille d'entraîneur qui a fait exploser ma vie. Mais je t'aimais, et j'aurais fait beaucoup pour que ça marche.

Nero sentit sa gorge se serrait, les larmes et la douleur étouffant ses mots. Mais Josh méritait une sorte de reconnaissance, quelque chose pour montrer que Nero appréciait le courage dont il faisait preuve en prononçant ces mots à voix haute. C'était le genre de courage qu'il ne possédait pas. Parce qu'il n'avait jamais laissé sortir le mot amour, même s'il le ressentait. Même au passé.

Mais il aimait Josh. Si la vie de ses compagnons de meute n'avait pas été en jeu, il aurait fait beaucoup pour que les choses s'arrangent aussi. Il l'avait presque dit maintenant, il avait presque trouvé la force d'admettre ses propres sentiments, mais le verbe de Josh ne lui avait pas échappé. Il avait dit *aimais*. Au passé. Josh l'avait aimé, mais plus maintenant. Ainsi soit-il. Mais le jeune homme méritait quand même quelque chose.

— Merci, dit-il finalement.

Les mots brûlaient sa gorge parce qu'ils étaient tellement en dessous de ce qu'il ressentait, et tellement minuscules comparés à ce que Josh méritait.

— Je... ça signifie beaucoup...

Il n'arrêtait pas de trébucher sur sa propre langue, et les bons mots ne venaient pas.

— Je suis désolé, vraiment désolé de la façon dont ça a tourné. Ou n'a pas marché.

— Oui, dit Josh dans la voiture de plus en plus froide. Moi aussi.

Ils restèrent assis là un moment. Nero voulait dire quelque chose, parler pour combler l'espace entre eux, mais il n'y avait rien à dire. Puis, comme s'ils étaient toujours synchronisés, ils ouvrirent tous les deux leur portière à la même seconde et se rendirent à l'intérieur.

— Laisse-moi m'occuper de mon père, dit Josh lorsqu'ils arrivèrent à la porte du magasin. Tu continues juste à augmenter la somme d'argent.

— Marché conclu, dit Nero.

— Et arrête de faire des marchés !

XXIV

Son père était un abruti, et apparemment une personne cupide. Josh ne savait pas combien son compagnon avait promis à l'homme, mais il était évident que cela faisait l'affaire. Son père regarda les spécifications du sweat à capuche en forme de loup, sortit un rouleau de Volcax, puis il commença à le couper. Il cousit le vêtement lui-même, en utilisant un fils spécialement conçu, et il avait même les capteurs et autres technologies sur place, allant dans les poches appropriées. Il fit tout cela sans jamais dire un mot.

Josh passa son temps à faire des recherches sur les marchés avec des faes, n'étant pas non plus d'humeur à parler. Il ne voulait pas que tout ce qui s'était passé ces six dernières semaines soit remis à zéro. Le mulligan fae pouvait fonctionner pour Nero – il récupérait son équipe – mais Josh ne serait pas recruté. Il resterait un doctorant perdu sans rien dans sa vie à part un week-end cosplay une fois par an.

Il avait grandi, et il ne voulait pas perdre cela, alors il fit un plan. Son père coupa le dernier fil à ce moment-là et il lui tendit le manteau. L'homme ne parlait toujours pas. Pas avant qu'ils ne rejoignent le Uber de Josh et le véhicule de son père. Le vêtement était soigneusement caché dans un grand sac d'épicerie réutilisable.

— Merci pour ce…, dit Josh, mais son père l'interrompit.

— Je sais ce que tu es, dit-il, la voix épaisse et rauque. C'est la malédiction familiale, et tu l'as eue. Ce n'est pas ta faute, c'était dans les gènes. Mais je ne peux pas te laisser ouvrir les yeux de ton frère ou de ta sœur. Ils ne doivent pas savoir ou ils hurleront à la lune eux aussi.

L'air se figea dans la poitrine de Josh à ce moment-là, et tous ses mots s'étouffèrent. Mais cela n'avait pas d'importance, car son père continuait à parler.

— C'est pour ça que j'ai fait ça. C'est pour ça que je risque la prison et pire encore en te donnant une couverture de loup, dit-il en levant finalement les yeux pour fixer son fils. Ça te gardera peut-être en vie, ou peut-être pas. Dans tous les cas, tu es mort pour nous. Je ne veux pas perdre un autre enfant à cause de cette malédiction.

— Papa… protesta Josh, le mot s'échappant à moitié de ses lèvres.

— Bonne chance, Josh. Si une âme maudite peut en avoir.

Puis il se détourna et il partit.

Josh pensa à le rappeler. Il avait tant de questions, tant de sentiments. Mais aucun d'entre eux ne se traduisait par des mots. Son père monta dans son camion et il partit. Josh fit écho au mouvement, montant dans l'Uber alors que ses pensées tournoyaient. Bon sang, il n'avait même pas Nero comme témoin. Josh l'avait convaincu, vers le milieu de l'après-midi, de se rendre à l'hôtel le plus proche et de se reposer. Il devait être en forme demain, quoi qu'il arrive.

Josh avait même promis de payer une super pizza dès que Nero lui aurait envoyé l'adresse de l'hôtel et le numéro de la chambre.

Ce qui signifiait qu'il avait effectué son travail. Totalement. Nero avait le prototype du bouclier dans sa voiture, Josh avait le sweat Volcax, et son père lui avait fermé sa porte pour toujours. Terminé. Il devait retourner auprès de Nero.

Il devait le laisser dormir. Il ne devrait vraiment pas dire tout ce qui se bousculait dans sa tête. Pourtant, l'idée qu'il n'aurait jamais une autre chance brûlait comme un feu dans ses tripes. Il se glissa dans la chambre d'hôtel et regarda autour de lui. La pièce était sombre et sentait la pizza, mais les sens de loup-garou de Josh pouvaient facilement distinguer Nero allongé sur le dos dans un des deux grands lits.

Son bras était jeté sur ses yeux et sa respiration était régulière, mais Josh dormait à côté de l'homme depuis presque six semaines. Il savait quand Nero dormait et quand il faisait juste semblant. En ce moment, l'homme ne faisait même pas semblant de dormir.

— Tu t'es reposé ? demanda Josh.

— Un peu.

— Veux-tu que je prenne une autre chambre ?

Nero baissa son bras de devant ses yeux pour regarder Josh.

— En veux-tu une autre ?

Josh secoua la tête alors qu'il s'enfonçait plus profondément dans l'obscurité.

— Nous avons un seul sweat à capuche, dit-il.

— Bitter le dupliquera ainsi que le bouclier.

Comme s'il faisait confiance à un fae avec la vie de Nero… *non*.

— Y a-t-il un moyen de te dissuader d'y aller demain ?

— Non. Je suis désolé.

Il s'en doutait.

231

— Alors, j'espère que ça fonctionnera pour toi.

— Ça fonctionnera pour toi aussi. Si mon équipe ne meurt pas, alors Wulf, Inc. ne cherchera pas de support technique. Nous ne te forcerons jamais à changer de poste et…

— Vous *avez besoin* de techniciens. Et tu as dit que je changerais probablement à un moment donné de toute façon.

Nero souffla un peu.

— Tu pourrais. Tu pourrais ne pas changer. Ton père a le gène, et il n'est jamais devenu poilu. Ivy ou Bruce non plus. Juste son seul oncle.

— Oui, j'ai lu son dossier.

Pendant ce temps, Nero le ramenait au douloureux présent avec des excuses surprenantes.

— Écoute, Josh, je sais que j'ai été un véritable enfoiré aujourd'hui. Tu avais raison de dire que je te repoussais, dit-il en haussant les épaules. D'une certaine manière, ça semblait plus facile.

— Parce que c'est plus facile. Pour toi.

Nero eut l'élégance de rougir.

— Oui. Ça l'était, et je suis désolé. Maintenant, tu peux retourner à ta vraie vie comme si rien de tout ça ne t'était arrivé. Comme si je ne t'étais jamais arrivé.

Josh se laissa tomber sur le deuxième lit, brusquement trop épuisé pour faire face aux conneries de son compagnon en restant debout.

— Tu parles comme si c'était une bonne chose. Comme si je voulais oublier tout ce qui s'est passé au cours des dix dernières semaines.

— Tu ne veux pas ? Tu t'es plaint tout le temps de la façon dont nous avons gâché ta vie. Comment nous t'avons enlevé à ta famille, avons foutu en l'air ton doctorat, t'avons éloigné de Savannah. Et bien maintenant, rien de tout cela n'arrivera.

— Oui, je l'ai fait, admit Josh en frottant son visage avec sa main avant de soupirer un peu. Mais peut-être que ma vie n'était pas si géniale que ça au départ. Peut-être qu'elle avait besoin d'exploser.

Nero arqua ses sourcils et il alluma la lampe de chevet.

— Peux-tu répéter ?

— Votre façon de procéder au recrutement est nulle. C'est vraiment horrible, et je m'assurerai que ça s'arrange. Mais dans mon cas…, dit-il en haussant les épaules. J'étais à la dérive. Je n'aurais pas quitté l'école jusqu'à ce qu'ils mettent dehors. Je n'avais rien, et je craignais de sortir et de le chercher.

Il fixa Nero.

— Mais je le fais maintenant. J'ai Wulf, Inc., à présent. J'aime le travail que j'y fais, et vous avez besoin d'aide.

— Nous nous débrouillons bien depuis des siècles.

— Eh bien, c'est un nouveau siècle, et les choses changent, dit Josh en se penchant en avant. Mais je ne me souviendrai pas de tout ça, n'est-ce pas ? Parce que tu vas tout effacer avec un grand marché avec un fae. Disons que tu gagnes demain. Tout redeviendra comme avant, et je ne serai jamais recruté.

Il se leva.

— Pour info, je ne veux pas effacer ça. Oui, tu as merdé, mais ça ne veut pas dire que je veux t'oublier. Pour ne jamais avoir ce que nous avons fait ? Ce que…

Sa voix se brisa, et il se sentit comme une mauviette, essayant d'exprimer ce qu'il ressentait pour Nero. Combien, il aimait encore cet homme. Demain matin, quoi qu'il arrive, tout serait terminé. Si Nero gagnait, alors Josh ne serait jamais recruté. Cette ligne temporelle disparaîtrait. S'il échouait, il serait toujours emmené au pays des fae. En supposant qu'il ait survécu.

Ce qui veut dire que même s'il était recruté par Wulf, Inc., ce ne serait pas comme avant. Ce ne serait pas Nero qui tiendrait son corps quand il sortirait d'une garde. Ce ne serait pas cet homme qui le pousserait à faire de la gymnastique ou le forcerait à manger du pain de viande et des brocolis alors qu'il aurait préféré des nachos et un soda. Il n'aurait pas le gros balourd dans son lit, dans son cœur, dans son corps.

— Nous nous équilibrons, abruti. Tu vas effacer tout ça.

Nero se redressa, mais sa tête semblait pendre lourdement sur ses épaules.

— Ne me demande pas de choisir entre toi et eux. Ils sont passés en premier, Josh. Sais-tu pourquoi je nous ai combattus si durement ? Parce que je savais depuis le début que ce n'était pas réel. Je savais que je reviendrais en arrière, et que de toute façon, nous n'arriverions pas.

— C'était foutrement réel ! cria Josh.

Nero s'était attendu à ce que son amant perde la tête. C'était comme cela qu'ils fonctionnaient. Il poussait et insistait jusqu'à ce que Josh fasse face à ce qu'il ressentait. Jusqu'à ce que tout sorte dans une agonie de colère et de douleur. La violence de l'explosion importait peu, Nero était toujours là pour ramasser ses morceaux. Pour le tenir pendant que Josh libérait tout ce qu'il avait gardé enfermé à l'intérieur. Ils traversaient la tempête ensemble.

Ce ne fut pas différent. Josh cria et se jeta en avant. Nero l'attrapa alors qu'il essayait de le frapper et de l'embrasser en même temps. Il laissa l'élan du jeune homme les porter en arrière sur le matelas, puis quand le cri de Josh devint un sanglot étouffé, Nero le tint encore plus fort.

— C'est réel, répétait sans arrêt Josh. C'est réel.

— Oui, murmura Nero dans ses cheveux. Oui, ça l'est.

Josh s'accrocha aux larges épaules de Nero tout en le serrant contre

comme si cela pouvait les empêcher de se déchirer. Comme si cela pouvait les empêcher de s'effacer. Mais cela ne pouvait pas, et ils le savaient tous les deux.

Josh leva son visage pour un baiser, et Nero le rencontra avec ses lèvres. Ensuite, ils se dévorèrent l'un l'autre. Les bouches, les mains, les jambes, les sexes. Tout s'entremêlait avec tout le reste. Ils sucèrent, frottèrent, et eurent envie de plus.

Le sexe fut dur et rapide. Ils écartèrent, poussèrent, sucèrent et enfoncèrent avec une brutalité que seuls les loups-garous pouvaient supporter. Et quand ils se retrouvèrent face à face avec Nero en Josh, le grand loup-garou le tint immobile et grogna dans son oreille.

— Tu es à moi, dit Nero.

Puis il mordit l'épaule de Josh jusqu'à ce que le sang coule sur les draps.

Josh hurla, se cambrant en arrière non pas pour s'éloigner, mais pour s'empaler plus profondément. Puis il montra ses propres dents avant de mordre la partie épaisse du deltoïde de Nero. Quoi qu'il arrive, Nero porterait la marque de la morsure de Josh. Il n'oublierait pas, même si Josh était effacé.

— À moi, répéta Josh alors que son corps commençait à pulser autour de Nero.

— À toi, répondit Nero, et ils chevauchèrent ensemble le tourbillon de la félicité.

Ils ne s'arrêtèrent pas, même quand ce fut fini et qu'ils se furent effondrés totalement mous sur le lit. Nero tendit la main vers Josh, et celui-ci tendit la sienne vers Nero. Ils caressèrent tout ce qu'ils pouvaient toucher.

Ils embrassèrent tout ce qu'il pouvait atteindre. Leurs aines finirent par se frotter l'une contre l'autre tandis qu'ils sifflaient de plaisir.

Il n'y avait pas de mots. Juste les bruits du sexe – dur et brut. Puis du sexe doux et lent. Puis du sexe sans sexe – juste se tenir dans les bras en silence.

Ils se nettoyèrent finalement et s'installèrent pour dormir. Mais même alors, Josh ne dormit pas, même si la langueur alourdissait son corps. Il savait que son amant était éveillé, et il refusait de rater un moment de leur temps ensemble.

Finalement, Nero parla.

— Je vais leur dire. Avant de partir avec les faes. Je leur dirai de te recruter.

— Ça ne sera pas la même chose.

— Non. Mais peut-être que ça ira.

Il ne semblait pas que tout irait bien à nouveau, mais Josh acquiesça parce que Nero semblait avoir besoin qu'il le fasse. Puis dans la partie la plus sombre de la nuit, Nero continua à parler de quelque chose qui semblait complètement hors de propos. Mais rien chez celui-ci n'était hors sujet, alors il écouta comme s'il lui racontait des secrets d'État.

— J'ai aimé quelques petits amis de ma mère, quand j'étais enfant. C'étaient des hommes bien qui faisaient attention à nous. Je me souviens encore de leurs noms : Dan Ellis et puis quelques mois plus tard, Junior Merrill.

— Que leur est-il arrivé ?

— Un jour ils étaient là, le lendemain, ils étaient partis. Il y avait généralement une bagarre mais il y en avait tellement à l'époque, qu'elles se mélangeaient toutes.

— Tu étais un enfant. Comment pouvais-tu le savoir ?

— Je le savais, et c'était très simple. Tout le monde finissait par partir. Ça pouvait être rapide, ça pouvait être lent, mais ils partent un jour. C'est la nature de la vie. Les gens apparaissent... dit-il en caressant l'épaule de Josh. Puis quelque chose arrive et ils partent.

Il reposa sa main sur le matelas, et se tut.

— Ce n'est pas toujours comme ça, dit Josh en soupirant doucement. Certaines personnes restent sur le long terme.

Il l'aurait fait.

— C'est ce qu'on m'a dit, répondit Nero en se relevant sur un coude et regardant Josh. C'est ce que j'ai juré lorsque j'ai pris la tête de ma meute de combats. Que je resterai avec eux pour le long terme. Que je ferai tout ce qu'il fallait pour rester avec eux, quoi qu'il arrive.

Donc c'était là qu'il voulait en venir.

— Tu n'as pas à justifier ton choix. Je comprends. Combien de fois m'as-tu parlé de l'importance de ta meute ? Cette loyauté va à la meute. L'amour est au sein de la meute.

— Je ne peux pas les laisser mourir. Pas quand je peux l'empêcher.

Josh détourna le regard de l'expression féroce de son amant. Il fixa le plafond et parla avec son cœur.

— J'ai compris, affirma-t-il, et c'était le cas. Je t'aime même pour ça.

Nero était fidèle. Il n'abandonnerait pas quelqu'un qu'il aimait s'il faisait une connerie, et il était certain qu'il couvrirait les fesses de cette personne quand les choses se gâteraient. Josh comprenait cela. Il n'avait juste pas réalisé que cet homme ne créait pas une nouvelle meute, il retournait dans l'ancienne.

— Je ne savais pas que je tomberais amoureux, chuchota Nero, et Josh le regarda à nouveau.

— Quoi ?

— Oui, râla-t-il en se laissant retomber sur le lit. C'est de l'amour. Ce fichu truc est assez douloureux. C'est forcément de l'amour.

— Oui, dit Josh en écho, ressentant la douleur dans toute son âme.

— Mais je ne peux pas…

— Je sais, l'interrompit Josh.

Inutile d'en rajouter. Nero ne pouvait pas abandonner sa première meute, donc il devait abandonner Josh.

— Tu dois te reposer. Tu dois être frais demain matin, continua-t-il en commençant à se lever du lit – Nero était grand, et il aimait s'étendre dans son sommeil – mais ce dernier attrapa son bras avant qu'il ne s'éloigner.

— Reste, dit-il. Reste avec moi maintenant. Jusqu'à ce que…

— Aussi longtemps que tu le souhaites, assura Josh. Je suis là pour toi. Je te le promets.

— Merci.

Ils se blottirent l'un contre l'autre, leurs corps enlacés, leurs respirations se mêlant tandis qu'ils se pressaient front contre front. Et puis, juste comme ça, Josh commença à se détendre.

— Je suis vraiment désolé d'avoir été un tel abruti, chuchota Nero à nouveau. Je ne voulais pas que ça soit aussi douloureux.

— Comment ça s'est passé pour toi ?

236

— Comme si je coupais mon propre cœur battant.

— Oui, chuchota le jeune homme. Moi aussi.

Ils dormirent durement et profondément pendant trop peu de temps. Aucun d'eux ne parla lorsque le réveil sonna. Ils rassemblèrent leurs affaires et se dirigèrent vers le parc le plus proche. Les fae aimaient la verdure, et Bitterroot n'était pas différent. Une fois sur place, Josh posa le bouclier et le sweat, et Nero parla d'une voix basse qui portait néanmoins le pouvoir de sa voix d'Alpha.

— Drake Bitterroot, je t'appelle. Drake Bitterroot, je t'appelle. Drake Bitterroot, je t'appelle…

— C'est un peu juste, n'est-ce pas?

Josh bondit en arrière lorsqu'un jeune homme, mince, d'environ un mètre, apparut devant eux. Il était entièrement habillé de vert foncé, plus quelques papillons sur sa chemise, et sa peau était de la couleur d'un chêne sous l'écorce. Ses yeux étaient des points aiguisés, et son expression était amicale malgré son ton aigre. Il observait Nero, Josh, ainsi que le bouclier et le sweat à capuche qui gisaient sur le sol entre eux, ne ratant rien. Il portait également au moins sept types de montres différentes.

— C'est tout, dit-il en faisant le tour du bouclier.

Il le toucha, enfonça ses doigts dans la pâte collante que Josh avait créée, puis sonda le sweat à capuche avec son orteil.

— Hmmm. Une conception intelligente. Votre travail, je suppose? demanda-t-il en regardant Josh.

— Oui. Je suis…

— Ne lui dis pas ton nom, intervint Nero avant de fixer Bitterroot. Il est avec moi. C'est tout ce que tu as à savoir.

Le fae fit la moue pendant un instant, puis il haussa les épaules.

— Très bien, avec moi, parlons des détails. Dites-moi ce que je dois savoir pour les dupliquer.

Josh fronça les sourcils.

— Hum, j'ai les spécifications dans mon ordinateur portable.

Bitterroot leva les yeux au ciel comme si le jeune homme était particulièrement stupide.

— Pas les spécifications. Épargnez-moi les *spécifications* des mortels, dit-il, donnant l'impression que ce seul son lui donnait la nausée. Dites-moi à quoi vous pensiez quand vous l'avez fabriqué.

— Mon père a fait le sweat à capuche.

— Quand vous avez eu l'idée. Quand vous l'avez créé…

— Il veut tes sentiments, Josh. Les faes traitent les émotions.

— Quoi ? dit Josh en clignant des yeux.

— Du diable si je comprends, mais ils le font, répondit son compagnon. Dis-lui comment tu t'es senti lorsque tu as eu l'idée. Quelles émotions t'ont porté lorsque tu l'as conçu pour la première fois ? Que ressentais-tu lorsque tu as ajusté les spécifications ?

— J'étais…, dit-il en réfléchissant. J'étais excité. Je faisais quelque chose de bien.

Il regarda Nero.

— J'allais te rendre si heureux.

C'était le sentiment dominant à chaque instant du processus de création : il allait rendre Nero tellement heureux lorsque ce serait fini.

Son regard s'accrocha à celui de son amant pendant un long moment, et c'était comme s'ils étaient connectés au niveau des tripes. Josh essayait de dire que chaque partie de cet équipement avait été un cadeau pour Nero, et celui-ci répondait, *Merci, je t'aime, et je suis désolé que cela se termine comme ça.*

— C'est fait ! s'exclama Bitterroot.

Josh baissa les yeux, et il y avait cinq boucliers complets sur le sol et une pile de sweats à capuche pour loup assortis. Encore plus déroutant, le fae drapait soigneusement un grand objet en forme d'œuf sur chaque bouclier pendant qu'ils regardaient, le liant avec une magie féerique avec l'une de ses montres.

— Qu'est-ce que c'est ? demanda Josh.

— Un truc fae qui absorbera la chaleur. Ce n'était pas la réponse en soi, mais ça peut aider à garder les membres de ta meute en vie.

Bitterroot plaça le dernier œuf, puis il leva les yeux en souriant.

— Autre chose ? Non ? D'accord, alors, amuse-toi bien à attraper le démon !

Puis Nero disparut. Il n'y eut pas de tapes dans les mains, pas de claquement de doigts, pas même un clignement des yeux. Une seconde, il était là, debout, avec les boucliers à ses pieds, et la seconde d'après, l'espace était vide.

Disparu.

Josh se démena pour le suivre. Son esprit était chamboulé par la soudaineté de la situation, mais il avait déjà tout prévu. Il se tourna vers Bitterroot avant de laisser passer sa chance.

— J'aimerais faire un marché avant que vous ne partiez, dit-il.

XXV

NERO TRÉBUCHA en apparaissant dans le Wisconsin. Il était en train de réfléchir à son dernier adieu à Josh, et, brusquement, il était de nouveau ici, tenant un tee-shirt *Maman Chats*. Comme la dernière fois, Cream et Coffee étaient déjà des loups, jouant joyeusement l'un avec l'autre tout en gardant un œil sur le fait que Nero porterait le tee-shirt. Pauly se tenait devant lui de manière provocante, le mettant au défi de dire non, et Mother…

Mother avait bondi en arrière, son tee-shirt à moitié enlevé. Elle s'était déshabillée avant de se transformer, mais elle cherchait maintenant à prendre son arme pour tirer sur les boucliers qui étaient brusquement apparus à ses pieds.

— C'est quoi ce bordel ? s'écria-t-elle.

— Ne leur tire pas dessus ! ordonna Nero en lâchant le tee-shirt.

Puis il inspira, son regard passant à nouveau sur chacun d'eux – même Pauly, avec son sourire en coin et son téléphone portable caché derrière son dos afin de pouvoir prendre des photos de Nero en tee-shirt. Surtout Pauly, qui laissait tomber la plaisanterie et prenait une position défensive à ses côtés.

— C'est bon de vous voir, bon sang, dit Nero, sa voix s'étranglant.

Il voulait étreindre chacun d'entre eux. Il avait tellement de choses à leur dire, sur le fait qu'ils lui avaient manqué et qu'ils étaient plus importants pour lui qu'il ne l'avait jamais réalisé. Tous ces mots s'entassaient dans sa gorge, mais il n'avait pas le temps.

— Est-ce que ça va ? demanda Mother, son regard toujours fixé sur les boucliers.

Cream et Coffee s'étaient également rapprochés, leurs nez faisant des heures supplémentaires en reniflant les trucs.

Concentre-toi ! s'ordonna Nero. Les retrouvailles pourraient se faire plus tard.

— Écoutez, je n'ai pas le temps d'expliquer. C'est un mulligan fae, et j'essaye de sauver vos vies à tous.

Ils levèrent tous leurs têtes à ce moment-là, mais ce fut Pauly qui posa la question.

— Nous mourons? C'est le démon?

Mother eut une réaction différente.

— On ne fait pas de marchés avec les faes! Tu le sais bien!

— C'est différent. Il s'agit de vos vies.

Il répondit à la question de Pauly avant que Mother ne puisse formuler sa prochaine objection.

— Le démon a un souffle de feu qui vous détruira tous. Vous devez porter les boucliers et les déposer dans un endroit en défense. Vous aurez environ vingt secondes lorsque l'explosion commencera à se produire.

— Des œufs collés? dit Mother en désignant l'ajout de Bitterroot. En quoi ça va aider?

— Je n'en ai aucune idée. Mais vous pouvez porter le bouclier sous forme de loup. Il y a un harnais que je peux attacher sur vous. Par-dessus les sweats à capuche, expliqua-t-il en prenant un et le secouant.

— Nous ne pouvons pas attaquer en portant un de ces trucs, intervint Pauly en secouant la tête.

— Si, nous pouvons. Nous avons fait des simulations.

— Des simulations! aboya Mother. Veux-tu dire qu'ils n'ont pas été testés?

— Non! répliqua Nero en serrant les dents. Parce qu'*il n'y avait pas le temps!* Arrêtez de discuter maintenant. Coffee, tu commences. Pauly, tu aides Cream. Mother, tu te transformes.

Ils se mirent tous en place, travaillant de façon coordonnée même avec le matériel inconnu. Cela se passait ainsi dans une bonne meute. Ils travaillaient tous sans problème quand le temps de l'action venait, même avec l'imprévisible. Et ces boucliers l'étaient, bon sang. Les sweats à capuche étaient assez évidents. Ils fonctionnaient comme un manteau de loup avec un long dos pour couvrir la queue. Mais les sangles pour attacher et détacher le bouclier étaient déroutantes, et pire, le composé de Josh sentait mauvais.

— Qu'est-ce censé faire? demanda Pauly en fermant les boucles sur le poitrail de Cream.

— Canaliser le feu de plasma qui vous transforme tous en cendres. C'est un coup unique, alors s'il semble vouloir exploser à nouveau, fuyez la zone d'explosion aussi vite que possible, expliqua-t-il en pointant ensuite son menton vers un grand chêne. C'est le bord là-bas. Le van est resté entier.

Il y eut une pause pendant laquelle ils se retournèrent tous afin de le fixer, puis l'arbre, puis le van, et enfin lui. Ils analysaient, calculaient, et géraient probablement un facteur massif de « bordel de merde ». Mais, à leur crédit, personne ne dit un mot. Ils se remirent simplement au travail.

Mother était une vraie louve maintenant, donc Nero commença à l'équiper. Coffee et Cream commencèrent à se déplacer avec leur équipement, testant la facilité avec laquelle ils pouvaient courir, pivoter et frapper. Ce n'était pas facile, mais ils étaient des professionnels. Ils s'ajustèrent, et ils ne porteraient pas les boucliers dans la bataille elle-même.

Pauly fut le dernier à se déshabiller avant de devenir un loup, mais il s'arrêta en voyant les deux boucliers restants.

— Comment vas-tu mettre le tien ?

Il avait… merde, il n'avait pas pensé à cela. Bon sang, ils auraient pu trouver cela s'ils avaient pu tester les équipements.

— Je n'en ai pas besoin, affirma-t-il. J'ai survécu la première fois.

Il n'expliqua pas qu'il avait réussi à vivre par pure chance. Le timing devait être parfait, et comme il voulait éviter que Coffee se fasse tirer dessus, il n'était pas sûr de pouvoir être dans un état de pleine énergie quand l'explosion aurait lieu.

— Nero… dit Pauly, devinant visiblement le problème.

— Si je ne m'en sors pas, achevez ce satané démon. Et ne me pleurez pas. Croyez-moi, ma mort aujourd'hui pourrait être la plus agréable des issues.

Ils se figèrent tous à ce moment-là. S'ils n'avaient pas compris la gravité de la situation avant, ils le faisaient maintenant. Mais Pauly était le seul à pouvoir encore parler.

— Nero… dit-il, sa voix étranglée.

— Pas le temps, aboya celui-ci. Mets tes poils.

Puis soudainement une voix familière retentit juste derrière lui.

— Euh. Pas de picotements. D'une certaine manière, j'ai toujours pensé que la téléportation serait chatouilleuse.

Nero se retourna alors que Josh haussait les épaules et laissait tomber son sac à dos sur le sol.

— Les effets sonores me manquent un peu aussi. Mais c'était juste, BAM, je suis là.

Puis il sourit au visage choqué de Nero.

— Merde, qu'est-ce que tu as fait ?

— Tout le monde ne part pas quand tu leur dis de le faire, dit le jeune homme, son expression s'adoucissant. Certains d'entre nous choisissent de rester dans le coin.

241

Puis il regarda les loups autour de lui, les identifiant un par un.

— Cream, Coffee, vous êtes tous les deux beaucoup plus beaux que les photos de Nero. Pauly, arrête de te hérisser, je suis là pour aider. Mother, s'il te plaît, ne me pisse pas dessus. Crois-moi quand je dis que j'ai déjà enduré l'initiation de Nero. Je n'ai pas besoin d'un autre bizutage, merci beaucoup.

Nero regarda la louve. Elle avait en effet l'air de vouloir pisser sur le nouveau venu. Ils en avaient tous l'air.

— Il est...

Quoi ? Son amant, son meilleur ami ?

— Il est l'un des nôtres. Je lui confie ma vie. Plus important encore, je lui fais confiance pour votre vie à tous.

C'était le meilleur compliment qu'il pouvait faire à quelqu'un.

— Très bien, tout le monde, laissez-moi vérifier vos harnais. Vous pourrez les détacher très vite lorsque ce sera le moment. Tirez ici.

Pendant que Nero équipait Pauly, Josh ajustait minutieusement les sangles et vérifiait... il ne savait pas du tout quoi. Puis il fut temps pour Nero de se transformer en loup, mais il ne pouvait pas se transformer sans parler d'abord à Josh, même s'il ne savait exactement quoi lui dire.

Josh leva les yeux vers lui, et son expression devint étonnamment têtue, comme s'il combattait autant d'émotions que Nero et refusait également de les laisser sortir.

— J'ai fait mon propre choix, dit-il. Ce n'était pas un noble sacrifice ou un acte de désespoir amoureux. J'ai trouvé ma passion, et je ne suis pas prêt à laisser tout cela s'effacer. Peu importe ce qui se passe maintenant – ses yeux brillaient de larmes non versées – ou entre nous, c'est ce que je veux.

Nero ne pouvait pas en douter, d'autant plus qu'il était frappé par la différence entre le Josh qu'il avait rencontré la première fois et celui qui se tenait maintenant devant lui. Le Josh d'avant était à la dérive et un peu pleurnichard. La chose la plus importante dans sa vie était de faire un spectacle à une convention dans l'espoir de s'envoyer en l'air le soir même. L'homme devant lui vibrait maintenant de conviction. Il dégageait une force impressionnante et une détermination à suivre son chemin alors qu'il sauvait non seulement la vie de l'équipe de Nero, mais aussi celle de toute une partie du Wisconsin. Il était concentré et plus fort qu'il ne l'avait jamais été.

— Je suis très fier de te connaître, dit Nero. Je suis très reconnaissant pour tout, Josh. Si ça se termine aujourd'hui...

— Tais-toi. Ce n'est pas le cas. Prends du poil de la bête pour que nous puissions passer à autre chose, dit-il avant de prendre une inspiration. Attends ! J'ai besoin d'une arme d'abord.

— Quoi ? Pourquoi ?

— Fais-moi confiance, d'accord ? As-tu un 45 quelque part ?

— Le Glock de Mother, dit Nero en le sortant d'une boîte à clé et le lui tendant.

Josh le vérifia avec une rapide efficacité, puis le glissa à l'arrière de son pantalon.

— Merci. Montre-toi maintenant.

Merde, l'homme donnait des ordres maintenant. Bon pour lui. Nero obtempéra donc. Il se transforma et se tint calmement pendant que Josh attachait un bouclier malodorant sur son corps de loup. Et s'il y eut des caresses supplémentaires pendant que Josh travaillait, des moments où il enfonçait ses doigts profondément dans la fourrure de Nero, c'était seulement parce qu'ils avaient toujours mieux communiqué avec leurs corps qu'avec des mots. Ce fut pour ça que lorsque tout fut en place, Nero inclina la tête vers le haut et lécha le visage de Josh – un grand coup humide juste au-dessus de ses lèvres.

— Beurk ! s'exclama-t-il en essuyant la bave avec sa main. C'est dégoûtant.

Mais il souriait en le disant. Puis il fouilla dans son sac à dos et en sortit son ordinateur et un casque. Il enfila d'abord le casque.

— OK, tout le monde, aboyez si vous pouvez m'entendre.

Nero fit un mouvement de côté au son soudain près de son oreille. Josh avait apparemment mis un petit haut-parleur, mais les oreilles de loup n'avaient pas besoin d'un son aussi fort. Il aboya, un bruit fort et précis, sur Josh, comme tous les autres membres de l'équipe. Puis quand ce dernier ne sembla pas comprendre, Nero se positionna juste à côté de son oreille et aboya aussi fort qu'il le pouvait.

— Hé ! s'exclama Josh., puis il écarquilla les yeux de surprise. Oh. Trop fort ?

Nero hocha la tête

Josh tapota rapidement sur son clavier.

— Mieux ?

Cinq loups jappèrent à l'unisson.

— Je vais prendre ça pour un oui, dit-il avant de pointer un droit sur son écran d'ordinateur. D'accord, j'ai aussi mis des caméras dans vos sweats, et des capteurs, pour que je puisse voir ce qui se passe à des niveaux que vous ne pouvez pas voir.

Il jeta un coup d'œil à Nero.

— Tu peux remercier Stratos pour la programmation. Je ne savais pas le faire, continua-t-il avant de retourner à son écran. Je vais rester ici et tout regarder. Je ne veux pas interférer avec votre attaque, mais si je vous dis de bouger, vous devez écouter, d'accord? Aboyez si vous comprenez.

Silence. Personne ne répondit parce qu'ils se tournaient tous vers Nero pour sa décision. Heureusement, Nero n'avait aucun doute. Il jappa une fois, puis il aboya plus fort pour faire bonne mesure.

C'était suffisant pour son équipe. Ils ignorèrent tous leur accord, puis il fut temps pour eux de partir. Nero regarda une dernière fois Josh, qui leva le pouce. Tout était en place de son côté, alors il se retourna et commença à courir vers le démon bâtard.

C'était gênant de porter un bouclier sur son dos et il était reconnaissant de la distance qui le séparait du lac. Cela lui donnait le temps de tester le poids supplémentaire, de comprendre comment sauter et comment frapper. Il aurait mieux valu avoir plus que quelques minutes pour le faire, d'autant plus qu'il devait aussi se préparer mentalement à cette attaque. Mais il s'était repassé ce moment dans sa tête tellement de fois que c'était un soulagement d'être enfin là. Le fait qu'il ait aussi Josh dans son oreille rendait cela particulièrement agréable, même si l'homme était très bavard.

— Il se trouve qu'un type a écrit un roman basé sur un vrai tueur en série qui aimait tuer les pêcheurs sous glace dans les années 5O. Ça doit être un truc du Wisconsin. Quoi qu'il en soit, comme il s'agissait d'un auteur de romans d'horreur un Stephen King des débuts – il en a fait une histoire paranormale, un démon à la peau étrangement colorée et au sang orange qui hantait les lacs pour manger des Wisconsiniens au hasard. L'histoire n'a jamais rendu l'écrivain célèbre, mais les habitants l'ont adorée. Ils l'ont raconté un nombre incalculable de fois, et maintenant, c'est une légende urbaine ici. Je pense que c'est l'origine de votre mangeur de personnes au bord du lac. Heureusement que je lis vite, parce que j'ai eu dix secondes pour lire la fin avant d'être zappé ici. Ça m'a dit tout ce que je devais savoir pour tuer le démon. Bitter – tu sais qui – me l'a donné. L'écriture n'est pas mauvaise, mais…

Nero émit un aboiement dur et tranchant. Ils approchaient de la zone d'attaque et devaient se concentrer.

— Quoi? Est-ce que je parle trop?

Un autre aboiement, cette fois, plus bas et plus grondant.

— Compris. D'accord. Allez-y et faites-les sortir. Mettez-les à terre. Faites… faites votre truc.

Nero renifla. Il doutait que quelqu'un d'autre ait compris la référence à *Independence Day*, mais Nero la reconnaissait depuis leur dernière soirée parce qu'il commençait la première course d'attaque.

XXVI

JOSH REGARDA son écran partagé et essaya de calmer son cœur qui s'emballait. Cela l'aidait de se concentrer sur les cinq petites images des loups qui couraient dans les bois, mais son esprit était toujours aussi rempli d'excitation et de terreur. Il n'arrivait pas à croire qu'il était en train de faire cela. Il était le geek qui aidait à éliminer un grand méchant. Des vies dépendaient de lui et de sa technologie, ce qui était terrifiant étant donné qu'il ne pouvait pas nier l'excitation. C'était lui, l'intello Josh Collier, faisant partie de l'équipe.

Ou plus précisément, une partie de la meute.

C'était ce que Nero avait dit. *Il est l'un des nôtres.* Venant de ce dernier, c'était comme recevoir la clé de son cœur. Mais Josh ne pouvait pas se reposer sur ses lauriers parce qu'il devait faire son travail. Il sourit. C'était son travail, et il l'aimait.

Il se concentra sur l'action, la reconstituant à partir de ce qu'il avait appris en lisant le dossier de mission et en regardant l'enregistrement du rapport de Nero à la commission d'examen. D'après ce qu'il pouvait voir, tout se passait exactement comme avant. Ils couraient en formation, se dirigeant vers le démon.

— Rapprochez-vous le plus possible, dit-il dans le microphone. Répartissez les boucliers aussi uniformément que possible. Vous devez être en mesure d'en atteindre un dans les vingt secondes.

Il n'y eut pas de réponse, mais il ne s'y attendait pas. Ils ne voulaient pas avertir le démon qu'ils arrivaient, mais là encore, comment ce bâtard pourrait-il manquer cinq boucliers plongeant dans la neige? Même s'ils étaient légers – ils ne l'étaient pas vraiment, honnêtement – ils feraient quand même un bruit sourd lorsqu'ils toucheraient la terre.

Cela n'avait pas d'importance. Les loups avaient besoin de protection. Il observa depuis cinq points d'observation différents comment, l'un après l'autre, ils laissaient tomber les boucliers sur le sol et les contournaient pour attaquer. L'équipe de Nero ne perdait pas de temps.

Josh se concentra sur la vue de la caméra de Nero, maudissant l'image en noir et blanc. S'il avait réfléchi deux secondes, il se serait rendu compte qu'il pouvait installer des caméras couleur et se moquer de la dépense supplémentaire. Il voulait voir à quoi ressemblait un « démon bizarrement coloré », mais tout ce qu'il obtint, ce fut l'image grise d'un humanoïde accroupi derrière un buisson. Ce n'était pas exactement du Technicolor, mais il devenait étrangement grand dans l'image, car Nero était à portée de tir.

Il bascula sur la caméra de Coffee, car elle avait une meilleure vue, Nero s'approcha rapidement à plat ventre, puis il sauta brusquement sur le côté quand le démon se tordit et donna un coup. C'était comme si Nero savait que l'attaque allait avoir lieu, ce qui était probablement le cas. Puis Nero donna un coup avec ses griffes lorsque le démon fut déséquilibré, et il arracha un énorme morceau de la jambe de la chose.

Un truc pâle gicla, du sang de démon, et Josh poussa un cri de joie. Mother et Pauly furent les suivants. Leurs caméras plongèrent et dévièrent, donnant un peu le mal de mer, mais ils réussirent à attraper le bâtard de chaque côté. Mother utilisa une sorte de manœuvre de saut pour mettre ses mâchoires sur le bras de la chose. Pauly fit la même chose de l'autre côté, rata son coup, puis donna un coup de patte qui élargit les entailles que Nero avait faites.

Des coups de feu retentirent, le son choquant dans l'air frais du matin. Josh savait déjà que c'était le démon. Cette chose était un très bon tireur, même en étant déchirée.

— Attention à l'arme ! appela-t-il dans le micro. Cream, c'est là que tu te fais tirer dessus !

La caméra de Cream plongea brusquement et fit une embardée. Des manœuvres d'évitement, évidemment. Puis Coffee fit des bonds dans les airs. Sautait ?

La raison devint claire, un instant plus tard. Le démon hésita, apparemment troublé pendant un moment, puis il tira sauvagement manquant Cream et Coffee. *Bien joué !* Josh tapa dans ses mains joyeusement, mais même si le démon avait manqué son coup cette fois-ci, il avait toujours une arme et visait. Mais ce qu'il ne réalisait pas, c'était que Nero ne lui laisserait pas cette chance.

Le loup alpha, suivi de près par Mother et Pauly, courait déjà à toute allure vers le démon. Ce dernier avait trois loups-garous énervés qui fonçaient sur lui et deux autres juste derrière. Il était encerclé par la verdure et le lac, ce qui signifiait qu'il avait un dernier tour dans sa manche.

Josh vérifia les niveaux sur les capteurs simples qu'il avait mis dans leurs sweats à capuche. Ils ne survivraient probablement pas à l'explosion, mais ce n'était pas la question. La température interne du démon augmentait bien sûr rapidement.

— Il est sur le point d'exploser ! Allez vers les boucliers. Si vous ne pouvez pas...

Un regard rapide lui montra que Mother était hors de portée.

— Merde, *transformez-vous maintenant !*

Il n'était pas sûr que cela fonctionnerait. Ce n'était pas parce que Nero avait survécu la première fois que l'un d'entre eux pouvait le refaire. Pire, Coffee était un loup-garou de la vieille école. Beaucoup d'os craquants, une douleur atroce et pas d'état intermédiaire. Ce qu'ils voulaient dire qu'ils ne pouvaient pas s'en sortir en se transformant. Ils devaient s'accroupir derrière les boucliers et espérer que le Volcax les empêche d'être brûlés vifs.

— S'il vous plaît, s'il vous plaît, s'il vous plaît, murmura-t-il.

Le démon souffla.

L'explosion terrifia Josh, même s'il savait qu'il était hors de portée. Il sentit plus qu'il n'entendit le boom, la terre trembla sous ses pieds. Puis la vague de chaleur s'abattit sur lui dans un rugissement. Il savait d'après les photos que les arbres les plus proches avaient été vaporisés, mais cela ne l'avait pas préparé à la vague d'air chaud qui aplatit les arbres plus lointains et les enflamma instantanément. L'air fut aspiré de ses poumons, et chaque cellule de son corps ressentit la chaleur comme un être vivant. Dieu merci, il s'était installé de l'autre côté du van et le véhicule l'avait protégé, parce que sinon ses pieds et ses chevilles auraient été couverts d'ampoules. C'était aussi une bonne chose qu'il ait empoché l'arme de Mother. Le métal était maintenant chaud là où il était rangé dans l'arrière de son jean, et il pria pour que les balles n'explosent pas et éclatent ses fesses.

Il eut de la chance, heureusement. Ses fesses restèrent exactement comme elles étaient. La chaleur était intense, mais supportable, et bien que son ordinateur affiche un écran vide, il ne semblait pas mort.

Mais qu'en était-il de tous les autres ?

Il partit à toute allure vers les autres dès qu'il put respirer sans s'étouffer. Tous les appareils électroniques avaient grillé, alors il enleva l'oreillette en chemin. Le Glock de Mother s'enfonçait dans ses fesses à chaque pas et ses chaussures fondraient bientôt à cause de la chaleur, mais il continua à courir. Cela lui prit une éternité pour arriver tandis que son regard scrutait le paysage noirci. Bon sang, rien ne pouvait survivre à cela.

Rien n'avait survécu.

— Nero ! hurla-t-il. Nero ! N'importe qui !

Il courait toujours lorsqu'il l'entendit. Le hurlement humain de Nero. Il aurait reconnu ce son n'importe où, et il portait dans l'air immobile comme une cloche divine. Dieu merci, il n'y avait aucune note lugubre. Au contraire, il sonnait triomphant, surtout lorsqu'il fut répété par quatre autres voix, toutes hurlant avec lui.

Nero avait survécu. Mieux encore, la meute entière avait survécu. Josh tituba jusqu'à marcher et renvoya son propre hurlement. Il n'était pas aussi fort que les leurs. Il était encore essoufflé et devait les rejoindre, mais il devait répondre, c'était ce que les compagnons de meute faisaient.

Ils avaient survécu. Il recommença à courir et les vit bien avant d'arriver à leurs côtés. Tous les cinq dans leurs formes humaines nues. Pauly et Cream avaient manifestement survécu et s'étaient transformés en humains dès qu'ils avaient pu. Ils entouraient maintenant une chose rose et floue qui saignait du sang orange. Dégueulasse.

— Ne le tuez pas ! hurla-t-il.

Il le répéta lorsqu'ils se retournèrent tous pour le regarder en état de choc.

Nero dit quelque chose que même les oreilles de loup ne pouvaient pas entendre, mais Josh pouvait en deviner la teneur. Quelque chose du genre : es-tu fou ? Il ne l'était pas, mais ils pouvaient comprendre pourquoi ils le pensaient.

Il reprit son rythme et acheva de parcourir la distance. Merde, il devait se remettre à la gymnastique, parce que souffler et haleter comme cela était embarrassant. Ils l'attendirent heureusement, un membre du groupe s'assurant que la chose floue n'essayait pas de s'enfuir.

— Tu aurais pu te transformer, dit Nero lorsque Josh fut assez proche. Tu es beaucoup plus rapide sous ta forme de loup.

— Je sais, mais ça aurait été difficile de porter ça, dit-il en sortant le Glock de Mother de l'arrière de son jean. Je n'ai pas encore maîtrisé l'art de porter quelque chose dans ma gueule de loup sans baver dessus.

— Donne-moi ça, cria Mother, mais Josh la tendit à Nero à la place.

— Tu te souviens quand j'ai essayé de te parler de cette chose ? demanda-t-il avec un geste vers le démon. À propos de la façon dont c'est une légende locale qui a commencé à partir d'un roman à dix cents ?

Nero acquiesça, mais il garda une expression neutre.

— La chose revient sans cesse dans le livre. Ils la poignardent, la brûlent, lui coupent même la tête, mais elle revient toujours.

Son compagnon écarquilla les yeux, et fixa le démon.

— Mais…

— Alors, le héros tire une balle entre ses deux yeux avec une balle magique qu'il a obtenue d'un prince fae.

— Sérieusement ? s'exclama Nero, ses yeux toujours écarquillés.

— Nous en connaissons heureusement un tous les deux, continua Josh en sortant ce qui ressemblait à une balle normale, à part qu'une représentation d'un arbre noueux était imprimée sur la douille. Bitterroot la lui avait donnée, en même temps que le livre.

— Veux-tu avoir l'honneur ? demanda Josh.

Il s'était dit qu'entre tous, Nero méritait le droit de mettre fin lui-même à cette légende particulière.

Visiblement, Nero était d'accord. Il prit la balle et le pistolet et chargea rapidement la chambre. Le démon ne restait pas tranquille pour autant. Il essaya de s'enfuir, mais Coffee le retint facilement, vu qu'il était en morceaux. Cream l'aida en attrapant la tête de la chose et en la maintenant immobile dans une impressionnante démonstration de force.

— Ne rate pas ton coup, grogna-t-il.

— Je n'en ai pas l'intention, affirma Nero.

Puis il appuya sur la gâchette. Un tir mortel entre les deux yeux. Josh aurait applaudi, mais ses deux mains étaient sur ses oreilles à cause de la douleur. Il avait vraiment besoin de s'habituer à de grands bruits.

Puis, le meilleur de tout, le démon se transforma en cendres, comme dans le livre.

Alléluia !

Ce fut alors qu'un autre son leur parvint. Quelqu'un applaudissait. Josh eut besoin d'un peu de temps pour entendre le son, les autres s'étaient déjà retournés lorsqu'il réussit à regarder derrière lui. Le petit Bitterroot se tenait là, tel un papa fier.

— Bien joué, bien joué, disait-il.

D'après les expressions de chacun, ils le connaissaient tous et ressentaient divers degrés de haine envers lui. Mais personne n'affichait un air aussi meurtrier que Mother ;

— Qu'est-ce que tu veux ? lâcha-t-elle.

Ce n'était pas exactement ce qu'elle dit. Josh n'entendait pas encore bien ; mais il pouvait lire les jurons sur ses lèvres et deviner le reste. Puis ses oreilles se dégagèrent suffisamment pour qu'il puisse entendre la réponse sinistre de Nero.

— Il est là pour moi.

— En fait, non, intervint Josh avant de sourire à tout le monde. Eh bien, c'était amusant tant que ça a duré.

— Qu'est-ce que tu as fait? s'exclama Nero avec une expression horrifiée.

— Je l'ai convaincu qu'un geek valait mieux qu'un abruti, alors je me suis proposé à ta place. Tu étais mort sans eux, dit-il en montrant la meute de Nero. Tu mourais chaque jour où vous étiez séparés.

— C'est faux. Pas après...

— Pas après notre connexion. Je sais. Mais comme tu l'as dit, ils étaient les premiers. Puisque j'ai pratiquement coupé les ponts avec ma famille, je suis libre de choisir où je veux aller et ce que je veux faire.

Son expression se durcit alors qu'il mettait de la détermination dans sa voix.

— J'aime qui je suis maintenant. Je ne veux pas que tout soit effacé et que je retourne à ce que j'étais. Je ne le permettrai pas.

— Nous pouvons te recruter à nouveau, argumenta Nero, mais Josh le coupa.

— C'est fait. De plus, il a dit que le pays des Faes est bien meilleur que la version Disney. Ça pourrait être amusant.

Josh était fier d'avoir l'air si calme. En vérité, l'idée de se rendre au pays des faes le terrifiait, mais cela en valait la peine si cela pouvait rendre sa meute à son compagnon. Cet homme méritait un peu de bonheur, et Josh voulait être celui qui le lui donnerait. De plus, son côté amoureux prenait son pied avec le côté dramatique de la chose. Il avait pu faire son propre sacrifice noble, comme à la fin de ses films préférés. Bien sûr, il pouvait admettre qu'il était terrifié face à la réalité, mais, pour l'instant, il était déterminé à faire bonne figure. Nero, cependant, affichait son expression têtue.

— Non, dit-il. Hors de question que tu prennes ma place...

Bitterroot leva la main.

— Ta dette est payée, dit-il calmement. Mais, si tu veux négocier...

— Non!

Les quatre compagnons de meute de Nero prononcèrent le mot haut et fort, même si Nero avait façonné sa bouche en un oui.

— On ne négocie pas avec les faes! intervint Mother, son ton tranchant.

— Pourtant, nous sommes là, répondit Bitterroot en grimaçant.

Puis avant qui quiconque puisse l'appeler par d'autres noms grossiers, il frappa ses mains l'une contre l'autre et s'adressa à Nero.

— Dépêche-toi de choisir. Les autorités seront bientôt là, et je souhaite être parti d'ici là.

— Choisir ? répéta Nero en fronçant les sourcils en regardant le prince fae. Choisir qui paye ma dette ? C'est moi…

— Non, dit Bitterroot avec un lourd soupir. Choisis dans quelle ligne temporelle tu souhaites exister.

Cette fois, ce fut Pauly qui posa la question évidente.

— Répétez ça ?

deux lignes temporelles qui existent simultanément. Dans une des lignes, ta meute meurt, tu recrutes Josh et tu passes de nombreuses nuits de douce passion. Dans cette ligne temporelle, tu as tué le démon et ils ont tous survécu. Tu peux choisir d'être dans cette ligne avec eux, dit-il avec un geste vers la meute. Ou tu peux être dans celle où Josh joue avec ton asperge toute la journée.

Il conclut sans même regarder Josh, son visage se durcissant.

— Tu ne peux pas être dans les deux. Alors, choisis.

— Attendez ! haleta Josh. Vous ne pouvez pas dire que les lignes temporelles existent. Je pensais que je serais effacé. Je pensais…

— Est-ce ma faute si vous n'avez jamais étudié la théorie des cordes ? Oui, les deux lignes temporelles existent dans des dimensions parallèles.

Eh bien, merde. Josh grimaça en se jouant des scénarios dans sa tête. Il aurait quand même fait exactement la même chose, mais cela aurait bien de connaître ses options. Bitterroot parlait toujours pendant ce temps, sa voix aussi pompeuse que condescendante.

— Quel sera ton choix, Nero ? Ta meute, que tu as travaillé si durement à sauver, ou ton petit ami ?

— Nous ne sommes pas… commença Josh en secouant la tête.

— Nous ne le sommes pas du tout, grogna Nero.

— Bordel ! l'interrompit brusquement Mother. Vous êtes rencontrés et tombés amoureux dans une ligne temporelle où nous n'existons pas. Nous n'avons pas pu voir ça !

Elle ne semblait pas penser que c'était la partie la plus horrible de tout ça. Les autres murmurèrent leur accord. Mais il y avait aussi quelques sourires malicieux, et Cream leva un pouce en l'air à Josh discrètement.

Pendant ce temps, Nero fixait son équipe, le cœur dans les yeux. L'agonie en lui était palpable – ou peut-être que Josh ressentait la sienne – alors il le coupa avec la réponse évidente. Cela aurait fait trop mal d'entendre Nero le dire à voix haute.

— Il les choisit, dit-il.

Nero n'avait-il pas dit cela ce matin même ? Qu'ils étaient les premiers. *Qu'ils venaient en premier.*

— Je vais partir pour le pays des faes, alors reste avec eux. Il n'y a aucune raison que nous soyons malheureux tous les deux.

Bitterroot renifla de manière audible.

— Certaines personnes aiment être à mon service.

— Seulement les masochistes et les malades mentaux, répliqua Mother en reniflant.

— Je ne suis pas d'accord avec ça, répliqua le fae.

— Je n'en doute pas, répliqua-t-elle.

Josh savait que tout ce badinage indiquait une histoire entre ces deux-là. Malheureusement, il n'avait pas le temps de s'y attarder, d'autant plus que Nero attrapa la main de Mother.

— Tu as toujours été ma préférée, dit-il, interrompant ce qui était probablement un autre trait d'esprit.

Puis il regarda les autres à tour de rôle.

— Tout comme toi. Et toi. Et toi.

— Aïe, merde, dit Pauly. Il est vraiment amoureux.

— Vous êtes toujours en vie, et c'est tout ce que j'ai toujours voulu, continua Nero. Même si c'est dans une dimension parallèle différente de la mienne.

— Merde, murmura Coffee.

— Ça a été un honneur et un privilège. Je…

Il se tut en regarda son équipe. Puis il redressa ses épaules et se tourna vers Bitterroot.

— Je choisis la ligne temporelle de Josh.

Ce dernier eut besoin d'un moment pour comprendre ce qui se passait, et encore plus longtemps pour s'imprégner de la réalité. Il y avait deux lignes temporelles, et Nero avait choisi celle où se trouvait Josh. Pas sa meute, pas le démon mort, mais celle où sa meute était morte et où Josh était arrivé pour sauver la situation.

— Quoi ? haleta-t-il en faisant un pas en avant. Non ! Ne sois pas stupide. Je serai au pays des fae, et ta meute est tout pour toi. Tu l'as dit.

— Il s'avère que tu comptes plus, répondit Nero en se tournant vers lui avec un haussement d'épaules.

— Mais je serai au pays des fae.

— Et si je suis avec toi ? dit-il en regardant Bitterroot. Qu'est-ce que tu en penses ? Deux, c'est mieux qu'un. Nous formons une bonne équipe. Nous purgerons tous les deux la peine en deux fois moins de temps.

— Non ! dit Josh.

Enfin, ce fut ce qu'il essaya de dire, mais sa gorge se referma. Nero l'avait choisi plutôt que sa meute, et l'ampleur de cela coupa tout son, toute respiration, et toute pensée à part la gratitude.

— Eh bien, c'est une pensée intéressante, dit Bitterroot. D'autant plus que nous devons aborder le sujet de ton reniement de notre marché.

— Quoi ? sursauta Nero. Je n'ai rien fait de tel !

— Je crois que notre contrat exigeait le secret. Ça signifie que tu ne pouvais parler à personne de notre accord. Pourtant, tu lui as dit, conclut-il en arquant un sourcil vers Josh.

— C'est différent. Josh devait savoir. Il a dû obtenir les boucliers et les vestes…

— Peu importe pourquoi tu as rompu le contrat, dit Bitterroot en souriant. Seulement que tu l'aies fait.

— C'est pour ça qu'on ne fait jamais de marchés avec les fae, souffla Mother. Parce qu'il y a toujours un foutu piège.

Nero avança vers Bitterroot. Ses mains étaient serrées et ses sourcils froncés. Il dominait le petit fae de la manière la plus intimidante qui soit. Malheureusement, Bitterroot ne semblait pas le moins du monde intimidé.

— Tu me devais une faveur ! aboya Nero.

— C'est pourquoi tu n'es pas couvert de furoncles de fae en ce moment. Mais un contrat est un contrat…

Mother intervint, sa voix inhabituellement faible.

— Je vais prendre son temps, dit-elle, et soudain elle avait 100 % de l'attention de Bitterroot.

— Quoi ? demanda-t-il, sa voix légère et aérienne, mais avec une intensité dans la question qui ne pouvait être niée.

— Quelle est la durée du contrat de travail de Josh ? dit-elle en croisant ses bras sur sa poitrine.

Josh répondit, la voix rauque, mais toujours capable de dire le nombre qui avait rebondi dans son cerveau depuis le moment où il avait conclu le rapport.

— Quarante-neuf années humaines.

— Je vais le faire… dit Mother.

— Non ! Nero et lui étaient empathiques. Et en stéréo.

— Je purgerai leurs peines, à leur place, mais je ne ferai pas quarante-neuf ans. J'en ferai un, parce qu'une femme doit valoir au moins quarante-neuf de ces perdants.

— Quarante, proposa Bitterroot.

— Un.

— Quarante-deux et je te paye en rubis.

— Un. Je prendrai l'argent humain sur mon compte bancaire.

— Trente-cinq, et tu seras mon épouse.

— Un, et je serai ton employée. Des quartiers séparés et des devoirs sur lesquels nous sommes tous deux d'accord.

— Tu m'obéiras à moi et à moi seul ?

Elle déglutit.

— J'accomplirai les tâches dont nous aurons convenu à l'avance. Pendant une année humaine.

Bitterroot jeta un coup d'œil sur le côté, et son sourire s'élargit. Josh ne savait même pas ce qu'il regardait avant qu'il ne parle.

— Tu peux être ma maîtresse dragon, dit-il.

— Depuis quand as-tu des dragons ? renâcla-t-elle.

— Depuis maintenant, dit-il, en se dirigeant rapidement vers un des boucliers noircis.

Il se pencha et fouilla doucement dans l'ossature partiellement fondue et les cendres jusqu'à l'endroit où se trouvait l'œuf. Un instant plus tard, il soulevait avec précaution un petit dragon pas plus grand que la paume de sa main. Puis il le ramena à Mother, utilisant une main pour soulever la sienne, la paume vers le haut, avant de déposer doucement la créature rouge rubis dans sa main.

— Waouh, chuchota Coffee. Tu as totalement joué à Game of Thrones.

Josh devait être d'accord. Ils se rapprochèrent tous pour voir, mais Mother était la plus fascinée, les yeux écarquillés devant la délicate créature.

Il y en a d'autres, dit Bitterroot en se dirigeant vers les débris de boucliers jonchant le sol.

Un dans chaque tas de cendres, tous de différentes couleurs de pierres précieuses. Il rassembla chacun d'entre eux avertissant Cream de ne pas s'approcher d'un bouclier avec un regard noir et un ordre rapide.

— Restez en arrière. Ils sont fragiles et doivent être manipulés avec soin.

Puis il les mit respectueusement entre les mains de Mother. Il utilisa ses poignets quand ils dépassèrent ses paumes et en mit un sur son épaule.

— Ils sont magnifiques, souffla-t-elle.

— Alors, tu es d'accord? Seras-tu ma maîtresse dragon?

— Je ne connais rien aux dragons.

— Je vais t'apprendre. Tu pourras en garder un à la fin de l'année.

Elle leva la tête, des larmes dans les yeux.

— Un an? murmura-t-elle.

— Je te payerai avec un dragon.

— Oui.

Le mot vint si vite que Josh se demanda si elle avait parlé avant de pouvoir changer d'avis.

— Oui, répondit Bitterroot.

Il se transforma sous leurs yeux. Là où se tenait un jeune homme condescendant, se trouvait à présent un grand prince fae ténébreux avec un tatouage de papillon scintillant. Ses cheveux étaient noirs et brillants, ses yeux encore plus. Mother frissonna lorsqu'il toucha sa joue. Ses lèvres s'entrouvrirent en signe de choc ou de peur, ou peut-être simplement en raison de la foule d'émotions qui passaient trop vite dans ses yeux pour être saisies.

Le nouveau Bitterroot sourit. C'était une expression sombre remplie d'un danger qui aspirait la chaleur de l'air.

Puis ils disparurent.

Le Wisconsin aussi, car aussi vite, Nero et Josh étaient de retour à Indianapolis, debout dans le parc par un brillant matin d'hiver.

XXVII

NERO NE trébucha pas, mais tituba plutôt. Tout avait changé si vite. Il regarda les yeux écarquillés et surpris de Josh, et il réalisa qu'ils étaient effondrés l'un contre l'autre, que le jeune homme était dans ses bras et qu'ils se tenaient si fort que même un pied-de-biche ne pourrait pas les séparer.

Les yeux de Josh brillaient, la lumière du soleil étincelant dans la couleur noisette les rendant d'abord bleus, puis verts, puis noisette.

Nero savait qu'il pouvait se perdre dans ces yeux, dans les couleurs changeantes et les émotions qu'ils révélaient. Mais surtout, il savait qu'il pouvait se perdre dans Josh. L'homme qui l'avait rendu entier quand chaque partie de lui se sentait brisée.

— Alors, c'est fait ? demanda Josh. Nous sommes… libres ?

— Je pense que oui.

Nero n'était pas le plus intelligent ici, alors il devait en parler afin d'être sûr de comprendre.

— J'ai remonté le temps et tué ce foutu démon.

Josh acquiesça.

— Je suis venu avec toi, et je me suis assuré que tu le tuais correctement.

— Oui. Merci.

— Tu peux me remercier avec du sexe, dit Josh en souriant.

Nero n'avait aucun problème avec cela, mais son esprit était toujours en train de trébucher sur tout ce qui s'était passé.

— Donc, j'ai créé une nouvelle ligne temporelle, une avec mon équipe en vie.

— Ils sont en vie, Nero, dit Josh, sa voix s'adoucissant. Tu les as sauvés.

— Nous les avons sauvés, dit-il. Ils vont botter des culs là-bas.

Josh acquiesça.

— Mais nous sommes de retour dans la ligne temporelle originale maintenant. Celle où j'ai été recruté pour sauver tes fesses.

— Je te remercie avec du sexe, dit-il en laissant tomber son front contre celui de Josh. Bien sûr que je t'ai choisi.

— Merci, murmura celui-ci, si doucement que Nero le rata presque.

Mais ils étaient si proches l'un de l'autre que même si les mots n'avaient pas eu de son, il les aurait sentis directement du cœur de Josh au sien.

— Merci de m'avoir sauvé, chuchota-t-il, et il le pensait plus que dans le sens physique.

Il se serait perdu dans le chagrin s'il n'y avait pas eu Josh. Maintenant, il savait combien il pouvait ressentir, combien la vie était plus riche avec Josh.

Josh reprenait l'histoire pendant ce temps.

— Mais quelqu'un devait payer Bitterroot. J'étais prêt à le faire.

— Moi aussi.

— Mais Mother…

Nero déglutit. Mother avait pris leur place à tous les deux. Elle avait accepté de servir Bitterroot pendant un an à leur place.

— Elle le voulait. Elle a un faible pour les dragons. Elle va pouvoir élever des dragons.

— Waouh, murmura Josh, et Nero fit écho à ce son.

Il se souvenait de l'expression d'émerveillement sur son visage lorsqu'elle tenait ces petits dragons, même si son cœur souffrait qu'elle doive payer pour ses choix.

— Mais qu'en est-il… commença Josh.

Nero ne le laissa pas finir. Il l'embrassa rapidement et durement. Josh fondit en lui, et Nero laissa son corps entourer son amant et le bercer comme il n'avait jamais pu le faire auparavant. Il le sera de tout son cœur et de toute son âme. Puis il murmura à son oreille.

— Pas de mais. Pas de questions. Pas encore. Il y aura assez de temps plus tard. Je veux juste de serrer dans mes bras.

Josh lui rendit son étreinte, le serrant jusqu'à ce qu'il ait le souffle coupé. Puis il murmura en retour.

— Peut-on faire un peu plus que se serrer l'un contre l'autre ? Si tu veux…

— Oui. Mille fois oui.

Mais au lieu d'en dire plus, Nero l'embrassa à nouveau, déversant tout son désir dans le baiser, que Josh prit et donna en retour, comme une boucle sans fin de luxure et d'amour. Puis Nero rompit le baiser dans un souffle.

— Hôtel. Maintenant.

— Oui.

Le mot préféré de Nero.

Ils prirent la mesure de leur distraction lorsqu'ils réalisèrent que Nero était nu. Il ne s'était jamais rhabillé après s'être transformé en loup,

258

et ce n'était probablement pas une bonne idée de marcher dans un parc nu comme au jour de sa naissance.

Heureusement, Bitterroot avait été gentil. Ils trouvèrent une pile de vêtements de Nero au pied d'un arbre voisin. Le sac à dos de Josh, rempli de son ordinateur portable, son casque et le roman sur le démon du Wisconsin, se trouvait juste en dessous.

Nero s'habilla rapidement pendant que Josh hissait son sac à dos sur son épaule. Puis ils se tinrent l'un à l'autre en marchant. Aucun d'eux ne semblait stable sur ses pieds, pourtant Nero ne s'était jamais senti aussi plein de vie. Il avait du mal à mettre une étiquette sur ce sentiment qui montait en lui. Il était plus que de la luxure et encore plus grand que de l'amour. Le mot finit par s'échapper de ses lèvres avant même qu'il ne réalise à quel point il était juste.

— Foyer.

— Quoi ? dit Josh en se tournant vers lui.

— Ça. Toi et moi. C'est comme le foyer.

— Mieux que le foyer, répondit-il. Enfin, que le mien.

— C'est la famille, réfuta Nero en reniflant. C'est différent, et il y a du bon et du mauvais là-dedans.

— Pas faux.

Ils continuèrent à marcher pendant que Nero s'installait dans ce sentiment avec Josh. C'était comme si peu importait où il allait ou ce qu'il faisait, il revenait toujours à Josh. Parce que le jeune homme était son foyer d'une manière que même sa meute n'avait jamais été. Cette pensée l'ancrait dans le sol, lui faisait plaisir, et lui donnait la force de dire ses mots suivants.

— Je t'aime, Josh. Je veux que nous restions ensemble. Je trouverai un moyen de le faire avec Wulf, Inc. Je peux diriger une meute de geeks avec toi dedans ou t'amener dans une meute de combats. Ou si tu veux une vie civile, je peux travailler là-dessus aussi. Je veux être avec toi.

Josh s'étira et l'embrassa rapidement et durement. Il se recula alors que Nero aurait voulu l'approfondir.

— Je me suis déjà engagé avec toi. Bon sang, j'étais prêt à travailler pour ce trou du cul pendant quarante-neuf ans juste pour te rendre heureux. Je t'aime. Quoi que tu veuilles faire, nous trouverons une solution. Je te le jure.

— Moi aussi. Je te le jure. Je te le promets.

— Oui, répondit Josh en riant. Moi aussi.

Leur baiser suivant fut tendre, doux, mais il contenait la promesse partagée de toujours. Il aurait pu durer très longtemps s'il n'y avait pas eu un bruit – un claquement régulier venant par-dessus l'épaule de Josh. Ils finirent par l'entendre. Ils se raidirent et se retournèrent, surpris tous les deux de voir Bruce appuyé contre un tronc d'arbre, les regardant avec des yeux vert foncé.

— Félicitations, petit frère. On dirait que tu as trouvé l'amour.

Les mots semblaient sincères, mais il y avait une noirceur dans les yeux de l'homme et son expression était teintée d'envie.

— Bruce, que fais-tu ici?

— Je vous suis. Je vous *observe*.

Oh, merde.

Josh souffla un peu.

— Écoute, je sais que ça semble un peu étrange, mais…

— Il semble que vous soyez des loups-garous qui passent des marchés avec des faes.

Nero se crispa. Même si l'homme les avait suivis pendant les dernières vingt-quatre heures, il n'avait pas pu comprendre cela. Bruce n'était pas dans la ligne temporelle alternative, et il était certain qu'il n'avait vu aucun d'entre eux se transformer en loup.

— Qu'est-ce qui te fait dire ça? demanda-t-il, s'efforçant de paraître désinvolte.

— Le fae effrayant me l'a dit.

— Quoi? explosa Nero.

— Le petit qui agit comme si nous étions tous des idiots.

— Tu n'as pas passé de marché avec lui, n'est-ce pas? s'inquiéta Josh en bondissant en avant. Tu n'as pas…

— Tout ce que j'ai fait, c'est écouter et accepter de te donner ça, dit-il en montrant un morceau de parchemin vert clair qu'il passa à Josh, qui le partagea avec Nero.

Quand vous serez prêts, appelez-moi. J'aurai cinq boucliers, cinq sweats à capuche et une balle magique à votre disposition. C'est gratuit, à part pour les dragons.

— Mais qu'est-ce que ça veut dire? dit Nero en fronçant les sourcils. Nous avons déjà tué…

Josh gémit. Le son était rauque et intense, et il tapa sa paume contre son front afin de l'accentuer.

— Nous sommes de retour dans cette ligne temporelle. Dans celle où j'ai été recruté pour trouver un moyen de contourner le souffle du feu.

— Je sais, acquiesça Nero.

— Ne vois-tu pas? demanda Josh en montrant le parchemin. Le démon est toujours là en train de tuer le Wisconsin dans cette ligne temporelle.

— Quoi? Non, nous…

Sa voix s'éteignit alors qu'il réalisait que c'était vrai. C'était la ligne temporelle où son équipe était morte, où le démon s'était échappé, et où Josh avait été recruté. La créature démoniaque était toujours vivante et ils devaient encore la tuer. Son gémissement fut plus profond et plus fort que celui de Josh, mais pas moins sincère. Le pire, c'était qu'il ne voyait que maintenant le plan de Bitterroot.

— Nous risquons nos vies, et il obtient des dragons, dit-il en froissant le papier dans son poing. T'ai-je dit que c'est lui qui nous a parlé du démon en premier lieu? C'est lui qui nous a envoyés sur cette chasse. Incroyable.

— As-tu lu cela? dit Josh en regardant son frère.

— Bien sûr que je l'ai lu, répliqua Bruce en reniflant. Il *voulait* que je la lise. Il l'aurait mis dans une enveloppe sinon.

Nero observa le frère de Josh. Il étudia la posture tendue de l'homme, vit la colère sous-jacente, mais aussi un besoin au fond de lui. Bruce était le fils de son père, c'était certain, et quelque chose le tenaillait.

— Quoi d'autre? demanda Nero.

Il mit un ordre dans sa voix lorsque Bruce ne répondit pas.

— Les faes ne communiquent pas des informations gratuitement. Que t'a-t-il offert d'autre?

Bruce tendit son autre main. Une cerise rouge foncé, d'apparence tout à fait banale, était posée sur sa paume, mais il s'agissait d'un cadeau d'un fae, ce qui signifiait qu'il était dangereux. L'homme la souleva à la lumière du soleil, et ils furent tous les trois temporairement hypnotisés par la beauté de ce simple fruit.

— Il a dit que si je voulais ce que vous aviez, je devais manger ça, dit-il, levant son regard afin de les regarder tous les deux. Je le veux. Je le veux.

Puis, avant qu'ils ne puissent l'arrêter, il mit le truc dans sa bouche.

— Non! cria Josh, mais c'était trop tard.

Bruce mâcha rapidement et avala sous leurs yeux. Ils attendirent pendant une minute tendue, chacun préparé à ce qu'une action dramatique se produise.

Mais rien.

Bruce grimaça de déception, et Josh relâcha son souffle dans un soupir de soulagement, mais Nero connaissait la vérité. Le fruit des faes était beaucoup de choses. Il était puissant et imprévisible, avec un univers entier de possibilités dans chacun d'eux. Mais le fruit des faes ne faisait jamais, jamais , *rien*.

Nero sortit les clés de voiture de sa poche alors que Josh tendait la main à son frère et les glissa dans la paume ouverte de Josh.

— Va chercher mon téléphone dans la boîte à gants et appelle. Dis-leur que nous avons une autre recrue.

— Mais pourquoi? demanda Josh. Il ne s'est rien passé.

— Pas encore.

Juste au bon moment, les yeux de Bruce changèrent, son corps se tendit, et il ouvrit la bouche pour crier.

— Merde, gémit Nero. J'espère qu'il rentre dans ma voiture.

Ils durent se mettre à deux pour traîner le corps de loup de Bruce jusqu'à sa voiture. Ils transpiraient et soufflaient tous les deux. Ce n'était pas que Bruce ne voulait pas aller avec eux — il le voulait vraiment — mais il était tenaillé par l'agonie et la confusion d'une première transformation. Il ne pouvait pas coordonner les parties de son corps même s'il était concentré. Nero fit une clé d'étranglement autour du cou de Bruce pendant que Josh transpirait et jurait en essayant de porter le train arrière de son frère.

Heureusement, personne ne les vit alors qu'ils traînaient un loup tordu et grognant hors des bois. Ils étaient à trois mètres de leur voiture lorsque le van de Wulf, Inc. s'arrêta devant eux. Nero faisait de son mieux pour s'accrocher à Bruce malgré la bave qui glissait sur ses bras lorsque Yordan se pencha par la fenêtre du van pour aboyer une question.

— Mais qu'est-ce que vous faites?

Nero lui lança un regard incrédule. N'était-ce pas évident?

Apparemment non.

— Nouvelle recrue, dut-il s'exclamer.

Yordan fit signe au conducteur en jurant. Celui-ci sortit et trotta rapidement autour du véhicule. C'était Bing. Il s'accroupit, semblable à une star de cinéma, devant Bruce qui se débattait encore.

— Reste immobile., dit-il, sa voix résonnant comme un ordre.

Bruce se figea. Chaque partie de son corps, chaque follicule pileux se raidit jusqu'à la rigidité.

— Super, dit Josh dans son dos en soufflant un grand coup. Aide-moi à le porter jusqu'à la voiture maintenant.

Bing secoua la tête.

— On a besoin de nous dans le Wisconsin. Maintenant.

Il ouvrit la bouche pour dire autre chose, mais Josh leva sa main devant ses yeux.

— Ne t'avise pas de me piéger avec ton truc Jedi. Je me moque de ce qui se passe dans le Wisconsin. C'est mon *frère*.

Yordan sortit enfin du van en gémissant.

— Comme si nous avions besoin d'un drame familial maintenant. Voilà.

Il souleva le loup rigide d'une puissante poussée, ils l'entassèrent tous ensemble à l'arrière du van. Bing voulut fermer la porte, mais Josh attrapa son bras.

— Ne le laisse pas comme ça. Ordonne-lui de dormir.

Bing n'aimait manifestement pas recevoir des ordres de Josh, mais c'était une demande raisonnable. Bruce était une nouvelle recrue, et c'était leur travail de l'aider, pas d'empirer son état, même si l'idiot l'avait provoqué lui-même.

À son crédit, Bing ne discuta pas, mais il s'ajusta jusqu'à regarder dans les yeux gelés de Bruce.

— Détends-toi et dors pour…

Il jeta un coup d'œil à Yordan.

— Combien de temps ?

— Trois jours.

— Trois jours, conclut-il.

Les muscles de Bruce se détendirent juste au bon moment. Il s'affala sur le plancher et commença à ronfler. Josh lança un regard ironique à Nero.

— Qu'est-ce que je n'aurais pas donné pour faire ça à Bruce lorsque nous étions enfants.

— Je ne suis pas un tour de magie, dit Bing. Il y a un réel danger, et tu nous as retardés avec cette bêtise.

Josh se raidit, sa bouche s'ouvrit pour une réponse inspirée, mais Nero fit un pas rapide devant lui. Chaque chose en son temps.

— Qu'est-ce qui se passe ?

— La routine, répondit Yordan en soupirant. Un désastre mondial dans le Wisconsin.

Naturellement. Parce que dans cette ligne temporelle, le démon était bien vivant. Il continuait à tuer la planète.

— Nous te suivons. Appelle-moi sur mon portable et dis-moi exactement ce qui se passe. Nous te dirons ensuite comment régler ça.

À suivre…

263

KATHY LYONS est la moitié sauvage et aventureuse de Jade Lee, auteure à succès de USA Today. Amoureuse de tout ce qui est fantastique, Kathy a passé une grande partie de son enfance à Narnia. Terre du Milieu, Ambre et Terremer, pour n'en citer que quelques-uns.

— Il n'y a rien que j'adore plus que d'être dans un jour ordinaire et de vivre quelque chose de magique. Cela arrive tout le temps dans la vie réelle et dans mes livres.

Son amour de la comédie est venu plus tard lorsqu'elle a commencé à voir le ridicule de la vie.

Lauréate de plusieurs awards littéraires, dont le Prism… Best of the Best, le Romantic Times reviewers Choise Award et le Fresh Fiction's Steamiest Read, Kathy a publié plus de soixante romans d'amour et continue à aller de l'avant.

Ses loisirs sont le racquetball, le roller et regarder la télévision et les films avec son mari. Elle est une grande fan de la série *The Big Bang Theory* (même si elle est terminée) et *Avengers* est son film préféré parce qu'elle adore tout ce que Joss Whedon crée. Elle adorerait partager avec vous tout ce qui est geek en vous en personne lors de l'une de ses nombreuses apparitions. On la trouve généralement à la table la plus bruyante du café ou à côté du bar à desserts. Inscrivez-vous à sa newsletter à l'adresse www.KathyLyons.com pour être au courant de tout ce qui concerne Lyons/Lee. Vous recevrez des informations en avant-première, des nouvelles fraîches, des occasions de la rencontrer en personne, ainsi que des prix et des cadeaux geeks.

Facebook : KathyLyonsBooks,
Twitter : @KathyLyonsAuth
Instagram : KathyLyonsAuthor

Par Kathy Lyons

LES MÉTA-GEEKS SAUVENT LE MONDE
Les Méta-geeks sauvent le Wisconsin

Publié par DREAMSPINNER PRESS
www.dreamspinner-fr.com

www.ingramcontent.com/pod-product-compliance
Lightning Source LLC
Chambersburg PA
CBHW031939010726
47493CB00007B/1992